新潮文庫

ぎょらん

町田そのこ著

新潮社版

11568

目次

ぎょらん

ぎょらん

家に帰ったら、リビングで朱鷺《とき》が暴れていた。

暴れるのは十年ぶりくらいだろうか。最近はめっきり大人しくなって隠居ジジイ然としていたけれど、やっぱり三十路《みそじ》の男はそれなりに体力も勢いもあったらしい。室内は、よくもまあここまでと感嘆してしまうくらい、荒れ果てていた。

バスタオルを振り回し、朱鷺が何か叫んでいる。滅多に声を発しないせいだろう、すっかり裏声でしかも掠《かす》れている。鶏を絞め殺したような声とかってたまに聞くけど、こういう声のことを言うんだろうか。うるさくて、とにかく耳障《みみざわ》りだ。かと思えば痰《たん》が絡《から》んで噎《む》せたのか、がりがりの体を折って激しく咳《せ》き込みだした。よだれが垂れて、それをジャージの袖《そで》で拭《ぬぐ》ってからまた叫ぶ。

「汚なっ。ていうかどうしたの、あいつ」

部屋の隅でコーヒーを飲んでいた母に訊《き》く。壁にもたれて状況を眺めている母は面倒くさそうに肩を竦《すく》めた。

「朱鷺の本を売ったの。ほら、客間の」

「ああ、とうとう決行したってわけね」

朱鷺が客間に本を積みだして、二年くらいになる。自室に収まりきらなくなったという本はあっという間に八畳間を蝕《むしば》み、それは客人を招くのが好きな母の悩みの種だった。このままだと勝手に処分するからと警告し続けていたものの朱鷺は聞く耳を持たず、むしろ本は増えていく一方。今日が、母の我慢の限界だったというわけか。

「貴重だったっていうなら、もっと丁寧に保管しておいて欲しいわよ。こんなに怒られても正直困るわ」

「え、何。高く売れたの」

「ぜーんぜん。サービスしてもらって四千円ジャスト」

「あんなにあったのに？　ゴミじゃん」

鼻でせせら笑うと、それが聞こえていたのか朱鷺が「ふざけるんじゃない」と叫ぶ。

「金で判断できるもんじゃねえんですようぅー！」

ですようぅー、だって。くそダサい。普段滅多に口を開かないもんだから、多分しゃべり方忘れてる、こいつ。手にしていたフォーマルバッグを力任せに投げつけると、朱鷺のお腹《なか》にべちんと当たった。中から携帯電話が零《こぼ》れて足の上に落ち、蹲《うずくま》る。

「ふざけるんじゃないって、あんたへの言葉でしょ！　お母さんは何度も処分するって言ってたのに、それを無視してたのはあんたじゃん。子供みたいに喚《わめ》くな！　それと、私はあとからここで夕飯食べるんだから、今すぐ片づけてっ！」

大声でまくしたてるように言うと朱鷺が狼狽《うろた》えだした。足の甲を撫《な》でながら「華《はな》子《こ》」と情けなく呟《つぶや》く。

「あ、あんたじゃない。お兄ちゃん、だろう」

「そう呼んで欲しけりゃ、兄らしく私以上に稼いできなさいよ」

ぐう、と朱鷺が唸《うな》った。

朱鷺は、私のふたつ上の兄だ。三十歳、無職で職歴なし。大学を半年足らずで中退してからずっと家に引きこもっている、俗に言うニート様だ。趣味は漫画。描くのではなく、収集する側。原画がどうの、初版がどうのとかって譫言《うわごと》のように言っているオタク。どうやって小銭を稼いでいるのか知らないけど、無職のくせに古くさい漫画を買い漁《あさ》っている。

「私、休日だっていうのに上司のお通夜《つや》に行ってめちゃくちゃ疲れてるの。おなかも空《す》いてるの。だから早くして。片づけて！」

朱鷺は強く言われると、特に命令口調に弱い。暴れるにしても家の中だけだし、絶対に人は傷つけない。根っからの小心者なのだと思う。今も何度か躊躇《ためら》うように口の開閉をした後、ゆっくり頷《うなず》いた。

「お風呂《ふろ》、沸いてるから先に入ってくるといいな。その間に、うん。はい。片づける」

「あと、お母さんに謝って。悪いのはあんた」

強く言うと、恨みがましい目で見てくる。拳《こぶし》を振り上げる真似《まね》をするとようやく、「ごめんなさい」と不服そうに頭を下げた。それから部屋を見回して、その惨状に気付いたらしく顔を歪《ゆが》めた。撒《ま》き散らかされたガーベラ——今朝ダイニングテーブルに飾っていたやつだと思う——をのろのろと拾い始めるのを背に、私はバスルームに向かった。

昨日、恋人が死んだ。付き合い始めて四年が経《た》つ、大好きなひと。趣味である大型バイクで街を走っていたら、居眠り運転のトラックと正面衝突したのだという。柩《ひつぎ》の中の彼はとても綺麗《きれい》な顔をしていて、ぐっすりと眠っているようで悲惨さは全くなかった。けれどそれはフルフェイスのヘルメットのお蔭で、首から下は正視できないほどぐちゃぐちゃに潰《つぶ》れているらしいと教えてくれたのは、同期の上杉《うえすぎ》くん。私が目を真っ赤にして涙を堪《こら》えているのが見えないのか、ぺらぺらと訊いてもいないことを喋《しゃべ》り続けた。事故った場所っていうのが、自宅からすげえ離れたところでさ。どうも、浮気相手に会いに行こうとしてたんじゃないかって話。見ろよ、下の子はまだ生まれて一ヶ月だって。かわいい子どもがふたりもいて、あんなに美人な嫁さんがいて、何で浮気なんかするかねー。信じられないよな。

彼の骸《むくろ》の一番近くには私よりいくつか年上の女がいて、それは彼の妻だった。元読者モデルだという彼女は確かに綺麗で、子をふたりも産んだとは思えないほど均整のとれたスタイルだった。血の気を失って真っ白な顔をしているのに、背筋をぴんと伸ばして弔問客に礼を言う姿はとてもうつくしく見えた。その横には彼によく似た利発そうな目をした男の子がいる。父の死がよく分かっていない様子の子は母の喪服の裾《すそ》を不安そうにぎゅっと握っていた。上杉くんはそんな彼らにいたく同情しているのだろう、社内ではずいぶんかわいがってもらっていたのに、最低だよと吐き捨てて憎々しげに遺影を睨《にら》む。黒縁の額に収まっている彼は爽《さわ》やかな笑みを浮かべていた。人たらしとも呼ばれた、心にするりと入り込んでくるような滑らかな笑顔。あれは去年の社の納涼会の時に撮ったもので、彼の横に立っていたのは私だ。

なあ知ってるか？　あいつの浮気相手ってどうもうちの会社の子らしいぜ。

上杉くんの尖《とが》った声が、心臓に突き刺さった。

バスタブに頭まで浸《つ》かり、ゆっくりと目を開ける。髪がわかめのようにゆらゆら揺らいでいるのが見えた。温かくてやわらかな蓋《ふた》をした耳の向こうで、美袋《みなぎ》さんの声がする。

華は可愛《かわい》いな。俺の癒《いや》しだよ。あいつと違って優しいし、何でも赦《ゆる》してくれる。本当に愛《いと》おしいよ、大好きだよ。

会社では穏やかで優しくて、仕事熱心な美袋さん。少しのユーモアがあって部下の面倒見もよくて、とても人気があった。入社してすぐに抱いた、なんて素敵なひとなんだろうという憧《あこが》れは、いつしか恋心に変わった。妻帯者に想《おも》いを寄せても、幸せになんてなれないことは分かっている。せめて気持ちだけでも伝えて諦《あきら》めようとしたら、実は俺もいつも君を目で追いかけていたと返された。舞い上がるには、充分すぎる言葉だった。こんなことをしちゃいけないと思っていたけれど、求められるままに体を重ねてしまった。最初こそ重たくのしかかっていた罪悪感は、彼から与えられる幸福感と混ざり合っていつしか消えてなくなった。

彼は私の前だけでは、素顔をみせてくれた。私の方が十も年下なのに、小さな子どものように甘えてきたり、わがままを言ったり。そしてセックスはいつだって貪欲《どんよく》で激しかった。荒々しく私を組み敷いて快楽を貪《むさぼ》る彼はまるで獣のようで、捕食されているような気すらした。あの逞《たくま》しい胸も腹筋が薄く浮いた腹も、私の中をめちゃくちゃにかき回した指先も、もう形を失って永遠に動かない。甘い囁《ささや》きも、もう二度と私の鼓膜を揺らさない。

「……っぶっは！　げっほ……っ」

鼻の奥がじんと熱くなって、無意識に吸っていた。大量のお湯が流れ込んできて慌《あわ》てて浴槽から体を起こす。涙と鼻水で顔をぐじゅぐじゅにしてしばらく咳き込んだ。肩で息を吐く。

彼が死んだなんて、信じたくない。もう一度会いたい。あの腕の中でもう一度、愛してるって囁いて欲しい。名前を呼んで、可愛いって言って欲しい。私を愛してたって、信じさせて欲しい。

浴槽の縁に縋《すが》りつくようにして、泣いた。

「……部屋が片づいたぞ」

溢《あふ》れる感情に身を任せていると急に低い声がして、悲鳴を上げた。肩までお湯に浸かり、脱衣所に続くドアの磨《す》り硝子《ガラス》を見れば、向こうにひょろ長い人影があった。奴《やつ》が愛用している高校ジャージのえんじ色が、ぼんやりと映っている。

「部屋、片づけた。母さんが夕飯できてるからそろそろ出て来いって」

「何で勝手にここまで入って来てんのよ！」

「ドアの向こうから何度も声をかけたけど、返事をしなかったからだが」

「出てけよ、無職！」

手近にあったシャンプーボトルを掴《つか》んでドアに投げつける。えんじ色は黙って消えていった。

夕飯は手羽先のタンドリーチキンと大根サラダ、厚揚げと青葱《あおねぎ》の味噌汁《みそしる》だった。大暴れしていた朱鷺もまだ食べていなかったらしく、ちんまりと座って味噌汁を啜《すす》っていた。その姿を横目に冷蔵庫に向かい、缶ビールを取り出す。立ったまま飲もうとしていたら、行儀が悪いと母に咎《とが》められた。

「はいはい、すみません」

朱鷺の正面に座り、缶を半分ほど空ける。それから手づかみでチキンを頬張った。母の得意料理のこれは、香辛料がガツンと効いていて美味《おい》しい。けれど今日に限っては、ほとんど味がしなかった。つかみどころのない薄らぼやけた感じがする。

「……何見てんの、朱鷺」

朱鷺の前髪はとても長くて、お風呂にもめったに入らないから脂《あぶら》でテカテカしている。脂で束のようになり、もはやゴキブリの羽のように見える髪の隙間《すきま》から私を窺《うかが》っているのに気がついて睨むと、ふいっと目を逸《そ》らした。

「腹が減ったって言ってたわりに、やけに不味《まず》そうに、食ってるから」

「あんたが前にいるからじゃない？　お風呂入ってよ、くっさ」

朱鷺が慌てて自分の右脇《みぎわき》を嗅《か》いだ。左脇も嗅いで、それから小さく頷く。くっさ、ともう一度吐きだすと、奴もまた頷いた。

気付いてるんじゃねえよ、って言いそうになるのをどうにか堪えた。普段は私のことなんて全然気にしてなくて、漫画のことばかりブツブツ喋ってるのに、こんな時だけ観察するな、ムカつく。ああ、それにしても食が本当に進まない。どうにも固形が飲み込めない。ビールだけ飲み干して、それでも足りずに二本目を取って来て開ける。しかしこれも別に、美味しいというわけではない。喉《のど》に流し込めるだけマシなだけ。顔を顰《しか》めながらお酒を飲んでいる間に、朱鷺の食事が終わった。ご飯粒ひとつ残っていない茶碗《ちゃわん》に、チキンの骨は骨格標本かと突っ込みたくなるくらい綺麗に食べられている。食器を洗うのは家事のいくつかを任されている朱鷺の仕事のひとつで、朱鷺は丁寧に洗って布巾《ふきん》で拭《ふ》き、食器棚に片づけてから部屋に引っ込んでいった。ふと思ってキッチンまで行ってみるとシンクには水滴ひとつついていなかった。テレビのCMでも使えそうなくらいに、ピカピカと輝いている。

「朱鷺って、相変わらず変なところが几帳面《きちょうめん》だよね。自分のことには無頓着《むとんちゃく》なくせに」

少しくたびれてしまったガーベラの彩《いろど》るテーブルに戻りながら言うと、ソファに寝そべってバラエティ番組を観《み》ていた母がそうなのよねえと返してくる。

「真面目《まじめ》なのよね、本当に。だから、こうなってるんだろうけどさあ」

「真面目だからこうなってるって、どういうことよ」

「躓《つまず》いた石のことをずっと引きずってしまう、っていうのかなあ。もっとやわらかな考えができたらいいのに、不器用な子よねえ」

母は、朱鷺のことをさほど悩んでいない節がある。最初の頃こそ、相談もなしに大学を中退して引きこもり始め、果てに何が不満なのか発作のように暴れだす朱鷺を叱《しか》りつけていたけれど、今ではすっかり達観した姿勢でいる。さっきだって、嵐《あらし》が通り過ぎるのをのんびりと見守っていたくらいだ。

病で父を早くに亡《な》くし、女手ひとつで私たち兄妹《きょうだい》を育ててくれた母を少しでも楽にしてやって欲しいと私は思うけど、母は朱鷺が家事を請け負ってくれるだけで充分だと言う。朱鷺ならいつか今の状態から抜け出るだろうし、その日をゆっくり待つのも悪くないんじゃない？　急《せ》かすことないわよ、とあっけらかんと笑い飛ばしさえする。

「お母さんの言っている意味はやっぱりよく分かんないけど、いつまでも無職であることを認めたら駄目だと思うな。今日だって、本くらいのことで暴れちゃってさ」

「週刊ダンディボーイ」

「は？」

「それだけは売って欲しくなかったんだって。取り返した方がよかったかなあと思うんだけど、通りがかりの業者を呼び止めただけだから連絡先を知らないのよ。訊いておけばよかったなあ」

　あーあ、と大きく母がぼやく。週刊ダンディボーイ――ダンボは、亡き父が定期購読していた青年誌だ。幼いころから漫画好きな朱鷺は、父が毎週買って帰るそれをとても楽しみにしていた。朱鷺にとっては、父の形見のようなものだったのかもしれない。そんなに大事だったなんて可愛らしいところがあるじゃないか、そんなことを思ってしんみりしていると母が続ける。

「いつのだか知らないけど、なんとかっていう貴重な短編が収まってたのが混じってたんだって。ネットで幻って呼ばれているらしくて、それだけは売っちゃだめだった、って」

父は関係なかった。いっそ朱鷺らしくていいとビールを舐《な》めながら乾いた笑いを零す。

今では廃刊となったダンボは、私も一時期読んでいた。青年誌という括《くく》りではあったけれど内容は中高生向けの健全な雑誌で、下ネタは少なめ。当時私が大好きだったアイドルグループによって映像化された漫画が掲載されていて、それが目当てだった。朱鷺のいう幻の短編とは一体何だろう。そんなに面白いものがあったっけ？　覚えていない。

結局缶を三本空け、チキンを一本かじっただけで食事を終えた。朱鷺には食器をシンクに漬けておけばいいと言われているけれど、キッチンをそれなりに片づけて自室に戻る。ベッドに倒れ込むと同時に、涙がぴゅっと出た。

私は一体何をしてるんだろう。あと十数時間もすれば、彼の肉体はこの世から消え失《う》せる。彼がこの世にいる最後の時がどんどんなくなっているというのに、どうして私はここでこんな風に日常を送らなくてはいけないの。こんな遠くで、ひとり悲しむしかできないなんて。こんなことならいっそ、美袋さんと一緒に死にたかった。彼のバイクの後ろに乗って、一緒にトラックにぶつかりたかった。彼と共に死ぬしか、私と彼が繋《つな》がる道はなかったのに。彼を私のものにするには、きっとそうするしか。でも彼は私のいないところでひとりで死んだ。

　顔をシーツに埋《うず》め、声を上げて泣いた。

「華……」

　ふいに名を呼ばれ、がばっと顔を上げると朱鷺がぬうっと立っていた。

「な……っ、あんた、何勝手に人の部屋に入って来てんの！」

　一瞬、美袋さんが会いに来てくれたんじゃないかと思ってしまった私は馬鹿《ばか》だ。そんな奇跡が起こるはずがない。

「何度もノックしたぞ。それより喪服、あんなとこに置いてたら皺《しわ》になるじゃないか」

　脱衣所で脱ぎ捨てたままだった喪服を持ってきたらしい。ハンガーに通しカーテンレールに掛けた朱鷺は、どこから持ってきたのかエチケットブラシで丁寧にほこりを取り始める。

「そういうの、いいから。もう出てってよ」

「だって華子、泣いてるじゃないか」

「はぁ？　朱鷺には関係ないでしょう」

涙を拭い、私に向けた背中を睨みつける。泣いていたことに気づかれたのが悔しい。こいつにはなんとなく、弱いところをみられたくない。

「いい年をしてそんなに泣き喚くってことは、相当のことがあったんだろう？　お兄ちゃんに話してみるといい」

「偉そうに言わないでよ。あんただって今日漫画ごときで泣いたってお母さん言ってたけど？」

朱鷺の手が一瞬止まった。

「……大事だったからな」

「ダンボでしょ？　泣くほど大事だった短編って何よ」

「ぎょらん」

覚えのないタイトルだった。そんなの、あったっけ？　首を傾《かし》げて記憶を探っていると朱鷺が喋り出す。

「華子も読んだことがあるはずだ。ほら、死者の願いが小さな赤い珠《たま》になる、ってやつ。主人公が髭《ひげ》もじゃもじゃで、旅してて」

ああ、と小さく声を漏らした。その話なら記憶にある。確か、雑誌の色にてんで合っていない暗い話だ。絵もごちゃごちゃとして汚くて、主人公は漫画のヒーローにありがちのかっこいいタイプとは真逆の、くたびれたおっさんだった。

人が死ぬ瞬間に強く願ったことが小さな赤い珠となってこの世に残る、というのが話の核だったと思う。その見た目がイクラに似てるから魚卵――『ぎょらん』と呼ばれていたんだったか。主人公のおっさんは訳あってこのぎょらんを回収してまわる旅をしていて、ぎょらんを見つけた端から喰っていく。珠をぷちんと嚙《か》み潰すと、死者の願いがまざまざと蘇《よみがえ》って共有できる、確かそういう話だった。ぎょらんは死者が手に握っていたり、はたまた口の中に入っていたり様々な場所に残る。それを探し見つけては口にするおっさんはひたすらに不気味だったし、死者たちの最期《さいご》の願いも決して感動を誘うものじゃなく胸糞《むなくそ》悪くなるばかりだった。設定を細かく練っていたのだろう、妙にリアルなところがあってそれが逆に薄気味悪かった。子ども心に、これでよく掲載に持ち込めたなと思ったものだ。幻の短編と呼ばれているというのなら、それも納得できる作品ではある。あの雑誌において、いやそうでなくても、異色だった。

「気持ち悪い話だったよね。何、あの話ってまさかだけどプレミアでもついてんの。あんなのに価値を見出《みいだ》すなんて、趣味の悪い人間もいるもんだねー」

とはいえ、今の世の中は何がどこで価値がつくか分からないとも思っている。私は全く面白いと感じなかったけど、絶賛する人間がいたっておかしいことではない。目の前の男がそうであるようだし。揶揄《やゆ》するように言った私を無視して、朱鷺は黙ってブラシを動かしている。

「最期の願いが分かる『ぎょらん』、ねえ」

呟いてふと、美袋さんは死ぬ瞬間何を願ったのだろうと思った。迫りくるトラック、飛び込んでくる抗《あらが》いようのない死、彼が死ぬ間際《まぎわ》に思い描いたのは誰だっただろうか。奥さん、子ども、それとも……。

「……ねぇ、朱鷺。ぎょらんって本当にあるのかなあ」

ぽろりと訊くと、朱鷺の手がぴたりと止まった。ゆっくりと振り返る顔はいつもの真面目一辺倒のそれでいて、しかし変な光が宿っていた。オタクの変なスイッチを押したのかなと一瞬後悔する。

「何で華子はそう思う」

声はとても冷静だった。あまりに静かな問いだったから私も、思ったままをするりと口にできた。

「彼が死ぬ間際に何を考えたのか、知りたいから」

吊《つ》るされた喪服と私を交互に見る。それから朱鷺は黙って部屋を出て行った。もしかしてあいつなりに空気を読んだのだろうか。妹は今、恋人の死を悲しんでいるのだと、察することができたか。まあどうでもいいや、とごろりと仰向《あおむ》けになって天井を眺める。朱鷺の邪魔のせいで涙はすっかり止まってしまった。それでも、泣きすぎて熱を孕《はら》んだ両目がじんじんと疼《うず》く。ぼんやりと天井を眺めながら考える。

これまで、美袋さんと自分の未来を何パターンも想像してきた。彼と晴れて結ばれるとか、奥さんに全部バレて泥沼の果てに別れるとか。産む時が来るかもしれない子どもの名前の候補はいくつも用意していたし、もし心中するならこんな感じがいい、なんて馬鹿げたことまで考えたこともあった。でも、こんなかたちは想像外だった。いきなりぶつんと切り離された私たち。どんな未来でも、繋がりだけは切れないと思っていたのに。

目を閉じ、彼との思い出を辿《たど》っていると、どんどんとドアが強くノックされた。ノックというよりは殴りつける勢いだ。のっそりと体を起こしながら「うるさい！」と声を上げる。

「朱鷺でしょ。まだ用があるの⁉」

入って来たのは案の定朱鷺で、裾をズボンに押し込んだジャージ姿はさっきと同じだったけれど、首に電気屋のロゴ入りタオルを掛けて大きなヘッドライトを着けていた。探検隊とか、地下工事の作業員が使っていそうなごてごてしたやつ。手には同型のものを一つと、新聞紙を持っている。

「何、その恰好《かっこう》。くそダサいんだけど」

「お前の上司が死んだのは、川向うにある大型ホームセンターの入り口だな？」

ぽかんと口を開けた。何を急に言い出したんだ、こいつ。啞然《あぜん》とした私に朱鷺は新聞を突き付けた。それは昨日の夕刊で、地方欄の隅っこに午前中に起きた美袋さんの事故のことが書いてある。それが何よ、と朱鷺を睨みつけると「探しに行くぞ」とやけに張り切った声で言う。

「探しに行くって、何をよ」

「この男の『ぎょらん』に決まってるだろう。知りたいんだろ。最期の願い」

馬鹿だ。本当の馬鹿だ。十数年前の漫画のネタを、三十路にして尚《なお》本気で信じているなんて。しかし目に本気がみなぎっている。朱鷺のこんなに熱い顔を見たのはいつぶりだっただろうかと思うけど、それがまさかこんな話でなんて、どうかしてる。漫画オタクの思考は狂ってる。

しかし私は一応朱鷺の妹で血の繋がりがあるわけで少しは似通っているところがあるはずで、つまり何が言いたいかといえば額にお揃《そろ》いのライトを巻き付けて家を出た。

ありえない、ということは分かっている。だけど、朱鷺の迫力に少しの可能性のようなものを感じてしまった。

朱鷺は無免許だし私は飲酒しているしで、高校時代に使っていたママチャリを引っ張り出してきた。朱鷺が漕《こ》ぎ、私は後ろの荷台に座る。小学生のころによくしていたように、背中合わせ。勢いづいて振り落とさないでよと言ったら、そんな芸当ができる体力はないと自信ありげに言われた。そうだろうね、十年熟成ニートだもんね。

我が家から事故現場までは車で二十分ほどだ。朱鷺の貧困な体力から考えると二時間近くかかってしまうかもしれない。それでも朱鷺は、揚々と自転車を漕ぎ始めた。

空にはキラキラと星が瞬《また》いていて、うみへび座がくっきりと見える。どこからか梅の匂《にお》いがする。春が近づいている匂いだ。桜が咲いたら一泊でどこか旅行にでも行こうと美袋さんが言ってくれたのはいつだっただろう。桜はまだ、蕾《つぼみ》すら付いていない。

ギイコギイコと音を立てて古い自転車が進む。十五分くらいで朱鷺の息が上がってきた。

「大丈夫なの、朱鷺」

「だ、いじょうぶだ。問題、ないな」

今にも倒れ込むんじゃないかというくらい、声が頼りない。それでも、代わってあげようかとは言わない。言ったって、朱鷺がそれを受け入れないのは分かっている。それならもっと気合入れてペダル踏んでよねと、後頭部を朱鷺の背中にゴツンとぶつけた。

昔から朱鷺は頑固で、言いだしたら譲らないところがあった。特に『お兄ちゃん』であることにとても拘《こだわ》っていて、『兄とはこうあるべき』といった定義があるようだった。自転車は兄が漕いで妹は乗るもの、というのも朱鷺の定義のひとつにあったはずだ。

背中に感じる熱に少しの懐《なつ》かしさを覚え、体を預けて空を仰ぐ。

私は昔から、不細工だった。父似の純和風顔は幼少時からこけしと揶揄されたし、成長期にむくむくと肥え太りだしてからは平安レスラーと呼ばれた。気性が荒かったのでそんなふざけた呼び名を使う男子は全員張り倒してきたけど、それでも大好きだった先輩にアジャコングちゃんと呼ばれたときには泣いた。泣きながら裏拳《うらけん》をお見舞いし、先輩は見事に鼻血を吹いた。

そんな私なのに、朱鷺だけはいつでも私を『庇護《ひご》すべき妹』として大事にしてくれた。件《くだん》の先輩にも、うちの妹を泣かしやがってと殴りかかっていき、しかし反撃を喰らって帰ってきた。殴られた頬を赤くして、お前のこと泣かす奴はお兄ちゃんが許さないからな、と胸を張った朱鷺は私の半分くらいの太さしかなかった。

「ねえ朱鷺、そろそろ社会復帰しなよ。あんた、私よりスペックいいんだしさ、こんな風に埋もれるのはいい加減やめなよ。大体さ、どうして引きこもってんのよ」

普段よりもぐんと優しく言えたのは、距離が近いせいだろうか。

朱鷺は今でこそ小汚いけれど、目鼻立ちのくっきりしたエキゾチック美人な母によく似ている、イケメンに部類される顔立ちだ。高校時代は彼女に事欠かなかったし、街を歩いているとハーフ？と訊かれることもあった（私はこけしなのに）。高校はこの辺りで一番偏差値の高いところだし、大学だって結構な難関校にひょいと合格した。昔から漫画オタクのきらいはあったけれど、今のような病的さはなかった。大量の漫画に埋もれて部屋に籠《こ》もりきりの生活を続けるのは、本当にもったいないと思う。

「いずれ働くのは、考えてる……っ」

ぜいぜいと息をつまらせながら朱鷺が言う。考えてるけど、まだ怖いんだ。小さな声に、ふうんと相槌《あいづち》を打った。

「華子も、どうして……ふ、不倫なんてしたんだ？　そんなの、お前には合わない、だろう」

びっくりして思わず振り返った。新聞には美袋さんが既婚だったことなんて、もちろん書いていなかったはずだ。

「妹のことくらい、何だって分かる、さ！」

やだキモイ、と思わず呟く。ほとんど兄妹の会話なんてなかったのに、どうして分かる。家庭内ストーカーってやつなのか。引きこもりの上に犯罪者予備軍だなんて勘弁してほしい。

「何を言う。キモくなどないぞ！　だいたい、行動で丸わかりだろう。何年も前から彼氏はいると言っているくせに、何でも話せる仲のいい母親に紹介できない。休日は彼氏と一緒に過ごすことは滅多になくて、どうも仕事帰りに少し会っているだけの様子。連休ともなれば抜け殻のように元気がない。恋愛漫画にありがちな、王道的不倫描写だから、な！」

「ああそうかよ、オタク野郎」

ありがちな不倫でどうもすみませんね、と精一杯の低い声で返した。

「あと……実は問題のある男なんじゃないのかとも思っていた。足や腕に頻繁に痣《あざ》ができていたし、会って来たと思われる日はどことなくきつそうにしてた。暴力、振るわれてたんじゃないのか」

心臓がどきりと跳ねた。思わず自転車から滑り落ちそうになって慌てて体勢を整える。自転車がぐらりと揺れて朱鷺が叫んだ。

「あ、危ないだろう！　華子！」

「暴力じゃ、ないからっ！」

朱鷺の声を撥《は》ね飛ばすように、声を張った。あれは暴力なんかじゃない。あれは美袋さんのセックスだ。叩《たた》いたり、首を絞めたり嚙み付いたり。痣で縄模様ができるくらいにぎゅうぎゅうと体を縛られ、大きなバイブをお尻《しり》に無理やり差し込まれたこともあった。でもそれはプレイの延長に過ぎず、そういうことをして彼は興奮して高まっていった。こんなこと赦してくれるのは華しかいないよ。俺は華の前でだけ、自分を繕わなくっていいんだ。受け入れてくれて嬉《うれ》しいよ、ありがとう。大好きだよ。華。

「あれは愛情表現なの！　私を愛してくれた結果だから！」

「本当に愛情だと感じていたら、もっと幸せそうに見えたと思うんだがな」

身を絞るような叫びを、朱鷺が切り捨てる。ぐっと唇を嚙んで、知った風に言わないでよ、と声を落とした。十年以上も女を知らない朱鷺に、男女の何が分かるっていうの。

「ああ、それはよく分からん。でも、華子がそいつのせいで辛《つら》かったってことは、間違いなく分かる」

ギイコギイコ。少し腰を浮かしてペダルを踏みしめながら朱鷺は続ける。

「好きだからって何でも受け入れちゃだめだったんだぞ、華子。どうせ、いいんだよいいんだよって、どんなことでも赦したんだろう」

「……私を馬鹿にしてんの」

男の前では自主性を失ってるって言いたいの。都合のいい駄目女って言いたいの。

「ち、違う。優しいんだ。華子は優しいから拒否しなかったんだろって言いたいんだ。男はきっと、お前のその優しさの裏に苦しみがあったことに気づかなかったんだな」

朱鷺とまともに会話しなくなって、もう何年になるだろう。何を考えているか分からなくて気味悪さを覚えたこともあったし、存在を恥ずかしいと思った時期もあった。思っただけでなくて、直接罵倒《ばとう》したこともある。

こいつはいつまで、兄のつもりでいるのだろう。

「あのさ、あんたがそういうふうに偉そうなこと言わないでくれない？　あんたに私のこと語る権利、ないから」

家に籠もってひととの関わりを拒否している朱鷺に、何が分かる。

「私が気紛《きまぐ》れにあんたに付き合ってるからって、調子に乗って兄面《あにづら》しないで。説教かましたいなら社会に出てひとと付き合えるようになってからにして」

背中で、朱鷺がぐう、と唸る。

「そうだな、うん。華子の、言う通りだ」

「何なら私、ここから歩いて帰ってもいいんだからね」

「いや、すまなかった。うん、華子の言う通りだ。俺が、偉そうだった」

その下手に出る言い方にまたもムッとして口を開きかけ、しかし閉じた。肩でため息を吐いてから、できるだけ冷静に言う。

「勘違いして欲しくないからはっきり言っておくけど、私、本当に愛されてたと思ってる。ただ、それをうまく受け止めきれなくて悩むこともあっただけ。本心よ」

「そうか。その男は、さぞかし幸せだったろうな」

朱鷺は本当に、嫌なことを言う。それから、私は喋らなかった。朱鷺もペダルを漕ぐのに必死なのか、一言も発しなかった。車の通りの緩やかな県道沿いを進む私たちの間には、ほんの少しの熱とペダルを漕ぐ音だけがあった。

予測通り二時間にあと少しというところで、町の郊外にあるホームセンターが見えてきた。ゴールを知らせるごとく、大きな看板が煌々《こうこう》と光っている。イメージキャラクターのプラスドライバーくんが歓待するように両手を広げて笑っていた。そこから僅《わず》かに手前、美袋さんが亡くなったと思われる場所には、真新しい花束と缶ビールが置かれていた。

「こ、ここだな……っ！」

朱鷺は既に汗だくで、首のタオルはぐっしょり濡《ぬ》れそぼっていた。私がひょいと飛び降りるのと同時に、がしゃんと自転車ごと倒れ込む。仰向けになってぜいぜいと呼吸を整える朱鷺は、ひっくり返ったカエルのようだった。

足元の朱鷺を無視して、周囲を見渡す。緩やかにカーブした道路は、見通しは悪くない。トラックの運転手がちゃんと起きてさえいれば、事故に遭うことなどなかっただろう。彼の行動が数分違ったら、死ぬことなどなかっただろう。人の運命の歯車は、どこで誰と嚙み合うのかなんて本当に分からない。

車道と歩道は、私の膝《ひざ》の高さほどの垣根できっちりと分断されていた。大きく一部分だけ、枝が折れて奇妙に窪《くぼ》んでいる。彼かバイクが、ここに飛び込んだのだろうか。この木って何だっけと小さく呟いたら、レッドロビンだと朱鷺が体を起こしながら言う。

「街路樹の、定番だ。もうちょっとしたら白くて小さな花を咲かせる。なかなか、可愛いんだぞ。『園芸部へようこそ』っていう漫画がその辺りに詳しい」

「ふうん。隙あらば漫画ネタをぶっこんでくるの、本当にキモいね」

「……さ、さあ、それより探すぞ。ぎょらん」

額のヘッドライトのスイッチを入れ、ほぼ這《は》いずるようにして、朱鷺が動き出す。それから、コンタクトレンズを落とした人よろしく舐めるように地面を探りはじめた。私はそれをぼんやりと見下ろした。

時を置かず、看板の電燈《でんとう》が落ちた。どうやら閉店の時間になったらしい。自転車に二人乗りをした高校生カップルや大学生と思《おぼ》しきグループが、私たちを奇妙な目で見ながら通り過ぎる。仕事帰りだろうか、プラスドライバーくんの笑顔が張り付いたジャンパーを着た初老の女性が、朱鷺を見て思いきり顔を顰めたあと私と目があって、小走りで去って行く。その間も朱鷺は地面に視線を這わせていた。

「ほら、何してる。華子も探せよ、きっとこの辺りに落ちてる」

「ねえ、本気であると思うの」

家を出たその時までは、もしかしたらあるかもと思っていたはずなのに、ありえないと冷めきっている私がいる。人目も気にせずみっともなく這いつくばっている朱鷺をぶん殴りたいくらい、恥ずかしいとも思えてきていた。どうして私はこんなところまでのこのことやって来てしまったのだろう。

「あるわけないじゃん、そんな都合のいいもの」

頬に泥をつけた朱鷺がちらりと私を見て、「どうしてそう思う」と訊く。

「どうしても何も、ないじゃん」

「あるぞ、ぎょらんは」

車道側にあった側溝の蓋を外し、中に顔を突っ込みながら言う。

「俺は本物を見たし、喰ったからな」

息を呑《の》んだ。

「大学一年の時に俺の友達が、死んだだろ。俺はあいつの右手の中にぎょらんを見つけたんだ。俺はそれを、喰ったよ」

「あんた……、本気で言ってんの」

「全部知ったから、俺は何もできなくなった」

朱鷺が顔を上げて私を見る。嘘《うそ》なんて吐《つ》いていない、真《ま》っ直《す》ぐな目をしていた。いや、目なんか見なくても分かる。兄は妹に、嘘を吐いてはいけないのだから。

朱鷺が引きこもりになったきっかけは、中学校の時から仲の良かった親友とも呼べる男の自死だった。彼は遺書の類《たぐい》は残していなかったし、周囲の目から見て死を選ぶような悩みも抱えていないようだった。でも、彼は死んだ。朱鷺が変わったのは親友の悩みに気づき助けてあげられなかった自責の念からだろうと、私は勝手に思っていた。朱鷺がふいと顔を夜空に向ける。

「こんなことじゃいけないとは分かってる。でも、あんなに鮮明に知ってしまうと、それを無視なんてできない。俺は、あいつのぎょらんが見せたものに今も、悩んでいる」

闇《やみ》に向いた瞳《ひとみ》は、幻を見ているように虚《うつ》ろだった。それには、見覚えがあった。十年前、頻繁に暴れていた頃だ。朱鷺の目は何かを見ているようで見ていなかった。

「朱鷺は、何を見たの」

朱鷺は首を横に振って、酷《ひど》いものだったよ、と独りごちるように言って作業を再開した。側溝の蓋を嵌《は》め、次の一枚を剝《は》がす。

「俺が何を見たのかは、詳しく話したくない。……多分あの作者は、『ぎょらん』を見た者なんだ。そしてきっと俺のようにぎょらんが見せたものに苦しんだ。だから、あの一作しか描けなかったんだよ。ネットでは、有名な話だ。興味本位でぎょらんを喰って今も苦しんでいる、なんて奴もいるしな」

主人公が小さな珠を口に放るシーンが蘇り、背中がぞくりとした。口中でぷちんと弾《はじ》け、じゅわりと念が染《し》み出る瞬間のコマはおぞましいくらい気持ち悪かった。そんなものにずっと苦しめられるなんて、まるで呪《のろ》いじゃないか。

「そんな馬鹿げたものが現実に存在するわけないじゃない。あんた、私を怖がらせようとしてんのね」

「そんなつもりはない。ぎょらんを喰うことで救われたという例も知ってるからこそ、こうしてここに来たんだ。それよりほら、探せ。とにかく、ぎょらんは存在している」

タオルで汗を拭って、顔を溝に突っ込む。

「事故に遭った衝撃を考えたら、体にくっついたままということはないだろう。この辺りに転がっているとみていいんだがな。ぎょらんは肉体が消滅すると同時に消えるらしいから、明日の昼くらいまでに見つけないとな」

ぎょらんが本当に存在するというのなら、私がそれを口にしたら美袋さんの最期の願望を知ることができるというの？　揺れ動く光を眺めながら思う。そんな都合のよい話がある訳がない。しかし朱鷺は、嘘を吐いていない。

ヘッドライトのスイッチを入れる。側溝に顔を突っ込む朱鷺の横に座り込み、垣根の根本を覗《のぞ》きこむように顔を寄せた。

「おお、見つける気だな。華子」

「そのために、ここに来たんでしょ」

それからふたりでひたすらに探した。次第に車の通りもなくなり、闇だけが静かに満ちる。沈黙が嫌になった私は、ぽつぽつと話をした。

「通夜の席でさあ、健気《けなげ》に応対していた奥さんの様子が一変したんだよね。がらっと表情変えたかと思うと、あなたがうちの夫の浮気相手ですね。写真をみました、って急に大きな声でそう言ったの。焼香している背中に向かって」

「な。なんだそれ。修羅場じゃないか」

私に尻を向けていた朱鷺がぐるんと振り返る。ライトが目を刺激して眩《まぶ》しくて、あっち向いててよと尻を叩いたら、慌てて前を向いた。

「ええ、そうです。私は彼と付き合っていました。奥さんにそう答えたのは、私の後輩のさゆみちゃんだった」

「な、なんだと！」

振り返ろうとして、止《や》めたらしい。光が激しく横に揺れた。

「私たち結婚する約束してました。これが証拠の指輪です、なんて言って薬指に嵌めた指輪を見せてさ。結構大きなダイヤがくっついてたなあ。さゆみちゃんはね、めちゃくちゃ可愛いのよ。下手なアイドルより可愛くて、肌なんて発光してるんじゃないかってくらい白くて艶々《つやつや》してさ。社内でも狙《ねら》ってる男の子は多いんだよね」

私に事情を話して聞かせた上杉くんも、さゆみちゃんファンのひとりだった。顔色をすっかり失って口をパクパクさせている彼の様子は、今にも憤死しそうに見えた。

「い、意味が分からない。どういうことだ！　分からないぞ！」

朱鷺が体を起こして声を上げる。大袈裟《おおげさ》に叫ぶ暇があったら早く探しなさいよ、ともう一度尻を叩いた。

「どういうことだ、華子。ちゃんと説明しろ」

「どういうことも何も、彼の不倫の本命はさゆみちゃんだったって、そういうこと」

ははは、と小さく笑う。私は美袋さんからアクセサリーを貰《もら》ったことなんてない。私の方が贈ったことは、あるけれど。彼のバースデーに、誕生石のブレスレットをプレゼントした。あの時、お揃いにしたいから自分の分も買っちゃおうかなと冗談めかしたら、自分の誕生石にしないと意味がないからやめておきなよとあっさり言われたっけ。いや、乳首用のピアスなら貰ったことがあった。それはさすがに痛そうで、ジュエリーボックスの奥底に仕舞ったままだけど。あれはプレゼントにカウントしたくないな。

「信じられないでしょ。浮気相手に会いに行く途中で死んだって噂《うわさ》で持ちきりの斎場の中で、おかしいな、私会う約束してなかったけどな、とか思ってたわけ。休日の昼間から時間貰えたことなんてほとんどないしさ。事故現場は確かに私の家からさほど遠くはないけども？　なんて首を傾げてたら、浮気相手はあなたなんて言葉が聞こえてどきりとして、そしたら仲のいい後輩がええそうです、って答えてる」

全く、悪夢だった。目の前で繰り広げられる光景が、ありえなかった。私こそが罵《ののし》られると思っていたのに、責められると思っていたのに、完全に蚊帳《かや》の外だった。

「斎場はそりゃあもう大騒ぎ。奥さんとさゆみちゃんは取っ組み合いの喧嘩《けんか》になって、息子くんと生まれたばかりの娘ちゃんがわあわあ泣き出してさあ。職員の人が必死に止めるんだけど、全然収まらない。怒りのやりどころがなかったのか、奥さんの父親が美袋さんの遺影に香炉を投げつけて、それががっしゃーんと割れたところがハイライトかな。ライトに照らされたガラスと灰がキラキラ舞いながら花祭壇に降り注ぐのは、なかなか綺麗だったよ」

「華子は、その場でどうしたんだ」

「焼香はすませてたし、帰ったよ」

私が飛び込んだとしても、さゆみちゃんのように戦える武器はひとつも持ち合わせていない。奥さんは私には極々普通の部下に対する態度しかとらなかったから、それはきっと彼の遺品には私との関係を暗示するものはなかったということだろう。であれば、彼との関係を堂々と宣言できるような証拠は何ひとつない。

それに何よりも、私は彼女たちの争いに混ざれるほど、うつくしくなかった。

「おっぱいとお尻がおっきいだけのブスだからさ、私。不倫相手の名乗りを上げてもきっと……誰にも信じてもらえなかったと思う」

言葉にすると、目の奥がぎゅうっと熱くなった。

自分の取り柄が人よりも少し恵まれた体だけだということは、よく知っていた。二度とアジャコングと呼ばれたくなくて無茶なダイエットをして必死で体重を落としたら、グラビアアイドルにも劣らないような胸と尻が残ったのだ。エロい体だと褒められたけれど、それと同じ分だけ顔が残念だと哀れまれた。華子ちゃんは首から下は最高だけどね、と何度言われたか知れない。だけど、美袋さんは可愛いと抱きしめてくれた。私の一重の目を涼しげだとキスし、下膨れの顔を優しいと撫でてくれた。それが、とても嬉しかった。彼の腕の中では私はやわらかくて繊細な可愛らしい女の子でいられた。痛みを伴う乱暴なセックスも、その後の包むような抱擁を思えば間違いなく愛撫《あいぶ》のひとつだった。私は彼に愛されていると、信じられた。でも、もう分からない。

「私と美袋さんの間に存在していると信じていたものって幻だったのかな。恋人だと思っていたのに、想いがちゃんとあると思っていたのに、本当のところはきっと、何でもやれる都合のいいセフレに過ぎなかったんだよ。私が感じていたものは、勘違いや都合のいい思い込みでさ」

彼がいた時には確かに信じられていたものが、そこにあると疑わなかったものが、一瞬で消えた。彼との繋がりを抱えきれないくらい持っていた気がするのに、それは幸せな夢に過ぎなかったとでもいうように、手の中には何もない。どうして信じていられたのかと不思議に思うくらい、何も。

「ねえ朱鷺、私って馬鹿だよねえ。ブスのくせに、誰よりも愛されてるって信じてたんだよ。彼の言葉は真実で、嘘なんてひとつもないって、本気で思ってたんだ」

地面を浚《さら》い続けた手のひらはすっかり泥に塗《まみ》れて汚れていた。何かの破片で切ったのか、左の親指の付け根がピリピリと痛む。それでも私は手を動かし続けた。

「ブスなんかじゃない。華子は、可愛いよ」

「あんたに言われても、嬉しくないよ」

「その男も、胸や尻なんかでお前と付き合っていたんじゃないと思う」

「慰めようとしないで。虚《むな》しくなる」

黙々と、地面を探り続けた。春先とはいえだんだん気温が下がってきて、指先が熱を失っていく。見つかることはないものを探すことに少しだけ疲れてきて座り込むと、お尻の下に硬い物を踏んだ。尾骶骨《びていこつ》と噛み合ってぎちりと痛む。

「痛っ！　何よ、も……」

探り出したのは、小さな赤い珠だった。私の額の灯りを受け、きらりと輝く。心臓がどくんと鳴った。嘘、まさか。目を擦《こす》り、もう一度まじまじと見る。親指と人差し指で摘まんだ、一センチに満たない程の珠は、消えることなく存在していた。

「あ、った……？」

なんだと、と朱鷺が声をひっくり返して叫ぶ。私の指先にあるものを見て取ると、悲鳴にも似た細長いため息を零して、べったりと座り込んだ。

まさか、本当に存在するわけがない。でも、朱鷺は喰ったと言った。そして、私の指先には確かに赤い珠が存在している。呆然《ぼうぜん》として眺めまわし、そして、ああ、と声を洩《も》らした。

「なんだ。これ、珊瑚《さんご》じゃん」

珠の中央には小さな穴が通っていた。そこで、気付く。これは、私が美袋さんに贈ったものだ。彼の誕生石は珊瑚で、私は吟味して色味が濃い大振りな血赤《ちあか》珊瑚のブレスレットを選んだ。だからいくら一粒であっても、見間違えることはしない。渡した時、美袋さんはそれをとても気に入ってくれて、パワーストーンなんて馬鹿馬鹿しいと思っていたけれど、相性の良《よ》し悪《あ》しがちゃんとあるんだなと喜んでくれた。すぐさま手首に嵌めてくれて、嬉しかったのを思いだす。

「きっと事故の衝撃で紐《ひも》が切れたんだろうね。着けてくれてたんだあ」

職場はアクセサリーの類は一切禁止だから、彼がこれを着けているのを見たのは渡したその時だけだった。ちゃんと使っていてくれたことに、思わず笑みが零れた。しかしすぐに、ふっと寂しさが襲う。

珊瑚か、そうだよねえ、と呟く。『ぎょらん』なんてものが、あるわけがない。

「何してるんだろうね、私。こんな夜中に泥まみれになってさ。だいたい、彼が私なんかにそんなもの遺《のこ》してくれるわけがない。私なんかに、何を遺すっていうのよ！」

珠を投げ捨てようとして、しかしその手をぎゅっと握る。捨てるのを、体が拒否していた。出来るわけが、ない。珠を握りしめて、深く深く息をついた。こんなちっぽけなものでも、私にはとても大切な形見だった。私が贈り、彼が残し、私が見つけた。たったひとつの彼との繋がり。たった一粒だけの、本当。

「……おい、華子。華子」

朱鷺が何度も私を呼ぶけれど、放っておいてほしい。無視しているといきなり、朱鷺が私の手の中のものを乱暴に奪い取った。小さな珠を摘まんだ朱鷺が立ち上がって、私を見下ろす。

「何すんの⁉　返してよ、珊瑚！」

「違うっ！　これは、華子が見つけたぎょらんだ！」

そう言って、朱鷺は珊瑚の珠を口中に放った。あ、と声を出す間もなく、噛む。がりっという音が響いた。

「は……？　やだ何すんの、馬鹿っ！　吐き出してよ！」

「これは！　ぎょらんだ！」

がりがりと音を立てて朱鷺は噛み砕く。驚きすぎて声も出ない私の前でしつこいくらいに噛んで、それからゆっくりと飲み下した。

信じられない。食べた。朱鷺の体に取りすがっていた私は、その場にへたり込んだ。私の唯一《ゆいいつ》のものが、朱鷺に奪われた。呆然としていると、朱鷺が「ああ、分かるぞ」と言う。

「華子、聞け。俺は今、奴の最期の感情が分かるぞ」

目を閉じた朱鷺は、マリア像のようなポーズを取って立つ。えんじ色のジャージに首には電気屋のタオル、額にヘッドライトを付けた男がそんなことしていても、怪しさはあっても神々《こうごう》しさは微塵《みじん》もない。どんな宗教の教祖だってもうちょっとマシな格好をしているだろう。しかも汗と泥に塗れていて、趣味が悪すぎて冗談にもならない。それでも、朱鷺の言葉を待っている私がいた。膝を揃え、祈るように朱鷺を見上げる。果たして、朱鷺が厳かに言った。

「華子ちゃん。大好きだったのに幸せにできなくて、ごめん」

ひゅう、と音がした。それは、私が息を呑む音だったのかもしれない。

「……それは、私のこと？」

朱鷺が深く頷く。私の目の端から一粒だけ、涙がゆっくりと転がり落ちた。

「……本当に、彼はそう思ってた？」

「ああ、もちろんだ。奴は、大好きな可愛い華子ちゃんを幸せにしてあげたかった、そう考えていた。死ぬ間際に奴が思い描いたのは、華子のことだけだ」

目を開けた朱鷺が、私を見下ろす。

「本当だ」

「……そう。じゃあ私は、美袋さんをこれからも信じていて、いいのね」

泥で汚れた両手で顔を覆《おお》い、朱鷺の言葉をゆっくりと反芻《はんすう》する。大好き。幸せにしてあげたかった。幸せにできなくてごめん……。

何度も繰り返して、それからふと気付く。朱鷺を見上げると、「間違いなくぎょらんだったぞ」と強い口調と声で言った。本当だぞ。よかったな、華子。

何故《なぜ》だかほろりと、笑みがこぼれた。馬鹿だね、お兄ちゃん。

「あれは、美袋さんのぎょらんだった。……信じるよ」

呟くように言うと、朱鷺の表情が少しだけやわらかくなった。ほっと息を吐く。

「ああ、信じるとい……げぼっ」

朱鷺が急にげほげほと噎せる。そして顔を歪めてぺっと何かを吐き出した。

「どうも口の中を切ったみたいだ。鉄臭い」

「珊瑚を噛み砕けばそりゃ口も切るでしょうよ」

「珊瑚じゃない、ぎょらんだって言ってるだろう！」

座り込んだまま、私は小さく肩を揺らして笑う。心が少しだけ軽くなっていた。それと同時に、お腹がきゅるると鳴る。それは袖で口元を拭っていた朱鷺のところまで届く音だったらしい。

「なんだ、華子。お腹、空いてるのか」

「あんまり夕飯食べなかったから」

「豚鼻家《ぶたばなや》はまだ開いてるはず、だよな。ラーメン、食わせてやろうか」

「無職に奢《おご》るお金があるの」

ふふん、と意地悪く笑って言えば、朱鷺が胸を張った。

「ポケットの中に四千円ある」

「あんなに大暴れしておいて、使うわけ」

「もう落ち着いた。形に拘り続けても、仕方ないからな」

立ち上がろうとする私に、朱鷺が手を差し出す。

「あの作品は写植ミスに至るまで全部記憶してあるから、問題はない。かたちを失っただけであれが消えてなくなったわけじゃない」

重ねようとした手が止まる。前髪の奥で、朱鷺の目じりに優しい皺が寄った。

「自分の記憶にあるもので、充分だ」

「……泣いて暴れたくせに、かっこつけてんじゃないわよ」

ばちんと全力で手のひらを叩いて、自力で立ち上がった。ひいい、と手を抱えて呻《うめ》く朱鷺の背中をもう一度叩く。薄い背中は気持ちよくなるくらい、いい音を立てた。同時に朱鷺が痛いと情けない悲鳴を洩らし、私は声を上げて笑った。夜空に声が溶け込んでいく。

「チャーシューメン大盛りに、ギョーザと生ビールね」

「四千円を越したら、華子が出すんだぞ」

「豚鼻家でしょ？　お母さんにギョーザのお土産を買ったって、おつりがくるわよ」

「そうか、母さんにも買って帰ろうな。じゃあそろそろ行くか」

朱鷺が自転車に跨《また》がり、乗れという。さっきまで這いつくばっていた地面を何気なくぐるりと見回すと、お供えの花束の陰にきらりと光る物が見えた。さっきの珊瑚よりも透明感のある、薄い赤がある。

「え？」

「ほら、行くぞ。華子」

きっと珊瑚だ。小さく頭《かぶり》を振って、荷台に腰かけた。自転車がゆるりと動き出す。月明かりを受けて淡く光る赤い珠は、すぐに見えなくなった。

夜明けのはて

にしがはちって教えたでしょう。

抑えてはいるものの、厳しい口調が耳に飛び込んできた。二四が八？　こんな場所で九九の勉強をしている親子でもいるのだろうか。パウダールームから出て来たばかりだった私は周囲を見回した。

「すみません」

次いで聞こえてきたのは、低音の男性の声だった。紛《まご》うことない大人の声で、「焦《あせ》って間違えました、すみません」と言う。

「間違うほどの数じゃないっつーの。焦る、だなんていつまで新人のつもり？」

声のした方に足を向けてみれば、廊下の隅っこで向かい合っている二人がいた。背の低い、些《いささ》か豊満な体つきをした女性と、彼女より頭ふたつ分ほど背の高い男性。男性の頭はもうすこし体裁を整えた方がいいのではないかと思うくらい、ぼさぼさだ。

男性はその頭を、おもちゃの水飲み鳥のように何度も上下させていた。

「もうそろそろ言わなくても分かるだろうと思ってたけど、全っ然駄目ね。もういっそ、小学校から出直して来なさいよ」

それはついさっきまで、葬儀に関しての打ち合わせをしていた二人組だった。てきぱきと話を進めていた四十代くらいの女性が担当者で、確か相原《あいはら》といった。渡された名刺には、葬祭ディレクター一級とかいう肩書きがついていたっけ。彼女より十ほど若そうな男性の方は傍《かたわ》らに座っていて、始終ぼうっとしていた。胸元に大きく研修中と書かれた名札には、御舟《みふね》と書いてあったと思う。

「ねえ、本当に分かってる？　ちゃんと聞いてるように見えないんだけど」

「聞いています。すみません、本当にすみません」

よく見れば彼の表情は無に近く、ぼんやりしているようにも怒っているようにも見えた。それでいて、しつこいくらい謝罪の言葉を繰り返して頭を下げる。相原さんの声が次第に苛《いら》ついてくるのは、彼のこんな反応のせいだろう。

反省しているのなら、もっと上手《うま》いやりようがあるだろうと眺めていると、御舟さんと目が合った。内容はさておき先輩に叱責《しっせき》されている最中だということだけは分かったので、慌《あわ》てて目を逸《そ》らしてその場を離れた。

「ねえ、喜代《きよ》ちゃん。今日はもう一件、通夜《つや》が入ってるんですってよ。一階の大ホールを使うそうだから、けっこう規模が大きいみたい」

戻ってきた私を見るなり言ったのは、夫の叔母である玲子《れいこ》さんだった。打ち合わせの際に座っていた座椅子《ざいす》に深く背を預け、パンフレットを捲《めく》っている。

「階が違うからまだいいけど、でも規模が余りにも違うのってなんだか惨《みじ》めよぉ。最後のセレモニーに、格差を感じたくないわぁ」

はあ、格差ですか、と生返事をした私から視線を外して、室内を見回す。

「本当に家族葬なんかでいいの？　お金の問題なら、私たちが出すから遠慮しないでちょうだい。遺族室もホールも、こんな狭いところじゃなくてもいいのよ。今ならまだ間に合うわよ」

「いえ、お気持ちだけで結構です。喬史《たかし》さんは、親しい人たちだけで送り出してくれたらいいって言ってましたから」

「それは俺も入院中に聞いたよ。自分のことをよく知ってくれている人だけいてくれたら充分だって。元々、大勢で集まるのが苦手な子だったしな」

玲子さんの向かいで頷《うなず》くのは夫の久雄《ひさお》さんだ。ここ一年ほどですっかり薄くなってしまった頭を撫《な》で、今夜の通夜に来るのはだいたいどれくらい？　と私に訊《き》く。

「二十に満たないと思います。職場の同僚の方たちが何人かと、私の母。私の会社の上司と、もしかしたらアパートの大家さん夫妻が来て下さるかと」

「少なすぎるわよ。ああもう、邦子《くにこ》たちが来られたらいいんだけど、あの子も臨月だから、無理はさせられないしねぇ……」

　飛行機で二時間の距離に住んでいる一人娘の名前を出して、玲子さんは手にしていた書類を机に放った。『たった一度きりの最期《さいご》のセレモニーを後悔しない為《ため》に』。表紙に明朝体で大きく書かれたそれには、この斎場のプラン一覧が書かれていたはずだ。

「人が来ないのは、方々に連絡していないからよね？　少なくとも、学生時代のお友達なんかはいるはずよ。喬史は働き盛りなのよ。もっとたくさんの弔問客が来るもんでしょ。供花や花輪なんかも、こうずらっと並んで」

　玲子さんが眉間《みけん》にシワを寄せて唇を尖《とが》らせる。その表情は、機嫌を悪くした喬史に少し似ているなと思う。血の繋《つな》がりがあるのだから、当然かもしれないけれど。

「お前の感じている寂しさはよく分かるよ。あまりにも、ひっそり去ろうとしてる。だけど、あの子らしいと俺は思うよ」

　久雄さんが玲子さんに優しく言い、それから部屋の奥に目を向けた。

「自分のためにひとの手を煩《わずら》わせたくないんです、ってよく言ってたじゃないか」

黒塗りの小さな祭壇の前には布団《ふとん》が一組あり、横たわっている人がいる。顔に白布を掛けた彼の前に置かれた枕飾《まくらかざ》りの香炉からは、線香の細長い煙がたなびいていた。

「小さなころに両親や祖母を立て続けに亡《な》くしたから、早く自立をしなきゃって思ってたんだろう。父親の妹夫婦の俺たちのところに来ても、我儘《わがまま》ひとつ言わなかった。迷惑かけたくないから早く成人したいと零《こぼ》したことがあっただろう？　ああ、打ち解けてくれないんだなと寂しく思ったものさ」

しんみりした声に、玲子さんが「それ、覚えてるわ」と項垂《うなだ》れる。

「迷惑と思ったことなんか一度もない、ってあのときはこっぴどく叱《しか》っちゃった。でもそういう性分だったのよねぇ。嬉《うれ》しさよりも申し訳なさが先だって苦しいんです、って泣かれて……酷《ひど》いことしたわね」

スン、と鼻を啜《すす》る玲子さんの横に腰をおろしながら、私は小さく息を吐いた。

数時間前、私の夫である喬史が死亡した。私よりひとつ上の三十八歳。胃腸風邪のような症状が二週間ほど続いたので受診してみれば、末期の胃癌《いがん》だと判明した。ふたり並んで医師からの宣告を受けた時、喬史の顔からばさりと表情がこそげ落ちた。嘘《うそ》でしょう、そう言ったのは、私だったのか彼だったのか。医師はただ瞳《ひとみ》を伏せ、今後の予定を淡々と続けた。ぱくぱくと動く医師の口を呆然《ぼうぜん》と眺めながら、これはどうやらたちの悪い夢にうなされているらしいと思った。ふいに躓《つまず》いた石ころが実は切っ先を向けたナイフだった——これは人生では時としてあることだろう。しかし、それを受け止めるのがどうして私ではなく、喬史でないといけないのだ。

それからは、どう過ごしてきたのか思いだせないくらい目まぐるしい日々だった。知らなくてはいけないこと、決めなくてはいけないことが次々と押し寄せてくる。時間がないから早くしないと、と誰かが急《せ》かす。それは喬史の命の長さを言っているのかと思いながら、しかし口には出せなかった。

告知を受けてから僅《わず》かふた月目の今朝、一週間ほど意識不明だった喬史は一度も意識を取り戻すことなく逝《い》った。朝靄《あさもや》の煙る空気がキンと冷えた時間帯で、まだ微睡《まどろみ》に満ちていた院内に玲子さんの泣き声が響いた。私の両手の中には彼の左手があって、それはまだ当たり前に温かい。しかしどれだけ撫で擦《さす》っても、強く握っても、何の反応もない。手を離せばずるりと力なく落ちた。ああ、どうやらこの悪夢はもう二度と醒《さ》めないらしい。そう思った。

線香の煙が、離れている私のところまで届いた。品の良い白檀《びゃくだん》の香りは、聞き覚えがある。ああ、そうか違うかと思う。悪夢と言うならば、それは十七年前から見ているじゃないか。あの事故以来、私はずっと悪い夢の中にいるようなものだ。遊具に奇妙にぶら下がって動かなくなっていたあの子を見つけた瞬間から、ずっと。

喜代ちゃん、と強く肩を摑《つか》まれてはっとする。玲子さんが私の顔を覗《のぞ》き込んでいた。

「ぼうっとしてたけど、大丈夫？　私たち、いったん家に帰って支度をして来るわねって言ったのよ。喜代ちゃんも、そうする？」

「いえ、大丈夫です。実家の母がこちらに向かってくれているんですけど、私の荷物も持って来てくれるというので、ここに残ります」

「そう？　それなら喜代ちゃんは少し休んでいるといいわ。ここ何日か、満足に眠ってないでしょう。ずっと病院に詰めていたもの」

通夜の始まる時間までには戻って来るわね。そう言って、玲子さんたちは出て行った。その気配が遠ざかるのを待って、ごろりと畳に寝転がる。横目で祭壇を見やった。玲子さんは狭いと言ったけれど、十八畳もある和室は充分に広いじゃないか、と思う。だって、どれだけ手を伸ばしても喬史に届かない。

「うちのリビングの倍以上あるんだもん。広すぎるくらいだよね、喬史」

階下で行われるという大きな通夜の準備だろうか。遠くでがやがやと声がする。この部屋の隣にある家族葬用の小さなホールでも喬史の為に祭壇の支度がされるはずだけれど、まだその気配はないようだ。玲子さんが知ったら、こちらの方が先に入ったのに後回しにされているかもしれないなとぼんやり考える。目を閉じて、遠くの音に耳を澄ました。

幼いころは、人が生きている音を聞きながらごろ寝するのが好きだった。風邪などで学校を休んだときが、その最たる時間だった。日常を営む顔も知らないひとたちや、学校で勉学に勤《いそ》しんでいる級友たちを想像しては、ひとりでクスクスと笑った。当たり前の毎日を少しだけ離れている自分の束《つか》の間《ま》の自由さが嬉しくて、楽しかったのだ。

俺もその時間が好きだったなあ。喬史がそう言ったのは高校時代のことだったか。みんな一度は感じることなのかもしれないね、そんな相槌《あいづち》を打った私だったが、喬史の言葉の続きを聞いて驚いてしまった。

このまま誰とも関わらずに生きていけるような気がして、すごく気持ちよかったんだ。快復して学校に行くときの絶望感たるや。喬史はしみじみとそう言ったのだ。

学校に戻る日も、私は好きだった。大丈夫だった？　と心配されることも、私がいない間どれだけ退屈だったかという話を聞くことも、非日常の名残だ。そして、世界に私が必要とされていたことを感じられた。学校に戻ることを苦痛に感じたりなどしなかった。

学校が嫌いだったの、と訊くと喬史は首を横に振り、自分が嫌いだったと言った。

自分がみんなの中にいなきゃいけないことが怖かった、とも。

「あの時は、意味の分からない事を言う変なひとだなあ、って思ったのよねえ」

小さく声に出して笑う。彼の表情の乏しいところも、飄々《ひょうひょう》としたところも、どうにも摑《つか》みどころがなくて、苦手意識を覚えていた。こんなひとと深く付き合うことはないだろう。最初はそう思っていたのに、私は彼と夫婦になった。

喬史はどうして、私と一緒になったのだろう。なんだかんだと付き合いは長かった。しかし私が喬史に対して恋愛感情を抱いていないことは分かっていただろうし、彼もまたそうだったと思う。なのに私たちは夫婦として四年ほどの時間を一緒に過ごした。喬史が病になど殺されなければ、それはこれからも続いたのだろう。

訊いておくべきだったなと思う。どうして私と一緒に生きていたの。あなたの人生において、最期を看取《みと》り送るのが私でよかったの。

『意味なんて、自分で好きに見いだしていいんだ』

きっと、喬史はそう言っていつものように穏やかに笑ってくれるのだろう。意味を見いだせ、というのは彼の口癖だった。それが自分にとっての真実になるんだよ。じゃあ、あなたは私との結婚にどんな意味を感じていたの。そんなことを思い巡らせている内に、とろとろと眠りについていた。

この斎場を選んだことには、確かに意味があったようだ。私はその人を前に、一瞬呼吸をすることすら忘れてしまった。向こうも似たようなものだったか、大きな瞳を見開き、私を凝視している。

相原さんと連れ立って現れたのは、私がもう一生顔を合わすことはないだろうと思っていた人だった。

「石井《いしい》さん、どうしてここに……？」

「喜代先生……」

二度と顔を見せないでくれと言われたのは、あの子の通夜の席でのことだ。その時は腰に届きそうなほど長かった髪を、顎《あご》のあたりまで短く切っている。福々としていた体つきはすっかり細くなり、あのころにはなかった法令線がくっきりと浮き出ていた。

「もしかして先生が、故人さまの……？　そういえば喪主さまのお名前……」

「は、はい。そう、です」

体中の血の気が、潮が引いたように消え失《う》せている。座っていてよかった。立っていたらそのまま倒れ込んでしまっていたことだろう。座椅子の背もたれに体を預け、浅く息を吐く。事情を知っている母が、私の横で居住まいを正し深々と頭を下げた。

「浜崎《はまさき》さん、お知り合いですか？　石井は、わたくしども斎場の納棺部の者なんですよ」

私たちの関係を計りかねているのだろう。石井さんの隣にいた相原さんが、曖昧《あいまい》な笑みを浮かべて言う。それは、分かっている。納棺の儀を始めさせていただきます、と白衣を着た人間が現れたのだから。

「あの、斎場変えます。ここから出ます」

思わず、そう言っていた。途端に相原さんの顔つきが強張《こわば》る。逆に、石井さんは困ったように微笑《ほほえ》んだ。

「そう言わないでください、先生。それなら私が担当を外れましょう」

「い、いえ、そんな。あの、私が変えますから！」

慌てて声を張る。私が彼女に迷惑をかけるわけにはいかない。私が、いえ私がと短く言い合いをしていると、石井さんが相原さんに向き合った。

「あの、少しだけ喪主さまと私のふたりきりにしてもらって構わないかしら？　こんな所で再会するとは思ってもいなくて、お互い動揺しているの。なので、きちんとお話ししたくて」

ことね？」

「それは、ええ、いいわよ。よく分からないけれど、急だったから、驚かれたってこ

ことの成り行きを不審そうに見ていた相原さんが、取ってつけたような笑みを張りつけて頷く。それから、母と連れ立って部屋を出て行った。

「ここ、失礼しますね」

ふたりがいなくなるのを待って、石井さんがテーブルを挟んで私の前に座った。

「あの、私……っ！」

謝罪の言葉を口にしようとしたら、やんわりと手で制された。石井さんが首を横に振る。それから、ありがとうと言われた。

「毎年お墓に花を供えて下さっているの、喜代先生でしょう。あの子の好きだったひまわりをたくさん。季節外れのものを用意するのは、大変でしょう」

「お礼なんて。それに私、もう先生じゃありません。あれからあの仕事は辞めました」

あら、と眉《まゆ》が下がる。

「あのとき辞められたっていうのは聞いていたわ。でも、もう復職されているのかと思ってた」

「辛《つら》いわよね」

「そう……。そうね、ごめんなさい。続けるのも、辛《つら》いわよね」

納得したように言って、石井さんは私に小さく微笑みかけた。

「あなたには酷い言葉をたくさんぶつけてしまったわよね。そんなことをしても仕方ない、って分かってたのよ。でも、誰かに当たりたかった」

「あ、当たり前です。だって私が……私が真佑《まゆ》くんを殺したんです」

声が震えた。両手を膝《ひざ》の上で強く握りしめる。私は彼女の子ども、まだ五歳だった真佑くんを殺してしまった。

保育士として初めて受け持った子どもたちの中に、真佑くんはいた。体が平均より小さくて真っ白な肌、くりくりとした目が印象的な子だった。とてもやんちゃですばしっこくて、クラスの中で一番足が速かった。自分より一回りも大きなお友達を悠々と追い抜いていく姿は、今でもはっきり覚えている。真佑くんは負けん気が強くて、少しだけ向こうみずなところがあって、そのせいで怪我《けが》が絶えなかった。危ないよと怒る私たち大人に、だってそれがおもしろいんだもーんと悪びれずに笑う顔はいつだってキラキラと輝いていた。愛され許されることが当たり前だと信じて疑わない、無《む》垢《く》な笑顔を前にして、何度叱る言葉を見失ったことだろう。

危ないと言われても、やらずにはいられない子だと分かっていた。あの日は、ジャングルジムのどの高さから飛び降りることができるかというチキンゲームを園児たちが始めて、ひとりの子が上手く飛べずに怪我をした日だった。しばらくジャングルジムは禁止よ、と叱る先生たちを前に、不満げにジャングルジムを見つめていたあの子の顔を私は見ていた。どうなるかなんて、想像に難くない。なのに、私はあの子から目を離した。

預かり時間の終了間際《まぎわ》のこと、真佑くんがいないと大騒ぎになって、みんなが園の外へ探しに出ようとしていた。その時私だけが、園庭の隅にあるあの遊具のところにいるはずだと思った。それは間違いじゃなかった。

ジャングルジムの中ほどで、あの子は首を吊《つ》っていた。ジャンプした拍子に、通園バッグがジムに絡《から》みついてしまったのだろう。最上部で引っかかったバッグから伸びる黄色い紐《ひも》が、白く細い首に食い込んでいた。

「私が、殺したんです」

「あのとき先生はうちの夫と話をしていて、あの子は大人の目から抜け出した。それだけよ」

あの日、真佑くんを迎えに来たのは父親だった。うちの子は最近どんな感じですか、そう訊かれて私は真佑くんの園での生活の様子を語った。育児に熱心な父親は、息子の活発過ぎるところをとても気にしていて、私と会うたびに園での様子を聞きたがった。そしてその日は真佑くんの起こした事件のせいで、話が少しだけ長引いた。ねえパパ、せんせいとお話ししているあいだ、遊んでいていい？　待つことに早々に飽きた真佑くんはそう言って、私たちはいいよと答えたのだ。

　首を横に振り、私のせいです、と言う。私のせいなんです。

「先生は以前からそう仰《おっしゃ》ってたわね。私はそれに甘えて文句を並べたてた。でももう、いい加減吹っ切ってくれて、いいのよ」

　石井さんの顔を見る。あのころより皺《しわ》が増えた顔は、すっきりと笑っている。

「毎年お参りしてくださってる先生ならご存知でしょうけど、生きていたらもう二十二歳だわ。大きくなって、私たちの手元からとっくに飛び立ってる年。だから私はね、あの子もきっとどこかで大人になってるって思うことにしてるの」

「は……？」

「哀《かな》しかったことは、忘れていいの。辛いことは、もうおしまい」

　あなたをどうしても許せない。慟哭《どうこく》と憎悪《ぞうお》で真っ赤に染まった目でそう言ったひとが、私に忘れろと言う。しかし、それに素直に頷けるはずもない。

身じろぎもできずにいる私に気付かないまま、石井さんがため息を吐《つ》く。

「それにしても、こんな再会で驚いたわ。挨拶《あいさつ》が後になってしまったけれど、この度はお悔み申し上げます。まだお若いのに、残念なことです」

石井さんが深く頭を下げる。それから、私が担当するのは複雑なお気持ちでしょうから、他の者と交代しましょうねと言った。

「あ……、い、いえ。石井さんがいいのなら、このままにしていただいて結構です」

「気を遣わなくてもいいのよ。こうみえて納棺部のチーフだから、どうにでもなるの」

彼女は、余裕を持って笑う。確か、真佑くんが生きていたころの彼女は、スーパーでレジ打ちのパートをしていたはずだ。どうして納棺師などになっているのだろう。たったひとりきりの子どもの死が影響しているのだろうと、想像はつくけれど。

「いえ、本当にいいんです。これも、その、ご縁だと思いますし」

彼女が嫌がらないのに、私が拒否できようはずもない。石井さんは頷いて、大切に務めさせて頂きますねと言った。

白薔薇《しろばら》と白菊、胡蝶蘭《こちょうらん》をふんだんに使い、カラーやアナスタシアグリーンを挿し色に使った花祭壇は、とてもうつくしい出来栄《できば》えだった。園芸が趣味のひとつで、アパートの狭いベランダに小さな花壇を作っていた喬史が見れば、目を細めただろう。はっとするほど鮮やかな白と緑が、緩やかな波模様を描いている。絵画のようにもみえる花園は、回転燈籠《どうろう》や蓮華《れんげ》燈《とう》に灯りが入ると、途端に荘厳《そうごん》な顔になった。玲子さんもその出来には満足したようで、通夜の始まる前に相原さんを捕まえて礼を言っていた。広けりゃいいってもんでもないわよねえ。小さくてもよいものを使えば見劣りしないわよ。とても華やかな花祭壇だわぁ。

喪主席でしゃがれた読経《どきょう》を聞きながら、私はさっき別れた石井さんを思いだしていた。

世話をかけさせるのが好きではないひとだったからと湯灌《ゆかん》は断り、清拭《せいしき》と着替え、棺に納めるという最低限のことだけをお願いしていた。彼女はその作業のひとつひとつをとても丁寧に行った。その顔はとても真摯《しんし》で、命がけで闘ってきた彼を心から労《いたわ》っているのが伝わってきた。

こんな表情を見せる女《ひと》だったんだなと見つめる。十七年前の、悲しみや怒りに支配された顔の記憶しか残ってなかった。彼女のふたつの顔がまだうまく重ならないけれど、本来の顔は、きっとこちらなのだろう。

伸びきった髭《ひげ》をこざっぱりと剃《そ》り、一番気に入っていたジャケットを着せてもらった喬史は、柩《ひつぎ》の中で安らかな顔をしていた。病に苦しみ死の間際まで苦悶《くもん》の表情を張りつけていたようには思えない。よく眠ってるわね。声を掛けたらきっと起きるわよ、と涙ぐむ母の傍らで、私は石井さんにお礼を言った。

「本人もきっと満足していると思います。ありがとうございました」

「私こそ、ありがとうございました。こんなかたちだからよかったと言ってはいけないでしょうけど、でも喜代先生にお会いできてよかった」

彼女が微笑みかけてくるが、私はそれに上手く応《こた》えることができない。お腹《なか》の奥が奇妙にうねって苦しくなる。どうして、私にそんな顔を向けることができるのだろう。二十歳を超えるほどの月日を経ても、あの子が生き返るわけじゃない。いなくなった子は、二度と戻って来ない。罪は罪のまま、赦《ゆる》されるものではない。

『あなたをどうしても許せない。きっと一生、死ぬまで!』

真佑くんの通夜の晩、彼女は私に摑みかかってきた。私の腕に爪《つめ》を突き立てながら、もう永遠に私に幸せはないと叫んだ。絶望に満ちたその顔を、私は一生忘れることはない。あの時、私もきっと彼女に永遠に憎まれるのだろうと覚悟をしたのだから。しかし、彼女の言う永遠なんてものは、たかだか十数年で消え失せるものだったのか。

『罪と悲しみは一緒じゃないだろ』

ふいに、喬史の声がした。そんなこと分かってると叫びかけてはっとする。幻聴だ。しかし、喬史だったら言いそうな言葉なようにも思う。

喬史は言葉が少なくて、時には足りないこともあって、こちらがその本意を探らなくてはいけないことも多かった。ルービックキューブを急に渡されて、面を揃《そろ》えろと言われているような感じに似ていた。必死にこねくり回して考えて、やっと意味合いに辿《たど》り着く。ただ、そうして伝わった彼の考えは不思議とすとんと胸に落ちてきて、どんな悩みでもそれなりの着地点に落ち着くことができた。

そうだ、今、喬史と話さなければいけない。彼に話さなければならないことは、たくさんある。順序立てて、まず今朝の話からしよう。ことの起こりである、喬史が死んでしまったところから。

あのね、喬史。喬史がね、死んじゃったんだよ。意識が戻ることのないままだったからあなた本人も気付いていないかもしれないんだけど、今日、死んじゃったんだよ――。

はっとして祭壇を見る。白と緑の花々の中で、喬史がこちらに微笑みかけている。

「死んだの？」

足元を掬《すく》われるような恐ろしさが、一気に襲ってきた。自分が今どうしてここにいるのか分かっていたはずなのに、分かっていなかった。私は自分が本当に、『悪夢』を過ごしているだけだと思おうとしていた。

喬史は今、確かに死んでいる。

「ひ」

喉《のど》の奥で、短く声が漏れた。悲鳴を上げたいのに、空気をひと塊押し出すのが限界だった。こみ上げてくる吐き気を堪《こら》えて口を押える。今度は息の仕方が分からない。だんだん息苦しくなり、体が勝手にぶるぶると震えはじめた。目の前の喬史が歪《ゆが》む。

「どうされました？」

いつの間に近寄って来ていたのか、耳元で相原さんの声がした、と思う。いやそれも幻聴だったのか。私はそのまま椅子から転げ落ち、意識を失った。

＊

喬史とは、高校時代の先輩と後輩という関係だった。しかし、親しかったわけではない。目立ちたがり屋だった私は生徒会の書記をしており、喬史は園芸部の部長で、月に一度行われる委員会議で顔を合わせる程度だった。廊下ですれ違っても会釈《えしゃく》ひとつで済ますような、そんな具合だった。生徒会で一緒だった友人が素敵だと騒いでいたけれど、その魅力が全く分からなかった。花の品種や花言葉に詳しい男より、流行の曲に明るい男のほうが魅力的だと私は思った。その子を交えて何度か会話をしたけれど、あまりの愛想の悪さと口数の少なさに閉口したのを覚えている。

喬史が卒業し、私たちの縁はぷつりと切れた。喬史が他県の会社に就職したと人伝てに聞き、きっともう二度と会うことはないだろうと思ったし、その存在は数ヶ月で忘れ去った。

再会したのは、私が保育士の仕事を退職して五年後のことだ。私は定職に就《つ》かず、色々なバイトをして生計を立てていた。

『隣、いいかな』

バイト帰り、ラーメン屋でひとり食事をしていると、見知らぬ男に声をかけられた。こんな場所でナンパかと呆《あき》れて無視をしていたら、彼が母校の名前を出して驚いた。よくよく顔を見てみれば、何となく見覚えがある。喬史が名乗り、園芸部の部長でと続けて、ようやく思いだした。

『懐《なつ》かしい顔だったから、つい声をかけてしまった』

『県外に行ったって、聞いてたけど』

『転勤で、こっちに戻って来たんだ。あまり変わらないね、この町は』

制服のブレザー姿しか知らないせいか、スーツをごく当たり前に着こなしている彼がやけに大人に見えた。変わらない、成長していないのは町だけでなく私もかと、学生時代と大して変化のない自身の恰好《かっこう》を見下ろして考える。

『ああ、俺のことは気にせず食事を続けて』

喬史はそう言うと、私より早く食事をすませてさっさと帰って行った。振り返りもせず去って行く背中を見ながら、相変わらずマイペースでさっぱりしているなと思った。

こちらに興味を持っているのかどうなのか全く摑めない。彼とはどうも恋愛に発展しそうにない。高校時代の、件《くだん》の友人はそう言って嘆き、どんな女が彼を魅了するのだろうと想像を膨らませた。私たちのような阿呆《あほう》な小娘ではなく、博学の成熟した大人の女じゃないの、なんて軽口を叩《たた》き笑ったことを思いだす。

少しだけ、底抜けに無邪気だった学生時代が蘇《よみがえ》って箸《はし》を止める。世界が、毎日がキラキラしていたあのころに戻れたらいいのに。もし戻れたなら、私はまっさきに進路相談室に飛び込むだろう。そして、今とは別の道を選ぶ。気付けばラーメンはすっかり伸びきっていて、温《ぬる》くなったスープには薄く脂《あぶら》の膜が張っていた。

それからはしょっちゅう、喬史に遭遇するようになった。牛丼屋《ぎゅうどん》に定食屋、立ち飲み屋まで、ふらりと入った店に喬史が先客としている。その逆もまたあった。私たちは学生時代のように会釈のみで挨拶をして、それぞれの食事をすませて別れた。

『君とは食の好みがずいぶん似ているらしいね』

何度目のことだったか、カウンターの隅でホッピーを飲んでいる私に気付いて近寄ってきた喬史が苦笑した。

『いつもひとりだってところも、似てるみたいね』

私も、空になったジョッキを振って笑った。

次第に、顔を見れば並んで食事をするようになった。たまにグラスを合わせてみたり、料理をシェアしたりする。喬史の給料日に御馳走《ごちそう》になったこともあった。しかし、昔の知人という関係以上のものに発展することはなかった。私たちは自分についてほとんど話さなかったし、訊こうともしなかったから、互いがどこに住んでいるのかも恋人の有無も知らなかった（いつもひとりでいるのだから、これは推して知るべしではあったが）。

この料理は中々美味《おい》しい、今週発売のあの漫画は読んだか。そんな、その場だけの無害な会話をぽつぽつと交わして、腹が満たされたら別れる。その繰り返しを、実に五年近く続けた。

——いや、さすがにその間に連絡先の交換くらいはしたっけか。

ふと思うと同時に、目が覚めた。ゆっくりと瞼《まぶた》を持ち上げると、見慣れない天井があった。

「大丈夫？　喜代」

顔を覗き込んできたのは母で、私はゆっくりと自分の状況を思いだす。そうして慌てて起き上がろうとすると、止められた。

「寝不足よ。あんた、自分の顔見たらびっくりするわよ。酷い顔色」

「通夜は」

「もうとっくに終わった。通夜振る舞いも終わって、みんな帰ったわ。食事を冷蔵庫に残してもらってるけど、食べられる？」

母を押しのけて起き上がる。くらりと揺れる頭を振って周囲を見れば、遺族室はすっかり綺麗《きれい》に整えられていて誰もいない。灯りの入った祭壇の前には、柩が戻って来ていた。

「玲子さんたち、明日の朝イチで来てくれるそうよ。あんたのこと心配してたんだけど、葬儀場では恐ろしくて眠れないから帰るって。あの人、意外と繊細ね。死んだ人間の何が怖いのよ」

看護師である母は鼻で笑い、あたしが一緒にいてあげようかと続けた。

「さっき確認して来たんだけど、この斎場ってバスルームがあるのね。ホテル並みのアメニティが置いてあったわよ。布団も貸し出してくれるらしいし、このまま泊っても平気よ」

「ううん、いい。最後の夜はふたりで過ごすのもいいなって喬史が言ってたから、そうする」

まだ覚醒《かくせい》しきっていない頭で返す。

「母さんも、シンタローが待ってるでしょ」

数年前に父を看取った母の今の生きがいは、三歳になるミニチュアシュナウザーだ。ぬいぐるみみたいなコロコロした雄犬を、息子のように溺愛《できあい》している。

「一晩くらい問題ないけど、そういうことなら帰るわ。ねえ、本当に平気なのね？」

平気、と短く言うと、母はちょっと待っててと立ち上がった。

「斎場の人に、あんたが起きたこと伝えておくわ。相原さんも帰ってしまったんだけど、あんたのことを心配して、当直の人に申し送りしてくれてるのよ」

「迷惑かけちゃったね。私をここに運んでくれたのは誰？　久雄さん？」

「ううん、ここの職員さん。背の高い、何だか頼りなさそうなぼんやりとした人」

母が部屋を出て行き、戻って来た時に一緒に現れたのは御舟さんだった。大丈夫ですかとぼそりと訊く。

「ご迷惑おかけしました、もう平気です」

「そうですか。今晩は僕ともうひとり当直の者がいて、僕がこちらの担当です。当直室は一階の事務所の隣ですが、そこの内線で繋がります。何かあったらいつでも連絡して下さい。では失礼します」

早口でまくしたてるように言って、バネでも仕掛けられているんじゃないかという勢いで頭を下げてから彼は部屋を出て行った。

「教えられたとおりに喋《しゃべ》りました、って感じよねえ。あんたが倒れたときも呆然としちゃってて、相原さんと他のスタッフに怒鳴られてやっと動いたのよ」

母が苦笑する。つられて笑いながら、昼間も叱られてたよ、と言った。

「もういい年でしょうに、あれじゃ一人前になるまで相当な時間がかかりそうね。じゃあ、あたしも帰るわ。また明日ね」

そうして母も帰って行った。静かになった部屋の端でしばらくぼうっと座る。階下にはまだ多くの人がいるらしく、ざわめきが昼間よりも大きく聞こえた。子どもがいるのだろう、甲高い声がする。

「……お茶でも飲むか」

声に出して、立ち上がる。机の上に置かれていた茶器で、ふたり分のお茶を淹《い》れた。湯呑《ゆのみ》のひとつを枕飾りの台に置く。

「さっき、ぶっ倒れてごめん。びっくりしたでしょ」

湯気をたてているお茶を啜る。その音は広い部屋に思いの外大きく響いた。

「『ガラスの仮面』のさ、ヘレン・ケラーのエピソード覚えてるよね?」

喬史と私の共通点のひとつに、『漫画好き』というのがある。雑食な私たちは面白いと思えばどんなジャンルの漫画でも読んだ。アパートの部屋には大きな本棚がふたつあって、互いの秘蔵本がみっちりと詰まっている。演劇漫画の不朽の名作である『ガラスの仮面』があるのは、喬史の本棚のほうだ。

「ヘレンが全《すべ》てのものには名前があるってことを理解するところがあったでしょう。マヤが、そこをどう演じればいいのか悩むくだり」

三重苦の、コミュニケーションが殆《ほとん》ど取れないヘレンが『知る瞬間』をどう表すか。主人公であるマヤとライバルの亜弓《あゆみ》さんは互いに試行錯誤する。マヤは、水風船の破裂をそれにたとえて表現した。

「まさにそんな感じだったんだ。ぱぁん！　って頭の中が破裂するみたいな衝撃で、喬史が死んだことに気付いたんだよ」

湯呑の中の、深緑の水面が揺れている。いや、私の手が揺れているのだと気付く。

「ずっと付き添ってて最期の瞬間だって一緒にいたのに何言ってんの、って話よね。でも、相談したいのに喬史がいない！　と思って初めて理解したんだ。喬史が、死んでしまったんだってこと」

声が潤《うる》み、目の奥が熱くなる。慌てて湯呑の中身を飲み干す。思ったよりもまだ熱くて、激しく噎《む》せた。苦しさで涙が滲《にじ》み、呼吸を整えながら目じりを拭《ぬぐ》う。

空になった湯呑を置き、ずりずりと這《は》いながら柩に近づいた。まだ蓋《ふた》はされておらず、覗き込めば喬史がそこにいる。真っ白の綿で出来た花が、顔の周囲を飾っていた。眠ってるみたいと母は言ったが、こうして見たら明らかに違う。幾分強張った表情と、悪くなる顔色を隠すためのファンデーションが、喬史を精巧な人形のようにみせていた。

「馬鹿《ばか》ね。こんなにもはっきり、死んでるのに。何をぼんやりしてたんだろうね、私」

しばし見つめた後座り直し、柩に背を預ける。誰もいない室内を眺めながら口を開いた。

「倒れていた最中ね、昔の夢見てた。高校生のころとか、喬史とラーメン屋さんで再会した時のこととか。ねえ、あれは何年前だったっけ。喬史にビールぶっかけた日」

何年にも亘《わた》って続けた、ただの飲み友達のような関係が終わったあの日もラーメン屋にいた。餃子《ぎょうざ》とレバニラ炒《いた》めを肴《さかな》にとても和やかな雰囲気で飲んでいたとき、喬史がおもむろに言った。

『あんなにたくさん友達がいたのに、どうして君はいつもひとりなの』

それは初めての私に関する質問だった。週刊青年誌の漫画の話をしていた私の顔が強張る。それに気付いただろうに、喬史は続けた。

『バイトも、いつも転々としてる。まるでひとと関わるのを避けてるみたいだ』

『急に、なに』

『それは、保育園の事故が原因?』

君が担任だったんだろ……と続けようとした喬史だったが、口を閉じた。私の顔色が明らかに変わったのを見て取ったからだろう。

あの事故は全国ニュースでも大々的に報じられた。遊具の持つ危険性について専門家が語り、各地で回転シーソーなど怪我しやすいものが次々と姿を消した。小さなこの町にもたくさんの報道陣が押しかけたから、喬史が知っていてもおかしくない。しかしどうして、それに私が関わっていると知っていたのか。いつから知っていた、いつから黙っていた？

考える間もなく、手にしていたジョッキの中身を喬史に向かってぶちまけていた。

『これまでずっと、私をどんな目で見てたの』

喬史との時間や距離感は、とても気楽で心地よかった。今日は一緒に飲みたいなと思って会えた時は嬉しくさえあった。しかし、それは私の一方的な感情だったようだ。彼が同情やそれに似通ったもの、ましてや好奇心などで私と過ごしていたのなら、吐き気がする。

立ち上がり、ぽたぽたと雫《しずく》を落とす髪をおしぼりで拭う喬史の頭を見下ろす。

『もう関わらないで』

言い置いて立ち去ろうとした私の手を、喬史が摑む。振り払おうとしたら、何があったのか君の口から教えてくれと言われた。

『訊くには充分な時間を過ごしたと自負してる。もっと君を知るには必要なことだ』

『知ってどうするの』

『言いたいことがある』

意味が掴めなくて、動きを止めてしまう。そんな私の腕を一際強く掴んで、教えてくれと重ねて言う。普段にはない熱心さを見て、私は座り直した。バッグの中のタオルハンカチを喬史に渡してから、ビールを追加で注文する。それが届いてから半分ほど飲み干すまで、喬史は黙っていた。

『報道の通りよ。私の不注意で、あの子を死なせた』

『それだけじゃないんじゃないか？　君は、それ以上のものを背負ってるように見える。不注意、なんて言葉ではすまないものがあると思うんだが』

何でそう思うの、とは訊かなかった。それは間違いなく事実だったから、やはり罪というのはいつか暴《あば》かれるものなのだなと思った。どうしてそれが喬史の口からであるのかは分からないが、そういうものなのだろう。もしかしたら私の体から、罪の残り香のようなものが匂《にお》いたっているのかもしれない、なんて馬鹿げたことを考えた。

ちらりと見ると、私を待つ目が向けられている。強い意志を持った瞳にため息をひとつだけ吐いて、ゆっくりと口を開いた。

『……嫌いだったの。あの子が、私は大嫌いだった』

『どうして』

『あの子は、手に負えない子だった。私にとって』

初めて受け持つ子どもたちの中に、どうしてこんな子が混じっているのだろうと思った。僅かでも目を離すと、姿を消している。いないいないと探し回れば空き教室や他のクラスにいたり、ときには園を抜け出して町中を探検していた。交番から連絡があって蒼白《そうはく》になって迎えに行くと、あの子は反省の色を微塵《みじん》もみせず、揚々と自分の冒険を語る。気が強くて、叱り飛ばしても涙ひとつみせない。それどころか、面白さを共有してもらえないことに腹を立てた。珍しく教室にいると思えば、好き放題に動き回って大人しくしてくれない。あの子につられて他の子も暴れ出し、収拾がつかなくなることも多かった。

無限の体力と人より抜きん出た運動能力、持ち前の好奇心があの子を予測不能のモンスターにしていた。私はあの子の面倒をみることに、ほとほと疲れ果てていた。

『あの日、真佑くんはジャングルジムからなかなか飛び降りられずにいたお友達に業《ごう》を煮やして、早くしてって背中を押したの』

突き落とされたのは真佑くんと違って体を動かすのが苦手な女の子で、急なことに何の対応もできずに顔から地面に落ちた。鼻血を吹き、唇を切ったその子の顔は血まみれになり、大騒ぎになった。連絡を受けて駆け付けた母親は唇をぶくりと腫《は》れ上がらせた娘を見て烈火の如《ごと》く怒り、私の監督不行き届きを責め立てた。こんな頼りない、若い女じゃ駄目だって思ってたのよ。今すぐきちんとした先生に担任を替えなさいよ。謝罪と取り成しに現れた園長に、彼女は食ってかかった。

『こういう仕事に向いていないんだから、さっさと辞めてちょうだいって言われて、すごくショックだった。私の全てを否定された気分だった』

小学生のころから憧《あこが》れていた職業だった。子どもたちに囲まれ慕われる自分の姿を思い描いて、そのためにピアノや絵を習い続けてきた。そうしてようやく叶《かな》った夢が、たったひとりの子どもに踏みにじられた。そんな気がした。

迎えに来た真佑くんの父親は息子のしでかしたことを聞き、顔色を失った。私が、これから上手くやっていける自信がないと言うと慌てて頭を下げる。あの子は、家ではずっと先生の話をしているんです。先生が大好きみたいで、甘えているんです。もちろん、真佑のやったことが許されるわけではありません。家でもしっかり言って聞かせます。今日怪我をさせた娘さんの家は存じてますので、私どもで謝罪に行きます。先生のせいなどではありませんから、どうかお気になさらないでください。いつもよくしていただいて、本当に感謝しているんです。ですから、そんなことおっしゃらないでください。

私よりも年上の男性が丁寧に頭を下げる姿は、普段はこそばゆさと少しの愉悦を私に与えてくれた。しかしこの日は苛々が増していく一方だった。あんたの子どもさえいなかったら、こんなことにはならなかった。そう責め立てたくて仕方なかった。

『向こうで遊んでていい？　そうあの子が言った時、私はどこに行くつもりか分かっていた。あの子は、自分が飛び降りる前に私たちに止められたから、やってみたくてうずうずしていたの。やりたいなら好きなだけやればいいし、ついでに怪我でもすればいい、って思った。ジャングルジムの天辺から落ちれば、骨折くらいするかもしれない』

痛い目にあえば、あの子も少しは落ち着くんじゃないの。そんな薄暗い気持ちが湧《わ》いて、私は走り去るあの子を引き留めなかった。小さな背中に、憎悪をぶつけた。

無理やりにビールを飲み干し、その勢いを借りて告白を続ける。誰にも言えずにいた真実を。

『死んでしまうなんて、思わなかった。ううん、心のどこかで最悪の事態を期待していたのかもしれない。あの子さえいなければ、って考えたことは、一度じゃない』

喬史は黙って、私の醜悪な独白を聞いた。

『……でもね、真佑くんはとても可愛《かわい》い子だった。手に負えなかったけど、私に本当に懐《なつ》いてくれていたのよ。先生大好きって、何度も言ってくれていた。優しいところだって、あった。でも私はあの時、そんなこと思い出しもしなかった。最低よ。私みたいな人間は、命を預かるような仕事をしてはいけなかった』

目尻《めじり》に涙が滲むが、それが溢《あふ》れ落ちることはない。あの子が死んでから、涙を流すことができなくなった。

『どれだけ後悔しても、もうあの子は帰らない。あの子の命をどうやったら償うことができるのか、もうずっと考えてるけど、分かんない』

『……そういうことだったのか』

果たして、喬史が呟《つぶや》く。君がどうしてそんなに生きにくそうにしているのか、分かったよ。

『死んでも、生きても。何をしても、赦されないいんじゃないかと身動きが取れなくなることがあるのよ。全部、自業自得だけど』

『それに関しては、何も言わない。でも、これでやっと言える。もう少しだけ、肩の力を抜くといいよ』

手を付けずにいた、すっかり冷めた餃子に箸を伸ばしながら、喬史は言う。

『俺は、命に対する贖罪《しょくざい》なんて突き詰めればできないと思ってる。一生をかけて自分なりの償い方を模索するしかない。自分の選んだ道が正しかったのか、ましてや赦されるのかなんて、精一杯のことをして死んだあとにしか分からないことだ。だけど君みたいにピリピリと張りつめていたら、志半ばに死んでしまうんじゃないかと思う。それは、本意じゃないだろう』

喬史にしてはとても、言葉数が多くて分かりやすかった。驚いて見返すことしかできないでいる私を見ないまま、『ずっと気になってた』と言う。

『以前の君と、あまりにも変わりすぎてるんだよ。君はもっとのほほんとしていて自由奔放で、こんなに厭世《えんせい》的ではなかったから。でも、変わるには十分すぎる理由ではあったね』

『……奪った命を前に楽観的で居続けられるほど、無神経じゃない』

吐き捨てるように言いながら、自分の中に怒りが湧いていないことを感じていた。もう忘れろとか、いい加減立ち直れとか、聞き飽きるくらい言われた。その度に、私の中の罪を知らないくせに、と苛立ってばかりだった。本当のことを知ったら手のひらを返すように私を非難するだろうに、慰めようとしないで。

喬史が手を止めて、私を見る。強い光をもった瞳が真っ直《まっす》ぐに私を映す。

『張りつめた力を抜いて息をつくことは、逃げやズルじゃないよ』

初めて、与えられた言葉がするりと流れ込んできた。

ぱさりと音がして我に返る。何かと思えば、線香の灰が香炉に落ちた僅かな音だったらしい。渦巻き状の長い線香はまだ残りがあるけれど、蠟燭《ろうそく》はすっかり短くなっていた。

「あ、いけない。火を絶やしちゃいけないんだっけ、確か」

呟きながら、新しい蠟燭に差し替える。それから喪服を脱ぎ、母が持って来てくれたスウェットに着替えることにした。ストッキングから素足になるだけで、幾分寛《くつろ》いだ。

あの晩を境に、私たちは自身について話をするようになった。私は真佑くんの死後、長く引きこもりになっていた話を。喬史は幼少期のことを。お金があれば家族を買い戻すことができると信じていた幼少期や、両親の死亡事故の原因など、内臓をさらけ出すように何でも詳《つまび》らかにしていった。よくもこれまで何も話さずにいられたなと思うくらい、私たちは堰《せき》を切ったように話をし、聞いた。そして同じころに、体を重ねた。お互いとても久しぶりのセックスで、まるで初めて同士のようにたどたどしく愛《あい》撫《ぶ》しあった。互いをどこまで知ることができるのかという、好奇心に突き動かされてのことだったと思う。それは充分な満足感と快楽を与えてくれた。

しかし不思議なことに、そこまで距離を近くしておいても恋愛に発展はしなかった。彼に感じるのはもっと穏やかで冷静な、安定したものだった。会わない日が続いても寂しくないし、会えた時はよかったなと思う。具合が悪いと聞くと気がかりだったし、元気な姿を見れば何よりだと目を細めた。喬史に抱く感情をどう呼べばいいのかは、よく分からない。兄妹《きょうだい》に似ていて、友人のようでもある。時に恋人たちのように抱き合う私たちの関係はずっと無名だった。

服をハンガーにかけ、アクセサリーの類《たぐい》を外す。ふと壁掛け時計を見やると、十一時を過ぎたところだった。

「まだこんな時間か」

今日はとても長い一日だったように思う。この夜も長くなることだろう。でも喬史と過ごせる残り時間だと思えば、驚くほど短い。

部屋の隅に小さな冷蔵庫があったので開けてみれば、缶ビールが二本と、折詰弁当が入っていた。缶を一つと弁当を取り出し、テーブルに向かう。タブを引いて缶を開け、ビールを一息に半分ほど飲んだ。冷えていたビールが胃まで勢いよく流れこんでいくのが分かる。それから弁当のふたを開けたが、どうにも食べる気が起きない。

「精進《しょうじん》料理って、苦手なのよね。そういえば」

　出来立てならまだしも、冷え切っているとなれば尚更《なおさら》食欲が湧かない。ふたをして、テーブルの端に押しやった。ビールをちびちびと飲む。

「キュウリの糠漬《ぬかづ》けが欲しいな。大家さんに持って来てもらえばよかった」

　喬史は『積み重ねて育つもの』が好きだった。凝り性の喬史は秘蔵の糠床を持っていて、巻数を増すごとに世界観の広がる漫画に、手を掛けて育てる花々、そして糠床。

　朝いちばんにかき混ぜるのが日課だった。入院後は私が管理を引き継いでいたけれど、喬史の容態が悪くなってからは大家夫妻にお願いしていた。喬史の糠漬けが好物だという奥さんは、快くそれを引き受けてくれたのだった。

「ねえ喬史。あの糠床、半分ほど大家さんに分けてあげてもいい？　私には多すぎるし」

　キュウリが一本と少しの白菜が漬かる程度あればいい。これからの私には不必要な量だ、とそこまで考えてぞっとした。当たり前だけれど、これからは私の生活が半分になる。朝に炊《た》くごはんも、お味噌汁《みそしる》も。ビールも、バスタオルだってこれからは半分だけあればいい。

　急に粟立《あわだ》った肌を擦《こす》り、何を驚いてるの、と自分に言う。喬史との付き合いは長いが、生活を共にしたのはたかだか数年だ。大した時間ではない。それに、私は私の生活スタイルを大きく変えるほどのことはしていない。なのにこの言いようのない空虚感は何なのだろう。ひたひたと体に纏《まと》わりついて消えない。どころか体を蝕《むしば》むように滲み込んでくる。逃げようのなさに叫び出したくなりながら必死に頭を巡らせ、そして小さく、ああそうか、と呟いた。私は喬史の消えた世界に取り残されるのがとてつもなく寂しいのだ。ひとりの生き方が分からなくなるほど、寂しい。どうやら私は、自分で思っていたよりもずっと、あの人が大事だったらしい。

「はは、さっきから私、どうかしてる」

笑い声が掠《かす》れる。缶を持つ手が震えて止まらない。どうして今なのだ。私はいつだって、後戻りができないところまで来てようやく、失ったものの大きさに気付く。

四年前、籍を入れていた方が何かと便利だし結婚してみないかと言われたときに、それはよさそうだと頷いた。互いの部屋を行き来することも増えており、一緒に住んだ方が金銭的にも楽だと思ったのだ。しかし他の誰ともうまく繋がれなくなっていた自分が、悩むことなく頷けたことを、どうして不思議に思わなかったのだろう。自分の抱く感情が恋や愛と呼べない、ということが一体何だというのか。そんなことに拘《こだわ》るから、胸の中にあるものの本質が見えなかった。

もっと早くに気付いていれば、言えたのに。私の人生において大事な存在になっていたと。そして、あなたにとって私もそうであったのなら嬉しいと。伝えられないことが、ただ哀しい。死んでしまってからではもう何もかも遅いのだと、私は知っていたはずなのに。

「あ。死……？」

思い至ることがあって、びくりとした。缶をテーブルに置き、柩に視線を走らせる。その中には、命の火を消した喬史がいる。

『死んだ人間の最期の言葉を聞く方法があるんだよ』

あれは、いつのことだったのか。喬史が私に言った。

ふたりで食事をしていたときだというのは間違いない。ラーメンを啜りながら私たちは漫画についての話をしていた。忘れることのできない大事な作品は何かと話していたときに、喬史がそれをあげたのだ。死者が生者に、自分の最期の言葉を小さな珠《たま》にして体のどこか——手の中や口の中に残すという話。薄気味悪いエピソードもあったけど、やけに心に迫って来たんだよなあ。喜代にも読ませてやりたいな。

「ええと……何てタイトルだっけ」

全然覚えていない。その時の喬史の表情も、服装さえ思いだせたのに、彼が口にしたタイトルだけがぽっかり抜け落ちている。あと少しで出てきそうなのに、と髪の毛を掻《か》きむしったところではっとした。何を馬鹿なことを考えているんだろう。漫画のネタを本気にしてどうする。

でもあの時ひとしきり話した喬史は、すごくいいよなと言った。死んでからひとつだけ残せる奇跡の珠って、面白いよ。そういうのを信じるのは俺の柄じゃないって言うんだろう？　分かってるんだけどさ。私はそれを聞いて、私のためにへそくりの口座と暗証番号を残してくれたらいいよ、と冗談で返した。素敵な奇跡だと思って、有効に使わせてもらうとするよ。

そうか、それなら景気よく使い込んで死ぬしかないな。喜代が残高を確認したら、三百円くらいしか入ってないようにしておこう。湯気の向こうで穏やかに笑う喬史を思いだし、苦しくなる。あのときのふたりの間に横たわっていた柔らかな空気までも蘇らせてしまったのだ。もう二度とあんな時間は過ごせないのだと思うと、自分がとてつもなく大切なことを忘れてしまったような気がしてくる。

胸中に溜《た》まるもやもやしたものを吐き出すように大きく息をついて、立ち上がった。部屋の隅に置いていたバッグを拾い上げ、中から財布を取り出す。

「ちょっと……コンビニ行って来る」

言って、部屋を出た。階段を下りればざわめきが大きくなる。まだ多くの人が故人との別れを惜しんでいるんだなあと思う。抗《あらが》いようのない別れを乗り越えようとしているのは、私ひとりじゃない。そう考えると僅かな連帯感のようなものを感じる。襖《ふすま》の開け放たれた遺族室を小さく会釈をして通り過ぎ、斎場の外に出た。晩秋の夜更《よふ》けは肌寒い。冷たい風が吹いて、思わず身を竦《すく》ませた。

「浜崎さん、どちらへ?」

暗闇《くらやみ》から声がして、思わず小さな悲鳴を上げる。周囲を見回すと、どうしてだか車溜まりの端っこに御舟さんが座り込んでいた。彼は手にしていたものを尻ポケットに押し込んで立ち上がり、どちらへ行くんですかともう一度言う。

「えっと、大通りのところのコンビニへ」

「こんな時間にですか?　ええと、何かご不便がありましたか」

「塩ラーメンを、買いに」

彼の口がぽかんと開き、塩ラーメン、と不思議そうな声が漏れた。今日初めて、彼の人間らしい表情を見たなと思う。

「そう。喬……故人が好きだったから、最後に」

すぐ戻りますので、と言うと彼が駆け寄ってきた。

「もう夜も遅いですし、ついて行きます。コンビニまで少し距離がありますし、この辺りは夜になるとあまり治安が良くないです」

有無を言わさない口調で言って、彼は歩き出した。

大通りに出るまで灯りの少ない路地を歩く。薄暗闇に、彼の少しくたびれたワイシャツが白く浮き上がっている。厚手のスウェットを着ている私でも肌寒いというのに、平気なのだろうか。背の高い彼を見上げて訊くと、こっくり頷いた。彼は、斎場を出てからむっつりと唇を引き結んでいる。機嫌が悪いのだろうか。

「あの……こんな時間に付き合わせてしまって、すみません」

「え？　あ、いえそんなことはありません。はい」

慌てたように言って、彼はまた押し黙る。ちらりと顔を見上げれば、こめかみに汗が浮いていた。僅かな街灯の光を受けて、玉のような汗が光っている。

「え、もしかして暑いんですか、そんなに薄着で？」

「これはその、緊張していると汗をかく性分でして、ええとその、あまり人と接するのが慣れていないのでありまして、その、すみません」

もたもたと話し、肩で大きく息を吐く。極度の人見知りなのだろうか。

「新入社員さん、ですよね？　失礼ですけど、よくこの仕事に就こうと思いましたね」

訃報《ふほう》に接している人間というのは、いわば非常時に身を置いている。そんな人たちと関わらなくてはいけない、通常以上に気を使いそうなこの業界に身を置こうとしたのはどうしてだろう。彼はあっさりと、ここだけが採用してくれたからですと言った。

「それに、正確にはまだバイトです。正規雇用社員を目指して、手当たり次第面接を受けたんです。どこも不採用で、ここの会社の社長だけが、頑張れと言って下さったのです」

そう言って、彼はまたも息を吐く。

「でも、入社して三ヶ月が過ぎましたが、毎日失敗をして叱られています。自分が社員としてきちんと働ける日が来るのか、はなはだ疑問であります」

彼の口調に思わず吹き出す。丁寧に話そうと意識してのことなのだろうけど、どこかおかしい。

「あ、そうだ。失敗といえば、『にしがはち』って何なんですか?」

昼間に聞いた単語を思いだして訊くと、御舟さんが頭を掻いて「ああ、やっぱり見られていたんですね」と言った。

「ごめんなさい、声がしたのでつい」

「いえ、別に構いません。あれは、掛け軸の話です。遺族控室の方の祭壇に、御本尊の掛け軸が掛かっていたのは御覧になりましたか？　あれは宗派によって描かれている仏が違うのです」

はあ、と相槌を打ちながらさっきまでいた部屋を思いだす。祭壇の真ん中に、確かに掛け軸が掛かっていたような気がする。

「浜崎さんは、宗派は浄土真宗の西ですよね。浄土真宗は西も東も御本尊は同じですが、掛け軸が違う、んです」

阿弥陀如来《あみだにょらい》が背負う後光の上部の数が、西は八本、東が六本。そんな風に描き分けられているのだと御舟さんは言った。

「掛け軸の見分け方なんです。西が八。僕が最初に掛けていたのは東のもので、それに気付いた相原さんがこっそり交換してくれたんです。なので、最初は間違った掛け軸を掛けていました。すみません」

そんなことがあるのか。私たちはほぼ無宗教に近くて、相原さんに宗派を訊かれたときに答えたのも玲子さんだった。そんな風だから、掛け軸の見分け方など分かろうはずもない。

「にしがはち、西が八、かあ。なるほど。私はてっきり掛け算のことかと」

くすくすと笑う私に、さすがに二の段くらいは言えます、と彼は情けない声で言う。

「小学校からやり直せ、なんて叱られていたらそう思われても仕方ないですが。小学生でもやらないようなミスばかりしてしまうのであります」

大通りに出ると、車がぐんと増えた。私を歩道の奥にやり、御舟さんは掛け軸以外にもあった今日の失敗をいくつか挙げて、情けないでしょうと声を落とした。

「誰でも、仕事を始めた時はそんなものでしょう。大丈夫ですよ」

「いえ、僕は長くニートをしてましたので、人間としてポンコツなのです。使わない物の劣化が早いように、僕も人として劣化してるんです」

なるほど元ニートか。彼の全く世間ずれしていないような違和感はそこからかもしれない。

「ニートって、どんな感じだったんですか」

「家族ともまともに話ができずに、部屋に引きこもって漫画ばかり読んでいました。何かあれば死にたい衝動に駆られて、でも死ねなくて。働く前は、ハイクラスクソニートだと、妹に罵《ののし》られていました。妹は優しい子なんですけど、口が悪くて」

妹さんのことを口にした時だけ、御舟さんが表情を和らげた。なんだ、こうしてみると結構可愛らしい顔をしているなと思う。

「御家族が、大事なんですね」

「はい。でも、ハイクラスクソニートのせいでずいぶん迷惑をかけました。そのせいか、生活の面倒をずっとみてくれていた母が体調を崩してしまいました。ああ、命に関わるようなものではないそうなんですけど、でも無理はさせられません。クソニート社員でもいいから――これも妹の言葉ですけど、それでもいいからとにかく母のために働けと。そんな受動的な理由で、人より遅れて社会に出てきた次第であります」

多分彼は、二十代後半から三十代初めくらいだろう。それにしてはスレてなさすぎるというか、素直だ。なんとなく、好ましさを覚える。

「クソニート社員って、妹さんって面白い方なんですね。私、そういう考え方好きですよ。それに、私も昔はハイクラスクソニートでした」

小さく笑いながら言うと、彼が一瞬足を止めた。驚いたように目を瞠《みは》った顔に笑いかける。

「十年以上前ですけど、私も三年……いや二年ちょっとかな。そんな生活をしてたんです。死ななくちゃ、なんて思いながらもできなくて、漫画の世界にどっぷり浸《つ》かって現実逃避をしてました。結局、社会に戻りましたけど」

親に迷惑はかけられないと貯金を取り崩していたけれど、それもいずれ底を突く。

必要に迫られて、外に出た。最初にスーパーの荷出しのバイトを始めた時は、毎日吐き気に耐えていた。

「最初は、人と話すのも一苦労でした。昔は容易《たやす》くできていたことが、怖くてできないんですよねえ。明日こそまた家に籠《こも》ってしまおうと思いながら出勤したりして」

「分かる、分かります」

「休みの日の晩なんて、最悪でした。朝が永遠に来なければいい、なんて呪《のろ》ったものです」

「ああ、もう全く、同じであります」

食いつくように反応し、強く感情が籠った声で彼が言う。それから急にむっと押し黙った。唇を奇妙に歪めて、何か考え込んでいる。どうしたのかと思えば、突然大きな声で、どうして死のうと思われたんですかと訊いてきた。

「問題なく社会に戻れるものですか。外に出た自分を肯定できるものですか」

だんだん声音が切羽詰まってきて、訝《いぶか》しんで彼を見る。私の真正面に回り込んだ彼は、ポケットから白いものをとりだした。それは封筒で、退職願でありますと言う。

「いつ出そうかと思いながら働いています。僕は上手く話せないし、立ち回れない。毎日、誰かに迷惑をかけている。こんな僕が外に出て果たしてよいのかと自問してしまうんです」

　きっと何度も手にして悩んだのだろう、封筒はくしゃくしゃにヨレていた。

「でも、家族のために、自分のために頑張りたいとも思うんです。ここであの部屋に逃げ戻ったら、僕はきっともう二度と動けない。でも……」

　彼が俯《うつむ》く。その姿は、知っている。逃げ出したくて、でもできなくて、隠れる場所を必死に探している姿だ。私も、そんな思いを抱えていた時期があった。

「僕はどうしたらいいんですか」

「私とあなたは、きっと事情が違います。参考になりませんよ」とやんわり答えた。

　感じる『辛さ』は、自分への罰だ。死ぬことは罪から逃げ出すこと、自分の部屋をシェルターにして隠れることは罪に背を向けることだ。そう言い聞かせて、私は外に出た。

「ああ、でもそうですね。自意識過剰になるなと言われたことがあります。自分が思っているほど、周りはお前のことに興味を持っていない。他人《ひと》の目を気にする自分の弱さが恐怖に繋がっている。だから少し鈍感になればいい、ですって」

　引きこもっていたときに言われた言葉だ。誰も、お前がやったことなど知らない。気にしすぎだと。正しいアドバイスなのだろうし、それに救われるひともいるだろう。

しかし私には、見当違いな意見にすぎなかった。だって。

「他人がどう思おうとそんなの構わないんです。僕は、自分の犯した罪がこんな自分を赦すのか、それを考えるんです」

御舟さんの言葉にびくりとした。自分が喋ったのかと思った。御舟さんは封筒をぐしゃりと握りつぶして、絞り出すように言った。

「自分のせいで死んだ者が、こんなことで赦してくれるのか。それだけなんです」

「……あなたも、誰かの命を奪ったの？」

ひとりごちるように呟くと、彼がぱっと顔を上げる。

「……あなた、も？」

少し長めの前髪に隠れていた目が大きく見開かれるのが見えた。二重のきれいなアーモンド形の瞳は周囲の闇より深くて、しかし光を放っている。その目はとても、喬史に似ていた。

「私はね、私の悪意で、ひとを殺してしまったんです」

彼の体がびくりとする。

「私の醜い悪意のせいで、死んでしまった。その命をどう償えばいいのか。どうしたらあの子が私を赦してくれるのか。そんなことを考えて生きてます」

初対面の人に話していいことではない。でもどうしてだかするりと口を衝《つ》いて出てくる。それは喬史の目を前にしたからなのだろうと、漠然と思う。だけどそれは違って、彼は私が告白すべき相手だったらしい。御舟さんはゆっくりと、震える声で言った。

「僕も、そうです。僕の悪意で、友人が死にました」

破裂するようなエンジン音と、大きなクラクションが鳴り響く。のろりと視線をやれば、大型バイクが車の間を縫うように蛇行して走り去って行くところだった。赤信号などお構いなしに走り、消えて行く。その姿を追いながら「……そう」と短く答えた。

「僕が殺したも、同然なんです。どうしたらいいのかずっと考えて、でも答えは出ません」

平穏を取り戻してゆるやかに流れ始める車たち。薄闇を流れるライトの川に言葉が落ちる。車道から正面に顔を戻すと、泣き出しそうに顔を歪めた青年がいる。さっき、彼の姿に過去の自分を重ねて見ていた。どこか似ているなと思ったけれど、それも当然だ。彼は、喬史と出会う前の私じゃないか。正解のない問いを自分に繰り返していた、あのころの私に。

今日は本当に、なんて日だろう。過去の私が、予想だにしないところからひょいひょいと顔を出してくる。昔の私が言う。自業自得だから、自分が苦しむのはいいんです。でもこんなことで、あいつに償えているんでしょうか。いつも堂々巡りで、わからない。

チリリ、と音が鳴る。私の背後まで来ていた自転車の女性がベルを鳴らしたのだ。慌てて端に避《よ》け、御舟さんを促して再び歩き出す。背を丸めて俯く彼に言った。

「もう少し、肩の力を抜いてごらんなさい」

彼が顔を上げてこちらを見るのが分かったけれど、私は真っ直ぐ前を見て歩く。私は、過去の私にかけるべき言葉を知っている。

「命に対する償いは、一生をかけて模索するしかない。自分の道が正しかったかどうかは、きちんと命を終えるまで分からない。だから、自分の心と体が途中で壊れないように、肩の力を少しだけ抜くんです」

「抜く……？」

「もしあなたが志半ばで死んでしまったら、助け続けたお母様も報われないでしょう？　あのね、力を抜いて息をつくことは、逃げでもズルでもないんですよ。必要なことなんです。償いに、必要なこと」

沈黙の果てに、御舟さんが全身で深いため息をついた。それを横に感じながら、喬史を思いだす。あの時の喬史は、こんな思いでいたのだろうか。

喬史の両親が死んだ事故は、喬史がきっかけとも言えた。

『五歳のとき、母が妊娠したんだ。やっと授かった二人目に両親は大喜びだったけれど、俺は受け入れられなかった。俺だけを可愛がっていて欲しかった。妊娠八ヶ月に入った母を、俺は階段から突き落としたんだ』

出血した母親を、父親が車に乗せて病院へ向かう。父親も焦っていたのだろうか。道中スピードを出し過ぎたのが原因で車はスリップし、ガードレールに衝突した。

『母の意識があったから、救急車を呼ばなかったんだろうと思う。しでかしたことの深刻さに泣き喚《わめ》く俺を祖母に預けて、ふたりは家を出たんだ。母もお腹の子も助かったよと電話が鳴るのを待ちわびていたのに、届いたのは両親の死を告げる警察からの連絡だった』

それからしばらく、喬史の頭からは事故の前後の記憶がぽっかり抜け落ちていたらしい。両親は遠くに仕事で出かけているだけでお金さえあれば買い戻せる、そんな風に思い込んでいたと言った。記憶が戻ったのは小学校高学年のころ。あまりの衝撃に発作的に自殺を試みたといい、お腹には大きな縫い跡があった。バイクの前に飛び出したんだけど、死ななかったのだと喬史は哀しく笑った。

あなたのせいじゃない。きっと何度だって言われただろう。だけどそんなこと、助けにならない。罪だと自分で分かっているものを他人に赦されても、救われるはずもない。

「あなたも、最期まで背負った荷を降ろさずに生きることを選択したんでしょう？　だからこれは、同志としてのアドバイスです」

気付けばコンビニの前に着いていた。暗闇に浮かぶように発光した店の前では、バイクに跨《また》がった若い男の子たちが大きな声で笑ってじゃれ合っていた。さっき危険運転していたのはこの子たちの誰かかもしれない、なんて思う。

「あっと、いけない。コンビニを通り過ぎるところだった。あの、すぐに買って来るので待っててくださいね」

ぼうっと突っ立ったままの御舟さんを置いて店内に入り、目的のものを探す。言わなくてもよいことを言ってしまったかもしれないと後悔する。似ている、というのは私の勝手な思い込みで、彼はそんな言葉を求めていなかったかもしれないのに。見当違いのことをしていたのだったら、情けない。袋入りの塩ラーメンを見つけ、ふたつ手に取る。少し考えてみっつ買い物カゴに入れて、レジに向かう。

レジカウンターには店長という肩書の名札をつけた男性がひとりいて、険しい顔をした彼の視線は店外に向けられていた。何気なしにその視線を追うと、男の子たちが誰かを囲んで揉《も》めているのが見えた。よくよく見ると彼らの中央にいるのはなぜか御舟さんで、両手で顔を覆《おお》っている。何かトラブルでも起きたのだろうかと首を傾《かし》げ、それからすぐに、夜は治安が良くないという彼の言葉を思いだす。

「あ、あの、これ早く会計して下さい！」

私と会話をするのにも汗だくになるようなひとが、あんな人数とやり合えるわけがない。慌てて会計を済ませてから、「もし私たちに異変があれば警察に通報して下さい」と言って店を飛び出した。

「あ、彼女戻って来たよ。ほら、にーちゃんよかったね」

私に気付いた男の子のひとりが笑って、御舟さんの肩をぽんぽんと軽く叩く。それから私に、駄目じゃんと言う。

「彼氏置いてさっさと買い物に行くなんて、冷たいよ。ほら、彼氏めっちゃ傷ついてんじゃん」

「……は？　あの、どういうことですか、御舟さん」

御舟さんが顔を上げる。その両目はウサギのそれのように真っ赤になり、濡《ぬ》れていた。何で泣いているのと驚く間もなく、新しい涙がぼろぼろと零れ落ちる。

「浜崎さ……僕……、僕」

鼻水を啜り、絞り出すように声を落としたと思うと、ひいひいと声を上げて泣き出した。れっきとした大人の男が、まるで叱られた子どものように隠すことなく泣く。意味が分からなくて、狼狽《うろた》えるしかない。一体何をどうしたら、こんなことになるのだ。号泣してんじゃん、と笑う男の子のひとりに、どういうことなのと訊く。

「そりゃこっちが訊きてえっつーの。いきなり泣きだしたんだよ」

「具合悪いわけでもなさそうだし、痴話喧嘩《ちわげんか》かなって話してたところだったんだ」

「てか、おねーさんさぁ、何を言えばこんなに男を泣かせられるの。怖《こえ》ぇ」

「そんなのじゃないの。あの、御舟さん？　ええと、大丈夫ですか」

近寄って顔を見上げると、しゃくり上げながら御舟さんが何か言う。

「……ま……た」

「はい？」

「息が、楽に……なりました」

何だそれ、と男の子のひとりが呆れたように言う。私はそれを聞いて、小さく笑った。あの時私も、ほっとして泣くことができたのだった。堰を切ったように溢れ出す涙に、慌ててハンカチを差し出してくれた大きな手のひらを思いだした。

「警察呼びました！　お前ら、何やったんだ⁉」

さっきお願いしていた店長さんが、柄《え》の長い箒《ほうき》を片手にコンビニから飛び出てくる。男の子たちが「何もしてねえし！」と叫ぶ。

「してないわけないだろう！　大丈夫ですか？」

「あ、あの、違うんです！　これには彼らは関係なくて！」

大騒ぎになる中で、御舟さんはずっと泣き続けた。


御舟さんが落ち着くのを待ってから、斎場に戻った。一階の遺族室は人少なになったのか襖がぴったり閉じられ、ぼそぼそと小さく声が聞こえるのみとなっていた。私は御舟さんの案内で従業員用の簡易キッチンを借りてラーメンを作ることにした。誰かの私物だという行平鍋《ゆきひらなべ》で湯を沸かす。

「一袋は、付き合ってくれたお礼です。よかったら召し上がって下さいね」

「あ……ありがとうございます。僕の方が迷惑をかけてしまったのに、すみません」

キッチンの隅に置いてあった折りたたみ椅子に座った御舟さんが小さな声で言う。ちらりと見たら鼻の頭を真っ赤にしていた。

「話せてよかったですよ、私は。大変な目に遭いましたけど」

「すみません……」

鍋底に気泡《きほう》が幾つも生まれる。それを眺めながら、漫画ばかり読んでいたんですよね？　と訊く。

「あ、はい。今も部屋の中は本だらけです。妹に、本で圧死する日も近い、なんて脅されます」

「あら、そんなに。では、漫画には詳しいですか」

「ニート生活で培《つちか》ったことと言えば、それくらいであります」

喋り方は相変わらずだけれど、声音が当初のころよりやわらかい。そのことが微笑ましい。

「あのね、タイトルが思いだせない漫画があるんですけど、分かるかなあ。死者が残すっていう珠にまつわる話なんですけど」

気泡が大きくなってきたので、袋を開けながら続ける。その珠を口にすると死者の最期の言葉が聞ける、そんな不思議な話らしいんですよね。

思いだせなくて、あの話を聞いたときの状況を再現すればもしやと思って、それでラーメンを買い求めに行ったのだ。すっかり頭から抜け落ちていた。

「夫も作家名までは覚えていなかったし、調べようがなくて……あの、御舟さん?」

全くの無反応を訝しんで見ると、彼がぼうっと私を見返していた。その目はありえないものを見るような、少しの恐怖の色がある。ゆっくりと、唇が動く。

「ぎょらん」

彼が呟いた言葉に、記憶が蘇った。そうだ、あのとき喬史は確かに『ぎょらん』と言った。魚の卵——イクラに似ているから『ぎょらん』って言うんだよ。

「そう、それだ! すごい、御舟さん」

わあ、と声を上げる。逆に、彼は表情を曇らせた。

「その……昔、読んだことがあって。でも、ぎょらんは手放しに望むほど素晴らしいものではないのです。死者の願いがいつだってうつくしいものとは限らないのでありまして」

「願い?」

小さな声でぶつぶつと喋る中から気になる単語を拾う。

「『ぎょらん』って願いが珠になるんですか? 私、夫から聞いただけでよく知らなくって」

一体どんな内容なのだろう。俄然《がぜん》、知りたくなる。とりあえずタイトルが分かっただけで充分だと、袋を開ける。気泡が大きくなったところで麺《めん》を二つ投入した。くつくつと小さく揺れる麺を見ながら、落ち着いたら古書店を巡ってみようと思う。

「死んでもなお伝えたいこと、遺《のこ》したいことが死んだ瞬間に『ぎょらん』という形を成すという風に考えたらわかりやすいかと思います」

死んだ瞬間、ねえ。そう呟いて、かちりと引っかかるものを感じた。

「あの、浜崎さんは、御主人が『ぎょらん』として何を遺してると思いますか？」

考え込んでいると背中におずおずと声が掛かり、御舟さんを振り返り見る。彼は目を少し泳がせ、言葉を選びながら続ける。

「もし愛の言葉とかそういう類のものならば、探さない方がいいと思います。それくらいの、いえそれくらいと言ったらいけませんが、でも」

「そんなもの遺してるわけないですよ。へそくりの口座なんてそもそも作ってないですし」

へそくり？　とおうむ返しに呟く彼に小さく笑ってみせて、鍋に視線を戻した。菜箸を入れてくるりと一度だけ混ぜると、やわらかく解《ほぐ》れる。あまり掻き回さない方が美味しくなると教えてくれたのは喬史だった。

「私たちの間にあったのはそんな言葉で飾るような感情ではないんです。でも今日気が付いたんですけど、私が思っていた以上に大事な存在でした。一緒に居られて良かったと思うし、できるならこれからもそうしたかった。だから、あの人も同じように私と一緒に居たことを『よかった』と言ってくれたらいいな、とは思います。でもそれは御舟さんの言う通り、わざわざ奇跡を利用してまで求めるものでもないんですよね。これまでの彼との思い出なんかを掻き集めて、自分で意味を見出《みいだ》しちゃえばいい」

喬史は、インスタントラーメンはすこし芯《しん》が残るくらいの硬めが好きだ。その頃合を見て火を止める。粉末スープを振りかけて溶かすと、狭いキッチンに美味しそうな香りが満ちた。丼《どんぶり》ふたつに注ぐ。

「それに、ぎょらんが御舟さんの言うようなものであるのなら、彼が残すのは別のことです」

「別、ですか」

行平鍋を洗い、布巾《ふきん》で拭《ふ》く。シンクの下の棚に戻した。

「ええ。死んだその時に作るものならば、きっとあれだろうなと思うことが、ひとつだけあるんですよ。あ、このトレイもお借りしますね」

銀色の細長いトレイに丼をふたつ載せる。御舟さんが立ち上がり、扉を開けてくれた。

「では、部屋に戻ります。こんな時間まで付き合ってくれてありがとうございました。この器《うつわ》はあとで洗って返しておきますね」

「あ、いえ。廊下に出しておいて頂ければそれでいいです。朝、僕が片づけておきます」

「そうですか？　ありがとうございます」

会釈をして、キッチンを出る。階段を上る前に振り返ると、御舟さんはまだ私を見送ってくれていた。目が合うと、あの、と声を張る。

「何かは、聞いてはいけませんか」

言ってすぐ、ぶるんと首を振る。

「すみません、出過ぎました。今日はありがとうございました」

「いえ、こちらこそ。ではおやすみなさい」

また明日、と彼は頭を下げた。

「さてさて、遅くなっちゃってごめん。いろいろあって。今日はたくさんのことがありすぎて頭がおかしくなりそうだよ」

部屋に着き、真っ先に喬史の近くに行く。枕飾りの台から香炉や花器をおろし、中央に丼をふたつ置く。

「はは、なんかバチあたりな感じになってしまった。でも、いいよね。喬史ならきっと喜ぶでしょ。では、いただきます」

静かな部屋に、パキンと割り箸の割れる音が響いた。

啜りながら、たくさんの話をした。石井さんに言われたことをどう思うかとか、御舟さんに言ったことはまるきり喬史の受け売りだったからきちんと伝わってくれてほっとしたとか。警察に誤報だと連絡して叱られたところなどは、話しながら笑いが止まらなかった。

喬史だったら何と言うだろうか、どんな顔をするだろうか。そんなことを考えながら喋るので、とても時間が掛かる。これからはとても大きなルービックキューブをこねくり回さないといけないなあと、すっかり伸びたラーメンを啜りながら思った。

食べ終わった後は御舟さんに言われた通りにトレイを廊下に出しておいた。空の器と、伸びきって冷たくなった手つかずのラーメンの器がふたつ並ぶ。静かな廊下の隅でそれを少しだけ見つめた。それから部屋に戻り、柩の傍にぺたんと座って中を覗きこむ。

「お腹いっぱい。半分こにしたほうがよかったのかもしれないけど、まあいいよね」

夜はまだ明けない。喬史との時間はまだ残されている。

「『ぎょらん』の話を聞いたの。『ぎょらん』っていうのは死んでなお、伝えたい遺したいという願いが形になったものなんだって。それで私は喬史だったら何を遺すか、分かったんだ」

喬史に手を伸ばし、そっと頰に触れる。喬史であって、喬史でなくなった感触がする。

「本気にしてるのか、って笑わないでよ？　本当にそんな奇跡のような力があるのだとしたら、誰かに伝えることができるのなら、っていう話なんだけどね」

もちろん、返事はない。きゅっと引き結ばれた唇が動くことはない。

『自分の選んだ道が正しかったのか、ましてや赦されるのかなんて、精一杯のことをして死んだあとにしか分からないことだ』

昔、喬史が言った言葉が蘇る。

「きちんと生き抜いた喬史は、一生を終えたそのあとに何が残るのか、もう分かったでしょう。だったら、同じような道を歩いている私に、その答えを遺してくれたんじゃないかな」

ひんやりとした、硬く閉ざされた唇を撫でる。もしかしたら、この中にあるのかもしれない。私がずっと追い求めて、そして喬史が死と引き換えに手に入れた答えが。

「ねえ、喬史。ちゃんと赦された？　あなたは、救われた？」

何度も、指先が唇を往復する。時折無意識にぐっと力が入り、慌てて離す。それから、胸元で組まれた手の甲を撫でた。

『できないんだろう』

喬史の声がする。うん、できないんだよね、と私は答える。それは自分で知らなくてはいけないことだ。私はこれからも考え続けなければいけない。

「石井さんに『もういい』って言われたからって、赦されるわけないのよ。あなたが遺してくれたって、貰《もら》っちゃダメなのよ。なのにちょっとだけ、欲しいと思っちゃった。御舟さんに同志だなんて偉そうなこと言っておいて、駄目だね、私」

『大丈夫だ。それでいい』

一度だけ強く手を握り、それからそっと離した。

「これからもがんばるよ、私。だからいつか、ふたりで答えあわせしようね」

気付けば、窓から薄く明かりが差し込み始めていた。

出棺を告げるクラクションが鳴り響いた。ゆっくりと車が動き出す。車内で遺影を抱いた私は、見守ってくれる母たちに頭を下げる。相原さんの横に立つ御舟さんと目が合った。誰よりも深く首《こうべ》を垂れる彼に、口の中でありがとうと言う。彼と話すことで私の心はあるべきところに落ち着いた。そんな気がする。

雲一つない晴天が、どこまでも広がっている。この澄み切った空に喬史は解き放たれて、溶けてゆく。

冬越しのさくら

ひとが死ぬ夜は、空気が少しだけ苦い。

眠る前の唇に薄く脂が乗り、それを舐めると微かに刺激を感じる。

ああ、今日はそういう夜か。枕元に置いた携帯電話を握りしめ、目を閉じる。意識を眠りの浅瀬に追いやり、その時に備える。

——ああ、ほら。鳴った。

どれくらい経《た》ったのか、軽快に呼び出し音が鳴り響く。それと同時に、すっと意識が引き上げられる。体を起こして枕元のペンとメモ帳を取る。咳《せき》を一度だけして喉《のど》を整えて、通話ボタンを押した。

「こちら、天幸社《てんこうしゃ》でございます。担当相原がご用件を承ります」

声は努めて静かに、そしてゆっくりと。一瞬の間を置いて、女性の沈んだ声がする。

つい先ほど、父が亡《な》くなりました。お葬式のお願いを、したいんですけど。

「この度はご愁傷様でございます。すぐに、故人様のお迎えに参ります。では、いくつかお聞きいたします」

話しながら壁掛け時計に視線を走らせる。眠りに落ちて、ちょうど三時間経っていた。

葬儀社は年中無休、二十四時間営業だ。深夜であっても、訃報《ふほう》が入ればすぐに対応する。天幸社では、通常のシフトとは別に夜間シフトを作っていた。夜間シフトはペアで組まれており、ご遺体の搬送や通夜《つや》の当直まで夜間に発生する業務をこなさなくてはならない。今夜はわたしがその当番で、夜間連絡用の携帯電話を家に持ち帰っていた。

「お寺様にはすでに連絡を入れております。枕経《まくらぎょう》をあげて頂くのは八時ごろになるでしょう。その後担当者と葬儀の日程など、詳しくお話しさせて頂こうと思います。それまではみなさまどうぞ、休まれてください。今夜はお疲れ様でございました」

故人と遺族の方を斎場にお迎えして、最低限の話を終える。憔悴《しょうすい》した様子の遺族に深々と頭を下げ、遺族控え室を出た。そのまま真《ま》っ直《す》ぐに従業員通用口の外にある喫煙所に向かい、錆《さ》びたパイプ椅子《いす》にどさりと座り込む。煙草《たばこ》に火をつけ、思いきり吸い込んだ。体中をニコチンが勢いよく循環し、淡い痺《しび》れを覚える。眠気でぼんやりした頭がくらりと揺れた。

「あーあ。もうすぐ夜が明けちゃうじゃない」

視線の先の山の頂《いただき》辺りに、爪切り《つめき》で落としたばかりのような白い月が引っかかっていた。その下から、闇《やみ》が淡く溶け始めている。

父親の死を受け入れられない娘たちが病院の霊安室から動こうとせず、気持ちが落ち着くのを待っていたら予想外に時間が掛かってしまった。いったん家に帰るのも微妙な時間だし、社内で少し眠るしかないか。

「相原、お疲れ」

背後でドアが開き、見れば今夜の相方である瀬尾《せお》くんが缶コーヒーを飲みながらひょこりと顔を出した。わたしにも同じ缶をひとつ放ってくる。彼が冬になると愛飲するそれは歯に滲《し》みるほど甘くてわたしは苦手だ。過去何度となくそれを伝えたけれど、彼の行動は今日も変わらない。きっともう変わることはないのだろう。ありがとう、と言って握りしめると手のひらがじんわりと温かくなる。その優しい熱だけは好きで、思わず口元が綻《ほころ》んだ。

「出番表見て来たけど、今回の施行《せこう》担当は俺だった。二階の小ホールで家族葬希望だろ？　デカい仕事はしんどいから助かる」

「何、甘えたこと言ってんの。大きい葬儀はやり甲斐《がい》があっていいじゃない。どんなふうに式を組み立てていこう、どんな趣向を入れようって考えるの、わたしは好きだな」

　葬儀の規模によって、やれることの幅は大きく変わってくる。生花祭壇などその最たるものだ。祭壇が大きいほど花をふんだんに使えるし、デザインも作り込める。

　日本舞踊の師範の葬儀のときには、わたしは懇意にしている生花屋と一緒になって、薔薇《ばら》や百合《ゆり》、胡蝶蘭《こちょうらん》を使って彼女が愛用していた扇を再現した。祭壇にひらりと優雅に舞う花扇。弔問に訪れたお弟子さんたちは先生らしいと口々に言い、涙してくれた。あの時得た満足感は今も忘れることができない。

　しかし親しい者たちだけの家族葬となると、自然と祭壇も小さくなるし、やれることは限られてくる。もちろん、その限られた範囲内でどれだけのことができるかというのも腕の見せどころではあるけれど、わたしは多少面白味に欠けると思ってしまうのだ。

「わたしなら、家族葬って言われると少しがっかりしちゃうかもしれない」

　缶のプルタブを開けながら言うと、瀬尾くんが肩を竦《すく》める。

「がっかり、ねえ。家族葬を担当してたのに、そっちのデカい施行もやらせろって怒鳴ったことがあるって聞いたけど、本当っぽいな」

「やだ、何で知ってるの？　あれはまあ、いろいろ事情があってね」

二ヶ月ほど前の諍《いさか》いのことを、誰が彼に教えたんだろう。あまり面白い話ではないので、曖昧《あいまい》に笑ってごまかす。

「へえ。じゃあ、相原に仕事を取られた木部《きべ》さんがそれを理由に辞めたっていうのも本当なんだ？　経験者ってだけでも貴重だったのに、惜しいなって思ってたんだよな」

「そう？　それは残念。ねえ、この話はもうおしまいにしてよ」

一月の明け方は、地面から寒さが立ち上ってくる。100デニールの厚手タイツと甘ったるいコーヒーを一口飲んで、息をつく。紫煙とは違う白が生まれて消えた。踝丈《くるぶしたけ》のショートソックスを重ね履きした足先がしんしんと体温を失っていくのが分かる。この冷えは、骨の中まで侵食してくる。

「ああ、ひとが死ぬ季節がまた巡って来たなあ。これからしばらく、仕事が続くね」

「やだな、相原のその勘って当たるんだよな。年明けからセコセコ働きたくないよなあ」

わたしの横のパイプ椅子に座り、瀬尾くんが大きく伸びをする。さっきからだらしない台詞《せりふ》ばかり言わないでよね、と気の抜けた顔を睨《ね》めつけてはっとした。脂が少し浮いた肌に疲れが滲《にじ》んでいる。こめかみには白い筋が幾つか走り、法令線がくっきりと浮き出ている。冬の澄んだ空気に晒《さら》された彼は、鮮やかに老いていた。

「瀬尾くん、なんか年取った？　やだ、わたしも老《ふ》けるわけだわ」

深夜のお迎え時は、パウダーファンデーションを叩《たた》きこんで眉毛《まゆげ》を描くだけの簡易メイクだ。今は故人の搬送に通夜室の準備にと駆けまわったあとだし、よれてしまっているに違いない。年を取った以前に、みっともない状態になっていることだろう。

「そりゃあ俺もいい歳《とし》だからな。でも、相原はまだまだ若いよ。ほっぺたなんてハリがあってぱんぱんじゃないか」

「ふん、これは中年太りってやつです。まだまだ若いって言ったたって、たかだかみっつじゃ自慢にもなんない」

頰を膨らませてみせると、それは申し訳ない、と笑う。目を細めて笑う癖のある彼の目尻《めじり》に、優しい皺《しわ》が寄る。その皺も、昔より少し深くなっている。胸ポケットからスマートフォンを取り出した彼は、画面を慣れた手つきでタップした。ちらりと見たら、ピンクのドレスを着てポーズを取っている可愛《かわい》い女の子がいる。五歳になるという愛娘《まなむすめ》の画像を、彼は待ち受け画面にしているらしい。四十手前で生まれたひとり娘をとても可愛がっているとは聞いていたけれど、なるほど事実のようだ。

「ああ、そうだ。当直室使って寝ていいよ。俺は空き部屋で仮眠取るから」

「わたしに気を使わないでよ。一緒に寝たらいいじゃない。ベッドはあるんだし」

当直室にはシングルベッドがふたつあって、その間には小さいけれどパーテーションが置かれている。最低限のプライバシーは確保されているはずだ。

スマホの画面はヤフーのトップページから昨日のボクシングの試合結果に変わり、彼は小さく舌打ちする。贔屓《ひいき》の選手がKO負けしてしまったようだ。そこでようやく、

「いや、俺イビキうるさいから、別室で寝るよ」と返事が返ってきた。わたしはふうん、と短く答えて、煙草を深く吸う。そんなことないじゃない、という言葉の代わりに、紫煙をゆっくりと吐き出した。

彼が大きな欠伸《あくび》をする。ああ、夜に走ったの久しぶりなせいか、体が重てぇな。

「本斎場勤めのほうが、よかった?」

彼は先月、隣の市にある本斎場からこの第二斎場に異動してきた。主任から部長への出世付きで、だ。しかし、常に人手の足りていない第二斎場では主任であろうが部長であろうが夜間シフトに組み込まれるし、施行も当たり前に担当しなくてはならな

い。

「本斎場は楽だったからなあ。こっちに来たら仕事は増えるわ、ガーデンズ対策はしなくちゃいけないわ、頭が痛い」

ガーデンズとは、全国に多数の支社をもつ業界大手の葬儀社だ。二ヶ月後には、この町の駅前に大きなホールを擁した斎場ができることになっている。この町にはこれまで天幸社しか斎場はなく（家族葬専門のこぢんまりしたところがひとつあるが）ほぼ独占状態だったのだけれど、とうとう競合相手が現れたのだ。

「相手は全国放送でCMをバンバン流せるような強豪だぜ？　ウチみたいな田舎の葬儀社がどうやって張り合っていけっつーのよ。社長はどうにかしろって焦《あせ》ってるけど、今更遅いんだよ。建設中のホールぶっ壊すわけにもいかないし、葬儀の予定ありませんかぁ、なんて営業して回れるもんでもないし」

あーあ、とため息をついて頭を掻《か》く。

「俺、向こうに鞍替《くらが》えしようかな。ガーデンズは金も人員も潤沢にあるし、経験者の待遇が良いんだぜ」

「馬鹿《ばか》言わないでよ。天幸社だって、部長ともなればそれなりに給与はいいでしょう」

「責任と仕事量に全然見合ってないよ。微々たる昇給でも感謝しなくちゃいけないのかね」

「仕事にやり甲斐さえあれば給料なんて二の次、なんて言っていたひとが、家族を持つと変わるものなんだ」

言ってすぐに後悔する。嫌味のように受け取られたんじゃないだろうか。しかし横顔に変化はない。どうでもよさそうに、若い俳優の熱愛ニュースを眺めている。

「そりゃあそうだろ。理想だけじゃ食ってけないしな。家庭に使える時間が減ったのは、本当に困るんだよなぁ。ガーデンズの件はまあ仕方ないとして、二重シフトくらいはどうにかなんないもんかね。娘の幼稚園イベントにも顔を出しづらくなっちまう」

胃の辺りに小さく軋《きし》むような痛みが走る。放置した虫歯が微かに疼《うず》くような、憂鬱《ゆううつ》になる痛みだ。それを吐き捨てるように煙を吐いて、灰皿に煙草を押し付けた。

「そろそろ寝るかな。今夜はお疲れさま。お言葉に甘えて、当直室は独占させてもらうから」

返事を待たずに、建物の中に入った。簡易キッチンで乱暴に歯磨きをして、顔を洗う。ごしごしと小鼻の横を擦《こす》りながら、馬鹿みたいだなと思う。もう何年も前に納得尽くで別れた男の反応をいちいち気にしてどうするんだろう。自分の知ってる部分を見つけだしては安堵《あんど》し、変化を見てショックを受けるなんて意味不明だ。未練。そんな言葉が頭を掠《かす》めるけれど、すぐに違う違うと打ち消す。そんな生臭いものではないはずだ。別れるそのときでさえ、わたしたちはさっぱりとしたものだったのだから。

子どもが欲しいと言う彼と、いらないと言うわたし。静かな衝突を長く繰り返して、わたしは彼に別れを告げた。同じような望みを持つ女性を見つけて欲しい、と言って。

愛していなかったわけではない。わたしはわたしなりの愛情を彼に抱いていた。けれど愛だけで、彼の望みを叶《かな》えてあげられるものでもない。そんなわたしの選択は終わりの見えない問題の一番正しい解決法だったと思ったし、数年経った今でもそう信じている。彼が結婚したと聞いたときも、子が生まれたお祝い金を集めているときも、家庭を築くという彼の夢が夢のままで終わらずにすんで本当によかったと、祝福に似た思いすら抱いた。

ロッカーに常備しているメイクポーチから化粧水を取り出して適当にパッティングし、ベッドに潜り込む。頭の先まで布団《ふとん》を被《かぶ》り、目を閉じた。彼の転勤によって滅多に会わずにすんでいたのに、急に一緒に働くことになった。昔のように共にいることにまだ慣れていないから、戸惑っているだけだ。そう、それだけ。

遠い昔、まだこの仕事に就《つ》いたばかりのころが思いだされる。わたしにはベテランの指導係と、少しだけ先に入社した年上の先輩がいた。師とライバル。初めての世界に飛び込んだわたしを育ててくれたふたりの男。瞼《まぶた》の裏に次々と現れる過去を眺めながら、眠りに落ちた。

「……て。起きて下さい、相原さん」

無粋に体を揺らされて目を開ければ、そこには御舟くんがいた。いつものように感情のあまり乗っていない顔で、わたしを見下ろしている。女性がひとり眠っている部屋に入って来たというのに、少しの申し訳なさもみせない。しかしこちらも、寝顔を見られたくらいで悲鳴を上げるような初々《ういうい》しさはとうに失っている。

「なに。わたし、寝過ぎた？」

目覚ましをかけていたつもりだったけれど、と訊《き》けば彼は首を横に振る。

「発生したんです。瀬尾部長から、相原さんと自分でお迎えに行けと言われたので」

「また？　今日は大忙しじゃない」

起き上がり、欠伸をひとつ。つけっぱなしの腕時計を見たら、目覚ましが鳴る十分前だった。

「御舟くんが出社してるってことは、もう他の人も出てきてるよね。何でわたしなの。

お迎えくらいなら、誰でも対応できるでしょ」

「故人は、七年前までここに勤務していた作本《さくもと》さんです」

目元を擦っていた手が止まる。ありえない。なんて縁起でもないことをと、御舟くんへ睨《にら》むような視線を向けると、冷静とも表現していい顔つきで一枚のメモを差し出す。奪い取るようにして見ると、御舟くんの特徴あるやわらかな字で、案件の内容が書かれている。作本恭治《きょうじ》さん、六十七歳という文字が間違いなく記されていた。

嘘《うそ》よ、と叫んだはずなのに、その声は思いの外小さく掠《かす》れていた。

そこからは、どう支度を整えたか覚えていない。とにかく搬送用の車に乗って、サクさんがいるという病院に向かった。

「あの、相原さん。夜間搬送の後だし、睡眠不足でしょう？　大丈夫ですか」

無言でハンドルを握っていると、助手席の御舟くんがおずおずと声をかけてきた。ちらりと見ると、せめて僕が運転出来たらいいんですけど、と申し訳なさそうに言い足す。

「……あー。もう、仮免だっけ？」

「もう少しで、免許が取れると思うのですが」

少しはにかむようにして、頭を掻く。その気弱な様子を見ると、少しだけ急《せ》いた気持ちが和らぐ。この頼りない青年はわたしの指導している新入社員で、動揺しているところなど見せていられない。どんな状況でも冷静に仕事に当たらなければいけないと教えているわたしが、みっともないところは見せられない。ふっと息をついて気持ちを落ち着ける。

「それはよかった、御舟くんもこれでようやく、人並みに仕事ができるようになるのね」

約半年前に入社した御舟くんは、ニート歴十数年・職歴なしというわくつきの男だった。まともに社会に出たことがないというハンデは、予想以上に大きかった。コミュニケーションを取ることも、空気を読むこともできない。些細《ささい》なことで狼狽《うろた》えるし、やる気がないのか要領が悪いのか物覚えもよくない。おまけに運転免許を持っていなかった。ご遺体搬送などで車は必須《ひっす》のこの職種で、無免許は致命的だ。いくら人材不足とはいえ、誰でもいいわけがないでしょう。ここは更生施設じゃないんです！と社長に食ってかかったのは、わたしが教育係に任命されて一ヶ月が経ったころだったか。本来三ヶ月の試用期間を経て正社員になるのだが彼はそれを二ヶ月延長され、今月ようやく正式に社員となった。

仕事とひとに慣れて来たのか、少しずつ積極性が窺《うかが》えるようになってきたのが、正社員になれた理由だ。仕事の合間に車の教習所に通い、休憩時間にも熱心に勉強する姿が見られるようになった。胸ポケットにいつも入れている分厚いメモ帳は、みっちりと書き込まれてぼろぼろだ。

彼にどんな心境の変化があったのかは分からないけれど、良いことに変わりはない。ただでさえ敬遠されがちの仕事だから、新人が育つことはとても大事なのだ。

「相原さんの足をこれ以上引っ張らないように、精一杯頑張らねばと思っております」

御舟くんの言葉に思わず口元が綻ぶ。入社したばかりのころは挨拶《あいさつ》すらまともにできなかったことを思うと、これだけでも大いなる飛躍だ。

「そういうことを不用意に言うと、期待値だけがあがって自分が苦労するよ。せめて施行のひとつでも担当できてから言いなさい」

いくら正社員になれたといっても、スタートラインに立てただけのこと。いずれはひとりで葬儀一切を取り仕切れるようになってもらわなくてはいけない。

「それは……正直、いつになるか分かりません。こんなに難しい仕事だとは思いませんでした。ノウハウを覚えるだけではダメなんだと痛感してます」

急にしょんぼりとした声音になり、彼は肩を落とす。二日前のことを言っているのだろうと、すぐに分かった。

灰色の雲が空を厚く覆《おお》ったあの日は、幼い子どもの葬儀があった。小学校一年生の男の子で、長く闘病していたという。子ども用の小さな柩《ひつぎ》の上には傷一つない真新しいランドセルが置かれていて、背負う姿を見たかったと両親は泣き崩れた。その葬儀の陰で、わたしは彼を怒鳴りつけたのだった。君が泣いてどうすんの。わたしたちスタッフは絶対に涙をみせたらいけないの。みっともない顔してホールに戻るくらいなら、駐車場整理でもやってな。

「あの時も言ったけど、泣いていいのは遺族だけなの。わたしたち葬祭スタッフは自分の感情を切り離して、葬儀をきっちり執り行うのが仕事。遺族にも故人にも感謝される『いい葬儀』を行うんだというプロ意識を持つことが、一人前になる最低条件かな」

「少しは分かっているつもりでしたが、でも本当の理解はしていなかったのであります。自分みたいなのが働けるだけ有難いって、本当に、それだけしか考えてなかったんでありまして」

葬儀で泣けるということは、それだけ身近になってきたということでもある。入社したてのころはどんな葬儀でも能面のような顔をして突っ立っていたことを思えばいい傾向だけれど、言わないでおいた。

「相原さんは高校を卒業してすぐにここに就職したと聞いています。こんな仕事だと分かっていて、この世界に入ったんですか？」

「そりゃあ」

そうよ、と言いかけて口を噤《つぐ》む。鮮やかな赤が閉じかけていた世界に色を戻した瞬間が、ついこの間のことのように蘇《よみがえ》った。しかしあの時抱いた感情が、何故《なぜ》かついてこない。あの時わたしは何を考えていたんだったか、考えを巡らすけれど分からない。

まあそうね、と曖昧に呟《つぶや》いた。

あっという間のことだったと、わたしたちを出迎えた奥様の妙子《たえこ》さんが言った。深夜に背中が痛いと呻《うめ》いたまま意識を失い、救急隊員が到着するころにはぴくりとも動かなくなっていたという。胸部大動脈瘤《だいどうみゃくりゅう》破裂、それが死亡原因だった。冷え切った霊安室に安置されたサクさんは、少し顔色が悪いだけに見えた。福々しい頰も、いつも優しい弧を描いている唇も、最後に会ったときと変わりない。普段は全く気にならないのに、やけに鼻につく線香の香りを感じながら、サクさんと呼びかける。返事はもちろん返って来ない。

「……この間、お正月に挨拶に行ったときはとても、元気だったのに」

「少し前から背中や胸を痛がってはいたけど、病院に行くような人じゃないでしょう？　私が何度連れて行こうとしても、お前は心配しすぎだよ、なんて言って湿布を貼《は》っておしまいにしていたのよ」

風邪でぜいぜい言っていても、栄養ドリンクをがぶ飲みして誤魔化そうとするような人だった。病院に行けと言えば、俺が死んだらその辺の柩に押し込んで火葬場に持って行ってくれたらいいからさ、なんて冗談を飛ばしていたっけ。

「ほら、恭治さん。千帆《ちほ》ちゃんが駆けつけてくれたわよ。お礼言わないと」

妙子さんがいつもの口調でサクさんに話しかける。わたしが遊びに行くと、出迎えた彼女はいつもそう言って夫を呼んだ。そうすると家の中から、よくきたね、ありがとうと声がする。対になったやりとりは、もう二度と聞くことができない。

サクさんに顔を寄せ、どんな葬儀をしたらいい？　と訊く。それから妙子さんに視線を移すと、自宅葬がいいと言う。

「この人、家が大好きだったでしょ。近所の人もたくさん来てくれると思うんだけど、できる？」

もちろん、と頷《うなず》いた。何度もお邪魔したことのあるサクさんの自宅を思い浮かべる。

続き部屋のある古い日本家屋だから、立派な斎場になる。広い庭にはテントが二張りは設置できるし、弔問客を迎える受付場として充分機能するだろう。

「わたしが、やるね。サクさん、お家《うち》に帰ろうね」

声をかけると、喉の奥からこみ上げてくるものがあった。それをぐっと飲み込む。わたしは今、葬儀の担当になった。泣くことは許されない。

「では、このまま自宅へお連れします。そこで改めて打ち合わせを行いましょう」

車に戻る前に、会社に連絡を入れる。事務の子に瀬尾くんに繋《つな》いでもらい、状況を簡単に説明する。

『自宅葬ね、了解。設営が大変だし、俺がそっちの担当になるわ。こっちは誰かに任せる』

「馬鹿にしないで。悪いけど、本斎場主任の座に胡坐《あぐら》をかいて受け持ち回数を減らしてたひととはこなした回数が違うの。幕張《まくはり》は今でもわたしのほうが早いはずよ」

葬儀のことでは、誰に劣っているとも思わない。天幸社でわたしよりもいい葬儀の出来る人間はいない。

『辛辣《しんらつ》な物言いだな。とりあえず、手が空いてる奴《やつ》に道具を用意させて向かわせる。打ち合わせが済んだらまず連絡して。今後の話をしよう』

短くやり取りを済ませて、通話を終える。携帯電話をポケットに押し込み、両頬をばちんと挟むようにして一回叩いた。

幕張。それは、真っ白の幕で部屋を覆い、室内を儀式に相応《ふさわ》しい空間に変えるという意味合いを持つ。自宅葬が主流だった昔は葬儀担当者の腕の見せ所といわれたそうだけれど、斎場葬が多くなった昨今は出来る者が減った。知識として知っていても、実際に作ったことはないという人の方が、最早《もはや》多数ではないだろうか。しかし、わたしはこの作業がとても得意だったりする。わたしの師が、神業とも呼べるような素晴らしい幕張の腕を持っていたからだ。師――サクさんは自分の持っている知識や経験を、余すところなく教えてくれた。

二間続き、十六畳の部屋は二時間半ほどでぐるりと幕で覆うことができた。手のひらで幅を計ってヒダを作った白幕の上から、裾《すそ》が薄紫の水引幕でドレープを作って重ねる。鴨居《かもい》にも幕を巻き、角にはシャンデリアと呼ばれる飾り幕を作った。脚立《きゃたつ》から降りて室内を見渡して、よし、と小さく声に出す。イメージ通りに仕上がっている。後からやって来る生花屋と花祭壇を作れば完璧《かんぺき》だ。

「すごい……。相原さん、こんなこともできるんですか」

「一昔前は、葬儀屋だったら誰でもできて当たり前だったんだけどね。今でも、葬祭ディレクターの実技試験ではこれをやらされるから、覚えておいて損はないと思うよ」

長時間、持ち重りのする布と格闘したせいか腕がだるい。数日後には酷《ひど》い筋肉痛に襲われるだろうなと二の腕を揉《も》みながら思う。しかし、出来はなかなかのものだ。サクさんがこれを見たらきっと褒めてくれたことだろう。さすがオレが仕込んだだけある、なんてドヤ顔で言うのがありありと想像できる。祭壇の前で眠るサクさんに視線を走らせてそっと笑うわたしの横で、御舟くんはぽかんと口を開けて室内を見回していた。

「故人はもっと短い時間でこれを仕上げることができたんだよ。しかも、とても綺麗《きれい》にね。ヒダなんか定規で測ってるのかと思うくらい、正確なの」

はぁ、と短い返事をする御舟くんの目は依然、室内を漂っている。わたしもこんな風にサクさんの仕事ぶりに圧倒されたこともあったなと、懐《なつ》かしく思う。

「さあさあ、ぼけっとしてる暇はないの。十九時からの仮通夜までにやらなきゃいけないことはたくさんあるんだから」

火葬場の順番待ちで、葬儀は明後日《みょうごにち》になった。普段はそんなに込み合っていないのに、珍しいことだ。納棺部も外部の依頼までもが舞い込んで大忙しだという話だし、やはりそういう季節がはじまったのだと思う。

「わたしはここの片づけをするから、御舟くんは外に行って、受付場の設営をしてくれてる野田《のだ》くんを手伝って。それが終わったら一旦《いったん》会社に戻るからね。会葬礼状、そろそろひとりで作れるよね？　とりあえず三百枚、用意してちょうだい」

分かりました、と頷いてから御舟くんは駆けだして行った。その背中はしっかりしてきたように思える。なかなかいい感じじゃないと呟いて、それから失笑する。更生施設じゃないんです、なんて怒鳴った自分が彼の成長を喜んでいるなんて、どうにも可笑《おか》しかった。

「お疲れ」

入れ違いにぬっと姿を現したのは、斎場で同じく準備に奔走しているはずの瀬尾くんだった。何でここにいるの、と問うわたしを無視して、サクさんの元に行く。座り込んだ瀬尾くんは、「御無沙汰《ごぶさた》してます」と言って深々と頭を下げた。

「サクさん、死ぬの早いすよ。もっと遅くても、よかったんじゃないすか？」

いつも休憩室で話していたみたいに軽い口調で言って、手を合わせる。それから長い間、動かなかった。わたしはその間、ピンと伸びた背中を眺めていた。

しばらく経ってから彼は、するりと立ち上がって室内を見回す。その顔つきは部長のそれに戻っていた。

「ずいぶん手を掛けたもんだな。だけど、鯨幕《くじらまく》で囲うだけでよかったんじゃないか？　時間が短縮できるし、画鋲《がびょう》の数も少なくて済む。家に針痕《はりあと》ができるのを嫌がる遺族は多いぞ」

「馬鹿言わないで。腕がないならいざ知らず、わたしはあるの。そんな手抜き、したくない。それに、妙子さんの許可はちゃんと取ってある」

何てことを言うのだと、声が少し荒くなる。何よりサクさんを前にして、鯨幕だけでよかっただなんてどうして言えるのだ。

「これから生花を入れたら、もっと綺麗になる。大きな祭壇は入らないから制限はあるけど、そこはどうとでもする。絶対、いい葬儀にしてみせるんだから」

「なあ、朝起きてそのまんまだな？」

ふいに話題を変えられてきょとんとする。片手を頬に添えると、何にも覆われていないまっさらな肌の感覚があった。そういえば起きてそのままここに来たからメイクをしていないんだった。自分の顔のことなどすっかり忘れていた。

「あは、そうだった。一息ついたら、体裁くらい整えておかないとね」

「ふうん。で、メシ食った？」

さっきから何なの、と言いながら腕時計をみると、十四時を過ぎていた。

「え、やだ、もうこんな時間？　全然気づかなかった」

唇を歪《ゆが》めて瀬尾くんが笑う。嫌な表情だ。こんな顔をするのかと驚いた。

「食事もまだ。そして、俺への連絡もまだ」

「打ち合わせ内容の報告は、御舟くんに頼んだけど？」

「俺は相原に、今後の話をしようと言ったはずだ。相原の独断で決めたことを誰かの口から聞きたいわけじゃない」

眉間《みけん》に縦皺が刻まれる。それは酷く怒っているときの合図だ。だけど、その理由が分からない。わたしは別に失態を犯していない。

「打ち合わせに不備があった？」

「そんな問題じゃない。スタンドプレーもいい加減にしてくれないか。この一ヶ月ほど君の仕事ぶりを見ていたけど、目に余る」

目を見開くくらいしか、反応できなかった。そんなわたしに彼は続ける。

「教育係なら御舟の休憩時間をきちんと確保してやれ。手伝いに来てる野田もだ。年下の同僚をこき使っておいて、嬉々《きき》として腕自慢か。君ひとりの職場じゃない、多くの人間が働いているんだ」

「そんなつもり、ない。すっかり忘れていたのはわたしの手落ちだけれど、わたしはただ、いい葬儀を」

「出た、『いい葬儀』。君はいつもその言葉を正義のように振りかざすけどね。それは自己満足だと思ったことはないのか？」

「自己、満足？」

「少なくともこちら側、つまり葬儀社の同僚にとってはいいことばかりじゃない。相談もなく勝手にやってしまう君にみんな、振り回されているんだよ。二ヶ月前のこともそうだ。いい葬儀とやらができれば人の仕事を横取りしていい、なんてことがまかり通るわけがない。自分の傲慢《ごうまん》さで人ひとりを辞めさせていることも、もう少し悔やむべきじゃないのか。いや、辞めさせてやったと自慢に思ってるのか？　自分の腕に自惚《うぬぼ》れるのは、とても得意のようだし」

苛立《いらだ》った口調と酷い内容に、立ち尽くす。冷水を浴びせられたように、体が強張《こわば》っていった。

「今回俺は、君にサクさんの搬送だけ頼むつもりだったんだ。君は休暇を取って、相原千帆個人で葬儀に参列する方がいいと思っていた。君を我が子のように可愛がっていたサクさんが喜ぶだろうと考えてね。故人のためだというのなら、それが最適な選択じゃないか？　しかし結果はこれだ。勝手に担当になって、周りのことを考えずに部屋を飾りたてることに夢中になってる。それは自己中心的な思い込みでしかないだろう」

カシャンと音がし、視線を下にやると画鋲ケースが落ちていた。手にしていたのを落としてしまったらしい。蓋《ふた》が開いて、金色の画鋲がいくつか転がり出ている。のろのろとしゃがみ込んで拾っていると、頭上から声が降り注ぐ。

「ここから、俺が作本家の担当になる。君は社に帰れ。そして遺族として、ここに戻ってこい」

手元から、ケースを取り上げられる。見上げたわたしに、瀬尾くんはもう一度帰れと言葉を落とす。今朝君は俺に本斎場勤めのままがよかったかと聞いたけれど、そうしたかったと思うよ。見たくなかったよ、こんな姿。社内で孤立してるのが分かってるくせに仕事に固執してる。依存していると言ってもいい。後輩に優しい言葉ひとつかけてやれず、小言を言うか怒鳴るばかり。俺との道を絶ってまで選びたかったのは、こんな寂しい未来だったの。

「……違う、わたしはただ」

「和市《わいち》くんが来てくれたって聞いたんだけど、いる？　わざわざありがとうねえ」

するりと襖《ふすま》が開き、顔を見せたのは妙子さんだった。近所の方たちと公民館で通夜食の下準備をしていたはずだけれど、戻って来たらしい。へたり込んでいたわたしは慌《あわ》てて立ち上がる。割烹着《かっぽうぎ》姿の妙子さんは、彼を見て僅《わず》かに口角を持ち上げる。

「この度はご愁傷さまでございました。長く不義理をして申し訳ありません」

「忙しいんだもの、仕方ないことよ。でもこうして来てくれて、嬉《うれ》しいわ」

言って、妙子さんは目元を赤く染める。瀬尾くんは穏やかに笑い、施行の担当ですけど、俺が代わります。相原は個人的にこちらのお手伝いがしたいとのことで、とすらすらと言った。

「え、千帆ちゃんが？　でもそんなの、悪いわよ」

「サクさんは相原の父親代わりのようなものです。相原もぜひそうしたい、と」

妙子さんがわたしを見る。その顔は心なしか嬉しそうに見えた。だから、わたしは笑みを作って頷いた。

「野菜の皮むきでも何でもやるから。じゃあ一旦家に帰って支度をして、すぐに戻ってくるね」

失礼します、と言って部屋を出た。そのまま玄関を出て、庭先につくった受付場に向かうと、パイプ椅子に座った野田くんと御舟くんがコンビニ弁当をかき込んでいた。

「あ、相原さん！　お疲れ様です。あの、これ部長が」

わたしに気付いて慌てて立ちあがる野田くんたちを手で制して、食べなさいと言う。

「気付かなかったわたしが悪かった。ただ、あなたたちも子どもじゃないんだから自分から申告してくれても……」

言いかけて口を閉じる。これは小言だ。

「ええと、作本さんの施行、わたしから瀬尾くんに代わったの。なので、この後は瀬尾くんの指示に従って。御舟くんは、今回は瀬尾くんの下で動いてちょうだい。わたしは作本家に個人的にお手伝いに入るから、休暇を取ります」

「そうなんですか」

叱《しか》られるとでも思っていたのか、単に瀬尾くんの方がいいのか、野田くんがあからさまに気の抜けた笑みを零《こぼ》して、それから慌てて神妙な表情を作る。

「というわけで、これからのことは頼みます」

頭を下げて、駐車場に停めてある車に戻った。しんと冷え切った車内に収まってから、両手で顔を覆う。歯を食いしばって、身の内をうねり狂う感情の渦に耐えた。

さっきの瀬尾くんの言葉と、妙子さん、後輩ふたりの顔がぐるぐる回る。

これまで、仕事に全力で向き合ってきた。どの施行も精一杯のことをしたし、遺族にはとても感謝された。あなたに頼んでよかったという言葉は何度聞いたかしれない。なのになぜ、あんな目で責められなきゃいけないの？　分からない。何度も深呼吸をして、気持ちを整える。どれくらいそうしていたのか、僅かに感情が凪《な》いだのを感じて、車をだした。

斎場まで戻り、自分の車に乗り換えようとしてからふと思い立って建物の中に入った。残ったスタッフが動き回る中、二階に上がって進行を確認する。受付テーブルの近くで通夜返礼品のチェックをしていた佐上《さがみ》くんが、わたしに気付いて会釈《えしゃく》をした。

「お疲れ様です！　あれ、相原さん、作本家の方に行かれたのでは？」

「佐上くんが、ここの担当になったの？」

「あ、はいそうです」

ふうん、と返事をしながらチェックをする。もう殆《ほとん》どの準備が終えられている。廊下の端には故人を偲《しの》ぶコーナーが設けられていた。大小さまざまな写真が綺麗に飾られている。中央にあるひときわ大きな写真は子どもたちに囲まれて笑う年配の男性のもので、それを囲うようにしてたくさんの絵が貼られていた。クレヨンの拙《つたな》い字で、せんせいありがとう、せんせいさようなら、などと書かれている。

「これ、瀬尾くんが作ったんでしょ」

「あ、やっぱ分かります？　瀬尾部長の作るものってシンプルだけど上手《うま》いんすよね。センスがあるっていうか。故人は保育園のバス運転手だったそうです。園児たちが先生に手紙を書きたいと言っていると瀬尾部長が聞いて、園までわざわざ取りに走ったんですよ」

華美な装飾はないけれど故人の人となりが伝わってくる優しい展示だ。眺めているわたしに佐上くんが言う。部長に急に担当代わってくれって言われたんですけど、準備をほとんど終わらせてくれてたので助かりました。ほんと、仕事が早いですよねぇ。

「何だかんだで、手を抜かないのよ」

文句ばかり言うくせに、とても丁寧な仕事をする。押し付けがましくなくて、当たり前のような顔をして行き届いた施行をする。そんなひとだ、昔から。わたしはそんな彼の仕事ぶりにいつも嫉妬《しっと》して、そして同じくらい誇らしかった。

でも今は、ただ悔しくて、泣きそうになる。わたしが彼に残してきた仕事を数え、無意識に唇を噛《か》んでいた。

わたしは、母子家庭で育った。父というひとはわたしが幼い頃に出て行ったらしいが、どんな人物だったのかはよく分からない。母は多くを語らなかったし、わたしもまた訊こうとはしなかった。わたしの世界には母がいれば十分で、父という存在が欠けていることに何ら問題はなかった。一卵性母娘《おやこ》、そんな風に揶揄《やゆ》されたこともあったけれど、わたしたちはいつも笑ってそれを聞いた。他人に迷惑を掛けず、お互いを補って倹《つま》しく生きているだけなのに恥じる必要はない。わたしたちはとても幸せに生きていた。

しかし中学校二年になってすぐ、母は突然死んだ。出勤途中に、左折するトラックの内輪に巻きこまれてあっけなく命の火を消したのだ。母の命が掻き消えた瞬間、わたしはまだ温かな布団に包《くる》まって眠っていた。あのまま目覚めない方がどれだけ幸福だったかしれない、今でもふとそう思うことがある。

ほぼ即死だったというのに、母の顔は幸い擦《す》り傷しか負っていなくて、深い眠りについているかのように穏やかだった。半身を喪《うしな》ったわたしはただ、大人たちが執り行う別れの儀式をぼんやりと眺めていた。目の前で広がる光景が、紗《しゃ》がかかったように遠く頼りない。今すぐに掻き消えてもおかしくない。もしこれで世界に何の変化もおきていないのだとしたら、わたしのほうが死に向かっているのだろう。一卵性のわたしたちはきっと、片割れが死ねば残されたほうも死ぬようにできているのだ。そんな気がして仕方なかった。

『これを、お母さんに』

出棺間際《まぎわ》のこと。ホールで皆が母に最後の別れを告げているのを離れて見つめているわたしに、施行担当者だったサクさんが手渡したのは花束だった。赤いカーネーションが鮮やかに目に飛び込んできて、驚いた。これは、と目で訊くと、『母の日』と返ってきた。

『今日は、母の日だよ。お母さんに渡しておいで』

日にちのことなど、頭からすっかり抜け落ちていた。

毎年、母の日は決まって真っ赤なカーネーションを贈っていた。お小遣いの僅かなわたしが用意できるのはせいぜいが一輪で、大人になったら花束で贈るから待っていてねと言っていた。それを、このひとはどこで知ったのだろうか。

カーネーションの色が、曖昧になっていた世界から突然、元の世界へわたしを引き戻した。花束を抱いて母の元へ駆けて行く。動かない母の手に花束を押し付け、声を上げて泣いた。おかあさん起きて。わたしを置いていっちゃ、やだよ。ねえ、おかあさん。

泣き喚《わめ》き、気付けばホールはわたしと母のふたりきりになっていた。サクさんがそうさせてくれたのだと、後から祖父母が教えてくれた。そのせいで火葬場の時間に遅れてしまってサクさんが叱られたのだとも。

あの花束とふたりきりの時間のお蔭《かげ》で、わたしは母の死と向き合うことができた。サクさんがいなければどうなっていただろうかと思う。

高校を卒業した私は迷うことなく、サクさんのいる天幸社に就職した。

作本家の近くにある公民館は、鍋《なべ》から立ち上る湯気と忙しく動き回る年配の女性たちの熱によってとても暖かかった。お煮しめのふくよかな香りが満ちた中は居心地が良い。台所の隅でごぼうをささがきにしているわたしの横で、妙子さんは隣家の大奥さんと話をしている。

「作本さんのとこにこんな素敵なお嬢さんがいたっけって、さっきみんなで話してたんだよ」

「主人が勤めていた会社の子なのよ。家にもよく遊びに来てくれていたの。私たちには子どもがいないでしょう？　だから実の娘みたいにかわいくてねぇ」

妙子さんの声が、朝よりも穏やかになっている。わたしがここにいることで少しでも落ち着きを取り戻せたのならよかった。その半面、この選択肢を思いつきもしなかった自分が情けない。こればかりは、瀬尾くんの意見が正しかったのかもしれないと思う。

「こう見えて、とっても仕事の出来る優秀な子なのよ。千帆ちゃんを立派に育てたのが、主人の自慢なんだから」

妙子さんの手放しの言葉に少しだけ気恥ずかしくなる。

「わたしが娘だったら、恥ずかしいよ。いかず後家だしさ」

手を動かしながら小さな声で言うと、妙子さんがあらやだ、と憤然と声をあげる。

「きちんと自立して生きてるのに、何が恥ずかしいの。ねえ、そうでしょ」

「そうさぁ。結婚すりゃいいってもんでもないよ。だけど結婚したいってんなら、いくらでも世話してやるけども」

大奥さんの言葉に笑って首を横に振る。実際仕事だけに生きてるんで、妻なんて大変なことできそうにないです。言って、少しだけ胸がちりりと痛む。

「千帆ちゃんはとても丁寧で優しい葬儀をするってあのひとがよく言ってたわねぇ。千帆ちゃんはもう、恭治さんを越しちゃったかもしれないわね」

「そんなことないよ。わたしはまだ、みやげだまを貰《もら》ったことないもん」

小さく言うと、妙子さんの動きがぴたりと止まった。ごぼうから彼女に視線を上げれば瞳《ひとみ》を丸くしていて、それからぽつりと言った。

「覚えてくれていたの？　あのひとが酔うと言ってたこと」

「当たり前じゃない。何度も聞いたし、何よりわたしはあの話、信じてるし」

みやげだま。それは、葬儀屋の間でまことしやかに囁《ささや》かれている、都市伝説のような存在だ。死者が、自分の人生の幕引きである葬儀を心を砕いて執り行ってくれた葬儀屋に贈る礼の宝。置き土産の宝、という意味でみやげだまと呼ばれている。小さなルビーのような見た目をしていて、死者が手に握っていたり口に咥《くわ》えているという。

サクさんは、それを受け取ったことがあるらしい。

首から下げていた御守袋の中にそれは仕舞ってあって、サクさんは決して身から離すことをしなかった。お酒を飲むと必ずそれを握りしめ、これがあるから俺はこれまでやってこられたと言った。もっと何かできるんじゃないか、いや遺族に踏み込みすぎてるんじゃないか。不安になったときにみやげだまのことを思うと、状況がさぁっと開けて見えるんだ。そして、どうしたらいいのかが分かる。本当に、宝だよ。そう言ってサクさんは最後に必ず、照れたように笑いかけるのだった。

いいなと思った。わたしもそんな風に道しるべとなるものが欲しい。どれだけ関わればそれが叶うのだろう。分からないまま、この年になってしまった。

「それに、今でも欲しいと思ってるんだよ」

今でも……いや、今こそ欲しい。どこでわたしは間違えたのか、教えて欲しい。

さっきの、瀬尾くんから降り注いだ言葉がわたしの体を覆うように纏《まと》わりついて、重たい。このままだと、重みでつぶれてしまいそうだった。

社内で浮いた存在になっていたのは、薄々察していた。いつからかは分からないけれど、みんながわたしに余所余所《よそよそ》しい。仕事以外の内容で会話することはほとんどなくなっていた。仕事さえうまく回ればいいと思うようにしていたけど、瀬尾くんのように責められたら言葉を失ってしまう。

「……ねえ千帆ちゃん、ちょっと、こっちに来て」

しばらく考え込むようにしていた妙子さんが立ち上がり、みんなに「ちょっと家に戻りますね」と言う。それから、わたしを促して外に出た。

自宅には社の人間はおらず、留守を預かってくれている妙子さんの友人だけがいた。

訊けば、みんな斎場に一旦戻ったと言う。瀬尾くんと顔を合わせたくなかったわたしは少しだけほっとする。

もう少ししたら生花屋が来ると思うから通してあげてと頼んでから妙子さんと一緒にサクさんのところへ行った。そこで妙子さんはわたしに小さな袋を差し出した。それは、サクさんが肌身離さずにいたあの、御守袋だった。これ、と声を上げると妙子さんが頷く。

「恭治さんの持っていた、みやげだま。千帆ちゃんに、あげる」

妙子さんの手のひらに載る擦り切れた袋を見る。この中に『みやげだま』がある。今のわたしが欲しくて堪《たま》らないものが。

「恭治さんも、いつか千帆ちゃんにあげたんじゃないかと思うのよ」

「でも、そんな、いいのかな」

躊躇《ためら》うわたしの手に袋をのせて、両手でぎゅっと包み込む。

「千帆ちゃんだから、いいのよ。ただ、これを渡すには聞いて欲しいことがあるの」

「聞いて欲しいこと？」

「そう。あのね」

妙子さんが続けようとしたときに、玄関先で声がした。妙子さん、いる？　連絡を聞いて、急いで来たのよ。何かお手伝いさせてもらおうと思って。

「恭治さんの方の親戚《しんせき》だわ。もう来てくれたのね。千帆ちゃんごめんなさい。この話は、あとでね」

わたしの手を離し、妙子さんは部屋を出て行く。

残されたわたしは、御守袋を首から下げてみた。サクさんの香りがした気がした。服の中に入れ、布の上からそっと押して存在を確認する。袋はやけに厚みがあって、固い。どこに珠《たま》が入っているのか確認できないけれど、それでもとても心が落ち着いた。

その後も訃報を聞いてやってきた客が続き、その対応をしている妙子さんに、少し休んで待っていてと言われて庭先に出た。すっかり設営の終わった受付場のパイプ椅子に腰かけて、ぼうっと庭木を眺める。庭木の手入れが趣味だったサクさんの庭は毎年季節ごとにうつくしい花々が咲き乱れた。一番端にある大きな桜の木はサクさんのお気に入りで、わたしも春になると必ずここへ来ていた。

桜の花弁が舞う中、わたしの隣にはたいてい和市がいた。シフトの合間を縫ってどうにか空き時間を作って、時には仕事着の漆黒のスーツ姿のまま薄桃色を眺めた。ただの先輩後輩から恋人へと関係を変えて、それから何年も。別れをきっかけにひとりきりになったけれど、和市もわたしと日をずらして来ていたと言うから、結局は同じ花を見上げていた。

『俺との道を絶ってまで選びたかったのは、こんな寂しい未来だったの』

さっきの和市の言葉を思いだす。選びたかったわけではない。選ぶしか、なかったのだ。

わたしは子を望めない体だ。多嚢胞性卵巣症候群《たのうほうせいらんそうこうぐん》という長ったらしい名を教えられたのは二十代の半ばだった。もともと不定期にしか来なかった生理がぱたりとこなくなり、仕事の合間に受診したらそんな病名がつき、無排卵状態であることが判明したのだ。すぐに投薬治療に入ったけれど、状態は一向に改善しない。仕事と治療を並行して続けたものの、数年でギブアップした。

体質改善に良いといわれることは何でも試してみたし、仕事のせいで不規則になりがちな生活もそれなりに整えようと努力した。手を出した民間療法は数知れず、効くと聞けばどんなに不味《まず》い薬でも飲んだ。でも状態は何も変わらず、少しずつ沼に沈み込んでいくような絶望を覚えた。もしかしたらわたしの体は欠陥品なのかもしれない。深くなる一方の沼はいつしかわたしをすっぽり飲み込んだ。

しかし、わたしには「仕事」という逃げ道があった。一生続けていこうという仕事があるのだから、子どもなんて望まなくていいじゃないか。こんな体なのもきっと、仕事に邁進《まいしん》しろという神の啓示に違いない。第一、仕事人間のわたしに子育てなんてできるはずがない。たくさんの言い訳をもってして診察券と薬たちをくずかごに放ったとき、ほっとした。それらと引き換えに自身が沼から這《は》い上がれた、そんな気がしたのだ。でも安堵と同時に、付き合っている男の顔が思い浮かんだ。どうして一言も相談してくれなかったのかと、彼はわたしの不誠実さを詰《なじ》るかもしれない。もう少し頑張ってみろと言うかもしれない。

和市は家族というものに憧《あこが》れを持っていた。家庭に恵まれていなかったらしく、それが彼にくっきりとした理想の家庭像を持たせた理由だろう。いい夫、いい父になりたいという思いが常にあり、わたしと付き合いだしたときすぐに「結婚を視野に入れている」と宣言された。

いつか生まれ来る子どもにはこんなことをしてあげたい。ここに連れて行きたい。そんなことをやわらかに夢見がちに語る和市に、不妊を告白することなど出来なかった。試みたことは、ある。子が産めなくても君がいい、一緒に生きようと手を取ってくれるんじゃないかと期待もした。だけど、いざ口にしようとすると喉の奥が凍りついたように動かなくなる。彼の瞳に失望の色が浮かぶことがどうしても耐えられなかった。そしてそれを理由に別れを切り出されるかもしれないことが、恐ろしかった。だから、選ぶしかなかった。わたしは、そうすることしかできなかった。真実を告げることも出来ず、別れ話を持ち出されることも受け入れられず。それならばと自ら終止符を打った。捨てられるのは嫌なくせに捨てるのはいいだなんて、随分身勝手な話だと我ながら思う。だけどそうすることでどうにか自分を保てたのだ。和市と別れてから仕事にますますのめり込んだのは、自覚している。少しでもいい葬儀を。これを呪文《じゅもん》のように唱えて仕事をした。休憩を取らずに祭壇を組み上げたり、葬儀に向けて寝ずに偲びコーナーを作ったりもした。絵画を趣味としていた美術教師の葬儀のときには受付ロビーを彼の個展会場に変えた。遺族はとても喜んでくれたし、弔問客もこんなに温かな葬儀は初めてだと言った。きっと、亡くなった本人も喜んでくれていることでしょう。その言葉に、わたしは救われていた。満たされていた。それは、事実だ。それを自己満足だと呼ぶのなら、和市の言うとおりなのだろう。依存、そういう表現も当て嵌《は》まるかもしれない。しかし、ひとは何か縁《よすが》となるものがなければ真っ直ぐ立っていられない生き物ではないか。わたしには、仕事しかなかった。胸元から袋を引っ張り出し、握りしめてみる。教えてよ、と語りかけても手のひらの中のものは、何も答えてくれない。きっと、サクさんでないとだめなのだろう。

数えきれないほど、葬儀に関わってきた。どれも必死にやってきたつもりだった。けれど、わたしは『みやげだま』に巡り合ったことはない。それは、死者たちがわたしの仕事への心のありようを良しとしないからなのか。

「サクさん、会いたいよ」

会って、話したい。自分の思っていることを全部ぶちまけるように話して、どうしたらいいのと聞きたい。そして、わたしがこれまで正しいと信じてやってきたことのどこが、どこから間違いだったのか、教えて。お願い。

冷え切った風が一陣吹き寄せる。枯葉が舞い、寒さにぶるりと震える。

「あらやだ、千帆ちゃんったらどうして外なんかにいるの。ほら、家に入りなさい。もう、風邪ひいちゃうわよ」

縁側から妙子さんが顔を出して言う。

「どこに行ったのかと思った。あったかいお茶淹《い》れるから、ほら早く」

「ん。ありがとう」

御守袋を服の下に入れて、どうにか口角を上げた。

仮通夜の晩、人の足が途絶えてから、妙子さんとふたりで台所に立ったまま通夜食を摘まんだ。ご近所の奥様方が作ったお煮しめは味が滲みてとても美味《おい》しい。

「葬儀に慣れていたつもりだったけど、遺族側としては全然経験不足だな。てんやわんやしちゃった。これじゃ駄目だ」

母の葬儀はほとんど記憶にないし、祖父母のときも若かったからか周囲の人々が何くれとなく助けてくれた。だからか、こんなに気を張るものだったっけ、と思う。

「遺族の経験なんて、ないに越したことはないでしょ。でも同じようなことを恭治さんも言ってたわね。遺族の立場になれるというのは、大事だって」

「わかる。知っている、経験しているって本当に大きいんだよね」

頷いて相槌《あいづち》を打つと、妙子さんが笑う。あなたたち、仕事のことになると本当に似てるわね。

「わたしなんて、サクさんの足元にも及ばないよ。サクさんはきっとたくさんの『みやげだま』を貰うことができたんだろうね……ってそういえば数までは聞いたことなかったな。幻と呼ばれてるくらいだし、さすがのサクさんでもひとつかな」

何気なく言うと、さっと、妙子さんの表情が変わる。温かなお茶を一口飲んで、

「ふたつよ」と言った。

「ふたつ、貰ったことがあるの」

「ええ、本当に？　すごい！」

驚いて思わず妙子さんの腕を摑《つか》んで、それからすぐに離す。妙子さんの顔は決して、楽しい話をするそれではなかった。

「ひとつ目は、結婚して二年目のことだった。私ね、子どもを流産しているの。女の子だった。安定期に入って安心していたら、何の前触れもなく死んでしまった。やっと授かった子だったから二人で泣いたわ。とても楽しみにしていた恭治さんは鬱のようになって、仕事にも身が入らなくなった。信じられないでしょうけど、葬儀の途中だっていうのに、残りを人に押しつけて帰ってきたこともあった」

初めて聞く話だった。

「そんな時に、とある葬儀を担当することになった。恭治さんはね、その葬儀に対して、はっきりと手を抜いたというのよ。そつなく終わらせられればそれでいい、そう思ってしまったんですって。その通夜の晩、ご遺体のドライアイスを交換するときに、手に赤い珠が握られているのに気が付いた」

「手を抜いたのに？」

わたしが知っている『みやげだま』と違う。心を砕かねば、贈られないはずなのだ。

妙子さんは話し続ける。

「恭治さんはね、その珠をどうしてだか口にした。これは口にするものだ、って直感的に思ったんですって。その結果、あの人はあの当時勤めていた葬儀社を逃げるように辞めた。もうこの仕事には就けないって」

背筋がぞっとした。全身が毛羽立つような恐怖を覚える。なんで、と言葉を絞り出せば、妙子さんは「みやげだまは、礼だけを伝えるものではないのよ」と告げた。

「あの珠は戒めだったって告白してくれたのは、それから三年ほど過ぎたころだった。人生の最後を俺のような者に託さざるを得なかった死者の哀《かな》しみが体を支配して、狂ってしまうかと思った、と恭治さんは言っていた。子を喪った俺の悲しみは、他人には何の関係もない。ましてや、その人の人生の終幕を粗末にしていいものではないのに、俺は大きな勘違いをしていた。俺の驕《おご》りを、あの珠は教えてくれたって」

結局、サクさんは葬儀屋に戻った。それは、死者が残してくれた教えから逃げた自分を恥じたからだという。

「みやげだまなんて、鬱が見せた幻だと私は思ってた。だってそうでしょう？　そんな呪《のろ》いのようなものがあるんじゃ、誰も葬儀屋になんてならないわ。あのひとが復職するのは、あまりいい気がしなかったわね。それをきっかけに鬱状態に戻ってしまっサクさんは前以上に熱心に仕事に取り組んだ。妙子さんの心配は杞憂《きゆう》にすみ、サクさんの精神はとても安定していた。

「流産して数年の、悪夢のような日々が嘘みたいに幸せになった。子どもには恵まれなかったけれど、それでもふたりでの生活は満たされていた。みやげだま、なんて存在もすっかり忘れていた。そんなとき、葬儀の仕事から帰って来た恭治さんが言ったの。みやげだまを貰ったって。嘘でしょうって言ったわ。だって、あの人は同じ過ち《あやま》は二度としないって誓ってたもの。貰うはずがないのよ」

絶対口にしないで、捨てて。そう言った妙子さんに、サクさんは口にはしないと頷いた。その代わり、御守袋にそれを入れて身に付けるようになった。

「妙子さん、みやげだまを見た？」

訊けば、首を横に振る。

「そんな薄気味悪いもの、見たくなかったんだもの。恭治さんが持っているだけでも、正直嫌だった。こっそり捨てちゃおうと考えたこともあったわ。でもしばらくして気付いたの。その御守袋を見るときの恭治さんの顔が、とても穏やかなことに。それでようやく、今度こそ『礼の気持ち』を伝える珠だったのかもしれないな、と思うようになったのよ」

胸元の袋を引っ張り出して、見つめる。厚紙か何かで包んでいるのだろうか、布の下に硬い感触があるけれど、球体は感じられない。

「気持ち悪いものを渡さないでと思うのなら、返してくれていいのよ。でもね、恭治さんがふたつめの珠をもらったときに担当していたのはね」

袋から妙子さんに視線を向ける。妙子さんはゆっくりと言った。

「相原家。千帆ちゃんのお母さんなのよ」

手の中から袋が滑り落ちそうになる。この中に入っているのは、母が遺《のこ》した『みやげだま』だというのか。

＊

仮通夜翌日の昼下がり。作本家の近くを流れる川に掛かる橋の欄干に背を預け、わたしは煙草をくゆらせていた。冬の、灰色がかった重たい空に紫煙が馴染《なじ》みながら消えて行く。ぼんやりと思いかえすのはずっと昔の、母の葬儀のことだった。あのときのことは、正直よく覚えていない。自分を取り戻したのが出棺間際だったせいか、記憶が朧《おぼろ》なのだ。祖父母もいない今、誰かに聞くこともできない。

サクさんがいつ母からみやげだまを受け取ったのか、それを誰か知っていたのか。

もう、分からない。

「お母さんの遺した珠、ねえ」

小さく呟く。どうしてサクさんは、母の珠を口にしなかったんだろう。母が遺したのは、決して戒めのものではなかったはずだ。なのに、どうして。前回のことがあって、警戒したから？　でもそうであれば、大事に身に付けているなんてことをしないと思う。

巡り巡ってわたしの手元に届いたのには、もしかして意味があるんだろうか。いや、たまたまなのか。わからない。

片手で、胸元から御守袋を引っ張り出す。手のひらに収まるそれを眺めまわす。御守袋は、サクさんの自宅近くにある小さな神社のものだ。紺色の生地に、金色で『御守』と刺繍《ししゅう》が入っている、どこにでもありそうな何の変哲もない普通のもの。生地は擦りきれ、少し毛羽立っている。

開けてみようか。開けてみれば、全《すべ》てわかる。

煙草を口に咥え、両手で袋を持つ。結び口に指をかけたところで、ふいに名前を呼ばれた。無意識に緊張していたのか、大袈裟《おおげさ》なくらいびくりとしてしまう。手を止めて視線を流すと、愛車である白いベスパに跨《また》がった御舟くんがいた。妹のおさがりだというショッキングピンクの半帽タイプのヘルメットが、黒のスーツにとても似合わない。けれど、この目立つ三色の組み合わせで街中のどこにいても彼を見つけることができる。

「お疲れ様です、相原さん。こんなところで何をしてるんですか」

「見ての通り、一服しながら御守袋を開封しようとしてんのよ」

御舟くんに驚かされたなんて、屈辱に似た感情を持ってしまう。投げやりに言うと、彼は真面目《まじめ》に「そういうのは罰が当たるといいますよ」と言う。

「いいの。中に入ってるのはお札とかじゃなくて、みやげだまだから」

「はあ、みやげだまとは」

「それよりも！　どうしてこんなところにいるの」

御守袋を服の中に押し込んで訊く。

「ドライアイスの交換に作本家に向かっている最中であります」

仕事中は社用車を使用する決まりがある。なんでこれで君が運んでるわけ、と顎《あご》でベスパを指すと「さっきまた発生しまして、運べる人がいないのです。自分の移動手段はこれしかないので、特別に許可をもらいました」と言う。

第二斎場はただでさえ人手不足なのに、みっつの施行を抱えるとなればそれは大変だろう。これから出勤しようか、と言いかけると御舟くんが、いかーん！ と大きな声を上げる。

「あ、そ、その大声を出して申し訳ありません。あの、発生につきましてはどうか聞かなかったことにして下さい。相原さんには絶対に言うなと、部長にきつく厳命されていて」

わたしがどう反応するか、お見通しなのだろう。これで出勤しても、嫌な顔をされるのは想像がつく。聞いてないわよ、なーんにも、と憮然《ぶぜん》として答えた。煙草を深く吸って、波立った感情を抑える。

「来いと言われても、絶対に行かない。わたしがしゃしゃり出ても、どうせ迷惑がられちゃうだけでしょ」

昨日あんな事を言われたばかりだ。行ってどうする。

「あの……、実は昨日、相原さんと部長の会話を少し立ち聞きしてしまいました」

ぼそぼそと御舟くんが言う。わたしが視線をやるとびくりとして、すみませんすみません悪意はないんですとヘコヘコ頭を下げる。別に、そんなにビビらなくったっていいのに。わたしはそんなに気性の荒い女だと思われているのか。

「どうしても気になることがあるんです。あの時、どうして部長に本当のことを言わなかったんですか。あの日のことは、相原さんは悪くないと、自分は思います」

言葉を選びながら、御舟くんが言う。あの時相原さんが手を貸さなければ、喪家の方の不満が爆発したと思うのです。不備が重なって、喪主である長男さんは始終ピリピリしておられました。こんな問題尽くめの葬儀も珍しいと嫌味を仰《おっしゃ》る方もいました。でも葬儀のあと、喪主さんは相原さんに丁寧にお礼を言って頭を下げられていた。

「へえ。あの時の君はまだ何も分かっちゃいないのかと思ってた。けっこう見てるのね」

そういうところに気が付いていただなんて、わたしが思っているよりも視界が広かったのかと感心する。御舟くんは頭を掻きながら首を横に振る。

「ただ見ていただけでありますから、自分の目など障子の穴と変わりません。相原さんの手助けをするどころかミスばかりして、二重に手間をかけさせていましたし」

「障子の穴って、面白い自虐《じぎゃく》じゃない」

この子は時折面白いことを言う。笑いのツボを突かれ、思わずクスクス笑ってしまう。笑いの波が引いてから、ぽつりと呟いた。

「わたしも障子の穴だったのかも。木部さんが大きな葬儀を受け持ったことがないだなんて、思いもしなかった」

五十を越していた木部さんは、別の葬儀社で十年の経験を積んだという触れ込みで一年ほど前に入社してきた人だった。明るくてよく喋《しゃべ》る彼はすぐに社内に溶け込んだし、施行を担当すれば人当たりがいいと褒められた。ただ後から考えれば、彼は上手く人を乗せて仕事を押し付ける傾向にあったし、口先で言いくるめてすますようなことも多々見受けられた。

二ヶ月前のこと、木部さんが担当した喪家は地元の名家で、故人は元町議会議員の経歴を持つ方だった。滅多に出さない大型祭壇を使う、天幸社でも年に一度あるかどうかという大がかりな葬儀となった。

経験のなさは大小さまざまな綻びとなって現れた。会葬礼状に載せる遺族の名を間違え、通夜返礼品は数の予想を外して足りなくなるという事態に陥る。続々届く供花の配置を遺族に相談せずに到着順に並べるだけで、その結果多方面から苦情が続出。孫が多いので子ども用の通夜食を別に用意してくれと頼まれていたのにすっかり忘れ、子どもたちが食べられるものがないと母親たちが怒る。受付ロビーに故人の偲びコーナーを設置すると言って借りた写真に直《じか》に画鋲を刺していて提供者が激怒した。思いだせるだけでもこれだけあった。

あのときわたしは二階の小ホールでの、家族葬の担当を持っていた。若くして病死した夫を静かに送り出したいという妻の希望で、とてもこぢんまりとした式だった。その準備をしている最中に、派遣で来ているアシスタントの女性に泣きつかれたのだ。みんなでフォローしているんですけど、もう限界です。どうしたらいいですか。

野田くんたち他の社員は重なるトラブルの対応に追われて、木部さんを責める余裕すらなかった。仮にあったとしても、最年長の木部さんに進言できる人はいない。唯《ゆい》一《いつ》期待できそうな第二斎場主任は足りない通夜返礼品を掻き集めるために不在で、そんな状態なのに木部さんはけろっとした顔をしていた。こんなに大きな葬儀なんだからみんなで支え合ってやらなくちゃね、なんてのたまってどこ吹く風といった様子だった。わたしは自分の仕事をこなしながら、木部さんの雑な仕事の尻拭《しりぬぐ》いと挽回《ばんかい》にかかった。通夜式の直前まで供花の並べ替えをし、遺影専門業者に事情を話して写真から画鋲痕《こん》を消す加工をしてもらう。即対応できそうな料理屋を探し、子どもの人数分の通夜食を配達してもらう。写真を乱雑に貼り付けただけの偲びコーナーは一から作り直した。ふたつのホールを行き来するわたしに木部さんは、家族葬の方は手を抜いても平気そうだから大丈夫だよなとへらりと笑った。

この施行もわたしが主導でやる。あんたなんてこの場に必要ないから帰りなさい！　気付けば、多くのスタッフの前で木部さんを怒鳴りつけていた。これだけの人が故人を偲びにきてるのに、手落ちばかりで恥ずかしいと思わないの。故人や遺族に申し訳ないと思わないの。何も感じないというのなら、この仕事を辞めちまいな！

我に返ったのは木部さんの顔色がどす黒く染まったからだ。全身を戦慄《わなな》かせた彼は無言で斎場を出て行き、帰ってくることはなかった。後日、わたしに助けを求めにきたアシスタントの子がそっと教えてくれた。木部さんがいたのは家族葬専門の会社で、大きな葬儀は未経験だったらしいですよ。あんな葬儀を取り仕切るなんて、どだい無理な話だったんです。

「帰れ、はさすがに言い過ぎだったと思うんだよね。結果、ただでさえ人がいないのにますます人手が足りなくなって、式の後はみんな疲労困憊《こんぱい》だったもの」

わたしが冷静でいられなかったしわ寄せを受けたスタッフたちには、申し訳なかった。中には、わたしが急に出て来て仕切りだしたせいで大変な目に遭ったと思っている人もいると聞く。

「瀬尾くんの耳にどう伝わったのか分からないけど、あながち間違いでもないんだよね。わたしのほうが上手く仕事を回せると思ったのは、本当のことだし」

「いえ、正しく間違いです。相原さんは、自己顕示欲なんかであんなことをしたわけじゃない。腕をひけらかすためじゃないって、自分は知ってます」

芯《しん》のある強い口調に驚いた。

「相原さんがしたことは、正しかったです。部長には認識を改めてもらいたいです」

不思議だ。おどおどびくびくして使い物にならないと思っていたのに、ここにきて急に成長したように見える。幼い子どもならいざ知らず、三十路《みそじ》の男がこんなにも変化するものなのか。それとも、彼は元々こういう資質をもっていたのか。思わずまじまじと彼の顔を見てしまう。

「……御舟くんって、案外いい男に成長するかもねえ。よく見ればいい顔してるしさ。このままいけば、女性に不自由しなくなるんじゃない？」

しみじみ言うと、彼の顔がさっと赤くなる。はわわ、と変な声を上げ始めた。

「な、何を言うのやら！　じ、自分はそんな……ただのチンケな男でありまして！」

思春期の中学生かよ、というような慌てぶりに噴き出す。いや、今どきの中学生がチンケなんて言葉は使わないか。

「そうね。今は、君の言う通りのチンケだね。でも、とてもいい進化をしてる最中だと思う。そのまま、がんばりなさい」

ポケットからハンカチを取り出して噴き出した汗を拭っていた御舟くんが、ぽかりと口を開けてわたしを見る。何よ、と訊くと照れたように言う。

「いえ、あの、初めて、褒めてもらえたなと、思いまして。ありがとうございます」

初めて、だったろうか。はて、と考えてそれから苦笑する。ああ、確かにわたしはいつも小言が先に口をついていた。気を付けなくてはと思っているのに、口は勝手に「褒めてなんかないわよ」と言葉を吐き出す。

「チンケなりにがんばれって言ってるだけよ。さ、そろそろ作本家に戻りましょ。こんな寒いところに突っ立ってても仕方ないし」

これからはもう少し優しく喋れるようになろう。密《ひそ》やかに思いながら煙草を携帯灰皿に押し込んで、御舟くんを促して歩き始めた。


夕方から、雪が降り出した。粉雪は積もることはないだろうけれど、夜半になればどう姿を変えるか分からない。底冷えして足元の悪い中、通夜には大勢の人がやって来てくれた。近隣の家庭からいくつもストーブを借り、設置して回る。通夜食は少しでも温かいまま口に運んでもらおうとせっせと温め直しては運んだ。人は途絶えず、中にはサクさんが施行を担当した喪家の方たちもいた。

「作本さんには父も母も担当して頂きましてね。母は父の四年ほど後に亡くなったんですけど、父の葬儀を作本さんは昨日のことのように覚えていて下さって、それがとても嬉しかった。祭壇もね、父と対になるようなデザインにして下さったんですよ。仲の良い夫婦でしたから、ふたりともきっととても喜んだだろうって兄弟で話しました」

「妻が亡くなって呆然《ぼうぜん》としていたときに、本当にお世話になりました。葬儀が済んでも初盆が過ぎても、訪ねて来てくれるんですよ。元気ですかーって、あの人のいい笑顔でねえ。妻との思い出話なんかを飽きずに聞いてくれて、嬉しかったですよ。おれが死んだらあんたにきっと頼むよって言ったもんですけどね、まさか先に死んじまうなんてねえ」

彼らの話を聞きながら、胸が熱くなる。相槌を打つのが精いっぱいだった。わたしも、そうだった。母を喪って、祖父母と暮らすわたしの元へ、サクさんは何度となく会いに来てくれた。母の命日には毎年やって来て、仏壇にカーネーションが飾られているのを見て目を細めて笑った顔を、今でも忘れることができない。

「どうぞ、ゆっくりして行ってくださいね」

ビールが足りていないようだ。話の腰を折らないようにタイミングを見計らって席を立つ。台所に向かっているところで、瀬尾くんに呼び止められた。式も終わったし、今日はもう引き上げるのだろう。彼は「少しいいか」と真面目な顔をして言い、誰もいない勝手口の方へ向かいだした。有無を言わさない様子に、大人しくついて行く。人の来ない裏口は、うっすらと雪が覆っていた。

「まだ残ってくれている人たちがいるの。飲み物も出したいし、早くしてくれる?」

昨日のことを思うと、あまりふたりになりたくない。急いたように言うわたしに、瀬尾くんは「ガーデンズに行かないか」とおもむろに言った。

「向こうから誘われたんだ。この土地での経験のある人間を探しているって。天幸社より給与はいいし、何より馬鹿みたいな勤務体制じゃない。自分のプライベートを確保できる。だから俺は、行くつもりだ。相原も、行かないか」

「は? なに、それ……社長やみんなを裏切るの」

「スタンドプレーが得意なくせに、何を言ってるんだよ」

くすりと笑って、瀬尾くんは「君のためを考えて言ってるんだ」と続けた。

ガーデンズに行けば、今ほどの負担はない。自分の人生を大切にする余裕も生まれると思う。もっと自分を大事にしろよ。きっとまだ間に合うよ。

「間に合うって……何が」

「ひとりの女として、いや、ひとりの人間としての幸せだよ。俺は君が己の人生を犠牲にしてまで仕事に熱中している姿を、見たくないんだ。仕事に熱心なのは、いいことだよ。でも、己の人生の楽しみを放棄してまで、というのはやりすぎだと思う」

「放棄って、別にそんなつもりはない」

「休日を共に過ごせるような人はいない。趣味はない。同僚には煙たがられている。自分の身なりや生活はいつも二の次。君の幸せはどこにある？　俺の知っている君は、もっと自分の楽しみを尊重していた」

言い返せない。彼と付き合っていたときは、どんなに忙しくても休みを確保した。お互いの趣味であるボクシング観戦のためなら、どこへでも行った。そんなことをしなくなって、何年が経つだろう。

わたしを見る彼の目に、憐《あわれ》みのような色が浮かんでいる。かつてのわたしを知っている彼の目には、今のわたしは一体どんな風に映っているのだろう。慌てて口を開いた。

「それは……それはただ単に仕事のほうにやりがいを感じているからっていうだけのことよ。自分の理想とする葬儀を実現させられるようになった。そして、遺族からは感謝される。そのことがわたしにとって、何よりの生きがいになっただけよ」

言葉を選びながら答える。そう、それだけのこと。仕事が今のわたしの全てになっている、それだけだ。

「ほら、覚えてるでしょう？ サクさんが言ってた『みやげだま』。わたし、今それがすごく欲しいんだ。やっぱり、葬儀屋としては一度は貰いたいじゃない？ いや、サクさんに比べたらまだまだだっていうのは分かってるんだけど、でも」

どれだけ明るく言葉を重ねても、彼の目から嫌な色は消えない。どころか、濃くなっているようにさえ思えた。居心地が悪くなって口を閉じると、代わりに彼の口から重たいため息がひとつ落ちた。

「感謝なんて、仕事に求めるなよ。何考えてるんだよ」

苛立ちを堪えた声が、わたしの張り付いた笑顔をこそぎ落とした。

「俺たちは仕事として葬儀に携わっている。もちろん、その中で遺族に感謝されることもあるだろう。俺だって、『ありがとう』と言われると嬉しいし、よかったと思う。だけど、それを目的にしてどうする？ 俺たちは依頼主である遺族から代金を貰い、そこから発生する給与で生きていくために働いている。仕事に、給与以外の見返りを求めるなんて考え方、おかしいよ」

物わかりの悪い子どもを諭すような口ぶりが鋭い刃《やいば》となって、わたしの心が刻まれていく。

「だいたい、『みやげだま』が欲しい？　本気じゃないよな？　本気なら、やめてくれよ。君をこれ以上軽蔑《けいべつ》させないでくれ」

「軽蔑って、何。『みやげだま』貰おうねって、昔は一緒に話したじゃない。なのにどうして、そんなこと言うの……」

噴き出た血が、わたしの視界を奪っていく。目の前の男は本当に、かつてわたしが愛した男なのだろうか。いや、彼からしてみれば、わたしのほうが別人なのだろう。立ち尽くしていると、厳しかった目がふっと和らぎ声が少しだけやわらかくなった。

「俺は、君が純粋な気持ちで仕事をしていたところをよく知ってる。『みやげだま』なんてものに本気で縋《すが》ろうとしてなかった。君は、自分の中に芯を持っていたからね。それが、君の魅力のひとつだったし、俺はそういう部分をとても尊敬していた。でも今はどうだ？　わたしはこんなにすごいのよ、こんなに頑張っているのよ。みんな褒めて、認めて。そればかりだ。君はきっと、どこかで芯を失《な》くしたんだろうな。そして、仕事に依存することでそれを補おうとしているんだ」

そんなことはないと叫びたい。でも、彼の言葉はわたしの深い部分を掬《すく》いあげようとする。やめてと声に出したいのに、喉は機能を失ったかのように動かない。声の代わりに、目尻から涙が一筋流れ落ちた。

「勘違いしないでほしい。芯を失くした君を責めたいわけじゃない。この歳になると、昔の自分が何を考えていたのか思い出せなくなる。俺だって、どうしてこの業界に飛び込んだんだとか、どういう夢を抱いていたんだったかとか、もう忘れてしまった。それは少し、哀しいと思ってる」

瀬尾くんは優しくゆっくりと言う。どれだけ抗《あらが》っても、ひとは変化して生きていくものなんだ。道しるべのない場所を歩いてるようなものなんだから、それは仕方ない。どこから来たのか分からなくなることもあるし、目指した場所から大きく離れた場所に着くこともある。握りしめていた少しの願いが大きな欲に姿を変えて、自分を振り回すこともあるさ。ひとは自分の変化に、なかなか気づかない。ただ、ひとはひとりきりで歩いてるんじゃない。もっといい道筋があるんじゃないか、そっちはよくないんじゃないかとアドバイスしあうこともできる。俺が君にしている話は、そういうことさ。仕事ともう少しだけ距離を取ってみな。仕事以外のことにも目を向けられる余裕を持ちな。自分が今どんな状態でいるのか、立ち止まって顧《かえり》みることも大事だからさ。

さっき流れた涙が、呼び水となったのだろう。わたしの両目からはだらだらと涙が溢《あふ》れて止まらなかった。

彼の言っていること自体は正しい、そう思う自分がいる。だけど口からはそんなことない、そんなことないもんと子どもじみた声が零れだす。そんなわたしに、瀬尾くんは言う。

そんなことないというのなら、俺に話して聞かせろよ。君はどうしてこの業界に入った？　どんな夢を持っていた？

「そんなこと……っ！」

言えるに決まっている。顔を上げて、しかしわたしの口は動かなかった。母が死んで、サクさんがカーネーションをくれて、だから、わたしはどう思ったのだったか。この業界に入って、どうしようと思ったのだったか。固まってしまったわたしを見て、瀬尾くんは小さく笑う。

「そんなもんさ。仕方のないことだ。いつかきっと、みやげだまなんてものも忘れるだろうさ。いや、それだけは早く忘れた方がいいな。おかしな幻想だ」

服の下の御守袋を握りしめた。サクさんは貰ったんだよ、そう言っても瀬尾くんが信じることはないだろう。中には何も入ってないさ、と笑ってすますに違いない。握りしめていた手は力なく落ちた。

さて、この話はもう終わりにしよう。と瀬尾くんが手を叩く。

「一晩考えて、明日に返事をくれ。俺はこの施行が終わったら退職願を出すつもりだ」

言いたいことだけ言って、彼は帰っていった。その背中を、わたしは眺めるしかできなかった。

洗面所で何度も顔を洗い、涙で汚れた顔を綺麗にした。鏡の中の女が、ぼんやりと見返してくる。卑屈な顔をしてる、と思う。誰からも感謝される葬儀ができる、その自信だけはあったのにすっぽりと消えてしまった。

「酷い顔……」

わたしはどうしたらいいのだろう。女の瞳が不安そうに揺れる。その瞳にまた新しい涙が滲みそうになって、慌ててまた顔を洗った。

「あらやだ！　千帆ちゃんたらこんなところにいたのね。顔なんて洗ってどうしたの」

背後から妙子さんの声がして振り返る。妙子さんはあらやだ、ともう一度言った。

「顔色、物凄《ものすご》く悪いじゃない。ずっと働きづめで疲れたんでしょう？　食事も満足にしていないみたいだし、いい加減休んでちょうだいな」

「あ、うん。ちょっとだけ、そうしようかな」

妙子さんに心配を掛けたくない。へへ、と笑ってみせようとしたけれど、強張った顔はうまく笑みを作れなかった。

「ほらほら、向こうの部屋のほうがあったかいし、通夜食はたくさんあるんだから、食べてちょうだい。朱鷺《とき》くん、横の席にひとり行くからよろしくね！」

通夜振る舞いの支度をしている和室に通される。めいめい島を作って語り合っている部屋の隅っこにひとりちんまりと座り、お煮しめを食べていたのは御舟くんだった。

「あ、お疲れさまであります」

「君、何でここに……」

上着を脱ぎ、カッターシャツ姿の御舟くんは綺麗な箸使《はしづか》いで里芋を摘《つま》み上げて口に運ぶ。飲み込んでから、「奥様がぜひにと仰って下さった次第です」と言う。妙子さんを見ると、「ほかの人はみんな帰り支度をしてるのに、この子だけ親戚の子どもと遊んでくれてたのよ」と言う。

「幼稚園児が四人いたでしょう。あの子たちをずーっと見てくれていて、助かったの」

そう言えば、体力が無尽蔵に溢れていそうな男児が何人かいたはずだ。式の最中、暴れたり大声をあげたりすることもなくて、きちんと躾《しつ》けられているのだなと感心していたけれど、そういうことか。

「四人ともとても懐《なつ》いちゃってね。朱鷺にーちゃん朱鷺にーちゃんって」

意外だ。隣に座って横を見れば、少しだけ自慢げに「子どもの攻略は得意であります」などと言う。

「ここにはピピエンヌ号で——バイクで来ておりますので、気儘《きまま》に帰ることができますし、お気持ちを無下にするのもと思いました」

割り箸と小皿をわたしに渡しながら、鱧《はも》の天ぷらが美味しいですよと言う御舟くん。妙子さんはそんな彼を見てニコニコと笑い、ゆっくり食べてねと席を離れていった。

「一応言っておくと、この家だからいいけど普段は遠慮しなさいね」

通夜振る舞いのご相伴《しょうばん》に与《あずか》る葬儀スタッフなんてありえない。ため息を吐きながら、彼のおすすめの鱧に抹茶塩をつけて食べる。確かに美味しい。

「分かっています。自分は相原さんと話がしたくて待っていたのです。そしたら奥様が、食事でもしながら待てばいいと。なかなか戻って来られないので心配しておりました」

「話？」

食べ物を口にして気が付いたけれど、どうやらわたしはとても空腹だったらしい。巻き寿司《ずし》をふたつほどたて続けに胃に収めていると、彼は神妙に頷いた。死者が遺す珠と
「みやげだまというものについて、野田さんに教えてもらいました。

聞きました。小さな赤い珠だと」

「へえ、野田くんも知ってたんだ。まあ、業界内ではそこそこ知られた話だもんね」

昨日わたしがささがきにしたごぼうも、よく味が滲みている。箸を忙《せわ》しく動かしているわたしに御舟くんは、持っているんですよねと言う。御守袋に、と言い足されて、そう言えば昼に会ったときにわたしは確かに彼にみやげだまの名を出したなと思い出す。

「わたしが貰ったんじゃないけどね。故人が持っていた、遺品よ」

「え、遺品……？　今回の故人から相原さんが貰ったんじゃないんですか？」

「みやげだまは葬儀担当者が貰えるものよ。わたしなんかが貰えるわけないじゃない。わたしが持っているのは、サクさんが過去に手に入れたみやげだま」

あからさまに、御舟くんがほっとした顔をした。

「そうか、よかった。口にしてないのか」

独りごちるような呟きに、手が止まる。なんでこの子は、みやげだまは口にするも

のだと知ってるの？　どうして、とわたしが問う前に、御舟くんは真剣な顔をしたまま、袋の中を見ましたかと言う。

「見ては、ないけど。開けようとしたら君が来て、そのまま」

「自分の予想ですが、袋の中にはその『みやげだま』なるものは入っていないと思います」

驚いてぽかんと口を開けたままのわたしに、御舟くんは『ぎょらん』という名を聞いたことがありますかと問う。首を横に振ると、彼は少し声を抑えて言った。

「みやげだまとはきっと、ぎょらんの別名です。ぎょらんは、死者が生者に遺す最期《さいご》の思いが形になったもの。その珠を口にすれば、死者の最期の思いや願いを知ることができる。それは決してよいものばかりではなく、恨み哀しみ、呪いであることもあるんです。下手に口にすれば、一生苦しむことになります」

背筋に、冷たいものが流れる。サクさんが口にしたというひとつめの珠は、彼の言う『ぎょらん』そのままじゃないか。

「どういう条件の下に、死者が珠を遺すのか分かっていません。また、誰に遺すのかも分かりません。死ぬ瞬間に作られるというのがほぼ定説でして、死後出会うであろう葬儀担当者にどうしてという疑問が残ります。自分の仮説としては、『人生の最後の儀式を後悔なく執り行って欲しい』という願いではと……」

「ちょ、ちょっと待ちなさい。急にペラペラ話さないで。全然理解できない」

情報過多でよく分からなくなってくる。こんなにも饒舌《じょうぜつ》になる子だなんて、知らなかった。

「色々言われても混乱する。大事なことだけ言って。御守袋の中に『みやげだま』が入っていないってどういうこと？　サクさんはずっと、大事に身に付けていたのよ」

口の端に泡をつけて捲《まく》し立てるように喋っていた御舟くんがはっとする。すみませんすみませんと頭を下げて、一息ついてから再び喋り出した。

「ええとですね、『ぎょらん』は死者の肉体がこの世から消滅すると同時に消え失《う》せるというのが通説なんです。大事に持ち続けられるものじゃない。なので、袋の中は空でしょう」

「……それはおかしい。サクさんはわたしの母の葬儀のあとに、これを持ち帰ったって妙子さんが言ってた。もちろん、母は荼毘《だび》に付《ふ》してる。御舟くんの言う『ぎょらん』に当てはまらないんじゃないの？」

「相原さんのお母様なんですか」

ぎょっとした顔をして、それから彼は考え込む。ぎょらんがずっと残るなんて聞いたことがない。いやでもどう考えてもぎょらんとしか。例外があるのか？　ぶつぶつと呟いた彼は、わたしに教えてくださいと言った。

「自分は、どうも『ぎょらん』に縁があるようなのです。ここでまた巡り合ったのもきっと何か意味があるのだと思うのです。自分は、知らなければいけないんです。だから相原さんが持っている『みやげだま』について、教えてもらえませんか」

彼と付き合い始めて半年近くが過ぎるが、こんなに真摯《しんし》な顔を見るのは初めてだ。『ぎょらん』に縁があるとは、一体どういうことか。知らなければいけないとは。聞きたいことはあるけれど、わたしはそれを飲み込んで頷いた。サクさんの手にした『みやげだま』だけは、真実のものであって欲しい。それが証明できるのなら、と思った。

「……わたしの母はね、わたしが中学二年の時に亡くなったんだ」

御舟くんは黙って、わたしの話に耳を傾けた。

それから十五分後、わたしたちは人気のなくなった受付場のテントの下にいた。ストーブの火も消え、設置された投光器の熱だけがほんのりと感じられる。

「開けるよ」

言うと、御舟くんがこくりと頷いた。開けてみなくては分からない。結局わたしたちはその結論に至ったのだった。ゆっくりと結び目を解き、口を開く。息を殺して、中を覗《のぞ》きこんだ。そこには、綺麗に折りたたまれた紙が入っていた。すっかり変色し、黄ばんでいる。引っ張り出して広げると、御舟くんが手元を覗きこんできた。

『死ぬのをやめました』

ファンシーな猫が踊っている便箋《びんせん》に、丸っこい字が並んでいた。

『――わたしはお母さんを追いかけて死ぬのをやめました。お母さんが、カーネーションをうれしいと言ってくれたんです。だからわたしは来年もさ来年も生きて、お母さんにカーネーションを渡そうと思います。お母さんを喜ばせてくれて、ありがとうございます。死のうとしていたわたしを助けてくれて、ありがとうございます。わたしもいつか、人を生かすための葬儀屋さんになります』

ああ、と声が漏れる。これは昔、母の葬儀の後にわたしがサクさんに渡したものだ。

そして突然に思いだす。あのときわたしは母の遺体を前に、自分も死のうと決めていたのだ。どんな方法でもいい、早く死んで母のあとを追いかけねばと思っていた。

サクさんから花束を渡され、母とふたりきりにしてもらったとき、わたしは母の声を聞いた。すごく嬉しいよ。来年も楽しみにしているからね。はっきりと、そう聞こえた。お母さんはわたしが死ぬことを望んでいないんだ、と思った。わたしが生きてカーネーションを渡すことを喜ぶんだ。それならわたしは、死ねない。大好きな、片割れとも思う母の最期の望みくらい、叶えたい。それが中学生だったわたしの生きる理由になった。

わたしはこの手紙をサクさんに渡して、わたしが大人になるまで葬儀社で待っていてくださいと言った。そしてわたしをあなたみたいな葬儀屋さんにして下さい。

ああ、そうか。そうだった。昔のわたしは、この仕事の本質が見えていた。葬儀は誰のためにどうして行うものなのか、幼いわたしはちゃんとわかっていた。

置いていかれた人が思う存分泣き、故人を思い、その死と向き合うためのもの。葬儀は残された者のためにあるのだ。遺族が救われれば、それはそのまま、故人への供《く》養《よう》になる。

哀しみを乗り越えるための空間と時間を作りだし、手助けするのがわたしたちの仕事。わたしはそんな仕事を一生のものにしたいと思ったのだった。

わたしのような人がひとりでも多く救われますように。そして、その手伝いができますように。わたしはそう、願ったのだ。

「なるほど、みやげだま……」

長く便箋を覗き込んでいた御舟くんがわたしに顔を向けて呟く。形こそ違えど、作本さんが仰っていた通りですね。これ以上に自分の道を正しいと教えてくれるものは、ないでしょう。自分の仕事が、人を生かしている。

「分かった風に言わないの。まだ葬儀のなんたるかも分かってない若造が」

わざと明るい声をだし、背中をばちんと叩く。ひぃぃ、と声を上げて呻く御舟くんを見ながら、目尻に滲んだものを慌てて拭《ふ》いた。

「だいたい、これがみやげだまかどうかは、まだ分かんないじゃない」

袋の中にまだ何か入っているかもしれない。便箋を御舟くんに渡し、袋を逆さにして振ろうとしたわたしに、背中をさする彼は「ええ、これではないでしょうね」と言う。

「作本さんのみやげだまは、この手紙ではない。相原さんですよ」

「は？」

「あなたが生きて、作本さんの仕事をずっと見つめてくれた。相原さんの存在こそが、みやげだまじゃないですか」

袋の中は、空っぽだった。

宝だよ、そう言っていつもサクさんは最後に『わたし』を見た。その優しい笑顔を、はっきりと思い描くことができる。

理解すると同時に、涙が頬を伝った。

＊

サクさんは小さな骨壺《こつつぼ》に収まり、自宅に戻った。後飾り祭壇を作り終え、一通りの仕事を終えた瀬尾くんとふたりで庭先に出た。まだ冬の眠りについている桜の木の前で、わたしはあなたにはついて行かないと言った。

「わたしは天幸社で頑張って行こうと思う」

「今までみたいに？」

呆《あき》れたように言う瀬尾くんに、首を横に振る。

「瀬尾くんの言う通り、わたしは道を見失ってた。最初のころの気持ちをすっかり忘れてた。でも、思いだしたのよ。どうしてこの仕事に就こうとしたのか。どうしたかったのか」

胸元の、過去の自分を握りしめる。何度道が分からなくなっても、わたしは帰ることができる。いつだって、戻ることができる。

「心配してくれたのに、ごめんなさい。わたしが道を外していることを教えてくれてありがとう。もう一度、やり直せる。大丈夫、もう同じ過ちは繰り返さない」

笑いかけると、瀬尾くんは驚いたように目を見開いて、わたしから視線を外した。

「ほんとに、行かないの？　ガーデンズでも、仕事はできるだろう」

「ガーデンズには独自のマニュアルがあるって話じゃない。いちからそれを覚えられるほど、わたしの脳はもう若くないの。それに天幸社には、サクさんと和市と一緒にいた思い出があるしね。捨てられない」

「……いやなこと言うね。捨てていく俺が非情みたいだ」

彼が小さく笑い、桜を見上げる。

「並んで歩いていたときもあったのにな。とうとう、本当に別の道に行くんだな」

わたしも同じように見上げる。今年の花は、ひとりきりで見ることになるだろう。

「もし道が分からなくなったら、言ってよ。今度はわたしが道を教えてあげる」

「ふん、それは、どうも」

くすりと笑って、彼はわたしにもう行くよと言った。

「まあ、頑張れよ。少し痩《や》せた方がモテるよ。昔はかわいかったんだからさ」

「余計なお世話。早く行きなさいよ」

顔を顰《しか》めると、はは、と声を上げて笑う。そしてそのまま、玄関の方へ向かう。その背中を見送っていると、瀬尾くんがくるりと振り返った。

「俺さ、千帆の図々《ずうずう》しいわりに甘え下手なところと、大して頭もよくないくせに考え込むところが、実は嫌いだった」

「捨て台詞にしては、中々ムカつくんだけど。上等じゃない」

「どんなわたしでも受け入れなさいよ、って言って欲しかった。俺はあの時……千帆と家族になりたかったよ。たとえ子どもができないと分かっても、きっとそう思ったよ」

一瞬、呼吸が止まる。言葉を失ったわたしに、彼は少しだけ泣きそうな顔をして笑った。

「実は娘が産まれた後に、サクさんに教えられたんだ。俺を捨ててひとりぼっちで生きているあいつが憐れだって憎まれ口叩いたら、叱られた」

お前は何も分かってねえ！　サクさんは激高して、わたしの体のことも、わたしが治療に熱心だったことも全部言ってしまったらしい。

「お前の夢を知ってて身を引いたんだから、冗談でも二度とそんなこと言うな。そして、千帆がくれた家族を絶対幸せにしてやれって、そりゃあもうすごい形相だった」

「……サクさんは、おしゃべりだね。あ」

音を立てて一陣の風が吹く。冷たい風は枯葉を舞いあがらせ、わたしはその強さに思わず目を瞑《つむ》る。

「ありがとう」

とても優しい声がして、目を開けたら彼はわたしに背を向けて去って行くところだった。振り返らずに、ひらりと手を振る。幸せになってくれよ、そう聞こえた。彼はきっと、彼なりに、わたしのことを心配してくれていた。さようなら、と小さく呟いた。

「相原さん、お疲れさまであります」

立ち尽くしているわたしの前にぬっと現れたのは、御舟くんだった。背の高い彼が目の前に立つと、いきなり壁が現れたかのような威圧感がある。瀬尾くんの消えた方を見つめていたわたしは急に視界を遮られて、声を上げた。

「何なの！　いきなり現れないで！　心臓に悪い！」

「す、すみませんすみません。自分もこれから斎場に戻りますので、挨拶をと思いまして」

ヘコヘコと頭を下げた御舟くんは、それと、と続ける。

「あの、先日、仕事がきちんとできるか分からないと相原さんに言ったと思うのですが」

そういえばそんな会話をしたなと思う。頷くと、御舟くんはそれを撤回しますと言った。

「一晩、寝ずに考えました。ひとを生かす葬儀屋に、自分はなりたいです」

彼の目の下にはクマが鎮座していた。瞳もしょぼしょぼとしている。しかし、彼ははっきりとわたしを見て宣言した。

「こんな自分でも、誰かを生かすことができるかもしれない。だったら自分は、葬儀屋になりたいです。これからも、どうぞご指導願います」

「……今まで以上に厳しくするけど覚悟はいいのね？」

ドスを効かせるように言うと、急に焦ったようにおろおろする。あわわ、あわわと変な言葉を繰り返して、それから彼はこっくりと頷いた。

「い、いつか相原さんのような葬儀屋になれるように頑張る所存です」

「そういうこと言うと期待値が上がって大変だって言わなかった？」

小さく笑って、ふと気付く。そういえば、サクさんのひとつめの『みやげだま』は結局何だったんだろう。御舟くんの言う『ぎょらん』だったの？

「相原さん、どうかしましたか？」

「え？　ああ、別になんでもない」

サクさんがいない今確認する術《すべ》もないし、別に知る必要もないことか。わたしはきっと、そういう珠をもらうことなどないのだから。

「さあて、何日も休んじゃったから、これから頑張らなくちゃね。ああ、きっと今夜もひとが死ぬなあ。今は、そういう季節だもの」

自分は今日夜間電話当番なのに……、と御舟くんが一瞬嫌そうな顔をして、しかしそれを慌てて隠すようにして空を仰ぐ。

「え、ええと、早く春になるといいですね。ああ、この木は桜ですか。綺麗でしょうね」

御舟くんの目が、裸の桜を見上げて止まった。わたしもそれに倣《なら》うように見上げた。寒い季節を乗り越えたら春が来る。ひとりきりで見上げる桜は、優しいだろうか。

「春になったら、一緒に見に来てもいいですか？」

御舟くんの言葉に一瞬はっとして、まじまじと見る。何か？　と首を傾《かし》げる生真面目な顔に、思わずくすりと笑う。

「なんでもない。御舟くん、本当にもうちょっと頑張りなさい。いい男になる可能性、あるからさ」
かっと顔を赤く染める御舟くんに、わたしは今度こそ声を上げて笑った。

糸を渡す

その人は殺風景な部屋にいた。

電動ベッドの脇《わき》に小さなサイドテーブルがひとつ。壁際《かべぎわ》には一棹《ひとさお》の小ぶりな箪笥《たんす》。壁にはカレンダーはおろか、壁掛け時計ひとつかかっていない。これまで訪ねたどの部屋よりも物がなくて、無機質だった。

ぐるりと部屋を見回す私の前に立った指導スタッフの七瀬《ななせ》さんが、茂子《しげこ》さん、と声を張る。

「昨日の夜にも一度説明したけど、今日から五日間お手伝いに来てくれることになった高校生たちよ。仲良くしてあげてね」

茂子さんと呼ばれた小さな老女は、ラジオを聞いていた。年季が入った大きな黒い箱のような機械のでっぱりをいじって音を下げる。年は七十を越した辺りだろうか（お年寄りの年齢は判断がつきにくい）、とても皺《しわ》とシミが多い。真っ白の髪を男性のように短く刈っていて、でも涼しそうな木綿のワンピースを着ているお蔭《かげ》で女性だと判断できた。茂子さんは高校の体操服にエプロン姿で一列に並ぶ私たちを見て不思議そうに首を傾《かし》げた。ゆっくりと点検をするように視線を流していく。皺に埋もれた小さな蜆《しじみ》のような黒目が真ん中に立っていた私を捉《とら》えた途端、ぴたりと止まる。あれ、と小さく呟《つぶや》いたけれど、別段意味はなかったのか、再び動き出す。最後に、七瀬さんに顔を向けた彼女は心配そうな声で言った。

「人手がそんなに足りないの？　そんなら、あたしも手伝ってあげようか。食事の手伝いはできないけど、洗濯や掃除なんかはまだまだできるよ」

言って、立ち上がろうとする。勢いづいてよろけた彼女に、七瀬さんが慌《あわ》てて手を差し出す。

「あら、心配してくれてありがと。でも違うの。学校の、部活動の一環なんだって。今の子たちは偉いよねえ」

「東風《こち》女子学院高等部ボランティア部です。夏休みを利用して来させてもらいました。よろしくお願い致します！」

せーの、の合図に合わせて、全員で大きな声を張って言って、頭を下げる。白いスニーカーの足先を見ながら、私は今日で何度目かしれない大きなため息を吐いた。

＊

「――二週間登校して午前中丸々補習を受けるか、わたしが顧問をやっているボランティア部で臨時部員として五日間実習に行くか、どちらかを選びなさい」

夏休みまであと二日となった浮ついた校内でも、ここはいつもと変わらない。居心地の悪い生徒指導室で、私と向かい合って座っていた初老の女性担任は厳しい声でそう言い放った。私の手には通信簿がある。

「まだ一学期が終わろうとしているころだってのに、出席日数の心配をさせないでくれないかな。菅原《すがわら》の家の事情は充分分かってるつもりだけど、だからって見逃してやるわけにはいかないんだよ。さあ、どうする」

どうするも何も、私と担任の間にはボランティア部の入部申請書が既に記入済みで置かれているし（担任の承認印入りで）、行き先であるのだろうグループホームのパンフレットまで並べてある。担任がどちらを望んでいるかは、自明の理というやつだろう。ボランティア部で、と苦々しく答えた私に彼女は満足げに頷《うなず》いて申請書を仕舞った。

「しっかり頑張りなさい。で、家の方はどうなんだい」

さっきとは打って変わって口調が柔らかくなる。私は首を横に振って、変化なしとだけ答えた。

年が明け、まだ梅の蕾《つぼみ》も膨らまないころ、父が家を出て行った。なんの前触れもなく、突如やって来た軽トラックにいつ纏《まと》めていたのか自分の荷物をぽんぽん積み込んで、父はそれに乗って去った。どういうことと追い縋《すが》る母に、しばらく離れて生きたいと言い置いて。父は会社の近くに狭いワンルームのアパートを借り、そこで暮らし始めた。一度だけ会いに行ったら、小ざっぱりとした部屋で、のほほんとした顔をして発泡酒を飲んでいた。テーブルの上には、母が見たら眉《まゆ》を顰《ひそ》めるだろうパックに詰められたスーパーの唐揚げと鯖《さば》缶（しかも皿に移し替えられていない！）が並び、喉《のど》を鳴らして酒を傾けている。いつ買ったのか首元の緩いスウェットを着て、ぼさぼさの頭をした父は、私が知っているひととは別人に見えた。

家ではいつもブランデーやワインをほんの少し嗜《たしな》むだけで、その際に口にするものといえば母手作りのカナッペや生ハム、チーズなんかだった。スウェットなんて着たのを見たことがなかったし、髪だっていつも綺麗《きれい》にセットされて寝癖なんてついていなかった。

『どうしたの、パパ。なんでこんなことになっちゃってるの』

愕然《がくぜん》とした私に、父はけろりとした顔で笑う。

『本当はこんな人なんだよ、パパは。パパは自分の自由を忘れていたのさ』

『え？　あの、愛人がいるんじゃ……』

『はあ？　そんなもの、いないよ。この部屋を見たらわかるだろう』

父が室内を示す。そこは確かに、女の匂《にお》いは一切感じなかった。

私は、父が出て行った原因はきっと女に違いないと思っていた。父は年の割に若く見えるし、ジム通いをしているから中年太りもしていない。会社では出世コースに乗っているという話で、面倒見がいいから部下にも慕われていると聞く。スーツをきっちりと着こなして出勤していく姿は凛《りん》として、私のひそかな自慢でもあった。父はまだ充分、他の女が憧《あこが》れを抱く対象になりうるであろう。

どんな女か知らないが、父を返してもらわなくては。呆然《ぼうぜん》自失といった様子の母は頼りにならないし、私がどうにかしなくてはいけない。緊張しすぎて破裂しそうな心臓と、ぶるぶると震え続ける足を必死で宥《なだ》めつつここまで来たのに、何だか話が違う。

しかし安堵《あんど》の余り、その場にへたり込んでしまった。

『美生《みお》ちゃんは、パパの気持ちを分かってくれるよねえ』

しみじみと父が言い、深呼吸しようとしていた私は、はっとする。愛人がいないのならどうして、父はこんな所にいるのだ。理由を問う前に、父は続けた。

『去年の秋に、君がママに反抗しただろう。美生ちゃんの服が気に入らないとママがいつもの調子で言ったら、私の人生に口出ししていい線を越えないで！　って君が』

それは、忘れられるはずがない。私が生まれて初めて、母を拒否した日だ。

あの日私は、友人たちから誕生日プレゼントとして貰《もら》ったワンピースに初めて袖《そで》を通した。これを着て、みんなで遊びに行く約束をしていたのだ。プリクラを撮って、人気のアイドルが絶賛したというマロンパルフェを食べる予定で、とても楽しみにしていた。しかし、出かけようとしていた私を見つけた母が、あらいやだと驚いた声をあげた。そんな品のないお洋服を着てどこへ行こうって言うの。恥ずかしいわ、脱いでちょうだい。

決して派手なものではなかったし、もちろん奇抜《きばつ》なデザインでもない。もっと大人びた、肌が大きく露出するような服を着こなしている同級生だって多くいて、私の着ているものはどちらかといえば大人しい方だ。どこがいけないのと訊いたら、母は裾《すそ》を少し摘んで値踏みするような目で検《あらた》めたのちに言った。

『美生ちゃんは子どもだから、まだ分かんないのね。これは粗悪な生地だし、縫製も雑よ。安物もいいとこ。こういうのを着慣れてしまうと、きちんとしたお家《うち》の子じゃないんだなって美生ちゃんが馬鹿《ばか》にされちゃうのよ』

『安物って……この服は友達みんなが、私のために選んでくれた誕生日プレゼントなの。ママがいつも買ってくれるものとは確かにいろいろ違うけど、でも私この服とても気に入ったんだよ。そういうこと、言わないで』

『ああ、あの子たちね。そう言えばいつもこんな品のない服を着てたわね』

手にしていた裾を離し、母は顔を歪《ゆが》めた。窓から入り込んだ虫に気付いたときのような、嫌悪《けんお》感《かん》の滲《にじ》んだ声にどきりとした。家に何度も来たこともある子たちを、そんな風に思っていたのか。

母は虫を見る目つきのまま服を一瞥《いちべつ》し、断罪するように首を横に振った。

『あの子たちとのお付き合いは少し考えたほうがいいわね』

『え⁉　どうしてっ』

驚いて声が裏返った。たかだか服一枚で、どうしてそこまで言われなくてはいけないのだ。母は、私を諭すように丁寧に言った。

『間違ったものに長く触れていると、それが間違っているなんて本人は分からないものなのよ。恐ろしいことに、いいものなんだって勘違いすらしてしまうの。だから、周りの人間が教えてあげなくちゃいけないのよ。ママは美生ちゃんにそんな勘違いをして欲しくない。後悔して欲しくないの。親として、正しいことを教えてあげたいのよ』

その瞬間、口の中にバナナ豆乳の甘ったるい味が広がった。

幼稚園児の頃、毎朝コップ一杯のバナナ豆乳を飲まされていた。バナナと無調整豆乳をミキサーで混ぜた、母お手製のものだ。

きっかけは、何かのスポーツの金メダリストが毎朝欠かさず飲んでいるとテレビで言っていたことだった。胃弱だった子ども時代から飲んでいて、そのお蔭で健康な体になりましたとテレビの向こうで笑う彼をじっと見ていた母の横顔を、はっきりと覚えている。

『美生ちゃんも、お腹《なか》が弱いのよねえ。バナナと豆乳ね、調べてみましょ』

次の日から、バナナ豆乳は我が家の食卓に現れた。私は元々バナナも豆乳も苦手で、だからどうしても美味しいと思えなくて、えずきに苦しみ泣きながら飲んだ。もうこんなのは飲みたくないと、何度も言った。イチゴ牛乳だったら飲めるから、イチゴ牛乳にしてとお願いもした。けれど、母は許してはくれなかった。それじゃあ、意味がないのよ。あのね、ママが選んだものに間違いはないの。ママは美生ちゃんのことを考えているんだから、ママの言うことを聞いていたら大丈夫なのよ。そう言って、毎日私を起こすと同時にミキサーのスイッチを入れ続けた。ブウンと軽快な音を立てて、バナナと豆乳が混ぜ合わされていく。どろどろのバナナ豆乳はパンダ柄のマグカップに注がれて、私の前に良薬のごとく置かれた。飲み終わるまで、朝食は食べさせてもらえない。この習慣は、ミキサーの音を聞くと同時に私の体に蕁麻疹《じんましん》が出るようになったことで、ようやく終わりを迎えた。どうしてこの子には駄目だったのかしら、と母はしぶしぶ諦《あきら》めたけれど、自分が間違っていたとは決して言わなかった。もう少し続けていれば好転したかも、と父に零《こぼ》していたくらいだ。

これと似たようなことは、それからもいくつもあった。お菓子に玩具《おもちゃ》、習いごとや学校。母はいつだって、美生ちゃんのためだからと言って己の正しいと判断したものを私に与え続けた。私の意見なんて、聞くことなく。

もうすっかり忘れていたはずの味が、私に教える。この人は、美生ちゃんのためと言いながら、自分が許すもの以外は認めないだけなのだ。きっとこのあと、私のことを考えたと言ってバナナ豆乳のような友人を選び連れてくるのだろう。

私はママのお人形じゃないよ！　気付いた時には、そう言って母を突き飛ばしていた。そんなに強い力ではなかったと思うけれど、私がそんな態度に出ると思ってもいなかった母はよろめいてべたんと尻《しり》もちをついた。真っ青になって私を見上げてくる母の瞳《ひとみ》に、見たこともない色が宿っていた。恐怖、絶望、哀《かな》しみ。そんな色の瞳の中にいる自分が見えて、大変なことをしたと思った。でも、バナナ豆乳の味は消えない。それを吐き出すように、叫んだ。私の人生に口出ししていい線を越えないで！　私のためだなんて言わないで。迷惑なのよ！

怖《おそ》ろしく長いような、それとも次の瞬間だったか、母は、瞬《まばた》きひとつしないまま、分かったと言った。もう美生ちゃんのことに口出ししないわ。それでいいんでしょう。その声は微《かす》かに震えていて、そしてとても冷え切っていた。怒鳴られるか、ヒステリックに叫ばれるか。そのどちらかだと思っていた私は初めて聞く声の温度にひやりとした。恐ろしくなった私は、逃げるように家を飛び出した。あの場には確かに父もいたはずだったけれど、一体どうしていたのだろう。覚えていない。

『あの日の美生ちゃんを見て、頭を殴られたような衝撃を覚えたんだ。パパは、佐保《さほ》子《こ》に口出しされてはいけない部分まで、許してしまっていた。彼女の人形の一体になっていた。それに、気付かないふりをして生きてたんだよな。馬鹿だよなあ』

自分に言い聞かせるような父の言葉を聞きながら、体の力が抜けていくのを感じていた。母は父にも、私にするものと同じような押し付けをしていた。私が知っている父は、私のためのバナナ豆乳の父だったのか。ああ、私の感情に任せたあの一言は、父と母の関係をも崩したのだ。こうなったのは、私のせいなのか。傷ついたり泣いたり、そんな部分を司《つかさど》る器官が麻痺《まひ》してしまった気がした。人は、自身が耐えきれない負荷を感じた瞬間に感覚が麻痺してしまうという。きっと今の私の状態がそれなのだろうと、機能のほとんどを放棄した頭の片隅で思う。そんな私に、父は晴れ晴れと笑いかける。

『しかしね、君たちの生活を苦しめるようなことはしないよ。お給料の大半はママの管理している口座に入れてもらうようにしているから、金銭面で苦労はしないだろう。それに、君の父親としての責務まで放棄するつもりはないから、これまで通り、何でも言って欲しいな』

ずっと、別れて暮らすつもりなの？　とようよう訊《き》くと、父が少し考える。

『今は離れていたい、それが本音かな。帰りたくなる日が来ればいいなとも思うけど、そんな自分をまだ想像できない。パパの言っていることは君たちにとっては我儘《わがまま》だろうけど、どうか理解してほしい。パパなりに、必死で考えて選んだことなんだ』

私はもう何も言えずに、帰るしかなかった。

それからは、週に一度ほどの頻度で父からメールが届く。元気にしているか、こちらは元気だという生存確認のようなものでしかなくて、やり取りには発展しない。私もまた、やり取りを続ける気になれなかった。私のためにいた檻《おり》から抜け出した鳥が大空を謳歌《おうか》していて、何を言えるだろう。その檻の蓋《ふた》を開けたのもまた、私だというのに。

「お父さんはまだ独り暮らし満喫中か。お母さんは、どうしてる」

「それなりに元気」

父が出て行ったあとの母は、廃人になったのかと不安になるくらい無気力になった。綺麗に化粧をして髪を巻き、ホテルの朝食のような完璧《かんぺき》な食事を供して、エスカレーター式の有名女子校に通う娘と商社に勤める夫を玄関先で送り出すのが母の毎朝だった。午前中は家事に当て家中を磨き上げ、夕食の仕込みをする。そして午後からは自宅を改装して作ったビーズ細工教室の先生として生徒を出迎える。ミセス雑誌の取材も受けたことがある一点の曇りもないうつくしい生活、その一切を母は放棄した。髪に櫛《くし》も通さず、何日経《た》っても取り替えられないシーツにくるまり、ぼうっと虚空《こくう》を見つめる毎日。

母方の祖父母は数年前に立て続けに亡《な》くなっていて、助けてくれたのは母の五つ年上の伯母だった。母と昔からとても仲が良かったという伯母は根気よく母の話し相手を務めて、結果母はどう心の折り合いをつけたのか知らないが、どうにか平常に戻った。といっても以前のように朝食を作ることはなくなったし、家事も自分の身の回りのことしかしない。教室は、ずっと閉鎖したままだ。誰も来ない教室で、母はぼんやりと一日を過ごしている。

「せめて教室を再開すれば気晴らしになるんじゃないかと思うんだけど、私から言えることじゃないから……」

「まあ、そこは難しいところではあるねえ」

担任が腕組みをして考え込む。何か言おうとしたけれど、うまい言葉が見つからなかったらしい。曖昧《あいまい》に呟いて、そして実習の日程について語って終わった。

＊

これなら二週間補習を受けた方が良かったかもしれないと思い始めたのは、二日目のことだった。介護という仕事を、私は軽視していた。

私たち学生に割り当てられた仕事はリネン類の洗濯や館内の掃除、入居者さんとのコミュニケーションがメインだったけれど、経験だといって食事の介助までさせられた。

　ここは認知症の人も受け入れるグループホームで、会話運びの難しい人が多くいた。自分の思いつくまま喋《しゃべ》る人や説教くさい話を長々とする人なんかは何てことはない。しかし虚空を睨《にら》んだままぶつぶつと独り言を言っている人や、急に怒鳴りつけてくる人なんかはどう対応していいか分からない。静かに座っていたかと思えば幻覚症状が現れて、悲鳴を上げて摑《つか》みかかってきたおじいさんは、どんな恐怖映画のシーンよりも恐ろしかった。特に大変なのは食事の介助で、自力で食べられる人たちのお手伝い程度しかしないのだけれど、それでも気疲れする。美味しそうにスープを飲んでいた人が急に噎《む》せかえって顔を真っ青にしたのには、死んじゃうかもしれない、とこちらの顔も青くなった。

　お年寄りの昔話に耳を傾けたり、時には気分転換になるような遊びを行ったりする。そんな和気藹々《あいあい》としたものを想像していただけに、衝撃は大きかった。

「ボランティア部、すごいわ。私こんなの無理。逃げたい」

　昼食の介助を終えて昼休憩を貰った私は、裏の勝手口に座り込んで俯《うつむ》いた。休憩室に行く元気も、冷えた缶ジュースのプルタブを引く力もない。冷たさを手のひらに感じながら、あー、とため息とも唸《うな》り声ともつかない息を吐く。そんな私の横で、同じように缶を弄《もてあそ》んでいた慶子《けいこ》が「そうねえ」と相槌《あいづち》を打つ。慶子はボランティア部の正部員で、中等部のころからそれなりに仲がいい。

「こんなにハードなのは、私だって辛《つら》いよ。いつもは幼稚園に行って人形劇をしたり、イベント会場のお手伝いをしたりなんかして、結構楽しいんだ。でも先生たちから、そういう生温《なまぬる》いことばかりしていてボランティア部を名乗るのはおかしいんじゃないか、って言われてさ。部員からはもちろんブーイングが出たけどあながち間違いでもないし……。他の子から聞いたんだけど、姉妹校のボランティア部がテレビで取り上げられて、反響がすごかったんだって。新聞の取材とかも受けて」

ああ、と短く答えた。なるほど大人の事情というものもあったのかもしれない。

「美生はどうして臨時部員になったの？　ボランティアに興味もったわけでもなさそうだし」

「出席日数が、ちょっとだけ少なくてさ。こんな時期から担任が大騒ぎしちゃって。本当はこんなところにいずに、バイトに行きたいんだけどね」

「ああ、コンビニだっけ？　よく働く気になるよ、偉いね」

慶子が感心したように言い、私は顔を上げないまま鼻で笑った。うちの学校は比較的裕福な家庭の子が多くて、たいていの子がお小遣いを潤沢に貰っている。そのせいか、アルバイトをしている子はごくごく少数。高等部に入ってすぐにコンビニで働き始めた私は珍しい部類だ。

「そろそろ自立しなさいって、高等部に上がると同時にお小遣い打ち切りになったんだよ。自力で稼ぐしかないだけ」

最低限の生活は面倒見るけど、後のことは全部自分でどうにかしなさい。父がいなくなった後に復調した母は、私にそう宣言した。どこまでがあなたたちの言う線なのか、私には全然分からない。だから、最低ラインだけ守ればいいでしょう。

学費も通学の定期代も、必要なものは支払ってくれる。冷蔵庫の中には色んな食材があるし、調味料も揃《そろ》っている。しかしそれだけで、母は私への一切の関わりを閉じた。夜更《よふ》かしを咎《とが》められることがなくなった代わりに、寝坊しても起こしてもらえない。コンビニ弁当を食べていても添加物がと叱《しか》られない代わりに、空腹で帰っても温かな料理が出迎えてくれることはない。

母を拒否した私が悪い。父に大空を知らせた私が悪い。あの服はクローゼットの奥に仕舞っていてあの日以来着ることはしないけれど、捨てられない。あんな態度を取ったことを後悔するけれど、母に従わなかったことは今でも間違いではなかったと思う。そんな私がどんな謝罪を口にすればいいのだろう。これじゃいけないとは思っても、何もできないでいる。

「へえ、美生の親ってしっかりしてるね。私の親は過保護すぎてヤダなあ。今日だってここまで送ってくれたし、帰りも迎えに来るんだよ。小学生じゃないのに、私」

不満げな慶子の声に甘えを感じる。つい半年ほど前までは自分も同じだったくせに、失ってしまうとそこに愚かさを感じてしまうのは驕《おご》りなのか、羨望《せんぼう》なのか。

「あ、そうそう。美生が読みたがっていたあの本、『きみたま』を持って来たの。後で渡すね」

「ええ、ありがとう！　それ、すごく嬉《うれ》しい」

ぱっと顔を上げた私に、私はもう読まないからあげる、と慶子が言う。古い本だし、美生も読み終わったら捨てていいよ。

「そんなことしない。大事にするよ」

「学校でケータイ小説が流行《はや》ったのって、初等部のころだっけ？　あのときはみんなこぞって読んでたよね。私もたくさん読んだなあ」

暴走族の総長に愛されるヒロインが出てくるお話が好きだったんだけどね、と慶子はいろいろなタイトルを挙げる。しかし、その大半を私は知らない。ケータイ小説が流行してクラスの誰もが読んでいた当時、私は母に読んだらいけないときつく言われていたのだ。ネット環境を規制されていたから隠れて読むことはできなかったし、書籍化されたものを借りれば見つかって激しく叱られた。あんな粗悪なものを読まなくても、もっと素晴らしい作品がこの世にはたくさんあるのよ。自分の養分となるものはちゃんと吟味しないと、綺麗な花に育たないの。私の本棚には偉人たちの伝記や古典文学、児童文学集などがみっちりと並んだ。まともに目を通したのはその内何冊だっただろうか。源氏物語全集などは押し花製造機としてしか活躍せず、今もページのそこここにコスモスやビオラ、ミモザなんかがひっそりと眠っているはずだ。

母の規制がなくなった今、私が熱中しているのが、そのケータイ小説だった。さまざまなジャンルがあって飽きないし、作者に直接感想を伝えられる身近さがいい。恋愛ものが好きだけど、その中でも家庭環境に問題を抱える主人公が出てくる作品に巡り合うと、自分と重ねあわせて特に夢中になってしまう。私には主人公たちのように、陰ひなたで支えになり時に愛を囁《ささや》いてくれ、苦しみから救い出してくれるヒーローはもちろんいない。それでも、彼女たちが幸せになるラストはとても勇気が貰えて感動する。

数年前に学校内でケータイ小説ブームを起こした、『きみにたまごを』という作品がある。とても感動して泣けるという口コミで広がり、みんな夢中になった。毎週日曜日の夜に更新され、月曜日の教室は『きみたま』の話題で持ちきりという時期が長く続いた。みんなの話に混ざりたくて、これだけは読ませてとお願いしたけれど許してもらえないままブームは終わった。

あんなに流行った『きみたま』を未《いま》だに読んだことがない、ということを昨日何となく慶子に言ったら、書籍化されたものでいいのなら持って来てあげるよという流れになったのだった。

「ねえ、美生。それよりも、あれ見て。喪服を着てる人が来たんだけど。ここに何の用事だろ」

慶子の声音が急に訝《いぶか》しむようなものに変わり、顔を上げる。ほら、と遠慮がちに慶子が指を差す方を見れば、夏の強い日差しを背にして立っている長身の男性がいた。真白のワイシャツに黒のパンツ。腕には黒いジャケットを掛けている。白シャツが光を反射して、眩《まぶ》しくて目を細める。溢《あふ》れる光の中にいる人の佇《たたず》まいは、どこかで見た気がした。

「……朱鷺《とき》さん？」

思わず呟いた声に、男性が振り返る。ああ、と声を洩《も》らした彼は予想通りの人だった。

うになった。

大判のハンカチでこめかみの汗を拭《ぬぐ》うその人は、バイト先の近くにある葬儀社の社員さんだった。お店を頻繁に利用してくれ、店長と仲が良いので私もよく話をするようになった。

「驚いたのはこっちです。一体どうしたんですか」

「今日はここのグループホームで、シュウカツについてのお話をさせていただくんです。美生さんは？」

「ボランティア部の活動で、ここに」

それは素晴らしい、と朱鷺さんが頷く。シュウカツとはなんだろう。もしや『就活』だろうか。朱鷺さん、会社をクビになったんですかと問おうとする前に、慶子が体操服の裾を引く。

「ねえねえ、美生！　かっこいいんだけど、知り合い？」

「は？　誰が」

見れば、慶子が頬をほんのりと紅潮させている。意味が分からないまま視線の先を見れば、間違いなく朱鷺さんがいる。おお、と言葉が思わず漏れた。

朱鷺さんを最初に見た印象は、『あぶないひと』だった。毎回制服のように黒いスーツを着ていて、いつもおどおどとしている。買うのはお弁当やカップ麵《めん》、漫画雑誌はしょっちゅう。学校で指導される『警戒すべき危険な大人』に近かった。

『ああ見えて、すごくいい子だよ』

父とも、校内の男性職員とも違う初めてのタイプに身構えていた私にそう言ったのは、店長だった。僕も最初は気を付けていたんだけどね、話をするようになるといい青年だって分かってねえ。安心していいよ。

元々店長は面倒見のいい人だけれど、朱鷺さんには殊《こと》のほか親切に世話を焼いている。髪はもっと短くして毎日ちゃんと寝癖を直しなとか、ワイシャツは面倒でもきちんとアイロンがけしなとか、まるで実の親のようだ。朱鷺さんは素直にそれを聞き入れていて、最近ではすっきりとした雰囲気になってきた。店長は、仕草や言葉遣いに以前にはなかった芯《しん》というかやる気のようなものが感じられてきたと喜んでいたくらいだ。

そんな朱鷺さんが、かっこいいと言われてる！　これは店長に教えてあげなくちゃと思わずにやにやしてしまった私に、朱鷺さんが言う。

「これからホールで、いろんなお話をするんです。もし時間があるのなら、美生さんもどうぞ。若い方には興味のない話でしょうけど、勉強にはなるかもしれません」

では、と会釈《えしゃく》をして、彼は表玄関の方へ去って行った。それを見送ってから、期待の目で私を見ている慶子にバイト先のお客であることを伝える。アルバイトって、けっこう楽しそう。そんな風に言って無邪気に笑う慶子に、私も何となく笑った。

シュウカツというのは『終活』と書いて、文字通り終わりのための活動であるらしい。みんなが集められたホールの中央で冗談を交えつつ軽快に話すのは朱鷺さんではなく、彼の先輩である佐上という男性社員さんだった。たまに店に来てくれるので、私も顔は見知っていた。その中で朱鷺さんは黙々と赤い表紙の冊子を配って回っている。私にもくれたそれには、金の文字で『エンディングノート』と書かれていた。ぱらぱらと捲《めく》ると、自己紹介のページから始まっている。両親や祖父母の名前、卒業校や就職先、仲のよかった友人について書く欄など事細かい。続いて所持している口座の一覧表、貯金・借金の有無、その内訳などを書くページ。どうやら己について書き記すものなのかなと思えば、希望する葬儀についてという項目に行きあたった。どこの宗派でどのくらいの規模で、誰を呼んで欲しいか。遺影用の写真を入れるポケットがあったり、葬儀中にかけてほしい曲リスト、なんてものもある。

「これは『終活』の便利グッズです。自分という人間の歴史から、亡くなったときに家族へ伝えたいことなどをまとめて書いておけるノートです。自分が遺《のこ》しておきたいことなら何でも書いていいんですよ。例えばそうですね……初恋の人の名前や、親友との思い出。棺《ひつぎ》に一緒に入れてもらいたいものはこれだとか、大事にしていたネックレスは誰に遺すかとか。ああ、へそくりの隠し場所なんかは大事ですよ。箪笥《たんす》預金に遺族が気付かない、なんていう悲劇も結構多くあるようです。そこでこのノートに書いておけば問題解決、遺族を大喜びさせられます」

佐上さんの話に、クスクスと笑い声がおきる。

「何かあった時のために書き残しておくというのは御自身のためだけでなく、残された遺族のためでもあります。残された側は、常に自問し続けます。父は、母は、こんな葬儀で喜んでくれただろうか、こんな見送り方で満足してくれただろうか。そんな不安を少しでも拭えます」

終活という言葉は初めて知ったし、こんなノートの存在も知らなかった。こういう記録を残すというのは、方法としてはいいのだろうなと思う。母方の祖父母はどちらも遺言ひとつ残してなくて、母や伯母がいちいち悩んでいたのを覚えている。

暗くなりそうな話だけれど、佐上さんの陽気な話しぶりもあってか入居者たちは楽しそうに耳を傾けていた。認知症が進んだ人たちは別として、まだ頭のしっかりした人は興味深そうにページを捲っている。

終活なんて言葉を使っているけれど、要は『死ぬ準備』だ。私にはまだ死は遠すぎてピンとこないし、できれば自分の死についてなんて考えたくない。年を取れば、身近に感じて受け入れることができるようになるのだろうか。いいものだと思っても、書いている自分を想像はできない。死を傍《かたわ》らに置いて、自分の死後について書き記すなんてできそうにない。

ぼんやりと老人たちを眺めていて、ふと茂子さんのところで視線を止める。彼女はこの場の誰よりも熱心に、話に聞き入っていた。前のめりになり、何度も頷いている。時折ページを捲っては、丁寧に文字を追っていた。

茂子さんは軽い認知症がみられると、七瀬さんから聞いていた。突然ふっと思考が過去に戻ってしまうらしい。急に意味の分からないことを言いだすかもしれないけれど、黙って聞いてあげてね。しばらくすると、落ち着くから。

「あの人、冷めたものしか食べられないんだよ」

小さな声で囁かれて、驚いて見れば二年生の先輩が私の横にいた。目で訊けば、茂子さん、と言う。湯気の立つものを見ると泣き出すんだって。熱いお茶も無理らしくて、ここのスタッフの人はあの人の分だけ何でも冷ましてから出してるの。

酷《ひど》い猫舌なのかな、と思っていると、先輩が唇の端で笑った。歪んだ唇の端から歯の矯正器具がちらりと見える。

「わたしは、ああはなりたくないな。赤の他人に世話を焼いてもらいながら、くだらないワガママ言ってるんだよ。それを死に際まで通そうとしちゃってるの？　って感じ。あしてくれこうしてくれって、茂子さんみたいな人を『老害』っていうんだよねきっと」

私は多分、相当間抜けな表情を浮かべただろうと思う。どういう意図で言っているのか分からなくて、先輩の言葉を反芻《はんすう》するのに精いっぱいだった。

「料理の温度まで気をつけなくちゃいけないんですか？　やだ、めっちゃ面倒ぉー」

驚いたように言ったのは私の横にいた菜月《なつき》だった。確か先輩とはとても仲がいいと聞いた。菜月は自分の声が思いのほか大きかったことに慌てて口を押えて、それから声を潜める。

「ていうか、こういう仕事っていやじゃないですか？　あたし絶対就《つ》きたくないって思った」

「わかるー。だって底辺だもん」

私を挟んで交わされる会話には強い蔑視《べっし》があった。今度こそはっきりと自分が傷ついたのが分かった。ねえほら、と先輩は顎先《あごさき》で誰かを指す。のろのろと見れば、車いすのおじいちゃんの横に跪《ひざまず》いている七瀬さんがいた。ストローを挿したコップを差し出しているところを見れば、喉が渇いたと言われたのかもしれない。化粧気のない彼女の頬にはそばかすが散っていて、よく大きな口を開けて笑うことも相まって、とても快活に見える。そんな人当たりのいい笑顔に、ふたりの言葉が塗りつけられる。「あの人まだ二十代だよね、どうしてこんな汚れ仕事をしてるんだろ」「こんな狭い世界で、人生終わった人間の世話を焼くのって虚《むな》しいですよね」「人生楽しいんですかー？　って本気で聞いてみたい」「めっちゃわかります。何て答えるんだろ」

嫌な忍び笑いが、私の鼓膜を揺らす。悪意が私の肌に纏わりついてくるようで、肌が粟立《あわだ》った。彼女たちの口を押えたい。いやいっそ、ぶっ叩《たた》いてしまいたい。耐えきれない不快感につき動かされそうになる。とりあえずこれを終わらせなければと口にしたのは、先輩ってどこの歯医者に通っているんですかという、どうでもいいことだった。先輩は鼻白んだ顔をし、菜月は馬鹿にするような目で私を見た。菅原さんは歯並び綺麗なんだから関係ないでしょう、と先輩が言う。怒らせたのは分かったけれど、うまく会話が途切れたことにほっとした。すみません、と適当に頭を下げて、七瀬さんを見る。おじいさんから茂子さんの方へ移動して、何か拾う。茂子さんがタオルハンカチを落としていたらしい。真剣そのもので話を聞いていた茂子さんがそれに気付いて恥ずかしそうに笑う。穏やかに笑うふたりを見て、少しだけ心が凪《な》いだ。

＊

葬儀社さんって、あんなことまでするんですね。翌日の夕方、バイト中に店に現れた朱鷺さんに言った。今日は通夜《つや》が入ったらしく、当直だという彼は夜食として、袋入りの塩ラーメンをカゴに入れていた。

「営業の一環として最近行うようになったんですけど、なかなか評判がいいです。前もって葬儀の予約をしておこう、なんて方もいらっしゃるくらいです」

朱鷺さんは私より十以上も年上なのに、とても丁寧な話し方をする。時々変な言葉遣いをするけど汚い言葉は絶対に口にしないし、育ちがいいんだろうと店長が言っていた。

「亡くなったあとに遺族に明確な意思を伝えることはできません。僕も、エンディングノートの存在を知った時は、これはいいと思いました。あまりに感動したので母にプレゼントしたら、妹に縁起でもないと怒鳴られましたけど」

朱鷺さんの母親といえばまだ十分若いだろう。妹さんの気持ちも分かる。クスクスと笑った私に、朱鷺さんは少しだけ不満そうに言う。

「大事なことを書き残しておくというのは、大切ですよ。いつか伝えればいいと思っていても、不慮の事態でそれが叶《かな》わないこともあるんです。気持ちを伝えるのに早い遅いなどないと思うのですけど」

「それはまあ、そうですけど」

唇を僅《わず》かに尖《とが》らせ、憮然《ぶぜん》とした表情で話す朱鷺さんが少し可愛《かわい》らしくも見えて、また笑いがこみ上げてきた私は、「ああ、でも『たまご』があるといいかもしれない」と言った。

「昨日の夜読んだ小説にね、『たまご』って出てくるんですよ。死んだ人が、遺された人への愛をたまごのかたちにして残すんです。赤くて小さなたまごを口にすると、死んだ人からの愛の言葉が溢れるの。そういうのが本当にあるといいなって今思いました。そうしたら、ふいに死んでしまったとしても、ちゃんと伝えられるじゃないですか」

昨晩は『きみたま』が余りに面白くて、夜更かしをして最後まで読み終えてしまった。

病気でもう自分は長くないと知った男の子が、素直になれなくて意地悪ばかりしていた女の子――主人公に『たまご』を遺《う》す。『たまご』は男の子の体がこの世から消えると同時に消え失せる。男の子は自分ではなく他の女の子が好きだったと思い込んでいた主人公は、男の子の最期《さいご》の想《おも》いを伝えてあげようと、たまごが消える前にその子に渡そうと必死に頑張るのだけれど、上手《うま》くいかない。そしてラスト、そのたまごは自分宛《あて》のものだったと知った主人公はたまごを口にする……。

途中から涙なしには読めなくて、タオルで目元を拭いつつ読みふけった。この感動を誰かと共有したいと思ったけれど『きみたま』ブームはとうに過ぎ去っているから話せる人もいない。そんなフラストレーションもあって、私は嬉々《きき》として朱鷺さんに喋った。少女向け漫画雑誌も買い求めて読む朱鷺さんだから、少しくらい耳を傾けてくれるだろうと思ったのだ。

だけど、途中ではっとして口を噤《つぐ》んだ。朱鷺さんが、私の顔を凝視していた。

「あ、すみません。興味ないですよね、こんな話」

「いえ！　いえ、逆です。とても、興味深いです。そんな小説があるのですか。ええと、携帯小説、ですか？　それは携帯でないと読めないものなのでしょうか。電子書籍といった類《たぐい》ですか」

想像以上に、朱鷺さんは興味を示した。死に関わる話でもあるし、葬儀社に勤める人として気になったのだろうか。私は今ちょうど『きみたま』をバッグに入れているので貸しましょうかとためしに言うと、彼は頷いた。

「今晩さっそく読みます。でも、いいんですか」

「読んで下さるのなら、ぜひ。実はこの感動を分かち合える人を探していたんです」

ソフトカバーの本を渡すと朱鷺さんは真剣な顔をして表紙や背表紙を眺めまわした。それから丁寧に頭を下げて職場に戻って行った。


バイトを終えて家に帰り着いたのは九時を少し過ぎたころだった。玄関扉を開けると、ふわりと温かなスープの香りが鼻を擽《くすぐ》った。トマトとスパイスの匂いは母の得意料理のミネストローネに違いない。母は普段は私が帰りつく前に自分の食事を済ませているので、こんな香りに出迎えられたのは久しぶりだ。一体どうしたのだろうと慌ててリビングに入ると、そこには伯母がいた。ダイニングテーブルでワイングラスをのんびり傾けている。

「お帰り、美生。ずいぶん遅いのね、いつもこんななの？」

「伯母さん……、ママは？」

「そこで寝てるわよ。たまには一緒に夕食でも食べようと思って来たんだけど、佐保子ったらワインをがぶがぶ飲み出しちゃって」

伯母の指差した先のソファには、顔を真っ赤にして眠りこけている母がいた。どんな夢を見ているのだろう、眉間《みけん》に皺が二本刻まれている。仲の良い姉が来て気が緩んだんだろうに、心底安らげはしないのだろうか。ぼうっと見下ろしている間に、伯母は私の夕飯の支度を調《ととの》えてくれた。美生が少し相手をしてよと言われて、伯母の正面に座る。テーブルの上には母の得意料理が数品に、伯母が買って来たと思われるイタリアンレストランのデリカテッセンが綺麗に盛り付けられていた。久しぶりの母の味があるけれど、何となく、手が出ない。手酌で赤ワインをグラスに注いだ伯母は、夏野菜のサラダを適当に掻《か》き回す私を見ながらため息を吐いた。

「佐保子に振り回されていたあなたたちのことを、可哀相《かわいそう》だと思うのよ。弓人《ゆみひと》さんも美生も、佐保子の理想通りであろうとするのは大変だったでしょうね。でも、佐保子の気持ちも分かるの。家族に恵まれなかったから、家族にどう愛情を伝えたらいいか、分からないのよ」

「え？　意味が分からないんだけど」

社員数十人を抱える設備会社社長の次女として生まれた母は、何不自由なく育ったはずだ。希望の高校、女子大に進学し、海外留学までさせてもらったという。三十過ぎまで気儘に生き、見合いで知り合った父と結婚。両親は揃っていたし、仲の良い姉もいた。それのどこが恵まれなかったというのだ。釈然《しゃくぜん》としない私に伯母は小さく笑って、それから母に視線を移す。深い眠りに落ちているのを見て、父はわたしが八歳の時に起業したのよと言った。

「それは知ってる。会社を一代で大きくしたのが誇りだって、何度も聞いた」

生前の祖父がいつも言っていたことだ。伯母がそれに頷く。

「今じゃそこそこ大きいけど、最初は父と母のふたりだけだったの。軽トラックに乗って朝から晩まで駆けまわってた。わたしは小学校が終わると親戚《しんせき》の家に行って、親が仕事終わりに迎えに来てくれるのを待っていてね。三歳だった佐保子は人に預けられてた」

初めて聞く話だった。祖父も祖母も、会社がどんどん大きくなっていった話はすれど、娘たちの預け先に言及したことはなかった。

「佐保子が預けられてた先っていうのが、父の愛人の家だったのよ」

フォークの先でオクラを突《つつ》いていた手が止まった。目を見開いた私に構わず伯母は続ける。

「朝から晩まで妻をこき使っておいて、自分はちゃっかり女を作ってるんだから、あの人も本当に困った人よ。しかもそんな女に娘を預けるなんて、やりたい放題もいいところ」

「おばあちゃんはそれを知ってたの？」

祖母はとても厳しい人だった。孫の私にも丁寧語で話し、礼節をわきまえなさいというのが口癖だった。物静かで寡黙《かもく》な祖父は仕事人間で、朝早くから夜遅くまで黙々と働いていた。病床にまで仕事を持ちこんで、医師に怒られたくらいだ。そんなふたりの間に愛人問題が起きたなんて、到底信じられない。

「もちろん知ってたわよ。せめて佐保子を保育所に入れさせてって再三お願いしてた。でも、父がまだ早いって許さなかったの。あいつに面倒を見させていれば金もかからなくていいって。年を取ってからは丸くなったけど、昔はそりゃあ横暴だったんだから」

幼かった母はほとんど、愛人の家に預けられっぱなしだったらしい。祖父は愛人と幼い娘と三人で家族のように過ごしたり、時には愛人の家から出勤することもあったという。

「おじいちゃんがそんな人だったなんて、すごくショック。私には優しいおじいちゃんだったのに」

「孫の可愛さは別格らしいからね。こんな話をしておいてなんだけど、美生にとっていいおじいちゃんだったのなら、その思い出は大事にしてあげてね」

伯母は苦笑して、話を続ける。

そんな生活は、二年ほどで終わったという。きっかけは、母が愛人に火傷《やけど》を負わされたこと。そういえば母の腕には、五百円玉程のシミのような火傷痕《あと》がある。あまり目立つものではないけれど、母はそれを気にして一年中長袖しか着ない。

「娘を傷つけるなんて許せない。向こうにこれ以上好き勝手させるのならわたしはもう出て行きます、って母がとうとう宣言したの。母がいないと会社もうまく回らないから、父は母の言う通りに愛人と別れて、佐保子は保育所に入った」

これで家庭は元通り、というわけではなかった。幼い母が愛人を求めて泣き続けたのだ。

「かあかはどこ？　会いたいよう、って毎日しくしく泣くの。あんな火傷を負わされたっていうのに、健気《けなげ》なものよ。もうあの人とは会えないのよって言い聞かせるんだけど、佐保子は昔から強情なもんだから聞かなくて。それに、『かあか』だなんて全くもって酷い呼び方でしょ？　自分のことをお母さんって呼ばせていたなんて、図々《ずうずう》しいったらないわ。母は、夫だけでなく子供まで盗《と》られたんだって陰で泣いていたわ。その呼び名を聞くたびに母が哀しそうにするものだから、佐保子はいつのまにか諦めて『かあか』のことを口にしなくなったんだけど……」

母娘《おやこ》の関係はぎくしゃくしたまま、何年も過ぎた。祖母は、憎い女を恋しがって泣いた娘をうまく可愛がれないと苦しみ、母は自分にどこかよそよそしい母親に違和感を覚えていた。母が中学二年になったとき、心ない人が母に『かあか』の正体を告げた。あの女のことを家政婦だって聞いてたのかい？　あの女はねえ、あんたのお父さんの愛人だったんだよ。妻憎しその女の産んだ娘憎しであんたに火傷を負わせて、それで捨てられたのさ。そんな風だったという。

「佐保子はね、活発でよく笑う子だった。少し調子に乗りやすいところもあって、よく両親に叱られてた。でも、どうして母が自分に対して冷たく当たっていたのか、その理由を知ってからは人が変わったかのように大人しくなった。母の言いつけを良く守って、母が喜ぶようなことしかしない。多分、佐保子なりの贖罪《しょくざい》だったんだと思う。決して佐保子のせいじゃないんだから、気にしなくていいのよってわたしが何度言っても、聞き入れなかった。さすがの父も幼い佐保子までも振り回したことを謝罪したけれど、遅すぎた。せめて母が、『もう気にしてない』って言えればよかったんでしようけど、なかなか言えなかったんでしょうね……」

上手く歩み寄れない両親と娘の関係は、最後まで変わることがなかった。思い返せば、母が両親に甘えているのをみたことがなかった。いつも冷静で、距離感があって、それは互いの性格がそうさせるのだろうと漠然と思っていたけれど、違ったのだ。

「いつか結婚したら私は家族を精一杯愛するんだ、って佐保子は昔から言ってた。あなたが産まれた日は、この子をきっと誰よりも幸せにするんだって言ってね。あなたを抱いている佐保子の顔こそ、幸せいっぱいに見えた」

伯母から母へ視線を流す。私は、母がずっと大事にしてきたものを壊してしまったのかもしれない。母を突き飛ばした時の重みが、手のひらに蘇《よみがえ》る。

「勘違いしないでね。わたしは美生に、だから佐保子の言うことを聞いてあげてって言ってるわけじゃないの。佐保子も、自分の理想を押し付けるだけでは家族は幸せにならないって分からなくちゃいけない。わたしはただ、そういう事情があったんだってことを美生に知って欲しいのよ。知ることが歩み寄るきっかけをつくるかもしれない」

「……伯母さんは、私たちが歩み寄れると思う?」

「もちろん。相手をどこまで許すか、どこまで尊重できるか何度だって話して衝突し合えばいいのよ。どこかできっと分かり合える。だってそれが家族なのよ。家族から逃げたら、駄目よ」

顔を戻すと、伯母は母によく似た顔で微笑《ほほえ》んでいた。祖父母の会社を継いだ伯母は早くに夫と別れていて、間にいたふたりの子どもは夫について行った。伯母にも、私の知らない様々な涙や思いがあったのだろう。私は、知らないことだらけだ。黙ってサラダを口に押し込んだ。

＊

実習最終日の朝、家を出ようとしていた私と、起きて来た母が偶然リビングでかち合った。寝間着のままの母が、少しだけ居心地が悪そうな表情を浮かべる。

「体操服なんか着て、どこに行くの。もう夏休みでしょう？」

「グループホーム。学校の、実習で」

母はここ数日の私の予定を知らなかったんだなとか、最後に話したのはそもそもいつだったかなとか考える。母は、そう、と言ったまま素肌の顔を背けた。少しの間があって、ぽとんと言う。

「……この間、姉さんが何か言ったらしいけど、気にしないで」

母に言いたいことは、あったと思う。でも何一つ言葉が出てこなくて、頷いた。それでもその場から立ち去らずにいたのは、母と話をしなくてはならないと思ったからだ。会話の糸口を探していると、母がふいに言う。

「美味しくて大好きだったご飯が、実は呪《のろ》いがかかっていましたって言われたら、美生ちゃんはどうする？」

彷徨《さまよ》わせていた視線を戻す。母はダイニングテーブルの中央に置かれた空っぽの花瓶のあたりを見つめていた。以前は毎日のようにうつくしい生花が活《い》けられていたけれど、それもなくなって久しい。

「私は吐き気がした。美味しいと……もう一度食べたいとすら思っていた自分を嫌悪した。差し出した人を憎んだし、美味しいと言ったことで悲しませた人に申し訳ないと思った。そうしたら、美味しいご飯というのがどんなものなのか、分からなくなったのよ」

母の声はいつもよりも弱々しくて、でも柔らかく聞こえた。覆《おお》うもののない剝《む》き出《だ》しの、母の内側に触れているような気がした。

「自分が手に入れた家族には、美味しいご飯をたくさん食べて欲しい。私みたいな苦しみは、味わって欲しくない。そう思って、正しいと思えたことをしてきた、つもりだった」

何も言えない私を前にして、母は独り言のように続ける。

「でも、それも間違いだったのよね。私はどうしたらよかったのかしら。私はずっと、分からないままなのかしら……。ああ、実習に行くんだったわね。引き留めて悪かったわ。行ってらっしゃい」

母は頭《かぶり》を振って、寝室に戻って行った。ゆっくりと閉じられた扉を見ながら、私も「分からないよ」と呟く。ごめんね、私もこんなときにどうしていいのか分からない。部屋に飛びこんで行けばいいの？　ママのご飯好きだよって言えばいいの？　押し付けがましいと思っていたくせに？　今ママが私を拒否したら、泣いてしまいそうなのに？

「……行ってきます」

部屋に駆け込むイメージを何度も作って、壊して、私は玄関の扉を開けて出て行った。少しだけ泣きそうになっていた私の背中を追いかけて来たのは、扉の閉まる音だけだった。

最終日だからと、ホールではお別れ会が開かれた。お菓子やジュースが供され、私たちはそのお礼としておじいさんたちの爪《つめ》を磨き、おばあさんたちにはネイルを施した。どれだけ年をとっても、女性はやはり女性なのだなあと思う。赤いポリッシュで爪が染まると、どんな人でも嬉しそうに自分の手を眺めた。

私が最後に担当したのは、茂子さんだった。

「ありがとうねえ、さあちゃん」

「いえいえ。では手をここに置いて下さいね」

今日の茂子さんは、少し認知症の症状が出ているようだ。私のことを誰かと勘違いしている。朝ここに着いたときは、泣きそうな顔をして大事なネックレスがなくなったと探し回っている最中だった（グループホームではアクセサリーの類は持ち込み禁止らしくて、実際に紛失したわけではないようだったけど）。

差し出された右手を見て、私は僅かに動揺してしまう。今まで気付かなかったけれど、彼女の肘《ひじ》から先には爛《ただ》れたような火傷痕があった。シミの浮いた皮膚が痛々しく引き攣《つ》れている。見た感じから随分前の火傷だろうとは思うけれど、酷い。そんな私に気付いたのだろう、彼女は恥じらうように笑った。

「そんなに見ないでちょうだいな。少しだけ痕が残っちゃったのよ」

「少しだけって、これ、とても痛かったでしょう」

「ぜーんぜん。あ、いやだ。このことは忘れようねって約束したんだったわね。ふふ、いけないいけない」

内緒話をするように言って、彼女は笑いかけてくる。はっとするほど、優しい笑顔だった。彼女がこんな表情を向ける人とは、一体誰だろう。娘さんだろうか。

「あの、さあちゃんって」「そろそろ塗り終わりますかー？」

私の声を遮るようにして、先輩の声がする。早く終わらせなくちゃと、私は慌てて茂子さんの手を取った。真夏だというのに、彼女の手はひんやりと静まっていた。出来は、あまり褒められたものではなかった。右の親指の端は大きくはみ出しているし、左の薬指はぐにゃりとヨレている。マニキュアを塗ることなんてめったにないから、下手くそなのだ。しかし茂子さんは嬉しそうに両手を翳《かざ》して笑ってくれた。

「とっても綺麗だわ。さあちゃんったら、こんなことができるのね」

目尻の皺が深くなり、瞳が埋もれる。無邪気な笑顔を前にして、私はようやく心が落ち着きを取り戻すのを感じた。家を出てからずっと荒れていた気持ちが、凪いでいく。

「ありがとうね。とても嬉しいわ。明日から毎日、この手を眺めるわね」

さっきまでひん曲がっていた自分の唇が、ゆっくりと解《ほぐ》れて弧を描く。ありがとうと言いたいのはこっちだ、と思う。こんな風に感謝されることなどそうそうなくて、だから嬉しかった。そして、茂子さんに明日を楽しみにできる欠片《かけら》をプレゼントできたようで、幸せでもあった。私がここに来なくなっても、彼女は私を思い出してくれるだろうか。認知症という記憶の渦の中に少しでも留まって、この人を束《つか》の間《ま》でも幸せにする手伝いができるだろうか。温かくて少し寂しいものがお腹の奥でくるくると回転しているような気持ちになる。茂子さんの手を取り、また今度塗りに来ますねと言うと、彼女はぎゅっと握り返してくれた。冷たい手のひらは、包まれるととても温かかった。

＊

四日後の昼過ぎ、茂子さんの死を知らせてくれたのは朱鷺さんだった。私は揚げたてのフライドチキンを店頭のケースに並べている最中だった。

「嘘《うそ》でしょう」

「本当です。今朝がた、心不全で亡くなりました」

信じられない。とても元気そうだったじゃないか。しかし、朱鷺さんがそんな嘘を言うわけがない。カチカチと不快な音がして、何かと思えば手にしていたトングが音を鳴らしていた。みっともないくらい、手が震えていた。

「朱鷺くんが教えてくれるということは、葬儀は天幸社さん？　お通夜は今晩かい」

私の隣にいた店長が訊くと、朱鷺さんは「うちに依頼はありましたが、直葬です」と言った。言葉の意味が分からないでいると、朱鷺さんが通夜葬儀をしないことだと教えてくれた。

「火葬場の予約時間になったら、ただ出棺するだけです。遺骨は天幸社と関わりのあるお寺の合葬墓に埋葬される予定です。明日の出棺時刻までは斎場の二階に安置しています」

足が竦《すく》む。人は死んだらお通夜をしてお葬式をして、残された人たちに別れを惜しまれて送り出されるものじゃないのか。そんな風に事務的に終わっていいものなのか。立ち尽くした私を見て、朱鷺さんが眉を下げる。

「故人は、身寄りがありません。自分が死んだときは直葬でと書き残してあったんです。たまに、そういう方がいらっしゃるんですよ」

「俺は派手に見送ってもらいたいね。個々の考え方とはいえ、直葬なんてむなしすぎるよなあ」

店長がやれやれと首を横に振る。朱鷺さんは少し寂しそうに頷いて、それから私を見てすみませんと慌てたように言った。

「顔色がよくありません。こんな話、しないほうがよかったですね。つい先日まで通われていたところの方ですのでお教えした方がいいかもしれないと思っただけで、すみません」

「いえ、あの、教えてくれてありがとうございます。あの、お別れを言いに行くことは、できないんですか」

とてもショックを受けている自分がいる。茂子さんの死そのものに対してなのか、この世からひとりひっそりと消えようとしていることに対してなのか、分からない。両方かもしれない。ただ、会いに行かなくてはと思う。誰にも見送られないなんて、あんまりにも哀しくて恐ろしいことだ。朱鷺さんは「できますよ」と頷いた。

「グループホームの職員の方たちも、仕事の合間にそれぞれお越しになるとのことです。今夜は僕が当直でいますし、いつ来て頂いても大丈夫ですよ」

少しだけ、ほっとする。八時にバイトが終わるので、その後に行きます。そう言うと、朱鷺さんは「待っていますね」と帰って行った。

朱鷺さんの勤務先である天幸社に来たのは初めてだった。大きな葬儀があるときは駐車場がいっぱいになり整理係が何人もいるのを見たことがあるけれど、今夜は出入口に控えめな明かりが灯《とも》っているだけで、ひっそりと静まり返っていた。店長に教えてもらって用意した香典を手におずおずと建物に入ろうとしていたら、名前を呼ばれた。振り返り見ると、七瀬さんが立っていた。仕事帰りなのかジャージ姿で大きなバッグを抱えた彼女は、私を見て微笑む。

「やっぱり菅原さんだ。この間は手伝いに来てくれてありがとう。もしかして、わざわざ弔問に来てくれた?」

「あ、はい。この近くのコンビニでバイトしてて、それで茂子さんのことを聞いて」

七瀬さんが深く頷いて、きっとすごく喜んでくれるよと言った。それからふたりで、建物の中に入った。人気のない館内の奥へ、七瀬さんは慣れた様子で入って行く。訊けば、入居者さんが亡くなったらここを利用するのだという。

「最近駅前に大きな葬儀場ができたけど、今までこの町の葬儀社ってここだけだったんだ。仕事柄、どうしても来ることが多くてね」

階段を上がり、二階へ行く。ふっと線香の香りが漂ってきた。

「直葬、でしたっけ。そういうのも、よくあるんですか？」

「あるある。今回の茂子さんみたいに身寄りがない人なんかは大抵そう。あとは無宗教の人とか、お葬式を少しでも安く済ませたいって遺族が考える場合もあるかな」

一室、襖《ふすま》が開け放たれて灯《つ》りが点いた部屋がある。七瀬さんに続いて、中に入った。エアコンのよく効いたそこそこ広い部屋の奥に、柩《ひつぎ》があった。その前には小さな机のようなものがあって、香炉や花器が置かれている。柩の足元には小さな花束がひとつ。後は何もなかった。

祖父母の葬儀くらいしか知らないけれど、こんなものじゃなかった。大きな祭壇にはお花畑のように花が活けられ、キラキラした燈籠《とうろう》が幾つもあった。生花台がずらりと並び、たくさんの人が別れを惜しんで泣いていた。

まるで、茂子さんのいたあの殺風景な部屋みたいだ。この世の最後の時すらこんな場所にいるなんてと、言いようのないもの悲しさを覚えた。立ち尽くす私をよそに、七瀬さんは机の前の座布団《ざぶとん》に座り線香に火を点ける。手を合わせてしばらくお祈りをし、それから柩の前まで行って中を覗《のぞ》きこんだ彼女は、「遅くなってごめんねえ」とホームにいた時のように声をかけた。

「出がけに冨治《とみじ》さんが熱を出しちゃって、バタバタしちゃった。ほらあの人、すぐ体調崩すから。ああ、それよりね、この間来てくれた高校生の子がいたでしょう。あの中の、菅原さんがわざわざここまで来てくれたんだよ。よかったねえ」

七瀬さんに手招きされ、同じように手を合わせてから、柩の傍まで行った。そっと覗き込んだ私は、思わず息を呑《の》んだ。胸元の辺りで祈るように両手を合わせた茂子さんの爪先が、とても鮮やかな赤をしていた。私が塗った色だと気付くのに、少しの時間がかかった。

あ、爪。と短く呟くと、七瀬さんがうん、と微笑む。

「これねえ、とても喜んでた」

ぐにゃりとヨレた部分を見つけて、あの時のことを思いだす。ひんやりして、でも温かかった手や、笑顔。また今度塗りに来ますね、と私は言った。生きていたらなんてことはない些細《ささい》な約束だったのに、もう叶えてあげることはできない。胸の奥に小さな穴が開いたような寂しさが襲い、視線を逸《そ》らすようにして、茂子さんの顔を見た。

茂子さんは化粧をしてもらっていた。やわらかな、とても優しい表情で眠っている。顔の周りには白いフェルトのようなものでできたお花が飾ってあった。

「わ、あ。茂子さんがお化粧してる」

「最後は納棺師さんにきちんとお風呂《ふろ》に入れてもらって、整えてもらうんだ。これは入居者さんが亡くなったときに、うちのホームから贈る最後のサービスなんだよ」

　ふうん、と相槌を打っていると、小さく七瀬さんが笑う。

「でも、こんなの本当はあまり意味がないなと私は思うんだけどね。死んだ後に体裁を整えて、だから何って感じ」

　少し乱暴に聞こえる言葉に驚いて彼女を見る。七瀬さんは茂子さんの爪先をちょんと突いてみせた。

「これ、とても喜んでたって言ったでしょ。嬉しそうに笑っていたのをあなたも見たよね？」

　頷いた私に、七瀬さんは「今塗ったとしたらどう？」と訊く。

「喜ぶかもしれない、と思うだけなんだよね。生きている側の『してあげた』っていう自己満足に過ぎない。死んでしまったらもう二度と、繋《つな》がれない。茂子さんの体はまだここにあるけど、でも心はもう別の世界にいってる。本当の意味で、彼女に触れることはできないんだよ」

　何となく、理解できた。死んでしまったら思いは一方的にしか流れなくて、繋がり合うことはない。茂子さんを前にしていたら、それがすんなりと納得できた。

「生きている間に精いっぱいのことをしようって思ってるんだけど、でもいつも、やり切った！　とは思わないのよねぇ。満足して見送れない」

　そう言って立ち上がった彼女は、部屋の後方にあるテーブルへ向かった。置いてあった湯沸しポットと茶器を勝手に使い、お茶を淹《い》れはじめる。そうしながら、こっちにおいでよと言う。私はもう一度茂子さんに手を合わせてから、彼女に従った。

「ねえ、食事していける？　仕出しのお弁当を頼んでるんだけど、一緒にどう？　誰か来た時のためにひとつ多くしておいたから、大丈夫だよ」

「あ……いいんですか？」

「うん、もちろん」

　話していると、にゅっと現れたのは朱鷺さんだった。少し息を切らした彼は、私を見て眉を寄せる。

「夜道は危険なのに、ひとりでここまで来たらだめです。しかしどこですれ違ったんでしょう」

「まさかお店まで迎えに来てくれていたんですか？　す、すみません！」

　慌てて頭を下げると、無事ならそれでいいのですと安堵したように言い、しかし気を付けないといけませんよと続けた。頷いた私に小さく笑いかけた後、七瀬さんに顔を向ける。

「七瀬さん、お待たせしてしまったでしょうか、すみません。お食事、すぐにお持ちしますか？」

「ああ、お願いします。それと、彼女にもいいですか？」

朱鷺さんはすぐに、テーブルの上にふたり分の食事の用意をしてくれた。花形の押し寿司《ずし》を中心にした精進料理のお弁当を、七瀬さんと向かい合って食べる。

「菅原さんって、今年で十六歳、だっけ？　私のちょうど半分の年ね、わかーい」

「え、七瀬さんって三十二歳なんですか。もっと若いかと思ってました」

こうして間近で見ても、二十代にしかみえない。隠されていないそばかすや、くるくる変わる豊かな表情がそう思わせるのかもしれない。七瀬さんは高野《こうや》豆腐の煮つけを大きな口で食べてから嬉しそうに笑った。でへへ、ありがと。めっちゃ嬉しい。その口調はやっぱり若々しく聞こえて、なんだかとても可愛い人だなと思った。

食事が済んだところで、七瀬さんはこれから遺品の整理をすると言った。何となくまだ帰りたくなくて、少し見ていていいですかと訊くと彼女は頷いた。

「整理と言っても、大したことはしないんだけどね。茂子さんはあんまり物をもっていなかったし、こんなのも残してくれてたし」

七瀬さんが大きなバッグから引っ張りだしたのは、赤いノートだった。金の文字をみて、あ、と声が出る。七瀬さんは自慢するように掲げる。

「茂子さん、すごいんだよ。これを貰ったのってたった一週間ほど前のことなのに、ちゃんと書きこんでるの。これに書いてあったんだ。直葬にして欲しいことや遺骨の供養先。使っていた家具や服は使えるなら使って欲しいし、不要なら捨ててくれとか、そんなことまで」

聞きながら、あの日の茂子さんを思いだす。とても熱心に耳を傾けていた彼女は、あのあと部屋に戻ってすぐにペンを手にしたのだろう。

「まさかこんなに早く使われることになるなんて、茂子さん本人も思ってなかっただろうな。でもお蔭ですごく助かる」

七瀬さんが抱えてきたバッグの中身は茂子さんの荷物だったらしい。彼女はテーブルに荷を空け始めた。大きなバッグとはいえ、人ひとりの持ち物がこんな小さなまとまりにしかならないことに驚いた。

「ホームに入居するときに、大抵のものは処分してきたらしいんだよね。身寄りもないし、遺品を遺すような人もいないって言ってた。実際、訪ねてくる人もいなかったし」

使いかけの化粧水にハンドクリーム、櫛や眼鏡といった身の回りの品が少しと、古ぼけた薄いアルバムが一冊。絣《かすり》の巾着《きんちゃく》袋と、ベッドにつるしてあったラジオが一番大きなものらしい。それらの処分はグループホームの判断に任せるとエンディングノートに書いてある、と七瀬さんが説明してくれた。

「エンディングノートって、便利ですね」

ノートに目を通している七瀬さんに言うと、彼女は返事もせずに見入っている。何か変なことでも書いてあったのだろうかと思うと、彼女は絣の巾着袋に手を伸ばした。口を開いて中を覗きこむ。

「これ、じゃないよなあ。うーん、何のことだろう。事務所にも、もう預かっているものはないって確認してきたしな」

「どうかしたんですか?」

「ノートにさ、さあちゃんから貰ったネックレスを私に持たせて旅立たせてください、って書いてあるの。あとは何もいりません、って。でも茂子さんからネックレスを預かった記録はないし、荷物のどこにもないんだよね」

ネックレス、と復唱してふと思い出す。実習最終日、泣き出しそうな顔をして彼女はネックレスを探していた。

「入居する前に処分したのを、忘れてしまってるんでしょうか」

「その可能性もあるね。うーん、とりあえず保留。次行こう」

考え込んだ七瀬さんは古いアルバムに手を伸ばす。中を改めだしたのを横目に、私はお茶を淹れ直すことにした。急須《きゅうす》にお湯を注いでいると、「あ」と大きな声がする。

「分かった。ネックレスって、これか！」

七瀬さんの元に行き、手元を覗きこむ。そこで私は息を呑んだ。

アルバムにはセピア色に変色した写真が何枚か貼《は》られていた。その中の一枚は、長い黒髪を垂らした可愛らしい女性と幼い女の子が肩を寄せ合って笑っているものだった。女性はきっと、茂子さんの若いころの姿だろう。茂子さんの首には、大きなプラスチックビーズを繋げたネックレスが下がっていた。

「ほらこれ、袋の中！」

七瀬さんの広げた巾着袋の中には、カラフルなビーズがばらばらになって入っていた。

「切れたゴム紐《ひも》も入ってる。多分ネックレスってこれだよ。紐が切れて、ネックレスじゃなくなったから……って、菅原さんどうかした？」

顔色悪いよ、と顔を覗きこんでくる七瀬さんに、ゆっくりと口を開く。発した声は自分でもびっくりするくらい震えていた。

「この女の子、母です。私の、母です」

女の子が着ている服はレースをたっぷり使ったワンピースで、胸元にカメオのブローチを付けている。小鳥が薔薇《ばら》を咥《くわ》えて舞っている変わったデザインのカメオに、見覚えがあった。祖父が大昔に取引相手から貰ったというフランス製のカメオはとても品が良く、母のお気に入りだ。可愛らしいデザインだから自身には似合わなくなったといって、今では私に付けさせる。フォーマルな席に行く際は必ずこれをだしてくるので、見間違えはしない。それに、女の子の顔立ちには母の面影がある。これは母だ。

しかしどうして母が茂子さんと？　まさか……。そんなこと、ありえるのだろうか。

「え、うそ、本当？　さあちゃんって、茂子さんがよく口にしてた名前なんだよ。認知症が進行してきてからは特に。押し込めていた記憶が表面に出て来てるのかなってスタッフの間で話してたの」

「母の名は……、佐保子です」

わあ、なんて偶然、と七瀬さんが興奮したように声を上ずらせる。しかしすぐに、表情を曇らせた。

「お母さんに茂子さんのことを伝えて……って言いたいんだけど言っていいのかな。お母さんに迷惑がかかるのかな」

「え？」

「憶測だけど、茂子さんと『さあちゃん』って何か問題があって疎遠《そえん》になったんでしょう？　茂子さんが火傷を負わせちゃったって」

「どうして、知ってるんですか！」

思わず声が大きくなった。それは、七瀬さんが知っている話じゃないはずだ。七瀬さんはやっぱりと呟いて、それから柩を振り返り見た。

「茂子さんね、熱いものをずっと口にできなかったんだ。昔、とても大事な子――最近ようやくさあちゃんだって分かったんだけど、その子を火傷させて以来、見るのも駄目になってしまったんだって。病気になってからは拒否反応が悪化して泣き出すようになっちゃって。だめよ、さあちゃん。怪我《けが》しちゃうからだめよって言ってた」

伯母の話を元に作っていた愛人像に、ひびが入る音がした。何かが違う。ずれている、そんな気がする。しかし、どこがどう違うのか分からない。

「毎回すごく愛《いと》おしそうに『さあちゃん』って呼ぶもんだから、娘さんがいたのかしらって話も出たんだけど、茂子さんは結婚も出産もしたことなかったみたいなの。可愛がっていたことは分かるけど、でも『さあちゃん』らしき人は、一度も会いにこなかった。たぶん色んな事情が……あったんだね」

私の顔を見て、察したのだろう。七瀬さんは少しだけ寂しそうに笑った。

「だから、こんなことお願いしていいのか分からないんだけど、やっぱり言うね。お母さんに茂子さんのこと伝えてくれない？」

七瀬さんが私に袋を差し出す。私と七瀬さんのちょうど真ん中の位置に袋が置かれた。

「もしお母さんも茂子さんのことを覚えていて、会いたいと思うのならまだ間に合う。お母さんに、このネックレスを繋いでもらって、会いに来てほしい。さあちゃんのネックレスを茂子さんの首にかけて見送ってあげたい」

ビーズの詰まった袋を見下ろして、考える。これを母に渡して、いいのだろうか。

「無理ならそれでいいんだ。元々ここに菅原さんが来なければ、叶えられないことだったんだし。でも、叶えられる可能性を見つけてしまった今、無視はできない。あのね」

一旦《いったん》言葉を切って、それから彼女はゆっくりと言った。

「死んでしまったらもう二度と繋がれない、ってさっき言ったでしょう？　でも、再び繋がれる瞬間が、あるんだ。亡くなった人の残した願いを叶えてあげられた瞬間だけは、再び繋がれる。願われて、叶える。そこには必ず、一本の糸が渡ってる」

何も望まずに生きてきた茂子さんが寄越した最期の糸を見ないふりしたくない、彼女はそう言って、私に頭を深く下げた。

それからグループホームの職員さんがひとり新たにやって来たのを潮に、私は斎場を後にした。バス停に向かおうとしていた私を見つけた朱鷺さんが「危ないでしょう」と言いだし、結局私は免許取り立てだという朱鷺さんの初心者マークがついた車で、家の近くまで送ってもらうことになった。

流れる車窓の景色を眺める私の手の中には、巾着袋がある。少し大きめのお手玉のようなそれは、握りしめるとビーズが小さな音を立てた。そうしながら、茂子さんのことを考える。最後に会ったあの日、私をさあちゃんと呼んだのは、浮き上がって来た記憶に流されただけのことだろう。思いかえしてみても、私を私と分かっていたわけではないと思う。さあちゃんと呼ぶ声も、私を見る目も、優しかった。あの人は遠い昔も、あんな風に母に接したのだろうか。

これを持ち帰るのは、間違いだろうか。母に伝えるのは、苦しみを与えるだけにならないだろうか。正解は一体、何だろう……。

「どうかしましたか?」

朱鷺さんの声にはっとする。背筋をぴんと伸ばしてハンドルを握っている朱鷺さんが、視線だけをちらちらと私に向けていた。

「具合でもよくないんですか、とても厳しい顔をしています」

「死んだ人の願いを叶えようとしたら、生きている人を苦しめるかもしれない。朱鷺さんだったら、どうしますか」

朱鷺さんの目が見開かれる。車のスピードが少しだけ遅くなった。両手で巾着袋を弄びながら私は続ける。

「これを母に渡してくれと言われました。エンディングノートに書かれていた、茂子さんの最期の願いだからです。でも、それをしてしまうと、母を悲しませてしまうかもしれない。茂子さんと母の間には昔いろんな事情があって、それで母は幼いころからずっと、今もまだ苦しんでいるんです」

朱鷺さんが前を向く。ハンドルを握る手にぎゅっと力が籠《こ》められるのが分かった。夜に氾濫《はんらん》する光を映して輝く眼は、とても真摯《しんし》だった。長く沈黙していた朱鷺さんは、ゆっくりと口を開いた。

「僕ならばどうするかという問いですが、渡します」

「どうしてですか」

「変化のなかった苦しみが、形を変えます。結果はどうなるか分かりませんが、苦しみから解放される可能性が生まれると思います。僕はその可能性に賭《か》けます」

対向車のライトが眩しくて思わず目を細める。残光がちかちかと目の中で瞬くのを、まばたきをしてやりすごしている間にも、朱鷺さんが続ける。

「美生さんの中では、僕と同じ答えが出ているように思われます。持ち帰っているというのは、見せることを選んでいるからでしょう」

そういうことなのだろうか。いや、そうなのだ。私は自分が感じたズレが状況を変えるのではないかと思っている。

「いいと思いますよ、それで。それに、故人の姿がこの世にある間に死を知らせておくべきだとも思います。美生さんのお母様がどう考えどうするかは、お母様の問題です」

朱鷺さんは家の近くのコンビニの駐車場で私を降ろすと、職場に帰って行った。出棺は明日の十一時ですよ、と言い残して。それから家までの短い帰路をのろのろと歩いていると、門の前に人が立っているのに気が付いた。こんな時間に誰だろうと一瞬身構えたけれど、すぐにそれが母だということに気付く。

「ママ、どうしたの。こんなところで」

声をかけると、母はすごい形相で私に近づいてきて、それから手のひらで頬を叩いた。ばちんと大きな音がしたことと、初めて母にぶたれたことに驚く。きょとんとした私に、母は「何をしていたの！」と怒鳴った。

「こんな時間まで、何をしていたの。アルバイトは許したけど、こんなに遅くなっていいわけがないでしょう！」

「あ……ごめんなさ、い……」

呆然としていると、母がはっとする。自分の手を見て顔を歪め、それから、「早く家に入りなさい」と背を向けた。頬が、熱い。

母が先に家に入り、その後を追う。母はキッチンに向かい、湯を沸かし始めた。多分、コーヒーを淹れるのだろう。母は何かあると濃いコーヒーを淹れて飲む。ミルで挽《ひ》いた豆をネルに落とす母の顔は、酷く強張《こわば》っていた。すうっと息を深く吸って、それを吐き出す勢いを使って言う。ママ、茂子さんが亡くなったよ。

視線を落としていた母の動きが一瞬止まった。それから、私を見る。その顔はさっきのそれと似ていて違う。

「帰りが遅くなったのは、お焼香に行ってきたからなの」

「どうして……、姉さんが何か言ったの？　でもあの人の居場所なんて知らないはずだし」

「茂子さんと会ったのは、偶然。私が実習で通っていたグループホームの入居者さんだったの。亡くなったって聞いて斎場まで行ったら、遺品の中にママと一緒に写った写真があって、それで分かった」

母が、背後の冷蔵庫に凭《もた》れかかる。私を見る目に、怯《おび》えのような色が浮かぶ。

「認知症を患《わずら》っていて、最近はよく『さあちゃん』の名前を呼んでたって。私も、呼ばれた。すごく優しい声で、笑ってた。茂子さんはきっと、ママのことをとても可愛がっていたんだなって、思った」

母の元まで行き、巾着袋の口を少し開いてから差し出す。目で問うてきたので、茂子さんの遺品、とだけ言った。

「どうして、そんなものを持って帰るのよ」

「ママに見てもらいたいの。そしてできたら……」

止《や》めて、と叫んだ母の手が袋を払い落とす。フローリングに、花火が散るようにビーズが弾《はじ》けた。慌てて屈《かが》んで拾い始めた私は、母が動かないことに気付く。顔を上げると、母は泣き出しそうな顔をして、足元に幾つも転がるビーズを見下ろしていた。

「何これ……、ビーズ、じゃない。これ……」

「ネックレスだったと思うんだけど、紐が切れてたの。これを作ったの」

ママでしょう、と訊く前に、母が頷いた。私。私が作ったのよ。

「買ってくれたの、あの人が。毎日一緒に作って、私は初めて作ったネックレスをプレゼントした……」

へたりこんだ母は、顔を覆った。肩が小刻みに震えている。

「さあちゃんのくれたネックレスを持たせてください、っていうのが遺言なの。あとは何もいりません、て」

何それ、と手のひらの中で母が言う。憎んでいたのよ、私のことを。可愛がっているふりをしていただけなのよ。だってそうじゃなきゃおかしいもの。

両手の中で繰り返す母の傍でビーズを拾う。そうしながら喋りつづけた。茂子さんね、直葬なんだって。ママ、直葬って知ってる？　私、知らなくてすごくショックだった。一人ぼっちで逝《い》かなきゃならないなんて、可哀相だよ。そんなの哀しいよ。

母は、何も言わなかった。

半分ほど拾い集めたところで、とっくにお湯が沸いていることに気付いた。薬缶《やかん》から湯気がもうもうと溢れている。

「ママ、コーヒー淹れるね」

火を止めて、ネルに薬缶のお湯を注いだ、つもりだった。

いつから、沸騰《ふっとう》していたのだろう。母はどれくらいの水をいれていたのだろう。注ぎ口から勢いよく噴き出したのは高温の蒸気で、その熱と勢いに驚いて私は悲鳴を上げて薬缶をシンクに投げ込んでしまった。大きな音が響き、湯気が噴き上がる。

「美生ちゃん！」

突き飛ばされるような衝撃があって、私はそのまま倒れ込んだ。再び悲鳴を上げるけれど、しかしあまり痛くなくてどうしたんだと思えば母が私を抱きしめていた。私に覆いかぶさるようにした母は、震えながら「大丈夫⁉」と叫ぶ。

「火傷、火傷したの？　大丈夫？　ねえ、痛いところは⁉」

「な、ない」

泣き出しそうな声に驚く。母は私の体を解放したあとに、私の両手を確認した。何ともないと分かるや、頬や腕に触れてくる。その手はぶるぶると震えていた。

「平気。本当に、大丈夫だから」

ごめんなさい、と言う前に、母が全身でため息をついた。よかった、と繰り返す。

「ああ、よかった。火にかけっぱなしだった私が悪かったわ。あなたが怪我をしなくてよかった。火傷でもしようものなら、一生後悔するところ、だった……」

は、と息を呑んだ母は、何かを思いだすように視線を宙に彷徨わせ始めた。頬に手を添え、見えない糸を見つけようとするかのように探る。ママ？　と呼んでも反応してくれない。のろのろと自分の右腕の袖を捲《まく》り、視線を落とす。痕をじっと眺めた母は、しばらく動かなかった。

「おうどん」

ふいに、母が言う。

「おうどんを、食べようとしたのよ。私は待ちきれなくて、キッチンのテーブルの上に置かれた丼《どんぶり》を自分で取ろうとしたの。熱くて、びっくりして、手を離したの。そしたら、あの人が悲鳴を上げた――」

母の火傷の記憶だ。引き揚げられた記憶が、ぽろぽろと零れ出ている。私は黙って聞いた。

「熱かったし、怖くて泣き喚《わめ》いた。すぐに、病院に連れて行ってもらったの。あの人は、先生にも看護師さんにも、父にも泣いて謝ってた。私にも。ごめんね、こんな大怪我をさせてごめんなさいって。でも、私はあの時、あの人が私を庇《かば》ってもっと大きな火傷を負ったのを知ってた。あの人は、私が被《かぶ》るはずだったおうどんを代わりに被ったの。謝るのは、私だった」

茂子さんの腕を思いだした。引き攣れた痕は、母のそれよりも酷かった。

母の目から涙が一粒、ころりと転がり落ちた。それを隠すように、両手で顔を覆う。

「どうして、忘れてたのかしら。あの人は、私を憎んでなんかいなかったのに。私を、守ってくれていたのに。どうして」

「忘れる約束をしたんでしょ？」

怪我を負わせてしまったことがショックで、記憶があやふやになっているのかもしれない。でも私は、約束したからだと思う。茂子さんは、私に言った。このことは忘れようねって約束したんだったわね、と。母はきっと、その約束の通りに忘れただけだ。

さっきの母を思い出す。自分のことは顧《かえり》みず、私のことだけを心配してくれた必死な姿。茂子さんも、あんな風にして母を守ったのだろう。火傷を負った母を見て彼女はきっと、とても苦しんだ。

ねえ、ママ。茂子さんね、熱いもの食べられないんだ。熱いお茶も飲めないんだよ。とても大切な子に火傷を負わせて以来、怖くて食べられなくなったんだよ。顔を覆ったままの母に、心の中で語りかける。それからそっと、震える背中を撫《な》でた。ゆっくりと、何度も。母は長い間私の手のひらを受け止めた後、ひとりにしてくれる？　と言った。考えたいの。だから今夜は私をひとりにしてちょうだい。

私はその言葉に頷いて、キッチンを後にした。

翌朝リビングに入ると、母がいた。寝不足なのか目の下が落ち窪《くぼ》んでいる。硬い声で「おはよう」と言った母は、朝食の支度を始めた。あっという間に、スクランブルエッグとサラダ、バタートーストと冷たいオレンジジュースが私の前に並ぶ。

「食べなさい」

「ありが、とう」

母と向かい合って、トーストを齧《かじ》る。母と私の間に、沈黙が横たわっている。少しだけ居心地が悪い。だけど久しぶりの朝食が美味しいとも思った。

今日も暑くなるのだろうなと思わせる強い陽光が、掃き出し窓から差し込んでいた。

食べ終わると、母がテーブルの上にしゃらりとカラフルなものを載せた。それはプラスチックビーズを繋いだネックレスだった。はっと息を呑み、母を見る。

「これを、持って行ってくれる？」

「……え？　一緒に、行かないの」

訊くと、母は少しだけ躊躇《ためら》った後に頷いた。

「行かない。美生ちゃんが代わりに行って、渡してあげて」

「それで、いいの？　行こうよ」

「どうして行けるっていうのよ！」

吐き捨てるように強く言って、母が顔を歪める。その顔を隠すように視線を外し、言う。

「あの人はね、罪を犯したのよ」

ようやく吐き出したその声は、とても苦しそうだった。胸の奥から絞りだすように、母は続ける。私をどれだけ可愛がってくれたとしても、道を外れたことをしていた罪は消えない。死ぬまで母の傷が癒《い》えることはなかったし、夫婦の間に入った亀裂《きれつ》は亀裂のまま、消えることはなかった。私はとうとう母に甘えることができなかったし、母は娘を恨む自分をとめられなかったと悔やんだわ。

自分に、言い聞かせているようだった。己を抱くように手を回し、何度となく腕を撫で擦《さす》りながら言う。

死ぬ前に母は言ったの、心から愛してあげられなくてごめんなさい、って。私は我が子にあんなこと言いたくない。母は一生苦しんで、救われないまま死んだのよ。母にあんなことを言わせたあの人の罪が憎い。憎いのよ、私は。会いに行けるわけがない。

母の声が潤《うる》んでいく。私は何も言えずに俯いて、それを聞いた。

してはいけないことをしたの。誰かの人生を狂わせたのよ。私たちを苦しめた人に、どんな顔をして会いに行けというの。行けるわけがない。行ってはいけないのよ。私は、行ってはいけない。

開け放たれた窓からやわらかな風が舞い込み、カーテンを膨らます。外で遊んでいる子どもたちの笑い声が運ばれてくる。カーテンはゆっくりと落ち着きを取り戻し、楽しそうな声は遠くなった。

「……とにかく、それだけ持って行ってちょうだい」

母はそう言って、自室に戻って行った。私は目の前に置かれたネックレスを手に取り、鮮やかに連なったビーズを指で辿《たど》った。

ネックレスを持って斎場を訪れた私を出迎えてくれたのは朱鷺さんと七瀬さんだった。出勤を少し遅らせて斎場に来たという七瀬さんは私の手にネックレスがあるのを見て嬉しそうに微笑んだ。しかし母が来ていないことを知ると、少しだけ顔を曇らせる。

「会いに来てほしかったっていうのは私の勝手な思いだから、仕方ない。でもよかった」

茂子さんが拝むように合わせた両手に数珠《じゅず》のようにネックレスをかけると、七瀬さんは深くため息をついた。それから茂子さんに、「ありがとう」と声をかける。

「願いを遺してくれて、ありがとうね。最後にこうして繋がれて、嬉しい」

私の横にいた朱鷺さんが、小さく息を吸った。見上げればぼうっと七瀬さんを見つめている。七瀬さんは茂子さんをじっと見つめた後、吹っ切るように立ち上がった。

私たちに晴れ晴れと笑いかける。

「さて、仕事に行かなくちゃ。では御舟さん、よろしくお願いしますね」

「あ……はい。お任せください。出来ることを精一杯させていただくであります」

さっきのは見間違いだったのか、朱鷺さんはいつもの口調でそう言って頭を下げ、七瀬さんはホームに向かうために去って行った。

出棺の時間になったので、玄関まで見送ることにした。朱鷺さんと、女性社員の人がふたりで車に柩を運び入れる。車内にゆっくりと飲み込まれていく柩を眺めながら、茂子さんのことを考えた。母の言う通り、茂子さんがしていたことは罪だ。たくさんの人を悲しませた。私はまだ異性に恋をしたことがなくて、男女のことなんてよくわからない。人の夫を奪うほど好きになる、なんて想像もつかない。だけど、母の愛ならば、分かる。自分の子でなくとも、茂子さんは母にそういう類の愛を注いでいたんだろう。彼女からは『さあちゃん』への思いがたくさん伝わってきた。その思いだけは、間違いなくうつくしい。

目の前で、車の扉が閉まる。さよなら、と小さく呟いてからふと視線を投げた私は「あ」と声を洩らす。

道の向こうに、母がいた。

こっちだよ、と大声を上げようとして、すぐに口を閉じた。

喪服を着た母はこちらに近づいてくることなく、遠く離れた場所から、ただ両手を合わせていた。深く頭を下げて、祈るように。

「美生さん、あれは」

母に気付いた朱鷺さんが私に声をかける。

「……どうぞ、行ってください。ママの、母の横を通り過ぎるときだけ、少しゆっくり行ってもらえませんか」

母は、来られないのだ。朱鷺さんは頷いて、車に乗り込んだ。

出棺を告げるクラクションが、長く長く鳴り響く。ゆるりと動き出した車はまっすぐ母の方へ進んでいく。通り過ぎる瞬間、母が顔を上げた。何か叫んだような気がするけど、私の耳までは届かなかった。

「……ママ」

車が見えなくなってから、母のところへ行った。車が消えた方向を立ち尽くして眺めていた母が振り返る。泣いているのではないかと思ったけれど、目に涙はなかった。

「美生ちゃん、渡してくれた？」

「うん」

「そう、ありがとう」

母が微かに笑う。久しぶりに、笑顔を見た。

＊

数日後、バイト中に朱鷺さんが来た。私の貸していた『きみたま』の本を持って来てくれたのだ。

「とてもよい本でした。特に『たまご』を口にした主人公が未来への希望をもつところなど、感動的でした」

「ああ、あそこはいいですよね。ヒーローの死を乗り越えるだけじゃないところが

『ただ泣ける』小説とは違うんですよ。主人公を成長させるんですよね」

ヒーローは主人公に愛を告げるだけじゃない。主人公に『歌手になる』という夢を与えるのだ。お前の歌声で救われた。俺だけじゃない、たくさんの人を救ってほしい。

自分に自信のなかった主人公は、前を見て生きていくための希望と、新しい夢に向かう力を、『たまご』から貰ったのだ。

「調べてみたんですが、作者の方はこの作品以外に本を書かれていないようですね。他にもあれば読んでみたいと思ったのですが、残念です」

朱鷺さんはすっかり『きみたま』が気に入ったらしい。掲載されていたサイトまで調べたと聞いて、紹介した甲斐《かい》があったと思う。

「私も同じことを考えたんですよね。なのでケータイ小説に詳しい友達に聞いたんですけど、この作者さんって『きみたま』を書くことだけが最初から目的だったんですって」

『きみたま』の連載終了時には新作を希望するファンがたくさんいたのだという。しかし作者自身が、『伝えたいことは全《すべ》て書いた』とコメントを出した。私が知ってもらいたいことは、この一作に籠めました。他のことを書く予定はありません。

「全て書いた、ですか……」

「生きる希望とか人を想うとか、そういうことを伝えたかったんだろうって友達は言うんです。でも、私は『たまご』は存在するんだってことが言いたかったんじゃないかなって思うんです」

ぱらぱらとページを捲りながら言う。

「だって、あるんですよ、『たまご』。想いだけじゃなく希望も運んでくれる『たまご』が」

ええ？ と朱鷺さんが声を裏返らせて言う。見たんですか、美生さん！

「この本の通りじゃないんですけど、でもピンクの『たまご』がありました」

茂子さんを見送った日の晩、キッチンでお水を飲んでいた母が痛いと声を上げた。何か踏んだと言いながら母が拾い上げたのはピンク色のビーズだった。

『全部拾ったと思ってたのに』

手のひらにビーズを載せ、母はしばらく眺めていた。その翌日、母は埃《ほこり》の溜《た》まっていた部屋を大掃除してビーズ細工教室を再開した。

「はあ、ビーズですか」

朱鷺さんが変な顔をしてため息を吐《つ》いた。本当に『たまご』があったと思ったのだろうか。朱鷺さんってやっぱり少し変わっているなと小さく笑う。

「私の家庭は色々あってバラバラだったんですけど、その『たまご』のお蔭で一歩踏み出せそうなんです」

今日はバイトが終わったら、母と一緒に父のアパートに行くことになっている。母から、行ってみようと言いだしたのだ。

『嬉しいけど、パパの部屋に行くとママが怒るかもしれない。缶詰をお皿にださずに食べてたし、缶ビールもグラスに注がないでいたし』

『やだ、なにそれ。美生ちゃんに悪影響だからやめてってあれほど……』

眉を顰めた母が、すぐにはっと表情を改める。

『とにかく、一度話をしましょう。それから久しぶりに、三人で外食しましょうか』

ビーズは今、母のアクセサリーボックスの中にある。

「あ、そうそう。朱鷺さんにも、お礼を言わなくちゃ。あの時私の背中を押してくれてありがとうございました」

深く頭を下げて言う。

「朱鷺さんと、七瀬さんのお蔭です」

「七瀬さんですか。あの時彼女は繋がれてよかったと言ってましたが、あれはどういう意味でしょうか」

そんなこと言ってたっけと一瞬考えて、すぐに思いだす。

「ああ。死んでしまえばもうその人とは二度と繋がれないって七瀬さんが言ってたんですよ。でも、亡くなった人の残した願いを叶えてあげられた瞬間だけは、再び繋がれる。願われて、叶える。そこには必ず、一本の糸が渡ってるんだって。なるほどなあって思いました」

「再び、繋がれる……」

朱鷺さんがぽつりと呟く。どうかしましたかと言いかける前に、入り口の自動ドアが開いた。入って来たのは、母だった。私を見て嬉しそうに笑って手を振ってくる。

「ママ、どうしたの？　駅前で待ち合わせって言ったじゃない」

「美生ちゃんのバイト先、来たことなかったでしょう。ママ、店長さんにご挨拶《あいさつ》していなかったなと思って」

「そんなのいらないって！　やだその紙袋って」

「挨拶するのに手ぶらもないでしょ。あらあら、店長さんですか？　わたくし菅原美生の母でございます。いつも娘がお世話になりまして」

「ちょっとママ恥ずかしいってば！　あ、朱鷺さん。ありがとうございました。また、面白い本があったら、貸しますね」

気付けば朱鷺さんが店を出て行くところだった。朱鷺さんは柔らかく会釈をして、蟬《せみ》の鳴き声の満ちた外へと消えて行った。

あおい落葉

郵便受けから抜いたままテーブルに放置していた封書類の山からその葉書を見つけたのは、たまたまのことだった。コーヒーと一緒に食べようと頂きもののビスコッティを探していて、ふとした拍子に山を崩してしまったのだ。ダイレクトメールや公共料金引き落としの連絡票の間に、卒業中学校の名前を見つけて、息を呑《の》んだ。引き抜いてみれば間違いなく私の名前が書いてある。

「やだ、いつ届いて……」

胸がざわつく。二人掛けのソファに載った衣服の山を払い落とし、空いた隙間《すきま》に腰掛けて葉書を読む。

「不明だったタイムカプセルが見つかりましたので、開封します。是非ご参加下さい……」

文字をしばらく眺めて、それから「みつかったんだ」と小さく呟《つぶや》いた。もう、出てくることはないと思っていたのに。

十七年前、中学校三年生の時にクラスのイベントでタイムカプセルを作った。それぞれ友人や家族に手紙を書いて、ポリ容器に詰めて校舎裏に埋めた。成人式の日に集まって開封しようということになっていたが、埋めたタイムカプセルは行方不明になってしまった。卒業後に行われた、校舎周りの大がかりな整備に巻き込まれたのだ。諦《あきら》めきれない人たちが懸命に行方を探したそうだけれど、見つからなかった。過去からの手紙は時の流れにのらず、どこかに取り残されたままとなった。きっともう永遠に現れることはないのだろう、そう思っていたのにまさか、今になって出てくるなんて。

同窓会を兼ねた開封日は、十月二十二日になっている。来週の土曜日だ。たまたまなのだろうか。でも、今見つかったということに、意味があるような気がしてしまう。

コーヒーを淹《い》れていたことを思いだして、カップに口を付ける。豆の量を間違えたのか、やけに苦くてどろりとしている。しかも冷めてしまって、飲めたものではない。ほとんど飲まないまま、シンクにカップを積んだ。

葉書は往復になっていて、出欠の連絡をしなくてはいけないらしかった。テーブルの上に散乱した荷物の中からペンを見つけだし、葉書を見つめる。一度だけ深く息を吐いた後、出席に丸を付ける。目についた上着を羽織って、近くのポストまで投函《とうかん》に行った。

＊

雲一つない、気持ちの良い秋晴れとなった。朝早くに新幹線に飛び乗った私は、故郷である町に帰った。

小さな駅に降り立ち、駅前商店街を見回す。関西の大学に進学するために町を出てから十数年、たまに帰るたびに、町は顔つきを変えている。今回もそうだ。二年前に帰省した時にはあった古びたパチンコ店が、大きな葬儀会館になっていた。景観に溶け込みきれない鮮やかさから、出来て間もないのだろうと思う。その向かいには老夫婦が切り盛りしていたうどん屋があったのに、丁寧な個人指導を謳《うた》う学習塾に変わっていた。

ゆっくりと商店街を歩きながら、ここは本当に私の住んでいた町なのかしらと思う。よく似ているけれど、本当は違うのではないだろうか。小さな違和感のようなものを覚えながら、しかし足は目的地である中学校までの道のりを迷うことなく進む。

ふと足を止めたのは、錆《さび》の浮いたシャッターが下りる小さな店の前。掠《かす》れた文字はもうよく読めないが、『たこ焼きのイナバ』と書いてあるのを私は知っている。中学生の時、よく学校帰りに立ち寄った。焼きたての大振りなたこ焼きが六個とソフトドリンクのセットが三百五十円で、店内はいつも中高生で溢《あふ》れていた。

気風《きっぷ》の良いおばちゃんふたりが働いていて、彼女たちはこの町の学生全部を知っているんじゃないかというくらい、私たちに詳しかった。葉子《ようこ》の件があったあと、私がひとりで店の前を歩いていると彼女たちは外まで出てきて、私を抱きしめた。甘酸《あまず》っぱいソースと洗濯洗剤の匂《にお》いに包まれながら、私たちがふたりで来ていたことまで知っていたんだなあとぼんやり思ったのを覚えている。イナバはいつ、閉店してしまったのだろう。彼女たちは、どこへ消えたのだろう。

小さく頭《かぶり》を振って、再び歩き出す。自転車に乗った女の子たちが私を抜き去ってゆく。楽しそうに笑い合う背中がやけに眩《まぶ》しい。目を細めて眺めれば、それはいつかの私と葉子に見えた。

十五歳、中学校三年生の私の横にはいつも、斉木《さいき》葉子がいた。艶《つや》のある黒髪を思い切りのいいショートにしていて、真っ白な陶器みたいな肌。小さな顔に収まるのは雑誌に出てくるモデルのような大きな瞳《ひとみ》になだらかに高い鼻梁《びりょう》。彼女ははっとするほどの美少女だった。田舎町の垢抜《あかぬ》けない女子中学生たちの中で、抜きんでていた。私は時折彼女の顔をまじまじと眺めては、その造形のうつくしさに感心した。あまりにも己との差がありすぎて、嫉妬《しっと》などという感情は芽生えなかった。

運動は得意だけれど、勉強は苦手。どんな競技でもそつなくこなす代わりに、鎌倉幕府が開かれた年は覚えられなかった。感情の起伏が激しくて、我が強い。言いだしたら聞かなくて、彼女がごねることで学級会が長引くこともあった。よくも悪くも、人目を引く子だった。

『あたしたち、まるで姉妹みたいだと思わない?』

葉子と仲良くなったきっかけは、中学校に入学して少し経《た》ってからのことだった。私たちは同じクラスで、席が前後していた。私の前の席にいた葉子はふたりの名前を紙に書いてみせて、大切な秘密を囁《ささや》くように言った。

『小紅《こべに》に、葉子。ほらね、『紅葉』だよ。これってきっと運命だと思うんだ。ねえ、絶対に仲良くなろうよ』

私は引っ込み思案で口下手で、まだひとりも新しい友人を作れていなかった。どんどん作られていくグループのどこにも加われない。そこここに起こる楽しそうな笑い声に追い立てられながら、でも体が動かない。喉《のど》の奥で固まった言葉たちで、息が止まってしまいそうだった。そんな私にとって、それは願ってもない申し出だった。考える間もなく、頷《うなず》いた。葉子はとても嬉《うれ》しそうに歯を零《こぼ》して笑い、よろしく、と言った。その華やかな笑顔に、私の胸は勝手に高鳴った。こんなに素敵な友達が急に出来るなんて何て幸運なのだろうと感激したし、何よりも葉子の持つ美貌《びぼう》に魅了されてしまっていた。

葉子はすぐに、私の世界を支配した。

「笹本《ささもと》さん？　おーい、笹本さんでしょう！」

ふいに大声で呼びかけられて視線をやると、何となく見覚えのある女性が私に駆け寄ってくるところだった。

「笹本さんも今から学校に行くんでしょ？　あ、わたしのこと、覚えてる？　三年生の時に同じクラスだった矢田《やだ》。矢田みのり」

「ああ」

目尻《めじり》の下の泣きぼくろと、笑うとちらりと姿を見せる八重歯で、ようやく記憶と合致する。「思い出した」と言って笑顔を作った。矢田さんは飾りがたくさんついたベビーカーを押していて、中には前髪をちょんまげみたいに結わえた子どもが乗っている。訊《き》けば一歳になる娘だという。母親とお揃《そろ》いのチェックのワンピースを着た女の子は、私と目が合うと恥ずかしそうに小さな両手で顔を覆《おお》い隠した。

「もうママなの？　すごい」

「わたしなんて遅い方だって。栄美《えみ》は子どもが二人いて、上の子どもはもう小学六年生なんだよ。俊也《としや》のところなんて四人で、ちなみに全員男だよ」

高校時代の彼氏と結婚したという矢田さんは、今もこの町に住んでいるという。中学校のクラスメイトの多くは矢田さんのように町に残っているらしく、彼女は私がもう顔もあやふやな名前をいくつも出しては、近況を教えてくれた。

「へえ、みんな立派に大人になってるんだ。家だの子どもだの、私には別世界の話に聞こえちゃう。すごいなあ」

あまりにも己に遠い話題ばかりで、苦笑する。かつて同じ場所で同じような生活をしてきたはずなのに、向かった未来は随分違う。矢田さんは、笹本さんの方こそすごいよと言った。

「雑誌の連載、いつも見てるよ。すごくお洒落《しゃれ》で、憧《あこが》れる。今は子どもが小さいからできないんだけど、いつか笹本さんが紹介してるような小物をたくさん置いた部屋にしたいんだよねえ」

「あ、知ってるんだ。ええと、ありがとう」

会社員をしながら、自分の好きな雑貨や家具、それらを配置した自身の部屋の写真なんかをSNSにアップしていたら、意外な人気が出た。それが出版社の目に留まったのが、数年前のこと。今ではインテリアコーディネーターとして月刊誌に連載を持たせてもらえるようになった。

「笹本さんの部屋、すごくいいよね。定期的に部屋のテーマっていうの？　雰囲気ががらりと変わって、すごいなって感心してるんだ。どれもセンスあるしさ」

「……はは、ありがと。センス良く見えるのは写真の撮り方じゃないかな。角度とか色使いで印象って変えられるし」

今朝出てきた部屋を思いだす。埃《ほこり》が溜《た》まったフローリング、飾り棚の上の観葉植物は茶色く枯れ果てている。ゴミ袋が転がり、シンクには汚れた食器が山となって異臭を放っていた。

あの部屋をみたら、きっと驚き呆《あき》れることだろう。嘘《うそ》つきと詰《なじ》られるかもしれない。手放しで褒めてくれる彼女に、居心地の悪さを覚える。

「謙遜《けんそん》しないでよ。笹本さんは、昔からセンスが良かったんだと思うな。調理実習のとき、笹本さんが盛り付けした料理はすごく美味《お》いしそうに見えたもん」

並んで歩きながら、学校へ向かう。矢田さんは驚くくらいたくさんのことを覚えていた。班ごとに好きな料理を作ったときに私がデコレーションケーキの飾りにエディブルフラワーを使ったのが華やかだったとか、男子の作ったピザが闇鍋《やみなべ》状態で食べられたものじゃなかったとか。

「あ、でも御舟くんと蘇芳《すおう》くんが作ったチーズのピザだけは絶品だったなあ。はちみつをいっぱいかけて食べるやつ。笹本さん、覚えてる？」

「それはよく覚えてる。あの当時、誰もクワトロフォルマッジなんて知らなかったよね」

「絶対不味《まず》いだろうって思ってたのに、めちゃくちゃ美味しいの。みんなでびっくりしたよね」

「そうそう。御舟くんがなんとかって漫画でレシピを見たんだって言って、自信満々で」

　話していくうちに鮮明に思いだされる。御舟くんは集団の中心にいたがるような人ではなくて、普段は教室の隅で漫画を読んでいるような物静かなタイプだった。しかし、いったん口を開けば人を惹《ひ》きつける魅力が溢れた。大人びているようで、子どもっぽくもある。妙に知識人で、クラス内に変わったブームが訪れたらその発生源は彼だった、ということがしばしばあった。彼が口を開いて日常に新しい風を吹き込むことを、私はいつもうずうずして待っていた。

矢田さんも、同じようなイメージを抱いていたのだろう。あの人、変わってたよねと懐《なつ》かしそうに目を細めて言った。

「変に思い切りが良かったり、予想外のことをしでかすんだよね。先生も、わたしたちと一緒になって驚いたりしてさ。わたしね、実は中学のころ御舟くんのことが好きだったんだ」

穏やかに矢田さんは笑う。あのころ、女の子たちは校舎の陰や通学路で秘めた想《おも》いを打ち明け合っては、騒いでいた。あんな人が好きなんて意外、私の好きな人はあの子のほうが好きみたい。笑ったり泣いたりに夢中な彼女たちを私はいつも横目で眺めていた。それと同じ目で大人になった彼女の横顔をそっと眺めてから、そう、と相槌《あいづち》をうった。

「でも、あの時はショックだったな。ほら、蘇芳くんのこと」

「え？　蘇芳くんが、どうかしたの」

訊くと、矢田さんの足がぴたりと止まった。訝《いぶか》しんで顔を向ければ、彼女は驚いたように私を見返している。もう一度、どうかしたのと訊いた私に、言いにくそうに口を開いた。

「蘇芳くん、大学一年のときに自殺したんだよ」

「うそ」

一瞬で、血の気が引いた。立ち尽くした私に、矢田さんが続ける。自殺の理由はよく分かんないんだけどね、大学の寮で亡《な》くなったの。それを発見したのが、御舟くんなんだって。そのことに御舟くんはすごくショックを受けちゃって、それが原因で大学を辞めてしまったんだ。

目の前に、見たこともない光景が広がる。フローリングの上に広がる血だまり。その中央に横たわる蘇芳くん。御舟くんは驚き駆け寄って、蘇芳くんを抱きかかえる。血まみれの蘇芳くんは既にこと切れていて、目も口もぽかりと開いている。光を喪《うしな》った瞳、そして口の中に光るもの……。

「笹本さん？　ねえ笹本さんどうしたの、具合悪くなった？」

肩を摑《つか》まれてはっとする。矢田さんが心配そうに私を覗《のぞ》きこんでいた。

「大丈夫？　そこのコンビニでお茶でも買って来ようか。飲んだら落ち着くかも」

「あ、ごめん、ね。ちょっとびっくりしちゃって。もう、大丈夫」

頭を振って、さっきまでの幻を追いやる。なんてことを考えてしまったのだろう。

「それで、御舟くんは今、どうしてるの」

矢田さんは首を横に振る。それがね、どうしてるのか誰も知らないんだ。最初の内は家に引きこもってたみたい。何人かの男子が心配して家まで行ったんだけど、満足に話すこともできずに追い返されてるんだ。鬱《うつ》っていうのかな、人が変わったみたいだったって。あれから十年以上経つし、さすがにもう立ち直っているといいんだけど。

「そ、う……」

「親友の自殺した姿を目《ま》の当たりにしたんだもん。わたしたちの想像よりももっと、傷ついたんだろうなって思うよ」

蘇芳くんこそ、クラスの中心にいた男子だった。勉強も運動も何でもできて、明るくて真面目《まじめ》で、優しい。人望や統率力もあって、文化祭や発表会は彼の主導のもとで行われたものだ。中学時代の彼を知っている人間ならば、彼が『自殺』など一番縁遠いはずだと口を揃えて言うだろう。

勝手に体が震えだす。多分顔色も悪くなったのだろう、矢田さんが申し訳なさそうに「知らないだなんて思わなかった。ごめんね」と言う。そんな彼女に、どうにか笑顔を作ってみせる。高校を卒業したあとは満足に帰省しなかったし、成人式にも出席してないんだもん。仕方ないよね。すごく驚いちゃって、ごめん。

ベビーカーが動かなくなったことで、小さな抗議の声が上がった。あらら、ごめんねえ、と子どもをあやした矢田さんに促されて、のろのろと歩き出す。心臓が締め付けられるような痛みを堪《こら》えながら、私は彼女に訊く。

「蘇芳くんと御舟くんは、大学に入ってもやっぱり仲が良かったの？」

「もちろん。相変わらずだったっていうよ」

「そっか……。ねえ、誰も御舟くんの今を知らないってことは、今日は来ないのかな」

「幹事からは、彼の名前は聞かなかったな。出席の返事が来たなら絶対に教えてくれたと思う。あらら、ひなこちゃん、どうしたの。泣かないでー」

機嫌が悪くなったのか、ふにゃあと可愛《かわい》らしい泣き声がする。子どもに話しかける矢田さんの横で、私は蘇芳くんのことを考えていた。

私は、彼のことを良く知っていた。蘇芳くんは葉子のことがとても好きで、いつも葉子に声を掛けてきた。一緒に映画に行こう、一緒に買い物に行こう。ふたりきりだと葉子ちゃんが嫌だろうから、友達を連れて来ていいよ。俺も御舟を連れて行くからさ。私たちは何度か、四人で遊びに行った。

蘇芳くんは葉子の友達である私にも、とても優しかった。笹本のお蔭《かげ》で、休みの日にも葉子ちゃんに会えるんだ。本当に、ありがとうな。

葉子以外に友人がおらず、相変わらず引っ込み思案だった私はうまい返答などできずに頷くことしかできなかったけれど、彼はそんな私を厭《いと》うことなく笑いかけてくれた。からりと晴れた夏の空のような、眩しい笑顔だった。

蘇芳くんの恋心のために駆り出されたのは私ひとりだけではない。御舟くんもだった。彼は面倒くさがることもなく、いつもなんてことない顔をして集合場所に現れた。蘇芳くんはもちろん葉子が目当てなので、自然と私と御舟くんがペアになる。自分から話しかけることができない私の横で、彼は持参した漫画を黙々と読んでいることもあれば、私のことなんてお構いなしに一方的に喋《しゃべ》り続けることもあった（主に、漫画の考察が多かったと思う）。お喋りスイッチの入った御舟くんに必死についていく私を、葉子と蘇芳くんは笑いながら見ていて、最後は葉子が御舟くんに「その辺りでやめてあげてよね」と注意をする。はっとした御舟くんは頭を掻《か》きながら少しだけ恥ずかしそうにごめんと言って、それから「よければ笹本さんも読んでみるといい」と締めた。私たち四人は、それなりに仲が良かったと思う。

四人に亀裂《きれつ》が入ったきっかけは、葉子が「御舟くんの方が好き」と蘇芳くんに宣言したこと。蘇芳くんもいいなって思ってたけど、あたし御舟くんのことが好きになったんだよね。だから、蘇芳くんの気持ちには応《こた》えられない。あの時私もその場にいて、心臓が潰《つぶ》れそうなくらい緊張しながらふたりの傍に立っていた。葉子の前では決して外れることのなかった彼の笑顔がゆっくりと剝《は》がれ落ちていったのを、私は見ていた。

中学校に着いて集合場所のグラウンドに向かうと既にみんな集まっていて盛り上がっていた。矢田さんに気付いた集団が、「こっちこっち!」と声を上げる。笹本さんも一緒に行こうと腕を引かれて、私もその輪の中に引きこまれた。

「わあ、笹本さん! どれくらいぶりだろう。会えて嬉しいよー」

「十年、それ以上かなあ? 何だか、都会で働くお姉さんって感じになったねえ」

「SNS見てるよー。すごい活躍だね」

あっという間に囲まれた。懐かしいと笑い合いながら、自分の笑顔がぎこちないことを感じる。懐かしさなんて、覚えようがない。あの当時、私はこんな風に輪の中に入ることはなかった。体育祭の円陣も、文化祭の打ち上げも、私はいつだって外から眺めていた。輪の中の風景を、私は知らない。

ふと、背中にひやりとしたものを感じた。ああ、今、中学生の私が背後にいる。そんなところにいると、怒られるよ。非難めいた声が聞こえる。後ろにいる私の横にはきっと、葉子がいるはずだ。大きな黒目がちの瞳を真《ま》っ直《す》ぐに、私に向けている。右手首がじりりと痛んだ。

一通り盛り上がってしまえば、日常の会話へと流れて行った。幼稚園の発表会の話や、姑《しゅうとめ》との諍《いさか》いなどを熱心に語る彼女たちから少し離れて息をついた私は、ぐるりと校庭を見回した。

校舎周りの改装が行われたからだろうか。記憶の中の景色と、似ているようで違う。グラウンドはぐるりと木々が囲っていたはずだけれどオリーブ色のフェンスに変わっているし、端には水飲み場が作られていた。体育館の横に並んでいた木造の部室棟がなくなっていて、緑鮮やかなテニスコートが二面も広がっている。

背後の校舎を振り返り見る。こちらは逆に、とても古ぼけてしまっていた。見覚えのないひびやシミがそこかしこに点在している。ここで過ごした日々はどれだけ遠くになってしまったのだろう。私はどこまで、あの時から離れてしまっているのだろう。

三階の右端に視線を投げる。三年二組の教室だったところだ。二学期、私の席は窓《まど》際《ぎわ》の真ん中で、前に葉子がいて、隣は御舟くんだった。蘇芳くんは、二列向こうの一番前だった。夏を惜しむ蟬《せみ》の鳴き声がまだうるさいくらいで、秋には程遠くて、私は御舟くんに制服の脇汗《わきあせ》ジミがばれてしまわないかいつも冷や冷やしていた。それだけではなく、お腹《なか》の音が鳴らないようにとか、みっともなくうたた寝しないようにとか、とにかく始終、緊張の糸をぴんと張りつめさせていた。初めて親しくなれた男子に、幻滅されたくなかったのだ。

『御舟くんのこと意識しすぎで、ウケるんですけど。あいつは小紅のことなんてこれっぽっちも気にしてないんだから、そういう無駄な気遣いやめたら？　疲れるだけじゃん』

休み時間のたびに制汗剤を振りかける私に、葉子は苛立《いらだ》つように言った。そんなこと分かっていたけれど、だからといって気にしないでいることはできなかった。彼に臭いと思われたくなくて吟味した無香の制汗剤は十日もせずに使い切っていた。

『べ、別に御舟くんは関係ないよ。これはただの身だしなみ。清潔感くらい、持っていたいし』

『小紅はいつもきちんとしてるじゃん。あたしなんて、スカートに皺《しわ》が寄ってても寝癖がついてても平気だよ』

御舟くんのことが好きだと葉子が言いだしたのは、夏休みの最中《さなか》のことだった。いつか御舟くんと付き合うんだと言っていた葉子は、私と違って近くにいる彼のことを全く気にしていない様子だった。ポケットに忍ばせていた手鏡を覗きこむたび憂鬱な気分になる私の苦労など、葉子には永遠に分からない。ホクロひとつないまっさらな肌は、そばかすを数える哀《かな》しみなど知りえない。そんな私の気持ちの代弁者は蘇芳くんだった。

『それは、可愛い子が持つ傲慢《ごうまん》ってやつだよね。ていうか、本当に御舟のこと好きなの？　全然意識してないのも、おかしいよ』

蘇芳くんは、フラれてからも葉子のところへやって来た。諦めきれなかったのだろう。恋心を口にすることはなくなったけれど、それでも葉子を構い続けた。

『ふーんだ、ゴーマンで悪かったね。意識してないんじゃなくて、自分から媚《こ》びを売って好きになってもらうのが嫌なんですぅー。素のあたしを好きになってもらわないと、意味がないんだもん』

リップも塗っていないのに艶やかなピンク色をした唇から、ぺろりと可愛い舌が顔を出す。葉子には、他の女の子たちや私が持ち合わせていない、妙な色気があった。伸びきっていない棒切れみたいな手足や膨らんでいない乳房、薄いお尻はまるで少年のようで、それなのに仕草ひとつひとつが女だった。大きな瞳は仔犬《こいぬ》のようにあどけなく動くのに、時折はっとするほどなまめかしい視線を流す。はっきりと子どもなのに、女を感じさせる。その葉子が少し本気を出して動けば、きっと御舟くんは葉子に夢中になる。それはとても当たり前のように思えた。

『どうして御舟なんだろう。今でも理由が分かんないや』

蘇芳くんがため息をつく。さっぱりとした口調ではあったけれど、僅《わず》かに顔に陰りが差す。明るかった彼は、ふとした時にこんな表情を浮かべるようになった。葉子はふふん、と鼻で笑い飛ばして、『御舟くんは蘇芳くんよりずっと、魅力的だもん。そんな人が親友だなんて、不幸だね』と言う。

『きっとこれからもずっと比べられちゃうよ。あたしのことをとやかく言うヒマがあるんなら、御舟くんよりかっこよくなる努力をした方がいいんじゃない?』

蘇芳くんは今度こそはっきりと哀しそうに眉根《まゆね》を寄せ、それでも笑みを作ろうとする。それを見た葉子は鈴を揺らすように小さく笑った。

葉書に書かれていた定刻になると、人が随分集まった。しかしそれでも、クラスの半分程度だろうか。当時定年間近だった担任の姿はなく、矢田さんたちに訊けば病で寝たきりになってしまい不参加だという。気を付けて周囲を見ていたけれどやはり御舟くんらしき男性はいなかった。

「えー、行方不明だったカプセルですが、なんとプール脇の二宮金次郎像の足元にありました。土を掘り返した時に、紛れ込んじゃったのかな? まあ原因は未《いま》だに分かりませんが、とにかく在校生が見つけてくれた次第です。ありがたいです！　みなさん、在校生に感謝の拍手を！」

　幹事のふたりが言うと、わっと拍手が沸き起こる。クッキーの缶ほどの大きさのカプセルは既に掘り出されていて、ふたりは私たちの前にうやうやしくそれを置いた。泥まみれの蓋《ふた》を開けると、ビニールに密閉された封筒の束が姿を現す。誰かが写真を撮ったのか、フラッシュが瞬《また》いた。袋を開封しながら、幹事が言う。

「みんな覚えてるかな。自分が誰に手紙を書いたかは誰にも言わないこと、ってやつ。誰が誰に向けて書いたのかは、開けた時のお楽しみだって」

　覚えている。そう言いだしたのは御舟くんだったことも。再び開封するまで、誰に書いたのかは決して言わないようにしよう。自分も、もしかしたら誰に何て書いたのか忘れてしまうかもしれない。でもそれくらいの方がきっと、ワクワクして面白い。

　案は採用されて、書いた手紙は封筒に二重に入れることになった。手紙を書いた本人の名前だけを書いた白封筒に、手紙を入れた。

「カビてたり腐ってたりするんじゃないかと心配したけど、結構保存状態良いよ」

　封筒を手にして、状態のチェックをした幹事が満足げに言う。

「よーし、手紙を配るよー、ではまず、赤松《あかまつ》くん！」

「おーす！　俺、誰に書いたんだっけなあ」

確か、サッカー部の子だったと思う。当時と変わらないくらい日に焼けた男性が手を挙げる。白い封筒を受け取った彼はみんなの視線を浴びながら開封する。一回り小さな封筒が現れて、それには大きな字で『俺へ！』と書かれていた。

「まさかの自分だったかー。ええと……」

さっそく中を読み始めた彼は顔をほろりと綻《ほころ》ばせる。ヤバいな、俺。めちゃくちゃ字が汚ねえ。でも、そっか、こんなの書いてたんだ、懐かしいな。

ゆっくりと読んだ彼は、最後に「あれ」と声を上げた。

「うわ、なあ、みんな覚えてた？　タイムカプセル埋めたのって、十七年前の今日じゃん！」

手紙の終わりに日付が書いてあったらしい。大半が覚えていなかったのか、「すごい偶然！」と盛り上がる。幹事はあらかじめ調べていたのか、「実はそうなんだ。狙《ねら》ったわけじゃないんだけど、すごいでしょう」と笑っていた。

それからも、封筒がひとつ、またひとつと開封される。両親宛《あ》てであったり、好きな人宛てであったり。その度に優しい笑いが零れる。その中で一緒に笑顔を作りながら、私の両足は震えていた。もうすぐだ。もうすぐ。

「えーと、垣野《かきの》くんは今日は欠席、と。垣野くんに近々会う予定の人、いない？」

「あたし、家が近所だから持ってくよ」

「助かる！　じゃあこれ、白封筒のまま渡すから垣野くん本人に開けてもらってね」

欠席者の封筒もきちんと振り分けられていく。そして、私の待ち望んでいた封筒が読み上げられた。

「さてさて、次はねえ、斉木、葉子……」

一瞬で、その場の空気が凪《な》いだ。みんなの顔が強張《こわば》る。その表情は、亡霊でも見たかのようだ。

「私が、貰《もら》う」

沈黙を裂くように声を張って言った。封筒を手にした幹事がはっとする。私は震えている足にぐっと力を込めて、もう一度言う。

「私が貰う。きっと私宛てのものだと思うし、そうでなくても、葉子の手紙を今更受け取る人もいないでしょ」

葉子は、もうこの世にいない。

私は葉子の遺体を見ている。柩《ひつぎ》に収まった彼女は白雪姫か眠り姫の真似《まね》をしているかのように畏《かしこ》まった顔をして目を閉じていた。体を揺り動かせば、うるさいなあと目覚めてくれそうな気がしたけれど、触ってみたらひんやりとしていて、私に言い逃れの出来ない死を知らせた。

「……そう、だね。笹本さんが持つのが、一番いい気がする。それに、これをどうしていいのか正直わかんないし」

幹事はみんなに同意を求め、それに反論する人はいなかった。封筒は、私の手に渡された。

少しだけ湿気を帯びた封筒は厚くない。手紙魔で、授業中だろうとお構いなしに長文の手紙を回してきた葉子にしては少ない。彼女はこの中に何を書いているのだろう。これを読めば、私は私が潰した葉子の思いを知ることができるだろうか。

「さあ、次は笹本さんね。はい、これ。さあみんな、どんどんいくよー」

気を取り直すように、幹事が明るい声を出して名を読み上げていく。再び盛り上げようとみんなが笑顔を作り殊更《ことさら》に笑う。誰も、もう葉子のことを口にしない。『なかったこと』にする。ああ、禁忌はまだ続いているのかと思う。精神が幼いころに強く刷りこまれたものというのは、大人になっても消えない。意識の下でそっと息をしているものなのだろう。ふたつの封筒を、黙って見つめた。

「ええと次の封筒は……、蘇芳、くん」

「はい」

ふいに凜《りん》とした声が響いて、空気がざわめく。タイムカプセルを取り囲むようにしてできた輪の外に、黒いスーツを着た男性が立っていた。

「はい、俺」

すっと手を伸ばした男性は、もちろん蘇芳くんではない。御舟くんだった。昔より背が高くなって、顔つきも少し変わっている。けれど、見間違いようがなかった。

「え、あ、御舟くん？　御舟、朱鷺《とき》くんだよね？」

「見ての通り。ええと、久しぶり。みんなお元気そうでなにより」

みんなを見回して、ぎこちなく頭を下げる。昔と違って、どこかよそよそしさがある。

「少しだけ仕事を抜け出す許可が取れたので、来れた。封筒、貰っていいだろうか？」

「やだ！　御舟くん、来てくれたの⁉」

「久しぶりなんてもんじゃないって。仕事ってお前、今どこで何してるんだよ！」

あっという間に、彼はもみくちゃにされた。御舟くんは顔を赤くしたり青くしたりしながら、「困る、こういうのは困る」と言う。そればかりを繰り返すものだから最後はみんな面白がって彼を取り囲んだ。

「ほ、本当にやめてくれ。俺は封筒を取りに来ただけなんだ。こういうのは、困るんだ。駄目なんだよ」

「駄目って、何がだよ。懐かしむのがいけないわけ？　つまんねーこと言うなよ」

「そうだよー。すっごく久しぶりの再会なんだよ。喜ぼうよ」

男子のひとりが御舟くんの肩を抱こうとする。それを乱暴に払って、彼は声を荒らげた。俺は駄目なんだって言ってるだろう！

中学の時ですら聞いたことのない彼の叫びに、一瞬場が静まり返った。

「……悪いけど、もう、やめてくれ」

御舟くんの声がぐんと低くなり、静かに落ちた。彼の周りから人が少しだけ離れる。衣服を整えた彼は息をついて、「その封筒は、俺にくれ」と言った。幹事が戸惑ったような顔をして封筒と御舟くんを交互に見る。

「蘇芳の両親からは、許可を取ってある」

すっと手を差し出した御舟くんは、厳しい表情をしていた。彼の目的は、私と同じだ。死者の残した手紙だけを、求めている。

「蘇芳の封筒を」

静かにひたひたと迫るような彼の様子に圧《お》されるように、幹事が封筒を渡す。それから慌《あわ》てて、封筒の束の中から御舟くんのものを抜き出した。それらを受け取った彼は開けることなくじっと見つめたのち、内ポケットに仕舞った。

「じゃあ、仕事に戻る。場を乱して、悪かった」

くるりと踵《きびす》を返して、校門へ向かう。誰が声を掛けても振り返ることをしない。私は、手にしていたバッグに葉子の封筒を入れて、彼を追いかけた。

「待って、待ってよ御舟くん！」

早足の彼に追いついたのは、校門を出て数メートル離れたところでだった。道路脇に停めてあった車に乗り込もうとしていた彼は、苛立ったように振り返った。息を切らす私をみて、あれ、と気の抜けた声を洩《も》らす。

「君は、もしかして笹本さん？　君も来ていたのか」

私は息を整えてから、久しぶり、と言った。

「ああ、久しぶり。何年ぶりだろうな」

高校時代に街中で何度か見かけたことはあったけれど、こうしてちゃんと向き合ったのは中学校以来だ。あの頃と変わらない瞳を見て、言いようのない感情が広がる。

「十年、それ以上かな。私ね、今日は葉子の封筒を貰いに来たんだ」

ああ、と御舟くんが頷く。

「彼女の手紙か。それは、君が受け取るのが一番いいだろうな。しかし、彼女はタイムカプセルを作った後に亡くなったんだったかな」

「……タイムカプセルを埋めたその日の晩に、葉子は殺されたんだよ」

葉子を殺《あや》めたのは、実の母親だった。殺害理由は、葉子が恋人を奪ってしまったから。年下の男に夢中だった彼女は、恋人が娘と男女の関係であったのを目の当たりにし、激情のままに殺害した。母親は自分を裏切った娘と恋人に、何十回と刃《やいば》を突き立てた。

事件が発覚したのは、タイムカプセルを埋めた二日後のことだ。無断欠勤した葉子の母親を心配して、会社の同僚が家まで行った。そして、血だまりに並ぶふたつの遺体の前で呆然《ぼうぜん》自失となっていた母親を発見したのだ。

町では前年、保育園内で園児が遊具に首を吊《つ》られて死ぬという不幸な事故があった。保育園の管理体制がどうの遊具の危険性がどうのとテレビでも長く取り上げられ、マスコミがしょっちゅう町をうろついていた。それがようやく落ち着いてきたという時期に起こった残忍な殺人事件。町は再び、世間の注目を浴びることになった。今度は、シングルマザーとうつくしい娘の愛憎劇。話題性は充分だった。テレビには見慣れた街並みがしょっちゅう映され、顔にモザイクのかけられた知り合いが登場する。小さな町中に哀しみとも不安ともしれない空気が満ちた。あの当時、誰もかれもが憂鬱そうな顔をして、気を張り詰めさせていた。

「そう、だったか。すまない、それは記憶になかった」

頭を下げる彼に、首を横に振る。そうなってしまうのも、仕方のないことだ。あれほど『異常』という言葉が似つかわしい事態はなかった。校門前にマスコミが来て生徒にインタビューを始める。教師たちが慌てて出て来て、追い返そうとする。ネットでは『性の乱れた中学校』『援助交際が蔓延《まんえん》』『堕胎経験のある生徒が多数』などありもしないことが名指しで書き散らかされ、それを見た保護者が学校に抗議に押しかける。あまりの混乱ぶりに数日間休校になったし、『斉木葉子の話を外で決してしないこと』と言い渡された。それがどう曲解されていったのか葉子の名前すら禁句になって、みんな事件のことを口にするときは『あの子』とだけ呼ぶようになった。

あの子のことだけどさあ。あ、ダメだよ、その話をしたら怒られるよ。そんなやりとりが当たり前に交わされるようになるのは早かった。葉子の死は悼《いた》まれるものでなく、忌《い》まれるものに変わってしまった。

埋めたタイムカプセルのことを思いかえす余裕など、誰にもなかった。

「この封筒の中身は真実、葉子がこの世に遺した最後の言葉なんだよ」

バッグの中の封筒を取り出す。かわいらしい丸文字は昔何度となく目にした葉子の手になるものだ。

「きっともう二度と手に入らない、知ることはできない、そう思ってた。でも、こうしてこの世に再び現れて、私の手に届いた。きっと、これには意味がある」

封筒から御舟くんに視線を移す。少年のあどけなさが消えた代わりに、精悍《せいかん》さが垣《かい》間見《まみ》えるようになった彼は、ぎこちなく口角を持ち上げた。

「ああ、あると思う。きっと、斉木さんも喜んでるんじゃないかな」

「……そうだね。やっと憎しみが届いた、って」

聞き間違えたと思ったのだろうか、御舟くんが首を傾《かし》げる。私は小さく笑った。

「これにはきっと、恨み言が書いてあるんだ。葉子から私への怒りや恨みが」

「怒りや、恨み……？」

おうむ返しに呟いた御舟くんは、胸元に手をあてた。少し考えるようにして、それから「どうして」と言う。

「……どうして、そう思うんだ？　君たちはとても、仲が良かったじゃないか」

やはり、御舟くんも私たちの仲が当たり前に良かったと思っていたのか。それはそうか、葉子は人前では決して私を支配したりしなかった。

「ねえ、御舟くん。『ぎょらん』って漫画、覚えてる?」

は、と彼が短く声を洩らす。刷毛《はけ》で撫《な》でたように、顔つきがさあっと変わった。

「昔、読ませてくれたでしょう。そして、いろいろ話をした。御舟くんは、リアリティがありすぎるから、作者はこれを実際に見たことがあるんじゃないか、って言った」

それはとても気持ちの悪い話だった。人が死ぬときに強く願ったこと、伝えたいことを小さな珠《たま》にして残すという設定で、主人公はその珠を見つけては片端から食べていくというストーリー。珠が伝える死者の最期《さいご》の思いは恨みつらみ、下賤《げせん》な欲ばかり。中学生の私には不気味すぎて、どうして御舟くんがこんな漫画に夢中になるのか分からなかった。

「ああ、もちろん覚えている。だけど、それが斉木さんと何の関係が?」

口にしようか、逡巡《しゅんじゅん》する。こんな事を言いだす私を、彼はどう思うだろうか。まともな人ならば、何を馬鹿《ばか》なことを、と一笑に付すだろう。しかし、彼は違う。そんな気がする。

「……私ね、見たんだ。葉子の、ぎょらん」

葉子の死から、十七年。初めてそのことを舌に乗せた。御舟くんの口から、奇妙な呻《うめ》きが漏れた。

「……うそ、だろ」

「漫画の通り、赤くて小さな珠だったよ。葉子の手に握られてた。御舟くんの言ってたこと、本当だった。あの作者はきっと、ぎょらんを見たんだよ」

御舟くんは両手で自身の顔を覆った。少しの時間をかけて何度か深呼吸を繰り返し、その手の中で「今晩、時間が取れるだろうか」と言った。

「さっきも言ったように仕事を抜けていて、もう戻らなくちゃいけないんだ。今のところ施行《せこう》も入ってないし、早く帰ることができると思う。だから、夜に話そう」

「いいの？」

「もっと話を聞きたいんだ。十七時すぎたら、ここに連絡してくれ」

スーツのポケットから取り出した手帳のページを破り、彼は携帯の電話番号を書く。私にそれを渡して、ではまたあとで、と言い残して去って行った。遠ざかる車を眺めながら、心臓が鼓動を速めていくのを感じた。

私の右手首には、小さな刺青《いれずみ》がある。細い腕時計でも隠れるくらいの大きさで、色はとても薄くなっている。痣《あざ》のようにも見えるが、よくよく見れば歪《いびつ》なもみじの葉の模様をしているのが分かる。この刺青は、葉子に彫られた。

『動かないで』

放課後の図書室が、葉子のお気に入りの場所だった。いつも人少なで、大人たちに干渉されないというのが一番の理由だった。逆に私は、古い紙の匂いや薄暗い（本の日焼けを嫌って司書が常にカーテンを引いていた）のが苦手だった。そんな部屋の中で最も日の差し込まない、一番奥まったところにある町史の棚の陰で、葉子は私の手首を摑《つか》んで離さなかった。安全ピンの針先に墨汁をつけては、丹念に刺し刻んでいく。どうにか我慢できるくらいのチクチクした痛みで、時折深く刺しすぎたのか火を押し当てられたような強い痛みになる。声にならない悲鳴が零れた。

『や、やめようよ。こういうの、よくないよ』

私は恐怖でガタガタ震えながら言った。刺青を入れたただなんて、大人に見つかったらどれだけ叱《しか》られるかしれない。それに、こんなやり方で大丈夫なのだろうか。皮膚の病気になったりはしないのだろうか。絶え間なく与えられる痛みが、自分たちが今しでかしていることの危険性を知らせているようで、少し気が緩めば泣き出してしまいそうだった。

『だって、こうでもしなきゃ小紅はあたしのこと忘れるじゃない』

先週末、急に一泊二日の家族旅行に行くことになって、葉子にそれを連絡しなかった。帰ってからお土産を持って行けば許してくれるだろうと思っていたのに、葉子の怒りは収まらなかった。あたしのこと二日間も忘れてたんでしょう？　そんなの、ありえない。

『忘れてなんかなかったよ。でも従姉妹《いとこ》家族も一緒だったし、電話する暇もなくて……』

『へええ、他の子と遊ぶのに夢中だったんだ？　なおさら許せない』

ひときわ強い痛みが電流のように走り、短く悲鳴を上げる。空いた方の手で口を覆い、必死に堪える私を見て葉子は唇を歪《ゆが》める。

『小紅はいちいち大袈裟《おおげさ》。ていうかさ、今回はあたしだってやってるんだよ？　小紅、あたしの腕に何回も針を刺したじゃん』

前日同じ場所で、葉子はこの作業を終えていた。やめようよと言う私を無視して、ほとんどを自分ひとりでやった。何度か、半ば脅されるようにして私も針を刺した。

『これは、大事なことなんだよ。あたしたちが運命の親友ですっていうしるしが欲しいなって思ってたし、そのタイミングは今なんだと思う。だから、我慢して』

懇願しても、葉子は私の手を最後まで離さなかった。小さな小さなもみじができあがってようやく手を離した葉子は、真っ赤になった私の腕に自身の腕を並べてみせた。細い手首の中央にそれぞれあるもみじを、葉子は嬉しそうに眺める。

『ああ、これで安心した。別々のところにいても、この刺青さえ見たらお互いが近く感じられるんだよ。ねえ小紅、他の人にこのこと話したら駄目だよ。もちろん、あたし以外の人とこんなことしても駄目。絶対、許さないからね。分かってるよね？』

『そんなこと、しないよ』

こんなことしなくても、私には葉子しかいないよ。そう言ってもきっと葉子は納得しない。また新たに不満を持てば、私に別の形の証明を求めてくるだろう。でもこれ以上、何を捧《ささ》げればいいの。赤黒く腫《は》れ、疼《うず》くように痛むもみじを見ながら、途方にくれた。

葉子が私のことを束縛しだしたのは、仲良くなって日も浅い内からだった。最初こそ、お人形のように綺麗《きれい》な子が私なんかをこんなに大事に思ってくれるなんてと嬉しかったけれど、だんだんと違和感を覚えるようになった。葉子は、私が他の友人を作るのをとても嫌がった。あたしが一緒の時以外は他の子とお話ししないで。遊びに行ったりしないで。いつでもあたしの傍にいないと駄目だよ。

一年生の終わり頃だった。両親と出かけた先の雑貨店で偶然クラスメイトに会い、一緒に買い物をした。当時流行《はや》りだったキャラクターのペンケースがあって、ふたりとも同じものを買った。もちろん、示し合わせたわけではない。しかし翌日、それを知った葉子は泣き喚《わめ》いて、私から奪い取ったペンケースを焼却炉に放り込んだ。他の子と遊んで、しかもお揃いの物を買うだなんて酷《ひど》い。とんでもない裏切りだよ。

裏切ったつもりなんてないし、買ったばかりの物を捨てられて怒っていた私だけれど、葉子がとても哀しそうに涙を流すのを見ていたら自分が悪いのだと思えてきた。

『あたしは小紅だけが友達なんだよ。小紅を裏切るようなこと、しないんだよ。小紅も同じようにして、ってそれだけなのに』

『ごめん、ね』

『悪いと思っているなら、証明してみせて』

潤《うる》んだ瞳で、葉子は私を見る。それはいいけど、証明って何をしたらいいの。そう訊いた私に、葉子は言った。あたしの言うことを、何でも聞いて。今回は、そうだな、髪を切って。あたしと同じショートヘアにするの。

『あ、あの。他のことに、してくれない？』

私はその当時、背中の中ほどまで髪を伸ばしていた。母似の癖のない栗色《くりいろ》のストレートヘアはこまめに手入れをしていたからとても綺麗で艶があって、美人ではない私の唯一《ゆいいつ》の自慢だった。髪だけはいつも褒められたし、私はその賛辞を「ありがとう」と素直に受け入れることができた。それをばっさりと切るのはとても抵抗がある。しかし葉子は頑として譲らない。

大粒の涙を零して、私のことを嘘つきだと詰った。次の日私は、もったいないと渋る母に頼んで、美容室に連れて行ってもらった。短くなった髪で家に帰り、不用になったヘアゴムやリボンを机の奥に仕舞ったとき、涙が溢れた。自分の考えていた以上に、大切だったのだ。

葉子だけは、私の髪を見て大喜びした。あたしと同じだ、お揃いだ。本当の姉妹みたい。ねえ小紅、嬉しいでしょう？　ああそうだ、今度あたしとお揃いのペンケースを買おうよ。あたし、とっても欲しいやつがあるの。葉子は、泣きはらした私の目には一切触れずに笑い続けた。

葉子が怒るから、泣くから。気付けば葉子の顔色を窺《うかが》って行動するようになった。そうすると次第に、葉子の我儘《わがまま》が増えてきた。あの子たちとは話をしないで、挨拶《あいさつ》だってしちゃ駄目。登下校は絶対一緒。朝と晩にはちゃんとメールして、休みの日は予定をちゃんと教えて。物を買うときはあたしに相談すること。これは、友達だったら当然のことなんだからね。

要求を素直に受け入れ続けたわけではない。どうして私がそこまで、と抵抗したことはある。他の子とも仲良くしようよ、と訴えたことだってある。そんなとき葉子は決まって涙をみせた。そんなのずるい、そう思ったけれどどうしても罪悪感を覚えてしまう。何より、その後葉子を宥《なだ》めることの方が余程大変だったから、結局は従う道を選んだ。

友達を辞めてしまえば、楽になれるのだろうか。もう付き合いをやめたいと言ってしまおうか。そう思うようになった頃には、私の傍には葉子しかいなくなっていた。葉子だけを優先したせいで、人に話しかけることが極端に苦手になっていて、元来の口下手はますます酷くなっていた。そんな私が、完全に出来上がっている人間関係に飛び込めるわけがない。葉子と離れた後に確実に訪れる孤独は、想像するだけで恐ろしかった。

蘇芳くんが葉子のことを好きだと言って近づいてきたのはそんな時、三年生に進級してすぐのことだ。同じクラスになったのがきっかけだった。可愛い葉子を想う男の子はたくさんいたけれど、積極的にアプローチしてきたのは蘇芳くんが初めてだった。葉子はまんざらでもない様子だったし、蘇芳くんが四人で遊びに行こうと誘って来た時なんかは「あたしと小紅のことをよくわかってる」と感心していた。葉子をお姫様のように扱う蘇芳くんを葉子は気に入って、私に向けるのとはまた違う我儘を彼に言った。喉渇いた、お腹空《す》いた。歩くの疲れた、何だか飽きちゃった。ねえ、あたしのこと好きなんでしょう？　それならあたしのことをちゃんと甘やかしてね。あたしはあたしを大事にしてくれるひとが好き。

そんな葉子を、蘇芳くんは自分にだけ特別に甘えてくれていると思ったのだろう。何でも嬉しそうに頷き、聞き入れていた。私はそれを、少し前の自分を見ている思いで眺めていた。

御舟くんが指定したお店は、駅の裏にある小料理屋だった。裏路地にひっそり佇《たたず》む店は個室がひとつだけあって、御舟くんはそこを予約してくれていた。

和で上品に纏《まと》められた部屋の中で、フォックスフェイスとモンステラを組み合わせた生花が鮮やかに目立つ。シックな花器はイタリアの食器ブランドの物だった。和と洋のバランスが絶妙で、とてもセンスがいいと眺めたのち無意識にインテリアをチェックしていた自分に気付いた。苦いような感情が胸の中に滲《にじ》む。

葉子がいなくなったあと、見るのも辛《つら》くて葉子とお揃いにしていたもの葉子に押し付けられたものを全《すべ》て捨てた。そうすると、笑えるくらい私の部屋はがらんどうになった。私は何もかもが、葉子によって満たされていたのだ。葉子でできた、葉子のための私。葉子がいなくなった今、私もこんな風に空っぽになっていくんじゃないだろうか、そんな気がして怖くなった。

それから必死で、部屋を充実させていった。葉子の趣味とは違う観葉植物、置物。服も、靴も、何もかも。私の選んだ私だけのものに囲まれてようやく、自分を取り戻せた気がした。

最初は、救われるために部屋を飾っていた。けれどそれはいつからか心の拠《よ》り所になっていた。小さな自分だけの空間を作ることは楽しみや幸せに繋《つな》がっていた。しかし、いつからだろう。部屋をどれだけ満たしても、心に隙間ができ始めた。家具を揃え、小物で飾り、うっとりするほど整えた部屋を作ってもすぐに「こうじゃない」と思うようになる。モノトーンでシックに纏めてみても、アジア雑貨をふんだんに使ってリゾート調に整えても、部屋に馴染《なじ》む頃には違和感を覚えだす。もう何度、部屋のイメージを変えただろう。

『模様替えを頻繁に行ってるのは仕事のネタ作りの為《ため》ですか？　インテリアに愛着を覚えたりしないんですね』『物を大事にしていないみたいで、あまり好きになれません』『あなたの部屋はモデルルームみたいで気持ち悪い』

ブログにはいつしか、批判的な意見が増えていた。『あなたという人の、人となりが全く感じられない。中身がないみたいで気持ち悪いです』そう書かれた日から、小物ひとつ動かすことすら恐ろしくなった。

「遅くなった」

立ち尽くしているとすらりと襖《ふすま》が開き、御舟くんが現れた。職場からそのままやって来たのだろう、彼は昼間見た時と同じ黒のスーツ姿だった。中学のころより伸びた体を生真面目に曲げて、すまないと言う。

「そんなに待ってないよ」

私は慌てて笑みを作って、頭の中に渦巻いていた言葉たちを消した。

「――それにしても、御舟くんってすごくいい店を知ってるんだね。スーツ姿もとてもサマになってるし、かっこいい大人の男って感じだよ」

最初だけとグラスビールで軽く乾杯をし、喉を湿らせてから言うと、御舟くんは困ったように眉を下げた。申し訳なさそうに頭を掻き、「会社の上司から教えてもらったんだ」と言う。

「中学時代のクラスメイトの女性と仕事後に会う約束をしたという話をしたら、きちんとした店に連れて行きなさいって。国道沿いのファミレスでいいんじゃないかと言ったら叱られて、ここの予約を取ってくれた次第で」

「へえ、そうなんだ」

素直な物言いに思わず笑ってしまう。内面は昔とさほど変わらないようで、何だか嬉しくなる。

「私はファミレスでも全然問題なかったけど、でもこういう素敵なお店を知れたのは嬉しい。上司の人に感謝しなくちゃね」

お通しに出された海老《えび》しんじょも野菜の炊《た》き合わせも美味しい。箸《はし》を動かしながら、互いの近況を話した。御舟くんは葬儀社で働いているという。黒服の意味にようやく得心がいった。

お腹が落ち着いた頃、御舟くんが「昼間のことだけれど」と切り出した。

「君は本当に、ぎょらんを見たのか?」

温かいお茶を飲んでいた私は動きを止める。うん、と頷いた。

「滅多刺しにされたというけど、葉子の顔は綺麗なままだった。お気に入りだった青色のワンピースを着た葉子は眠っているだけに見えたな。さようなら、って私は葉子の手を握ったの。胸のところで重ねられた手に触れたとき、小さな珠がころんと転がり落ちた」

検死が済むのを待ってからの葬儀は、隣の市に住んでいた葉子の祖父母の家でひっそりと隠れるようにして行われた。殆《ほとん》どの弔問客を断っていたけれど、葉子のたったひとりの親友である私はぜひ来てほしいと言われた。あの子が唯一、心を許した子だと聞きました。どうか、最後を一緒に。

「出棺前に蓋をするところで、おじいさんたちも一緒に柩を覗きこんでいた。でも、珠に気付いたのは、私だけだった。私が珠を摘《つま》み上げても、誰も何も言わない。私にしか見えてないんだ、そう気付いた時、思いだしたの。御舟くんに教えてもらった漫画と一緒だ、って」

これは、葉子が私に遺したぎょらんだ。葉子が私に伝えようとした、最期の思い。

「これは私が口にしなくちゃいけないって思った。そしたら葉子の思いが分かるんだ、って」

「君はそれを、どうしたんだ」

お造りの皿の上に、イクラが残っていた。ほんのりと赤い珠を指で摘み上げる。御舟くんは私の指先で光るものを見つめた。

「大きさは、同じくらいかな。本物はもっと色が濃くて、黒みがかってた。血を固めたような感じ。漫画の通り、恨みや怒りが詰まってるんだろうなと思った」

御舟くんが指先を見ている。私はそれをゆっくりと、潰した。

やわらかな抵抗があって、ぷちんとイクラが弾《はじ》ける。とろりと溢れた中身が指先を伝った。

「潰し、たのか……？」

絞り出すような、掠れた問いに頷く。

「本物は弾けた途端に赤い飛沫《しぶき》が舞って、でも跡形もなく消え失《う》せた。まるで何も存在してなかったみたいに」

呆然とそれを見ていた御舟くんが、肩で息をつく。呼吸を止めていたようだ。

「訊いても、いいだろうか。俺は君たちがとても仲の良い親友だったと記憶している。なのにどうして君は、恨みという言葉を口にする？」

「タイムカプセルを埋める数日前、私は葉子と喧嘩《けんか》をしたの。ううん、喧嘩なんてものじゃない」

放課後、人気のなくなった教室で私は葉子とふたりきりだった。遠くからブラスバンド部の練習の音が聞こえていた。早く帰ろうよ、と急《せ》かす葉子に、私は話があるの、と口を開く。

『葉子さ、本当は御舟くんのことを好きじゃないよね？』

緊張のあまり、声が震えた。多分、泣き出しそうな顔になっていたと思う。覚悟のようなものを抱いて訊いた私に、葉子はとてもあっさりと頷いて、悪びれた様子もなく『バレた？』と笑った。

『さすが親友だね。うん、実は正直どうでもいい』

『え。どうでもいい、って……。何で嘘を吐《つ》いたの？』

無意識に、声に非難の色がついていた。そのことが、葉子の気に障《さわ》ったらしい。葉子は眉根を寄せて、口を尖《とが》らせた。

『別に、いいじゃん』

『よくないよ。蘇芳くん、傷ついてるじゃない』

『それはあれだよ、他の人のことが好きだからあたしのこと諦めてね、っていう優しい気遣いっていうやつ？　ほら、あたし優しいから』

優しかったら、あんな手酷い言い方しない。そんな言葉をぐっと飲み込んで、葉子の機嫌を損ねないような言葉を探す。

『……そ、それなら別に、好きな相手を御舟くんに、蘇芳くんの親友にしなくってもいいと、思うんだけどな』

蘇芳くんは、親友と好きな女の子の間でとても悩んでいる。親友に嫉妬してしまう自分に苦しんでいることは、私にだって見て取れた。例えば葉子の想い人が見知らぬ誰か、または自分と親しくない誰かだったら、彼の心はまだ楽だったはずだ。

だからあたしは優しいんだってば、と葉子は言う。

『友情よりも愛情、御舟くんよりもあたしの方が大事だ、って蘇芳くんが言えば、あたしは蘇芳くんのこと好きになれたんだよ。あたしはチャンスをあげてたの。でも蘇芳くんはどうも駄目っぽいよね。御舟くんの方が大事なんじゃない？』

蘇芳くんの気持ちを試したということだろうか。しかし何かが少し、ずれている。意味が分からなくて見つめていると、葉子は私の手を取り、『だから小紅は大好きだよ』ととびきり可愛らしく笑った。

『御舟くんのことが好きなのに、あたしのために諦めてくれたもんね』

針で深く刺された時よりも強い衝撃が襲った。肌が一気に粟立《あわだ》ち、膝《ひざ》が震える。何もかも知っていたというの？　私が彼に淡い恋心を抱いたことも、そして、決して敵《かな》うはずのない美少女を前に想いを封印したことも。

『あたしが御舟くんのことが好きだって言ったら、小紅は応援するねって言ってくれた。あたしのためでしょ？　だからあたし、小紅が大好き。あたしを一番にしてくれるのは、小紅だけ』

　そこでようやく、理解した。ああ、この子は人を傷つけて、その人がどれくらい痛みに耐えるのか。自分のためにどれくらい差し出せるのか。その度合いでしか、気持ちを量れないのだ。

　私の恋心も、蘇芳くんの友情も、葉子の前ではただの分銅のひとつにすぎない。

『そんなの、最低じゃない』

　ぽとんと零れた言葉は小さくて、聞き取れなかった葉子が眉を顰《ひそ》めて、『何?』と訊き返す。私はもう一度言う。

『最低って言ったの。どうして、人の気持ちをそんな風に扱えるの』

『小紅はあたしのこと好きだよね?　その気持ちを確認したかっただけだよ。持っている宝石は、磨いて光に翳《かざ》してみたくなるでしょ?　どれだけ輝くかな、って。それと一緒だよ。だからそういう酷い言い方しないで』

『宝石?　宝石って……私は葉子にとって、何なの』

『宝石は、宝石だよ。見てて、幸せになれるもの。小紅はあたしの宝石の中でもとびきり綺麗だよ』

　たくさん磨かれてキラキラしてる、と葉子は屈託なく笑った。かつて心奪われた笑顔を前にして、足が竦《すく》んだ。目の前のうつくしい子が、正体不明の魔物に見える。誰よりもきれいな皮を被《かぶ》った、魔物。彼女はきっと永遠に私を削り続けるのだ。そして私が零れ落とす涙や苦しみを見て、満足げに目を細める。

もうやだ、と声が落ちた。もうやだ、怖い。私が、どれだけ辛かったと思うの？　葉子は目を見開いて、『どうして？』と訊く。心底、不思議そうに。それもまた、恐ろしかった。

『もう無理。葉子とこれ以上一緒にいたくない。いられない』

ぼろぼろと涙が溢れた。この子は、自分の手には負えない。後ずさる私をみて、葉子の頰にかっと赤みが差した。ねえ小紅、さっきから何でそんな酷いことばかり言うの！　早口の言葉には怒りが滲んでいた。小紅が言ってること、全然分かんない。あたしは分かんない。葉子が乱暴に頭を振って言う。短い髪がバラバラと揺れた。

『小紅、今の状況分かってる？　あんた今、あたしにとんでもないこと言ってるんだよ』

『とんでもないこと言ってるのは、どっちなの。もう、無理だよ。私はもう、前みたいに葉子を大事にできない』

ひとりぼっちになってしまってもいい。首を横に振って言うと、葉子が『嫌よ！』

と叫んだ。

『どうしてそんなこと言うの！　あたしは小紅が大好きって何度だって言ってるじゃない。小紅とあたしは親友でしょ？』

『葉子の大好きって一体何？　便利と同じ意味なんでしょう？　私にばかり気持ちを求める関係は、親友なんて言わないよ』

『酷いよ。あたしだってほら。こんなしるしをつけたのは、小紅だけだよ。ちゃんと、見てよ』

誇らしげに刺青を見せる。そんなものが何だと言うのだ。私は葉子の服の下に隠れているしるしを知っている。気を付けて観察していなければ見逃していた、鎖骨の下の小さな痣。

『嘘ばっかり。絆創膏《ばんそうこう》で隠しているの、百瀬《ももせ》さんからつけられたキスマークだよね？』

葉子の顔から表情が消えた。

百瀬さん――葉子の母親の恋人とは何度も顔を合わせたことがあった。二十代後半で、柔和な顔立ちをした優しそうな感じの人だった。弁護士だか何だかの資格を取る勉強中で、確かコンビニでバイトをしていたと思う。百瀬さんは二年生の終わり頃から、下校時間になると葉子を迎えに来ることが増えた。道の端っこにひっそり立った百瀬さんが『葉ちゃん』と声を掛ければ葉子は曖昧《あいまい》に笑いかけ、ため息混じりに私に言う。

『君は可愛いから変な男に目を付けられたら大変だって、心配してるの。余計なお世話だよね』

大抵、葉子とはそこで別れた。葉子の顔色を窺って必死に話しかける百瀬さんの後姿を見ながら、恋人の娘にここまで気を遣うなんて葉子のお母さんは愛されているんだなと思った。

夕陽がひつじ雲をやわらかな赤に染める、十月の初めのある日のことだった。葉子は百瀬さんのお迎えがあって、私たちはそこで別れた。そのあと私は葉子に貸すはずだった本を持ったままだったのを思いだして、慌ててふたりを追いかけた。まだそんなに遠くに行っていないはずだと駆けて行った私はふたりの背中を見つけ、しかし声をかけることはできなかった。

ふたりは指を絡《から》ませて手を繋いでいた。その雰囲気は、間違っても親子とかそういうものではない。百瀬さんはお母さんの恋人なのに、なのにどうして？　寄り添うようにして歩くふたりを、私はふらふらと追いかけた。ふたりは自宅とは違う方向――

飲み屋街の方へ行き、その外れにある小さなラブホテルに人目を避けるようにこそこそと入って行った。下品なピンク色の建物に、紺色のセーラー服が逃げ込むように消えた。

蘇芳くんと御舟くんの顔がぐるぐると回る。どうして。御舟くんのことが好きだって言ったじゃない。蘇芳くん、あんなに哀しい顔してたじゃない。なのに、どうしてお母さんの恋人なんかと、こんなところに。こんなところで、何をするの。何を。

開店準備をしているのだろうか、ひょいと出てきた居酒屋のおじさんが呆然と立っている私を見て顔を顰《しか》める。そんなところで、何してるんだい。ここいらにはガラのよくない奴《やつ》もいるんだから、さあさあ帰りな。子どもの来るところじゃないよ。

あの中に、友達がいるんです。言えるはずのない言葉を飲み込んで、私は踵を返して走り出した。潤んだ世界を突っ走りながら、嘘つきと叫ぶ。嘘つき、嘘つき。

御舟くんが好きなんじゃなかったの。私にはあんなに友情を振りかざして束縛するのに、自分は嘘を吐いていいの。私は一体、葉子にとって何なの。

『……あーあ。これは気付かなくっても、よかったのに。でも、さすが小紅ってところかな』

少しの間見つめ合った後、葉子は何故《なぜ》か困ったような顔をして微笑《ほほえ》んだ。

『あの人は、あたしのことが好きなんだって。お母さんからお小遣い貰ってるくせに、あたしのことが好きだから別れるっていうの。あたしのために夢を諦めて、どっかの会社で働くんだってさ。あたしは、百瀬さんがあたしに注いだ想いの分だけ返してあげただけ』

葉子の細くて白い指が、自身の鎖骨辺りを辿《たど》る。色香を濃く匂いたたせるようなその仕草に、思わず吐き気がした。この子は、自分を愛する者なら母の恋人でもいいのだ。満足するものを貰えたら、何でもいいのだ。こみ上げてくるものの代わりに、言葉を吐き出した。

『葉子、汚い』

自身が舌に乗せた名前さえ、薄汚れているような気がした。

『……これって汚いの？　どうして？』

問うてくる葉子の声がひやりと冷たくなる。初めて聞く声の温度に、葉子をこれまでにないくらい怒らせたのだと思った。しかし、それもまた葉子に対しての嫌悪《けんお》に変わる。この子はきっと、何の罪悪感も覚えていない。

『葉子、汚すぎるよ』

止まらない涙で、葉子が滲んでいる。涙に覆われた葉子を見ながら、私はいままでもずっと葉子のことがちゃんと見えていなかったのだろうと思った。私がずっと信じていた子は誰だったんだろう。きっと、すべて魔物が食ってしまった。

『ねえ、小紅。もういい加減にして。あたしは』

『軽蔑《けいべつ》する！　もう、二度と私のことを親友だなんて呼ばないで』

葉子の話を遮って叫ぶ。びくりとして立ち尽くした葉子の隙をつくようにして、私は教室を飛び出した。

「それから、学校でも全く目を合わさなかった。葉子は時々、睨《にら》むような強い目でじっと私を見ていたけど、私は全部無視した。口をきけばきっと口論の続きがはじまる、そう思ったから。結局、放課後のやり取りが、葉子との最後の会話になったの」

葉子が殺されたと聞いたとき、何かの悪い冗談だと思った。祖父母も健在で、お葬式に出たこともほとんどなくて、そんな私にとって『死』は縁遠いものだった。『殺人』なんて尚更《なおさら》で、テレビの中だけの言葉だと思っていたから、そういうものと葉子が簡単に結びつかなかった。

葉子と百瀬さんは、葉子のベッドの上で死んでいた。ふたりとも一糸纏《まと》わぬ姿だったという。私が汚いとまで言った行為を、葉子は止《や》めなかったのだ。私の涙の言葉は、葉子の心に少しも響かなかったということだろう。もし少しでも葉子が聞いてくれていたら、こんなことにはならなかったかもしれないのに。葉子の無残な死に対するショックと、私のことなどやはりどうでもよかったんだという思いが渦巻いて、頭がまともに機能しなかった。絶望にも似た感情は私の心を乾かしていくばかりで、涙ひとつ零れなかった。

それから葬儀の連絡が来たけれど、最初は出席するのを躊躇《ためら》った。私が行っても、葉子は何とも思わないだろう。もしかしたら、何しに来たと怒るかもしれない。しかし、葉子の祖母が涙ながらにぜひと言うので、断りきれなかった。

葉子の遺体と対面した時、初めて『死』を体で感じた。抗《あらが》いようのない深い隔たりができる、それが死という人と人を分かつものなのだ。知識でしか知らなかったものが、確かな存在感で迫ってきた。体で理解した途端、堰《せき》を切ったように悲しみの波が押し寄せてきた。片割れをなくした右手首の刺青を撫でさすりながら、葉子に語りかける。運命の親友だなんて、どうして嘘をついたの。こんなことまでさせておきながら、私の知らないところで死ぬなんて酷いじゃない。ねえ葉子、私たちの関係って何だったの。私は葉子にとって、支配するだけの存在だったの。きっと、私の言葉なんてどうでもいいくらい、軽い存在だったのね。

そんな時に現れたぎょらんは、薄気味悪い色をしていた。

「死ぬ前に葉子が私に向けていた目の強さを思いだして、はっとした。ああ、これは葉子の私への怒りで作られた物だって直感した。葉子は自分に酷い言葉をぶつけた私にきっととても怒っていて、その怒りを抱えたまま死んだんだもん」

葉子を怒らせれば、自分の大切なものを引き換えにして許しを請《こ》わなければいけない。今回、私は取り返しようのないほどのことを言った。そんな私に、葉子は謝罪のために何を差し出せと言うだろう。髪や刺青では、きっと足りない。

死んでしまった葉子が、私に求めるものと言えば。

「私の命しかないと思った。私を傷つけたお詫《わ》びに一緒に死んでちょうだい、葉子ならきっとそう言う。これを食べたらきっと、私は葉子の願いに殺されてしまうんだろう」

死んだ私を葉子は待ち受けていて、私は死んでからもずっと葉子の傍にいる。この珠を口にしたら、次に柩に収まるのは私だ。そう思った瞬間、指先に力を込めていた。

指先に伝う液を、おしぼりで拭《ぬぐ》った。朱色のシミを眺めてから、怖かったんだ、と呟く。

「目の前の葉子の『死』はあまりに生々しくて、それを自分に重ねることが容易だった。だから、ただただ怖かった。ぎょらんが掻き消えたあと、とんでもないことをしてしまったと思ったけど、でももうどうしようもない。それからはしばらく、葉子が私に死を迫ってくる悪夢にうなされたな。そして、その後だよ」

葬儀から数日後、葉子が母親からネグレクトを受けていたことが分かった。葉子は日記をつける習慣があって、死の数日前までそれは欠かさず続けられていた。その日記に、克明に書き記されていたのだ。

葉子の母親は、保険会社の外交員だった。葉子とよく似ていて、しかし葉子よりも気が強そうな派手な人だった。いつも花のような濃厚な香りを纏っていて、成熟した大人の女という印象。優秀でいつもトップの成績だったという彼女は、私のよく知っている母親たちとはずいぶんかけ離れていた。しかし学校行事には小まめに顔を出していたし、私と顔を合わせれば「葉子と仲良くしてくれて、ありがとね」とたおやかに笑いかけてくれた。見た目と違って子ども想いの優しい人、と私は思っていた。

しかしそれは外でだけのことであったらしい。家の中では、葉子のことをほぼいないものとして扱っていた。用がある時だけ、話しかける。食事の用意は気紛《きまぐ》れにしかしない。機嫌を損ねたときは一週間でも十日でも、何も与えなかった。葉子に手をあげ罵声《ばせい》を浴びせ、挙句に夜中でも家を追い出す。葉子を自家用車の中で眠らせ、自分は一晩中百瀬さんと抱き合っていた、なんてことが真冬でもあった。

「葉子の実父だっていう人が何もかもマスコミに喋ってしまったから、葉子の隠してたことが全部、世間にばらまかれた」

今考えれば、情報を売って小金稼ぎをしていたのではないだろうか。葉子が、二歳の時に別れて以来一度も会ったことがないと言っていた父親は、突然世間に現れた。そして、このままでは娘が可哀相《かわいそう》だとテレビカメラの前で日記の話をし、泣き喚いた。テレビをつければ、葉子の日記が朗読されている。お母さんは自分だけご飯を食べて帰って来た。私が勝手にご飯を炊いていたのを見てとても怒って、結局何も食べさせてもらえなかった。学校が長期の休みに入ると給食がないから辛い。おじいちゃんたちからはこの間お小遣いを貰ったばかりだから、貰いに行けない。ご飯を食べさせてもらえないことを言うと、あとでお母さんに絶対に殴られるから、言えない。お腹が空きすぎて部屋で丸まって眠っていると、百瀬さんがわたしにキスをして、五千円くれた――。

「私ね、何も知らなかった」

すっかり冷えた湯呑《ゆのみ》を弄《もてあそ》びながら続ける。一切、知らなかった。葉子が寒さに凍えた夜なんて知らないし、空腹に堪え切れずにいたことも知らない。私とお揃いのものを買うのに何の躊躇いもなかった葉子が食べ物を買うお金にも苦労していたことも――お金を貰うために、百瀬さんに体を開いたことも。

テレビを観《み》ながら、葉子の死後ずっと抱えていた絶望の色が深くなるのを感じた。私は葉子に、何て言った？　あの時、葉子にどんな言葉をぶつけた？　葉子は、どんな顔をしていた？

『葉子ちゃんの日記にはいつも、ある女の子が登場します。Kちゃんです』

女性アナウンサーが張りのある綺麗な声で読み上げる。Kだけがわたしを見てくれる。Kだけがわたしのことを一番好きだって言ってくれる。Kはわたしの運命の友達。Kさえいればいい。目元を赤く染めたコメンテーターが言う。たったひとりの親友の存在が、彼女をどうにか立ち上がらせていたんでしょうね。愛に恵まれなかった葉子ちゃんを唯一想っていたのは、きっとこのKちゃんだったんだろうなあ。

『さてそんな葉子ちゃんの日記なんですが、実は殺害される数日前から途切れているんですよね。ここで母親と、何らかのトラブルがあったのではないかと思われます』

テレビの前で、私はひとり告白する。いいえ違います。その日、Kが葉子のことを汚いと言ったんです。Kはその日、葉子を軽蔑すると言って、捨てたんです。葉子はそんなKに怒ったまま、死んだんです。でも私は、知らなかった。知らなかったんです——。

指先に、ぎょらんを潰した感覚が残っていた。どす黒い粒、あれは怒りなんかでつくられたものじゃない。葉子の事情を知らずに責め立て捨てたことへの『恨み』だ、そう思った。あの禍々《まがまが》しい色は、怒りなんて生易しいものではなかったのだ。葉子は支配していた私への『憎しみ』『恨み』を遺して死んだ。

世間は、私に優しかった。たった一人の親友を亡くした私をみんなが心配し労《いたわ》ってくれた。私たちは、別れを哀れまれるようなうつくしい関係じゃない。そんな、綺麗なものじゃない。そう言いたかったけれど、言えない。歪んだ関係を、憎しみで終わった関係をどうして告白できるだろう。それに誰が『ぎょらん』なんて存在を信じてくれる？　御舟くんだけは分かってくれると思ったけれど、それは好きな人に己の非道さを告白することで、できなかった。自分ひとりでは抱え込めないほどの思いは、長く私を苦しめた。しかしそれを、時間という膜をひたすらに重ねていくことで隠していった。

「どうして今になって、俺にそんな話を？」

黙って耳を傾けていた御舟くんが、躊躇いがちに訊く。

「……御舟くんは、蘇芳くんのぎょらんを見たんじゃないかな、って思ったの。もっと言えば、ぎょらんを口にした」

　返事を聞かなくても、分かった。彼の顔がゆっくりと凍りついていく。

「自殺した蘇芳くんを発見したのが御舟くんだって聞いた。その後から、御舟くんはひとが変わったみたいになったってことも。ぎょらんを食べると、死者の思いを知って支配される」

「それだけで、判断、できないだろ……」

「うん。実際に会うまでは、私の勝手な想像だった。でも御舟くんが、蘇芳くんの手紙をくれって言った顔を見たときに、そうじゃないかと思えたんだ。だってあのときの顔、私と同じ顔をしてた。死者に縛られた者の顔」

　御舟くんが顔を覆う。長くて細い指がぶるぶると震えている。

　この人は私と同じものを見て、私が拒否したものを受け入れたんじゃないのか。そう思うと、告白せずにいられなかった。

「蘇芳くんが御舟くんに遺した思い、分かるよ。苦しんでたでしょう。親友の御舟くんを妬《ねた》んでしまう自分を、あのひとはとても嫌ってた。どうやっても御舟くんを追い越せない自分を、卑下してた。そんなことしなくても、彼は彼で充分素敵なひとだったのにね」

指の隙間から、御舟くんが私を見る。大きく見開いた眼に、「御舟くんは高校が別だったから知らないだろうけど、私たち、少しの間付き合ってたんだよ」と言った。

高校時代の一年間ほど、私は蘇芳くんと恋人同士だった。

「禁忌になった葉子の名を口にして、思い出を語り合えるのは私たちふたりだけだったでしょう。私たちは同じ高校に進んだし、そうしたら一緒にいる時間が増えたこともあって」

葉子の死だけでなく、百瀬さんとの関係を知った蘇芳くんは見る間に憔悴《しょうすい》していった。彼女を救いたかった、と誰よりも嘆き悲しんだ。そんな彼の傍にいたのは、彼が本当に、心から葉子を想っていたからだ。葉子のために傷つき涙する彼の苦しみを一緒に背負うことで、葉子への罪滅ぼしをしているような気がしたのかもしれない。

「付き合ってた時に、蘇芳くんがよく言ってたんだ」

御舟のことは尊敬してる。いいやつだし、自慢の友人だ。でも、どうしても無理なんだ。あいつと無意識に競ってる自分がいる。羨《うらや》み妬む自分がいる。しかも、成長するにつれてその気持ちが大きくなっているんだ。俺はいつか、自分の生み出した呪《のろ》いで死ぬかもしれない。

昔よく見た夏空の笑顔は、厚い雲に覆われたように彼から消えてしまった。眉間《みけん》にシワを刻み、苦しそうに告白する蘇芳くんを見ながら、あの笑顔は御舟くんでは作ることのできない素晴らしいものだったのに、と哀しくなった。君は君でとても素敵なのに、という私の言葉は雲を散らすどころか頰ひとつ撫でずに彼を通り過ぎていくだけだった。

あいつは、首を吊ってたんだ。ふいに御舟くんが言った。

「苦悶《くもん》に満ちたあの顔を見ただけで、分かった。あいつが俺の想像もつかないほどの憎悪を抱えて生きていたことを。あいつはずっと、苦しんでいたんだ……」

「そう、だね」

泣き出しそうになるのを堪えて、小さく呟いた。

別れを切り出したのは私からだった。蘇芳くんはいつまで経っても、私ではなく私の中にいる葉子を見ていた。そうして、嘆き続けていた。私といる限り、彼はきっと葉子から解放されない。何の非もない彼が、そんな苦しみを背負い続けていいはずがない。私と別れれば、葉子が遠くなる。そうすれば苦しみもいつか忘れられるだろう、そう思っていたのに彼は死んだ。

「俺がいなかったら、あいつは死なずに済んだのに」

重く呟いて、御舟くんは全身で息をつく。ゆっくりと頭を振って、「外に出ないか」

と言った。少し夜風に当たりたいんだけど、いいかな。私はこくりと頷いた。

店を出て、どちらからともなく中学校の方向へ歩き出した。暖かな秋の夜風が、肩口から背中へと抜けていく。御舟くんは私に合わせてくれているのか、ゆっくりと足を進めた。大きな笑い声をあげている大学生らしきグループや、頰を赤らめてはしゃいでいる女性の集団とすれ違う。近くの飲み屋街から流れてきた人たちだろう。なんとなく彼らを見送ってから、御舟くんに言う。

「今でもたまに不思議に思うんだよね。私、本当に大人になってるのかなあって」

出勤前にメイクをしているとき、仕事帰りにスーパーで野菜を手に取ったとき、ふとした拍子に大人になってしまっている自分に驚いてしまう。どうして私はこんなことをしているのだろう。もしかしたらこれは、三年二組の教室の、窓際の席で見ている夢なんじゃないかしら。そんなことを考える。

それは、パーツが足りないことによる誤作動かもしれないね。そう言ったのは数年前に付き合った男だった。少しだけ、御舟くんに似ていたような気がする。歩み寄りも別れも、何もできずに死んだ友人がいる、という話を聞いた彼は納得がいったという風に頷いて言った。

君は時々、ふっと少女みたいな表情を浮かべるんだ。不思議な人だなと思っていたけど、なるほどそういうことなのか。君は、その友達が死んだときに、成長するための歯車をひとつ無くしちゃったんだよ。大事なパーツを、中学時代に置きっぱなしにしてるんだ。歯車が足りないから、たまに誤作動を起こしてふいに昔に戻っちゃうのさ。

その時は何を馬鹿なことをと笑ったけれど、彼の言う通りだったのだろう。私はきっと、葉子の死と共に大切な歯車を失った。その歯車の部分を満たしたくて、部屋を満たしていた。

「葉子とちゃんと向き合うこと。あのときにきちんとやっておかなければいけなかったんだ」

葉子の異常なまでの、執着じみた友情しか知らない。その友情の陰にあった事情も知らない。だから、ちゃんと向き合って付き合っていく方法も、知らない。友達とどう付き合えばいいのか、何一つ分かっていないまま大人になった。

「なるほど、誤作動。そうだな、それは俺も分かる。俺も、こんな年になってしまった自分に驚くことがある」

御舟くんは夜空を見上げた。倣《なら》うように私も顔を上げる。子どものころはとても綺麗に星が瞬いていたように思うけれど、随分と少ない。たまご色をした月だけが柔らかく光っている。

「蘇芳が俺に対してよそよそしさを見せ始めたのは、中学三年の夏ごろだったか。違和感を覚えていたのに、俺は大したことじゃないと切り捨てた。あれが、きっと歯車だったんだ。あの時、ちゃんと確認すべきだった。俺は、いつもそうなんだ。きっと大したことじゃない、勝手にそう判断してしまう。蘇芳が俺に対して何か抱いているって、分かっていたんだ」

失った歯車。それさえあれば、こんな未来は来なかったのだろうか。

「たまに、感覚があやふやになる。大学生になった蘇芳だって知っているのに、中学生を見るとなぜか蘇芳の姿と重なることがある。これは、歯車が欠けてたからなんだろうな」

「御舟くんも私も、まだ中学三年生の世界にいるのかもしれないね。ちゃんと大人になろうとして、無くした歯車を探してる」

小さな公園を抜け、交番の前を通る。真新しいコンビニの前ではジャージ姿の高校生が数人ジュースを飲んでじゃれ合っている。それを横目に、学校へ向かう。

「ねえ御舟くん、手紙、開けた？」

「まだだ。笹本さんは？」

首を横に振る。開けよう開けようと思って、でもこの時間まで結局開けられずにいた。葉子の手紙には、何が書いてあるだろう。死んでも許さないという恨み言か、何があっても離れることを許さないという怒りか。もしかしたら、こっちから縁を切ってやるという絶縁の言葉かもしれない。受け止める心の準備が、まだできていなかった。

でも、どんな内容であっても、受け取らねばならない。中途半端《はんぱ》なままだった葉子との問題を、どんな形であれ終わりにしなくてはいけない。そうしなくてはきっと、私は永遠に歯車の誤作動を繰り返してしまう。

「タイムカプセルに入れる手紙を書いていたとき、未来の自分なんて全然想像できなかったな」

あの時、楽しそうに笑い合っているクラスメイトたちを見回しながら、未来について考えてみた。十月は卒業にはまだ少し遠くて、数ヶ月後にはこの場からみんながいなくなってそれぞれの道へ進んでいるということすら、嘘みたいだった。いつまでも同じような日を繰り返すんじゃないかとさえ思えた。何だか不思議だよね、と目の前の背中に声を掛けそうになって、慌てて口を噤《つぐ》む。葉子は熱心に、書いては消しを繰り返しているようだった。私の方から拒否したのに、振り返らない背中を見ると何故だか置いて行かれたような気分になる。じわじわと、後悔のようなものを感じ始めていた。私はもっと話を聞かなくてはいけなかったんじゃないのか。例えば、葉子が百瀬さんに恋心を抱いていたのだとしたら？　母の恋人を好きになってしまうなんてとても複雑だし、私に相談できずにいたのかもしれない。葉子は、私のことを蔑《ないがし》ろにしていたわけではないのかもしれない。私は葉子との友情を、こんなかたちで終わりにしてよかったんだろうか。ちりりと右手首が痛んだ気がして、視線を落とす。幸いにも誰にも気づかれないままのもみじは、すっかり私の手首に馴染んでいた。タイムカプセルを開封する成人式まで、五年。その五年後も、このもみじは消えることはないだろう。証《あかし》とした友情が、今消えかけようとしているというのに。

未来の私は、誰と笑っているのだろう。このもみじの片割れを持つ子とは、どうなっているだろう。友情は、終わったままだろうか。何一つ想像できなくて、今の自分のいるこの時間と繋がっているとはどうしても思えなかった。五年という歳月は、中学生の私には気が遠くなるほど遥《はる》か先の、未来だった。

「俺もできなかったな。そしてこんな未来が待ってるなんて、思いもしなかった」

「……うん」

あの瞬間、確かに近くにいた人はいない。手を伸ばせばそこにいる。それが当たり前なように、未来でもきっと当たり前なのだと、あの頃は思っていた。

「ああ、結局ここに着いたな」

二人で足を止めたのは、中学校の校門の前だった。さすがにどの教室も電気が消えて、静まりかえっている。

しばらく門の前で校舎を見上げていると、御舟くんが「入るか」と言った。

「校庭まで行ってみよう」

言うなり、彼は身軽にひょいと校門に手を掛けて体を持ち上げた。私の目の高さまである門の上に容易に座り、手を差し出してくる。

「笹本さんがスカートじゃなくてよかった。とりあえずバッグをこっちに。それと、手。登るの手伝うから」

「え、え？　だってこれ不法侵入……」

おろおろと周囲を見回す。人の気配はないものの、どこで見咎《みとが》められるか知れない。御舟くんは平然としたもので、大丈夫だと言う。

「忘れ物を取りに来たと言えばいい。充分な理由だろう？」

月明かりを背にした彼が一瞬、悪戯《いたずら》っ子のように笑った。俺たちは歯車を無くしてるんだから、嘘じゃない。

ひゅう、と音がした。私の呼吸が止まった音だと、少し遅れて気付く。今見たのは、昔に私をわくわくさせた顔だった。彼がこんな顔をするとき、いつだって素敵なことが起きた。やっぱり私はまだ、中学三年の世界にいるのかもしれない。目を閉じて開ければ、はためくカーテンの向こうに夏の名残の入道雲が広がっているのだ、きっと。

しかし、瞬《まばた》きを何度繰り返しても、薄闇に包まれたままだった。ただ、昔よりも成長した御舟くんが、私の手を待っている。戸惑いながら手を差し出すと、大きな手のひらがぎゅっと握りしめてきた。その強さは、現実だった。

「ここに手を掛けて、そう」

御舟くんのように簡単にはいかなかったけれど、どうにか門に跨《また》ることができた。それからもたもたと乗り越える。肩で息をついて御舟くんを見ると、はい、とバッグを手渡してくる。

「学校に忍び込むなんて、初めて」

思わず洩れた声は浮ついていた。胸の鼓動が速くなり、頬が少し熱い。何だか、感覚があやふやになっている。大人の私と、中学生の私がねじれ合って存在しているような、変な感じだ。過去と今が奇妙に繋がっている。それは、誤作動の範囲内のことなのだろうか。

　御舟くんはさっきの笑みが見間違いじゃないかと思うくらい平然とした顔をして、「そうか、俺もだ」と言った。そして、昼間に集合したグラウンドへと進んで行った。そこは、月明かりのお蔭でほんのりと明るかった。テニスコートの芝が発光しているように見える。

「改めて見ると、随分様変わりしてるんだな」

　グラウンドの真ん中に立った御舟くんは、ぐるりと見回して言う。

「昔はもっと広かったように記憶しているけど、案外狭い。校舎もこんなに小さかったのか」

「私は、昔のまんまに見えるよ」

　昼間は、御舟くんと同じような印象を受けた。でも今、中学生に戻ったとしか思えないほど、目の前の景色が日常だった。懐かしいと思わない。だって、私の心はここで生きてるから。でもその反面、それは遠い記憶じゃないかと言っている自分もいる。誤作動は、続いている。

　御舟くんの横に並んで立ち、校舎をふたりで眺める。しばらく、会話を交わさなかった。

口を開いたのは、御舟くんが先だった。

「手紙、ここで読まないか」

「……うん」

それぞれ、白い封筒を取り出した。私は葉子のものを、御舟くんは蘇芳くんのものをゆっくりと開封していく。緊張で、指先が微《かす》かに震える。何でも受け入れよう、そう思っていても葉子の怒りを受け止めるのはやはり怖かった。覚悟して来たんじゃないか、大丈夫だ。そう言い聞かせながら、そっと引き出した。

封筒には、『わたしへ』と書かれていた。葉子は、自分宛てに書いていた。

すっかり私宛てだと思いこんでいたので、驚いた。けれどすぐに、それもそうかと思う。怒りでも憎しみでも、あとから直接渡せばいいだけのことだ。あの時の葉子には当たり前に未来への道が続いていた。負の思いをわざわざ未来に託すことなど、しなくて当然だ。

馬鹿だな私、と小さく笑う。十七年も、この手紙を待っていた。葉子の最期の言葉をまだ受け取ることができると、期待していた。私宛てでないのなら、読まない方がいいのかもしれない。けれど、最期の葉子に触れたくて、そっと封を切った。

月明かりはとてもやわらかく、葉子の字を浮き上がらせた。

『わたしへ。

大人になるって、どんな感じ？　未来のことなんて全然考えつかないし、まだなりたい職業も夢もないので、中学生のわたしはとにかく、未来のわたしが元気に生きていたらそれでいいと思ってる。どんな仕事でもいいので、自分のかせいだお金で好きなように生きていてくれたらサイコーかな。

ただ、とっても知りたいことがある。未来のわたしの隣には、小紅がいてくれてるかな。一緒に大人になれてるかな。それがとても知りたい。未来のわたしは、ちゃんと小紅を大事にできてる？　ちゃんと仲良くできてる？　小紅にワガママ言わずに、小紅のことを考えてあげられてるかな。今のわたしは全然できてないの。ごめんなさいって言いたいけどうまく言えなくて、もしかしたらもうあやまっても遅いかもしれない。小紅に、嫌われたかもしれない。

ねえ、ママのジュエリーボックスの中に、ダイヤの指輪があるでしょ。ニセモノの、でっかいやつ。あのダイヤに光をあてると部屋中がキラキラして楽しかったじゃない。あの遊び、覚えてる？　わたしにとって、小紅はそのダイヤなんだ。小紅がわたしのことを好きって言ってくれるたび、わたしのために何かしてくれるたび、世界がかがやいて見えるんだ。わたしの世界ってこんなにステキなんだなって思えたんだ。だから、もっともっとって甘えちゃった。それに、小紅もきっと同じキラキラを見てくれてると思い込んでたけど、どうもわたしのかんちがいだったみたい。小紅をたくさん、傷つけてたみたい。

これからがんばって小紅と話をしてみるつもり。言いたくなかったけど、でもママのことや百瀬さんのこと、ちゃんと話してみる。今以上に嫌われちゃったらどうしようって思うけど、でも小紅ならきっと分かってくれるって信じる。百瀬さんとのことだって、もうやめるつもりだし（あ、未来ではママと百瀬さんはどうなってるんだろう。別れていて欲しいな）。小紅にケイベツされたままだなんて、嫌だもん。

ああ、未来のことなんて全然考えつかないって言ったけど、でもこの手紙を未来のわたしと小紅が一緒に読んでいるところだけは想像したいな。ふたりで読んで、そんなこともあったよねって笑い合うの。それってすっごくステキ。あと、その傍には蘇芳くんや御舟くんがいてもうれしいな。そうそう、蘇芳くんにも謝らなくちゃ。蘇芳くんも、私にキレイな世界をくれたの。そのお礼も、言わないといけないね。

中学生のわたしはいろいろ大変だけど、がんばるね。未来のわたしも、がんばってね』

ああ、と吐息が漏れた。足元から嵐《あらし》のような震えが起きて、頭の天辺《てっぺん》へ抜けていく。

胸の中に熱い塊のようなものだけが残った。

何だこれは。葉子は私を憎んでなど、いなかったじゃないか。怒ってなど、いなかったじゃないか。真っ直ぐに、私を思ってくれていた。あの子はただ、人の愛し方を知らなかっただけだ。知らなかったから、自分なりの愛し方を通しただけ。今、それが分かった。

あの日、私たちにはまだ仲直りができる未来があったのだ。関係をやり直せるチャンスがあった。あんな残忍な事件さえ起こらなかったらきっと、この手紙に書いていた未来があった。

便箋《びんせん》を抱きしめる。ねえ、葉子。私たちはきっと、これからだったんだね。あれは、私たちが衝突して理解しあっていく、初めての障害だった。相手を理解すること、相手を認めること、自分の思いを伝えること、何もかもが、これからだった。

「御舟くん、私ね……どうしたの？」

心が落ち着くのを待ってから、隣に立っている御舟くんを見上げる。彼は、放心したように手紙を見つめていた。

「御舟くん？　蘇芳くんの手紙は、誰宛だったの」

御舟くんが無言で、手紙を私にくれる。几帳面《きちょうめん》な字で、御舟へ、と書かれていた。

御舟くんの指がある箇所を指す。

『大人になったとき、もし俺がお前から離れていたとしたら、それは御舟のせいじゃないよ。俺のメンタルが弱っちかっただけだから、仕方ないなって笑って許してくれよ。そしてもし一緒にいたとしたら、乗り越えたなって笑って欲しい。

かっこ悪いから理由は言いたくないけど、お前からしたらそんなことでって言うことかもしれないけど、俺は今、とてつもなく悩んで生きてるんだ。今の俺ではどうにもできそうにないから、未来の俺に期待！　ってところかな。まあ、きっと大丈夫だろ。多分、一緒にいるよな』

「ああ、蘇芳くんらしいね」

とても、彼らしい。懐かしい筆跡を指で辿り、それから御舟くんを見上げる。彼は顔を強張らせていて、「おかしい」と言った。

「蘇芳は、俺をとても憎んでいた。俺さえいなければ幸せだったって、そう思っていたんだ。こんな手紙、書くわけがない」

「蘇芳くんが御舟くんを憎むわけないじゃない。蘇芳くんが憎んでいたのは、自分だよ？」

え、と御舟くんが私を見る。泣き出しそうに目を赤くした彼は、私の両肩を摑んだ。

何を言ってるんだ？　蘇芳は俺を憎んでいた。自分と俺を比べてはありもしない差を感じて、あいつさえいなければって思ってた。俺を殺したいくらい、憎んでいただろう！　その迫力に圧されて、だけど間違いだけは正そうと、私は違う違うと首を横に振る。

「御舟くんこそ、何を言ってるの。蘇芳くんは醜い自分の心が許せなくて、そんな自分が憎くて堪《たま》らなかったんだよ。あいつさえいなければって思う自分を、彼は殺したんだよ。蘇芳くんは誰かを呪うような人じゃないって、御舟くんだって知ってるはずでしょう？」

痛いくらいに力が籠《こ》もっていた手が、ふっと軽くなった。そのまま、ずるりと落ちる。御舟くんは力なく、その場にへたり込んだ。

「違う。違うはずだ。だってぎょらんが、そう俺に伝えた……」

指で潰した、葉子のぎょらんを思い出す。確かにあの時私が見たぎょらんはとても禍々しい色をしていた。どす黒くて、憎しみや恨みが詰まっているようにしか思えなかった。だからこそ、潰したのだ。でも、葉子の手紙にはひとつも、私を恨む言葉はなかった。どういうことだろう。ふたつの手紙を見比べて考える。

「ぎょらんって本当に、死者が遺すものなの……？」

ぽつりと呟くと、御舟くんが顔を上げた。私と見つめ合う。

「何を言っているんだ、君は……」

二通の手紙を、御舟くんに渡す。食い入るように読み通す彼を見下ろしながら、私は確信していた。ぎょらんは、死者が遺すものではない。だって、葉子も蘇芳くんも、憎しみや恨みを遺してなどいなかった。手紙を凝視したままの御舟くんの前に屈《かが》みこむ。それに気付いて視線を上げた彼の目は不安そうに揺れていた。

「どうして今になってタイムカプセルが出てくるんだろうって、思ってた。きっと葉子を忘れて生きている私に対する葉子の怒りだと勝手に決めつけてた。でもこの手紙を読んだら、違うって分かる。私には、ちゃんと生きてっていうメッセージに思える。前を向いて、進んでいいんだよ、って」

「だって、そんな……。俺は確かに、蘇芳のぎょらんを」

「ぎょらんの正体は、わからない。わからないけど、断言できるのは、蘇芳くんは御舟くんへの恨みなんて絶対残さない。私ね、彼と別れた時に言ったの」

私が君の中の葉子を全部貰って行くから、葉子のことは忘れて。そうしたら半分楽になれる。そして、御舟くんともう別れたほうがいい。離れたら、もう半分楽になれる。君は昔みたいに、きっと笑えるよ。だから、そうして。

「あいつは、何て……？」

「俺、あいつのこと好きなんだ。ぎりぎりまで、自分の嫌なところを直す努力をしたいよ。そう言って、笑ったんだよ」

雲の切れ間から抜けるような青空が一瞬だけ現れた、そんな気がする笑顔だった。いつかきっと、雲が晴れる。そんな気がしたから私は、頑張ってと背中を押した。うそだ。彼の口が、ゆっくりと動く。うそだ、そんなの、うそだ。私は、嘘じゃないよ、と言う。嘘じゃない。彼は御舟くんのこと、好きだったよ。彼の口が紡《つむ》ぐ言葉を塗り替えるために、何度も繰り返した。

「じゃあ……、じゃあ、俺のみたものは何だったんだよ……」

果てのないやり取りの末に、彼が絞り出すように言う。ぎょらんって一体、なんなんだよ。

その時、無機質な携帯電話の呼び出し音が鳴り響いた。びくりとすれば、それは御舟くんの携帯電話だった。のろのろとポケットから携帯電話を引っ張り出した彼は「妹だ」と言って出なかった。後でかけ直すつもりなのだろう。長く鳴ったのちに切れた電話は、再び鳴り始めた。

「ねえ、緊急なんじゃないの？　でたほうが」

「そう、だな。すまない」

深く息をついて呼吸を整えてから通話ボタンを押す。すぐに「朱鷺！」と叫ぶ声がした。

「お母さんが倒れたの！　頭を強く打ってる。今救急車呼んだから帰って来て！」

私にまで聞こえるくらいの大きな声は、涙声だった。どうしよう、顔色が真っ青なの。

「落ち着け。意識はあるんだな？　嘔吐《おうと》は？　救急車が来るまで、絶対に動かすな」

すっくと立ち上がった御舟くんは、すぐに通話を切った。タクシー会社に電話をしたのか、校門前に一台呼ぶと、私にすまないと頭を下げる。

「母の具合がよくないのですぐに行かなくてはいけない。送りたかったんだが、ごめん」

「会話、聞こえた。ここから歩いてすぐの実家に泊る予定だし、私は大丈夫。それより少しでも早くお母さんと妹さんのところに行って」

それから急いで校門前まで戻る。葉子の手紙を返してもらってから、タクシーの到着を待つ。

「お母さん、御病気？」

「一年ほど前に体調を崩して以来、調子がよくないんだ。命に関わるものじゃないっていうことだったんだけど、どうしたんだろうか」

「貧血で倒れることって、女性は結構あるから。頭は心配だけど、たんこぶですんでるかもしれない」

気休めにしかならないけれど、少しでも気持ちを落ち着けてもらおうと言う。その間にも、妹さんからぽんぽんとメールが届く。救急車が来て、搬送される病院も決まったらしい。お母さんの意識はしっかりとしていて、救急隊員の呼びかけにもはっきりと答えているというメールに、彼は大きく息を吐いた。しかし、タクシーはまだ現れない。広い通りまで出て流しのタクシーを拾った方がいっそ早いのでは、と言おうとしたところで遠くにヘッドライトの灯りが見えた。滑り込むように門の前で停まったタクシーに、御舟くんが乗り込もうとする。しかし彼は一旦《いったん》動きを止め、私を見た。

「調べておく」

「え？」

「ぎょらんとは何なのか。確かに君の言う通りなのかも、しれない。また、連絡する」

御舟くんを乗せた車は、すぐに大通りのほうへ消えて行った。その姿を見送ってから、背にしていた校門を振り返り見る。

『忘れ物を取りに来たと言えばいい』

さっきの御舟くんの言葉が蘇《よみがえ》る。私がここで、なくしたままだったもの。

「歯車、見つけられた気がする……」

ずっと探していたものが、欠けていた部分にかちりと嵌《はま》った、そんな気がしていた。私はようやく、成長できた。

校舎の上には、月がやわらかく光を零している。それを少しだけ眺めてから、実家へ向かって歩き出した。その途中、ふと思い出してバッグの奥底に沈んでいた白い封筒を取り出す。そういえば私は誰に向けて書いたのだったろう。葉子の手紙のことばかり考えていたから、覚えていない。開けてみれば、封筒には葉子へと書いてあった。私は、葉子に書いていたのか。しかし内容が全く思い出せなくて、封を切る。

『また一から、始めよう。私と友達になって下さい』

便箋の真ん中に、たった一行だけ書かれていた。

「はは、私、何考えてるんだろう」

未来の想像ができなさすぎたのか、目の前の問題の方が大きすぎたのか。幼い私の、精一杯の手紙だ。ひとしきり笑っていると、涙が零れた。この手紙を一緒に笑える未来が恋しい。ただ、恋しい。君との未来が、欲しかった。空を見上げる。涙のフィルターがかかった世界は、とてもキラキラして輝いていた。なんて、綺麗なんだろう。

「小紅」

名前を呼ばれた気がして、振り返る。手を取り合って駆けて行く女の子たちが見えた気がした。楽しそうに笑い合う彼女たちに小さく微笑みかける。

「葉子、ありがとう」

もう、私は誤作動を起こすことはない。きっとちゃんと生きていける。それは、あなたが遺してくれた歯車のお蔭。

「蘇芳くんも、御舟くんに歯車をくれたんだよね……？」

ついさっき別れた御舟くんを思い出す。今はお母さんのことで大変だろうけど、落ち着いたときに手紙を読み返して欲しい。中学生の蘇芳くんが御舟くんに遺してくれた思いを、受け取って欲しい。

手紙をバッグに入れて、再び歩き出す。

明日、部屋に帰ったら窓を開け放とう。カーテンも何もかも洗濯して、部屋を磨き上げよう。シンクも、トイレもお風呂《ふろ》もピカピカにして、もう一度最初からやり直してみよう。

きっと、大丈夫。私はもう、歯車を持っている。

珠《たま》の向こう側

母が泣いているのを、見たことがない。

全くないわけじゃない。ピーラーで左親指の肉をこそげてしまったときや、子どもや動物が健気《けなげ》に生きていくドキュメンタリーを見たときなんかは盛大に泣く。声を上げて泣く。私が言いたいのはそういうことじゃなくて、母が己のために泣いているのを、見たことがないのだ。

今回も、そうだ。癌《がん》が全身に転移して、原発巣《げんぱつそう》も分からなくなってしまっていると告知を受けたのにもかかわらず、母は「そうですか」と少し哀《かな》しそうに言っただけだった。

「それで、今後はどうすればいいんでしょう。治療方針の話をしていただけますか」

隣で聞いていた私は、ただただ呆然《ぼうぜん》としていた。母が急に倒れたのが先月のこと。働き過ぎの、過労なんじゃないの。少しは仕事を控えてよね、そんな会話をしていたのに、こんな大病が隠れていたなんて簡単には信じられない。嘘《うそ》。まさか。同じような言葉を繰り返すしかできない頭で、どうにか医師の説明を理解しようとしていると、ふいに涙が湧《わ》いた。頭よりも体の方が先に事実を認めて反応したのかもしれない。一旦《いったん》流れ始めると、堰《せき》を切ったように涙が溢《あふ》れる。拭《ぬぐ》う余裕もなく、ぼたぼたと雫《しずく》を落とす私の横で、母は淡々と話を進めていく。

「治療は、できるものなんですか。ははあ、緩和ケア……聞いたことがありますね」

手帳なんか取り出して、メモを取る。ペン先は全くぶれていなかった。

「あーあ、タイミング悪い。ようやく、支店長の座までのぼり詰めたところだったのよ。これからわたしの時代が来るはずだったのに、入院かあ。ていうか、退院できるのかしら」

診察後、待合室で母は心底悔しそうに言い、泣きじゃくっている私の背中を優しく叩《たた》いた。

「いい加減泣き止《や》みなさいよ。たった今死ぬわけじゃないんだからさ。それに、親が先に死ぬのは自然の摂理でしょうよ」

私を気遣うように言い、にっと口角を持ち上げる。どうして笑えるのだろう。さっき自ら、半年という命の目安を聞いたというのに。

「どうして狼狽《うろた》えないのよ。お母さん、まだ五十七なんだよ？」

「別に、早すぎるってことはないわよ。お父さんなんか三十六で死んじゃったしさ」

父は、私が六歳の時に死んだ。もともと病弱だった父はその年大流行したインフルエンザに罹患《りかん》し、瞬《また》く間に悪化して命を落としたのだ。あまりの早さに、心の準備も何もなかった。一週間前にはぬれ縁に並んで座り、肉まんを頬張りながら庭先の寒《かん》椿《つばき》を眺めた。その時膨らんでいた蕾《つぼみ》がまだほどけてもいないうちに、父の命はぽとりと落ちた。

「お父さんも早くに逝《い》って、続いてお母さんもだなんて、はいそうですかって納得できるわけないじゃない！　お母さんがいなくなったら、私には朱鷺《とき》しかいなくなっちゃうんだよ？」

「あら、いいじゃない。朱鷺は、最近顔つきも変わってきていい感じだし、安心だわ」

十年以上ニートをしていた兄の朱鷺が葬儀社で働きだして、一年半ほどになる。頼りなくて不潔で、世間から大きく逸脱した位置に長くいた朱鷺がきちんと社会復帰できるのかはなはだ疑問ではあったけれど、意外にも真面目《まじめ》に働き続けている。高校時代はイケメンだ王子だと、わりとモテていたけど、その名残が垣間見《かいまみ》えるようになってきた。それでも信頼には程遠いし、何より朱鷺がしっかりしたからって母がいなくなっていい、なんてことでもない。

「安心なんてほど遠いよ。それに、お母さんがいてくれないとどうなるか分かんない。あいつ、まだおかしいし」

吐き捨てるように言った。

朱鷺がニートになった理由は、親友の死に触れ、彼が作り出した『ぎょらん』を口にしたからだと以前本人から聞いた。

しかし死者の最期《さいご》の思いを知れるなんて、そんな都合のいいものが、この世に存在するわけがない。そんなものがあれば未解決の殺人事件なんて存在しないはずだし、死んだ人が自分のことをどう思っていたのか永遠に苦しまなくってもいい。所詮《しょせん》、漫画の中だけのアイテムだ。

だけど朱鷺はその『ぎょらん』に十年以上も苦しめられたと言う。今も、社会復帰こそしたけれど、自室に戻れば相変わらずパソコンに張り付いて『ぎょらん』について調べている。最近では『ぎょらん』を作り出しているのは誰なのか、ということを検証していると言っていた。死んだ人が作るって言ってたじゃん、と突っ込んだら中学時代の同級生の手紙がどうとか唾《つば》を飛ばして（相変わらずこういうところが不潔なのだ）説明を始めたけれど、そんなの正直どうでもいい。朱鷺はいつまで、もしかして死ぬまで、『ぎょらん』だかに拘《こだわ》って生きていくのだろうか。とっくの昔に死んだ人間の、死んだ理由に苦しんで、自分の生を終えるのだろうか。それは、果たしていいことなのだろうか。

「あー、お腹空《なかす》いた。ねえ華子、ごはん食べに行こう」

母の声にはっとして、目尻《めじり》に残っていたままだった涙を拭う。「最近はずっと、食欲不振だって言ってたくせに？」と訊《き》いたら、母は笑いながら頷《うなず》く。

「不調の原因が分かったからかしら。お腹いっぱい食べたい気分。焼肉と中華、どっちにしよう。華子はどっちがいい？」

私の顔を覗《のぞ》きこんでくる顔を、まじまじと見つめる。目尻の皺《しわ》が増え、深くなっている。目の下の隈《くま》は濃くなり、チークで血色を誤魔化している頬はいつのまにかこけていた。数日前まで健康で溌剌《はつらつ》とした母だったはずなのに、今になってみれば、どうして気が付かなかったのだろうと歯がゆくなるほど、やつれていた。この顔つきは、五十代のそれじゃないじゃないか。

「お母さんの、好きな方でいいよ」

思わず、声が震えた。私は何を見ていたのだろう。母は永遠に老いず、死なないとでも思っていたのだろうか。こんなにもはっきりと老いが忍び寄り、病に蝕《むしば》まれているというのに。

「じゃあ中華にしようかな。近くに美味《おい》しい店があるのよ。小籠包《ショウロンポウ》が、最高」

母が先を歩き出す。その背中を見ながら、再び泣き出しそうになった。私より先を急《せ》くように行くこの背中は、見覚えがある。あれは小学校のころ、父が死んだあとのことだ。女手一つで子供二人を育てることになった母は、それまでパート勤務だった広告代理店の仕事を正社員に切り替えてもらった。必然的に帰りは遅くなり、私たち兄妹《きょうだい》は、放課後は児童館に預けられた。お迎えはいつも、一番最後。日が落ちて真っ暗になった中を、スーツ姿の母が駆け込んでくる。慌《あわ》ただしく職員に挨拶《あいさつ》をして、『さあ帰るわよ！』とさっさと出て行く。お母さん、待って。置いて行かれるんじゃないかと私はいつも走って追いかけていた。もちろん、置いて行かれたなんてことは一度もなくて、母は私に気が付くと慌てて足を緩めてくれた。私の手を握り、『ごめんごめん』と笑う。

『あんたたちに早く夕飯食べさせてあげようと思って、焦《あせ》っちゃってた。さ、帰ろう』

母は私を置いて行くことはない。それは、当たり前のことだった。私が大きくなってもきっと、ずっとあるものだと思っていたのに。

『ほら、あんたも。手、繋《つな》ごう』

私の手を握った母は空いている方の手を差し出す。それを両手でぎゅっと摑《つか》むのは、朱鷺だった。母の体越しに見る朱鷺はいつも、唇を歪《ゆが》めて泣きだしそうだった。

幼いころの朱鷺は、甘えん坊だった。何かあればすぐに両親の腕の中に飛び込み、心が落ち着くまで何度も背を撫《な》でてもらっていた。父が亡《な》くなったときは母から片時も離れず、少しでも姿が見えなくなろうものならひきつけを起こすんじゃないかという勢いで泣き喚《わめ》いた。初七日《しょなのか》が過ぎるころまで、トイレの中までくっついていたはずだ。

朱鷺は、母の命があと僅《わず》かだと知ればどうするだろう。足を止めて、考える。友人の死に十年以上も苦しんだ朱鷺が、母を喪《うしな》うと知ったらどうなるだろう。考えるのも怖くて、足が止まる。

何してんのよと母が振り返り、訝《いぶか》しげな声を上げる。早く行くわよ。再び、私に向けた背はひと回り小さく見えた。大声で泣き出しそうになるのを堪《こら》えて、のろりと頷いた。

＊

七瀬さんと知り合ったのは、たまたまだった。彼女の想《おも》い人が、母の隣の病室にいたのだ。彼もまた母と同じ末期の癌を患《わずら》っていて、癌治療と緩和ケアを並行して行っているそうだ。見舞いにやって来る彼女をしょっちゅう見かけていて、家族用の談話室で一緒になったことをきっかけに話をするようになった。置かれている状況が似ていることと、年が近いこともあって、すぐに意気投合した。今では長年の親友のようになんでも話しあっている。

「今日は面会謝絶だって言われちゃった。熱が高いみたい……」

七瀬さんは談話室でお茶を飲んでいた私を見るなり、顔をくしゃりと歪めて俯《うつむ》いた。右手には果物やゼリーの詰まった袋、左手には彼が読みたいと言っていたという話題の小説が入った紙袋が下げられていた。

「インフルエンザが流行《はや》りだしたから、院内感染とかじゃないといいんだけど。免疫《めんえき》も落ちてるし、心配で」

七瀬さんはあまりにも足繁《あししげ》くやって来るので、病床のひとは夫か恋人なのだろうと思っていたけれど、ただの先輩後輩の関係らしい。『那須《なす》さんは、私の気持ちには多分気付いてると思うけど』と七瀬さんは教えてくれた。そりゃあそうだろう、単なる後輩が、ここまでかいがいしく世話を焼いてくれるはずがない。

そう遠くない未来に、七瀬さんは彼と別れることになる。その時に後悔しないためにも、告白した方がいいんじゃないかと私が言うと、彼女は化粧っ気のない可愛《かわい》らしい顔を曇らせた。

『那須さん、バツイチなの。十二年くらい前に別れてから音信不通で、今はどこにいるのかも分かんないんだって。でも彼は、別れた奥さんと娘さんのことを今でも忘れられないみたいで』

だから、私の告白なんて彼には迷惑にしかならないの、と七瀬さんは罪を告白するようにそっと密《ひそ》やかに言った。

仲良くなったとはいえ、私には七瀬さんの気持ちが分からない。私なら、奥さんがいても子どもがいても好きな人を自分のものにしたいし、そのチャンスがあれば逃さない。こんな時に会いにも来ない元妻や娘なんかより私の方が絶対あなたを幸せにしてあげられるから、私を見て。きっと、そう言って迫るだろう。遠慮して、後悔するなんて愚かじゃないか。彼女からそのことを聞いたとき、彼の気持ちを考えて黙って世話を続ける彼女をいじらしいと思う反面、多少の苛立《いらだ》ちを覚えた。

だから今も、「想いを告げなきゃだめなんだってば」という言葉をどうにか飲み込んだ。この病院は、身内ならば僅かな時間だが入室を許可してくれるのだ。面会謝絶を言い渡されるのは、単なる見舞客だけ。那須さんと恋人という関係になれば、顔を見ることくらいは許されるだろうに。しかし、力なく肩を落としている彼女にそんなことが言えようはずもない。

「うちの母親もこの間熱が出たけど、二日で下がったの。今は調子がいいから、那須さんもきっと大丈夫だよ」

気休めにしかならない、そう分かっていて言う。母の病を知ってから、蜘蛛《くも》の糸ほどの儚《はかな》さであってもそれが希望に繋がっているのなら、縋《すが》りついてきた。宗教に嵌《はま》る人間を愚かだと思ってきたけれど、母の体に巣食う病巣をすべて取り払ってやると言われたら入信でも何でもする。七瀬さんも、私の言葉に微《かす》かに笑みをみせた。

「そうだよね、大丈夫だよね」

「大丈夫、大丈夫。ちょっとしたらまた面会できるって」

「ありがとう。あ、御舟さんはどう？　あれから、来た？」

七瀬さんの問いに、首を横に振る。

「来ないよ、きっと。あいつ、クズだもん」

母の病気を知った朱鷺は、逃げた。再び、部屋に引きこもってしまったのだ。せっかく続いていた会社も、母の病気を理由に休職した。入院した今も、一度も見舞いに来ない。何度も声をかけて、一緒に病院に行こうと頼んだけれど、返事もしない。パソコンのディスプレイに食いつくように張り付き、『ぎょらん』のことばかりを調べている。

朱鷺は十年以上、『ぎょらん』によって人生を棒に振った。ニートになった朱鷺の生活をずっと支えて来たのは、母だ。その母が死に向かっているというのに、どうして尚《なお》『ぎょらん』に拘るのだ。そんなものどうでもいいと放り捨てて、母のそばにいてくれたらいいのに。このままじゃ、母の苦労が報われない。

「クズだなんて、そんなことはないよ。優しいんだよ、彼は」

七瀬さんが朱鷺のことを知っていたのも、偶然だった。『朱鷺っていう馬鹿《ばか》兄がいて』と愚痴を零《こぼ》したら、『もしかしたら知ってるかも。御舟朱鷺さん、だよね？』と彼女が言ったのだ。ふたりは、仕事で顔を合わせることが何度かあったらしい。

「あいつは優しいんじゃない。弱いんだよ。ひとの『死』に対して弱すぎる」

首を横に振って、断言する。朱鷺は、弱い。遥《はる》か昔から、この世に生まれ落ちたその時から、『死』は生きているものの横に存在しているのに、『死』の持つ強さに中《あ》てられ過ぎる。

哀しくないわけがない、怖くないわけがない。みんな同じなのに、それを乗り越えて生きていくのに、どうして自分だけ逃げようと思うの。逃げられると思うの。

何度も朱鷺の部屋の前で叫んだけど、朱鷺は応《こた》えてくれない。耳を澄ましても、キーボードをたたく音しか、返って来ない。

「このままじゃ、きっと後悔する。朱鷺も、お母さんも」

分かっているのに、どうしようもできない。こうしている間にも母の命はゆっくり削られていて、一緒にいられる時間も目減りしている。いつ尽きるかも分からないのに、朱鷺はどうしてあんなに、不甲斐《ふがい》ないのだろう。ひとり堪えていた愚痴を一日吐き出してしまうと感情のセーブができなくなって、涙が数粒ぽろんぽろんと転がり落ちた。

「きっと、御舟さんも分かってると思う。このまま、なんてことはないと思うよ」

七瀬さんが背中をそっと撫でてくれる。優しい手がゆっくりと往復して、少しだけ心が穏やかになる。

逆に慰められちゃって、情けないね。小さく言って、涙を拭う。ぎこちなく笑いかけると、そんなことないよとやわらかな微笑《ほほえ》みが返って来た。

「さ、私は今日のところは帰ろうかな。そうだ、よかったらこれ、お母様と一緒に食べて。那須さんには渡すこともできないし、持って帰るのもなんだし」

そう言って、ビニール袋を私に手渡してくる。遠慮しても、「いいからいいから」と言って彼女は帰って行った。袋の中を覗くと、のど越しの良さそうな食べ物がたくさん入っていた。高栄養の強化ミルクまで入っている。食欲が落ちて何も欲しがろうとしない母も、これなら口にしてくれるかもしれない。

気を使わせちゃったな、と反省する。つい感情が高ぶって泣いてしまった。彼女だって、泣きだしたいくらい辛《つら》い状況なのに。それから、そういえば七瀬さんが泣いているのを見たことがないなと思い至る。彼の病状について話すときも、好きになった思い出話をするときも、困ったように眉尻《まゆじり》を下げるばかりで涙を見せたことがなかった。

彼女は、朱鷺と真逆の強いひとなのかもしれないと思う。グループホームに長く勤めていると聞いた。入居者の死に関わることも多い、と。そんな経験が彼女を強くしたのだろうか。

いや、それなら朱鷺ももう少し強くなってるか。何しろ葬儀社で働いているのだ。

免疫のひとつでもつくかと思ったのに、あいつは何にも変わっていない。

ため息を一つついて、母のいる病室に戻った。

＊

母が、臭くなった。小まめに体を清拭《せいしき》し、歯磨きだって欠かさないようにしているのに、全身から、呼吸から、奇妙な臭《にお》いがするようになった。飲んでいる薬の副作用なのか、病が何かを破壊したからなのか、分からない。どこか腐ったような嫌な臭いが、本来の母の香りに微かに混じっているのだ。

「お母さん、今日は苺《いちご》を買って来たよ。試食したらすっごく甘くてさ」

香りのよいものをもってくれば、臭いは消えるかもしれない。そんな淡い期待を抱いて、甘酸《あまず》っぱい苺をたくさん買ってきた。しかし臭いは鼻腔《びこう》のどこかに張り付いたかのように消えない。意識しているせいか、強くなったような気さえした。失望を隠すようにして、笑顔を作る。

ベッドの上で微睡《まどろ》んでいた母は、私の顔と苺を見比べて曖昧《あいまい》に微笑んだ。その笑顔が、痛々しい。ふっくら美肌が自慢だったのに、脂《あぶら》を失ってかさつき、土気色を帯びている。唇はリップクリームをこまめに塗っているのにひび割れて皮が捲《めく》れていた。パジャマの袖《そで》から出た手は骨がやけに目立ち、甲は度重なる点滴のせいで青黒い痣《あざ》が広がっている。

少しでも治る可能性があるのなら。そう願って、緩和ケアのみにせずに癌治療もしてくれと母に頼んだ。もしかしたら劇的に抗癌剤が効くかもしれない。お母さん、できることをして、お願いだから。母は素直に頷いてくれたけれど、それは正解だったのだろうかと思ってしまう。薬に支配されて苦しむ日々よりも、自分らしさを残して穏やかに暮らす方が母のためだったのではないだろうか。でも、言えない。だって、どうしてでも可能性を手放して欲しくない。

「大きな苺ね。小さく、切ってくれる？　一粒でいいわ」

張りがあって涼やかな声は、だいぶ前に失われた。外に吹く木枯らしよりも細く頼りない。

母は日を追うにつれて、命の火を小さくしている。寿命を蠟燭《ろうそく》にたとえたりするけれど、ならば母のそれはもう殆《ほとん》ど残っていない。溶けて垂れ広がった蠟の上に儚く残り揺れている、そんな程度ではないだろうか。きっと、誰かのため息ひとつであっさりと消えてしまう。

持って来ていたカッティングボードで苺を刻む。喉《のど》を通りやすいように、なるべく細かく。小皿にそれを入れて、母の傍に行く。ほぼペースト状になった苺を見て母は小さく笑った。

「離乳食みたい。年を取ると、赤ん坊に戻るのかしら」

「年を取るにしても、早すぎだって何度も言ってるでしょ」

スプーンで、母の口に苺を運ぶ。ゆっくりと嚥下《えんげ》した母は「嬉《うれ》しい」と言う。

「華子も、もうわたしを介護するような大人になったのねえ。お父さんに、自慢しなくちゃ。約束通りちゃんと育て上げたわよ、って」

「何、言ってんの。まだ、育ってない奴《やつ》がいるじゃん」

声が潤《うる》みそうになる。こんなことで、喜んでどうするの。もっともっと、望んでよ。

苺、美味しいわよ。母が口を薄く開けたので、スプーンを運ぶ。母は味わうようにしながら、朱鷺のことならきっと大丈夫よ、と言った。

「見舞いにも来ない馬鹿なんだよ、あいつは。どこが大丈夫なの」

「あの子は、間違いを繰り返さないから。時間が掛かるかもしれないけど、大丈夫」

母は、朱鷺に甘すぎる。間違い続けた結果が、この十年だったんじゃないのか。十年も時間をかけてたら、充分だ。黙っていると、「とは言っても、ごめんね」と母が頭を下げる。

「朱鷺ができない分、華子にたくさんの負担をかけてる。ひとりで何もかもするのは大変よね。華子のことを考えると、申し訳ないって思う」

父方も母方も、祖父母はみんな鬼籍に入っている。頼れる親戚《しんせき》も、近辺にはいない。結果、母の世話の全《すべ》ては私にかかった。しかし、そんなことは大した問題じゃない。幼子ふたりをひとりで育てる苦労に比べたら、どれだけ軽いことだろう。

「負担なんてないよ。有給がたんまり残ってたから、使いたい放題だしね」

親戚が多いのは、意見が割れたりトラブルを持ちこまれたりと、善いことばかりではないと人から聞いた。余計な口出しをしてくる人もいると聞く。こんな時にいらないストレスを抱えるなんて御免こうむる。それに、母の退職金もあるし癌保険も加入していたし、金銭的な問題もない。

「朱鷺が手伝ってくれたとしても、大して役に立たないと思う。あいつ、ずっと世話焼いてもらう側で世話をした経験ないもん」

けらけらと笑い飛ばしてやると、母も笑った。

そのあと、母がまた瞼《まぶた》を重たそうに降ろしたので、病室を出た。隣の部屋を見ると、面会謝絶の札が消えている。どうやら、那須さんの容体は落ち着いたようだ。

苺は、先日のお礼にと那須さんの分も買っていた。七瀬さんに会えないかな、と思いながら談話室へ向かおうとする。すると、ちょうどよいタイミングで那須さんの病室の引き戸が開いた。ふらりと出て来たのはやはり七瀬さんで、声を掛けようとした私だったけれど、しかし足が止まった。私と目が合った七瀬さんは、泣いていたのだ。泣かないと思っていた人の目から、ぼろぼろと涙が零れ落ちている。

まさか……、と漏らした声が掠《かす》れ、足先から震えが起きる。ここでは、最悪の想像が当たり前に起こる。もしかして、と思わずにいられない。涙を拭った七瀬さんは、私に無理に笑いかけようとして、できなかった。ドアをゆっくり閉じると同時に、私にしがみ付いてきた。

「華子ちゃ……私」

どうしたら、いいんだろう。七瀬さんは全身を震わせ、声を殺して泣いた。きっと、那須さんに気付かれたくないのだろう。慌てて、母の病室に引き入れた。

母は、眠りに落ちたらしい。掛布団《かけぶとん》が規則的に上下している。七瀬さんに椅子《いす》を勧めて、箱ティッシュを渡した。彼女と向かい合うようにして座る。

奥さんと、娘さんに会いたいんだって。落ち着くのを待っていると、七瀬さんがぽつりと言った。

「さっき、寝起きの彼が私に気付いて嬉しそうに笑ったの。それから、ああ、来てくれたんだね、って言った。優しい声で、そんなの初めてで、私はそれだけで泣きだしそうに幸せだった。でも、彼が続けたの。もう一度会いたかったんだよ、真樹《まき》。美里《みさと》はどこだい、って」

七瀬さんの名前は、諒子《りょうこ》だ。

目を真っ赤にした彼女は、唇を震わせる。何度も躊躇《ためら》うようにして、続ける。

「分かってるんだよ。元奥さんは、彼がずっと想ってきた女性《ひと》だもの、そりゃあ、会いたいだろうなって分かってる。でも、真樹、って名前を聞いたときね、こんなに持ってたのかと怖くなるくらい醜い感情が溢れてきて愕然《がくぜん》とした」

耐えきれなくなったのだろう、七瀬さんは両手で顔を覆《おお》って、再び静かに泣き始めた。細い肩が小刻みに震えている。

「私はずっと傍にいるのに、こんなにも頑張っているのに。なのに、こんな大変な時に何も知らずにのうのうとしている人たちのことの方が大事なんだ。私じゃなくて、何ひとつしない人たちのほうが愛されるなんておかしい。私のことを全然考えてくれてないなんて優しくない。那須さんが、憎くなった。見知らぬ奥さんたちが、憎くなった。ねえ華子ちゃん、私、最低でしょう？　那須さんの気持ちを考えたら、『連絡しましょうか』って言わなきゃいけなかった。私がお願いしてみますよ、って。だってすごく会いたがってる。多分、これが彼の最後の願いなの。だから叶《かな》えてあげたいのに、私なら叶えてあげられるのに、私は自分の憎しみで言えなかった。気付いたら、彼の前から逃げ出してた」

しゃくりあげる彼女を前に、反省する。ああ、私は気付いてなかったんだ。七瀬さんは、強いわけじゃない。ただ、頑張っていたんだ。那須さんのためにできることをしようと、必死で強くなろうとしていただけだったんだ。

「言えないと思うよ。七瀬さんは最低なんかじゃないよ」

手を伸ばして、向かい側にいる彼女の肩に触れた。何度も撫で擦《さす》る。無償の奉仕はうつくしく正しいのだろうけど、そんなもの理想だ。無意識に見返りを期待してしまうのは当然だ。愛されるとは思っていなくても、でも心の中の大事なところにいるんじゃないか、そんな風に期待するのはいけないことじゃない。

「七瀬さんのことだから、那須さんの前では泣いてないんでしょう。憎いなんて思っても、言わなかったんでしょう。それでじゅうぶん、えらいじゃん。頑張ったね」

七瀬さんが乱暴に、首を横に振る。そうして、手のひらの中で言う。私、きっと後悔する。このことを、後悔すると思う。でも、動けない。しなきゃいけないことが分かってるのに、動けないの。もう、時間がないのに。

以前、那須さんに別れた妻子がいるという話を聞いたときに、七瀬さんはぽつりと言った。

『どうして別れたのかとか、どんな女性だったのかとか、いつか訊けるようになると思ってた。那須さんが忘れられないというのならそれさえも含めて好きでいられる、そう言える自分になりたかった。でも、そんな風になるために必要な時間が、私には残されてないみたい』

あの時も、私は言葉を失った。好きな人に寄り添いたい。願いはそれだけなのに、叶わない。時間という救いが、絶対的に少なすぎる。

黙って、七瀬さんの肩を撫で続けた。そうしながら、考える。私たちは今、自分ではどうしようもない流れにのって別れへと運ばれている。堰き止めることも緩めることもできない流れの先で、どれほどのことができるだろう。全て終わった後、ひとつも後悔せずに振り返ることが果たしてできるだろうか。

母の身じろぎする気配を感じて背後を窺《うかが》う。起きた様子はなく、眠りが深いことにほっとして、それからさっきの母の言葉をふと思い出す。

『約束通りちゃんと育て上げたわよ』

父は文字通り、あっと言う間に死んだ。自宅で意識を失って救急車で搬送されてから二日間、目を覚ますことなく命を落とした。父が死んだと言われて、そんなにあっさり人が死ぬわけがないと信じなかったのを、はっきり覚えている。だってあまりにも、急だった。

そんな父と、母はいつ約束を交わしたのだろう。病弱であったとはいえ、父は命に関わるような病を患っていたわけではない。まさか、自分が早くに死ぬとは思っていなかったはずだ。

「ごめんなさい。これから仕事だから、行くね」

七瀬さんの声に我に返る。大丈夫なの、と訊くと彼女は弱々しくも頷いた。

「介護職は人材不足で大変なの。那須さんも、自分が抜けた後のことを今も気にしてる。那須さんに心配を掛けないためにも、行かなくちゃ」

涙を拭い、普段は乗せないファンデを叩き込んで七瀬さんは笑った。涙の痕《あと》を消した彼女の笑顔はいつものようでいて、哀しかった。

自宅に帰り、真《ま》っ直《す》ぐに朱鷺の部屋に向かった。ドアを乱暴に叩いて開けてと言うも、返事はない。いつものことだ。今度は足で蹴《け》りつける。

「開けて。ドアぶち破って、そのパソコンに水ぶっかけられたくないんだったら、今すぐ」

少しの間があって、ドアが僅かな隙間《すきま》だけ開く。そこから半分だけ顔を見せた朱鷺が暗い瞳《ひとみ》で私を捉《とら》えた。濁った眼に、私が映っている。

「お母さんが、意識不明になった」

目が、見開かれた。ドアを力任せに開けて、立ち尽くした朱鷺の胸元を殴りつける。

「食べたもの一気に吐き戻したと思ったら、そこから意識なくなった！」

最初、血を吐いたのかと思った。苦しそうに噎《む》せた母が、嫌な音を立てて赤いものを吐いた瞬間、母の死を覚悟した。腰を抜かしかけながらナースコールをし、漂う甘い香りに気付いた。ああ、これはさっきの苺じゃないか、なんだ、苺。近くのナースステーションからひとが駆けてくる気配を感じながら、おかしくもないのに笑いが込み上げてきた。引き攣《つ》れるような笑いはすぐに嗚咽《おえつ》へと変わる。何の涙か分からないものを垂れ流しながら思った。私はこれから二度と、苺を口にすることはできないだろう。

「ねえ、お母さんこのまま死んじゃうかもしれない！　あんた、いいの？　お母さんに迷惑かけたまんま、心配かけたまんま死なせていいの⁉」

何度も、朱鷺の胸を叩く。

「あんたが、お母さんの寿命縮めたんだ。あんたが苦労ばっかかけて、心配ばっかかけて、だからお母さん病気になったんだよ。謝ってよ、お母さんに謝って！」

朱鷺は、呆然と立ち尽くしたまま私の拳《こぶし》を受け止めていた。えんじ色のジャージの向こうに、煌々《こうこう》と光るディスプレイがみえる。どうせ、『ぎょらん』の何かだ。

「すま、ない……」

「謝るなら、お母さんに謝って！　土下座でも何でもして、ちゃんと謝って。これじゃ、お母さんが可哀相《かわいそう》だ」

何度、叩いただろう。ふっと足の力が抜けてその場にへたり込んだ。肩で息をする私の前で、朱鷺は立ち尽くしていた。

遠慮がちなクラクションの音がして、玄関前にタクシーを待たせていることを思いだした。のろりと立ち上がり、玄関へ向かう。背中に、どこへ行く、と声がかかる。

「ちょっと考えれば分かるでしょ。お母さんのところに戻るの。あんたに何度も電話したけど、携帯の電源切ってるから仕方なく家に戻って来ただけ」

「俺も行く」

慌てて、朱鷺がついてくる。並んでタクシーに乗り込むと、朱鷺のあの臭いがした。

ずっと放置された、古くなった脂の臭い。こいつが、何年も纏《まと》ってきた臭い。こんなに臭いのに、不快になるのに、こいつは死なない。一所懸命生きようとして叶わない母の臭いと、似ているのに違う。横目で見て、「臭うんだよ」と吐き捨てた。朱鷺は下を向いて、「すまない」と小さく言った。それからは、会話はなかった。

たくさんの管に繋がれた母は、もはや生死の区別がつかなかった。酸素マスクの下で力なく開いた唇の端に、嘔吐《おうと》の名残が残っている。こわごわと母の顔を覗き込んだ朱鷺が「血が！」と小さく叫んだ。すかさず頰を打つ。

「それ、苺」

ああ、と全身で息をついて、朱鷺が母の傍にあった椅子に座る。少しの間母の顔を眺めていた朱鷺が、「母さん」と呼ぶ。もちろん、返事が返ってくるわけがない。それでも朱鷺は「母さん」ともう一度呼んだ。耐えきれなくなったのか、ぼろぼろと涙を零し始める。両手で顔を覆おうとするのを、「ちゃんと見なさいよ」と手首を摑んで止めた。

「目《ま》の当たりにして、ショックを受けるのは結構。でもね、あんたが苦しめてきたお母さんの姿から、目を逸《そ》らさないで。その濁った眼にしっかりと焼きつけて。あんたが、お母さんをこんな風にしたんだ」

私を見る朱鷺の瞳が歪む。戦慄《わなな》く唇から「すまない」と漏れる。

「すまないすまないってそればっかり。謝れば許されると思ってんの？　あんたの安い謝罪なんかで、お母さんが助かるの？」

朱鷺がぐっと唇を嚙《か》む。少しの間があってゆっくりと口を開きかけたところで、ドアが開いた。顔見知りになった看護師が遠慮がちに顔を覗かせる。

「もう面会時間を過ぎてるの。上の階の家族室が空いてるから、そこを使ってくれていいけど」

「じゃあ、そうします」

朱鷺の返答を待たずに答えた。摑んでいた手首を、汚物を放るように手放す。それから、母の顔を覗き込んだ。生気のない顔に、頑張ってと祈る。お願いだから、起きて。朱鷺はそんな私の横で俯いていた。

一睡もできぬまま、朝を迎えた。

病院で過ごす夜は、嫌いだ。二度ほど救急車のサイレンの音がして、その度に心臓がぎゅっと摑まれるように痛んだ。母の最初の異変、自宅で痛みを訴えて倒れた晩のことがまざまざと思いだされるのだ。時間を、あの晩よりもっと過去に戻すことができたらいいのに。

「まずい」

談話室でおにぎりを齧《かじ》って、顔を顰《しか》めた。何か食べておかないと、ご家族も倒れてしまいますよと看護師に言われて、食欲もないのにコンビニで買ってきた。砂を噛むとはこういうことかとぼんやりと思いながら、ただ口を動かす。まずいうえに喉も通っていかなくて、半分ほど食べたところでビニール袋に戻した。口の中のものは自販機の紙カップのコーヒーでどうにか嚥下する。

口の中の構造が、全く変わってしまったような気がする。そういえば、母も健啖家《けんたんか》だったくせにいつからか食が細くなった。病のせいで食べられなくなっていたのだろうと、今なら思う。

「お母さんっていつから具合が悪かったんだろう」

コーヒーを啜《すす》りながら独りごちるように言う。パイプ椅子の上で体育座りをしていた朱鷺が首を横に振る気配がした。

病の告知をした医師の話では、一年以上前から体調が優れなかったはずだという。耐えようのない痛みもあっただろう、とも。だけど母からはそんな様子は一切感じられなかった。ずっと一緒に住んでいたのに、どうして一言相談してくれなかったのだろう。

「きっと、あんたが頼りないからだ。だから、言えなかったんだ」

返ってくるのは、お決まりの「すまない」。舌打ちをして、コーヒーを啜る。

「ねえ、あんたどうして引きこもりに戻ったのよ」

「戻ったわけじゃない。調べていたんだ。『ぎょらん』について」

両膝《りょうひざ》の間に、朱鷺が顔を埋《うず》める。

「母さんには、ずっと迷惑をかけた。お前の言う通り、俺がいらない苦労を掛けたせいで、こんなことになったんだろう。だから、母さんにちゃんと説明したかったんだ。俺がどんなものに苦しんでいて、それはどんな正体だったのかを。先日、同級生の話をしただろう？　彼女の一言のお蔭《かげ》で何か摑めそうな気がしているんだけど、でもまだ――」

談話室に、パイプ椅子がいくつも倒れる大きな音が響いた。私が、朱鷺を殴って椅子ごと吹っ飛ばしたのだ。引きこもりの薄っぺらい体は簡単に飛び、他の椅子にぶつかって転がった。

「もう、いい加減にしてよ！」

何が起こったのか分からない、というような間抜けな顔に向かって叫んだ。

「いつになったらその『ぎょらん』から目が覚めるの？　こんなにもお母さんを苦しめて、人生を棒に振っているのに、まだやめないの？　あんたはただの、くだらない幻みたいなものに振り回されただけ。死体を見た驚きで混乱して、ありもしないものを見ただけ。それを認めたくないだけでしょう⁉」

朱鷺の鼻からだらだらと血が流れる。私の目からは、悔し涙が流れていた。どうして、こんな時までこいつは馬鹿なことを言うんだ。もっと大切なものがあるのに、そんなものに拘らなくちゃいけないのはどうして。情けなくて、悔しくて、涙が止まらない。

「いっそ、あんたが死ねばよかったんだ！」

近くにあったパイプ椅子を持ち上げて、投げつけようとする。鼻を押さえていた朱鷺が目を見開く。その顔めがけて椅子を放とうとした私を、誰かが後ろから羽交い絞めにして止めた。

「誰よ！　止めないでよ！」

「やめて！　華子ちゃん、だめ！」

必死な声は、七瀬さんだった。

「こんなところで何してるの、だめだよ。だめ。ねえ、それ、とりあえず降ろそう」

いつもはやわらかな声を張り上げて、彼女は私の手から椅子を取り上げる。無理やり手近な椅子に座らされて、彼女は私の手にハンカチを握らせた。それから朱鷺の方へ駆け寄った。ポケットティッシュを朱鷺に渡し、「大丈夫ですか」と顔を覗き込む。

「すみませんすみません。あ、あれ、七瀬さん？　これはお騒がせしました。すみません」

「とりあえずこれを鼻に。ああ、すごい血」

もたもたとティッシュを丸めている血まみれの朱鷺の顔を、七瀬さんはウェットティッシュで拭いはじめる。そんな奴の世話なんてしなくていいのに。

「やめてよ、七瀬さん。そんな馬鹿、出血多量で死ねばいいんだ」

ハンカチに顔を埋める。七瀬さんの優しい香りがして、それはどこか母の匂《にお》いに似ていた。懐《なつ》かしい匂いの中で、「死ねばいい」と叫び続けた。

「どうしたの、華子ちゃん。そんなことばかり言って」

七瀬さんの声が戸惑っている。それに被《かぶ》せるように、自分が悪いんです。華子は何も悪くないんです、と朱鷺のくぐもった声がする。俺が、全部悪いんです。

「そうよ、あんたが悪いんだ！」

涙が止まらない。泣き続けていると、傍《かたわ》らに人の立つ気配がした。ハンカチの隙間から見上げると、鼻にティッシュを詰めた朱鷺が立っていた。おどおどと私を見ている。それは、子どものころ母に叱《しか》られた時と同じ顔だった。申し訳なさそうな、でも言い訳したそうな、葛藤《かっとう》が入り混じる顔。朱鷺がこんな顔をすると、母はどれだけ怒っていても肩でため息を吐いて「言いなさい」と言った。「聞いてあげるわよ」と。でも、私は母じゃない。特に、朱鷺の話なんて『ぎょらん』のことでしかなくて、そんなの聞いたって仕方ない。

「……朱鷺。お願いだからもう『ぎょらん』のことは忘れて」

怒鳴って、喚きすぎた末の声は掠れてしまっていた。かさかさになった声で、朱鷺に言う。分かってる？　お母さん、もうすぐ死んじゃうんだよ。私たちを置いて、死んじゃう。

朱鷺の体がびくりと震えた。だらりと下げた両手が、きつく拳を作る。

「もう、時間は残されてないの。あんたがしてることは、自己満足に過ぎない。俺はこんなに辛かったんだ、ってお母さんに言い訳しようとしてるだけ」

ぐっと、朱鷺が唇を噛む。絞るように「違う」と零すけれど、「何が違うの」と訊きかえす。

「私は『ぎょらん』なんか存在しないって思ってる。あんたが苦しんだっていうそれが本当に存在するんなら、見せてみなさいよ。ああ、誰か——お母さんが死ねば出てくるの？　その時は私の目の前で食べてみなさいよ。さぞかし、恨みや苦しみが詰まってるんだろうね。今度は何年、苦しんでくれるわけ？」

朱鷺は何も言わない。何も言えるわけがない。少しの沈黙のあと、朱鷺は、ず、と鼻を啜った。その音に、かっとなる。一番手近にあった椅子を朱鷺の方へ蹴り上げると、大きな音を立てて朱鷺の足にぶつかった。

「泣くんじゃねえよ！　あんたのせいなんだから被害者ヅラすんな。そんな情けないことするくらいならいっそ死ね！」

椅子が膝に直撃した朱鷺が蹲《うずくま》る。「違う、鼻血が……」と情けない声を上げるけどそんなのどうでもいい。もうひとつぶつけてやる、と周囲を見回すと「あの！」と七瀬さんが声を張った。

「あ、あの。お話に入っても、いいかな」

「ああ、放っておいて。もうここは大丈夫だから、気にしないで。ごめんね、こんなみっともないところみせちゃって」

慌てて頭を下げる。彼女には本当に、迷惑をかけてしまった。七瀬さんは顔の前で両手を振って、「違う、違うの」と言う。

「今のお話に出てくる『ぎょらん』って、死者が遺《のこ》すという珠《たま》のこと？」

虚を突かれた。どうして、七瀬さんの口からそんなことが。思わずぽかんと口を開けて彼女を見る。朱鷺もまた、目を見開いて彼女を凝視していた。

「七瀬さん、どうして知ってるんです……？」

朱鷺の声が震えている。顔色は見る間に悪くなっていった。七瀬さんはそんな朱鷺の様子を見て、「ああ」と納得がいったように頷いた。ふう、と息を吐《つ》く。

「……ああ、そう。そうだったんですね。御舟さんは、『ぎょらん』を食べたんですね」

ざわりと肌が粟立《あわだ》つのが分かった。どうして彼女が、そんなことを言うの。ただただ見つめていると、七瀬さんは朱鷺に曖昧な笑みを浮かべて言う。天幸社で御舟さんと最初に出会ったとき、どこかで見たことがある目つきをしているなと思ったんです。黒い感情で心を包み込んだような、こちらにまで不安を伝染させる目。どうしてそんな目をしているんだろうって、背筋がぞっとしました。でも、十年以上に及ぶニート生活の後の初めての就職だと聞いて、瞳の中にあるものは『不安』や『怯《おび》え』なんだと納得しようとしてました。だけどそれは、『ぎょらん』に苦しんだからだったんですね。

「ど、どうしてそう思うんですか。どこで、判断して、そんな」

朱鷺が、自分の顔をべたべたと触る。鏡があればすぐにでも覗きこんだだろう。そんな朱鷺に、同じようなひとを見たことがあるんです、と彼女は言葉を選びながら応える。

「私は、あれに苦しんだ人をよく知っているんです。あれに名前を付けた人を、と言ってもいいですけど」

食い入るように、朱鷺が彼女を凝視する。

「『ぎょらん』は私の叔父が描いた漫画です」

朱鷺が動いた。七瀬さんの両肩を強く摑み、「あの!」と叫ぶ。余りの勢いに、七瀬さんが小さく叫んだ。しかし朱鷺は続ける。

「さ、作者、あの石井芳年《よしとし》を知ってるんですか。ええと、その、あっと、ああ、ええと」

驚き、興奮、そんなものが溢れて制御できなくなっているらしい。意味のないうめき声をあげている朱鷺に、七瀬さんは大丈夫です、焦らないで大丈夫、と言い聞かせるように繰り返す。

「朱鷺、彼女を離して」

短く咎《とが》めると、朱鷺がぱっと手を離す。すみません、すみませんと頭を下げてから、「あの、今はどうされているんですか」とようやくまともな問いを発した。七瀬さんの顔が僅かに曇る。

「叔父は、二年前に亡くなりました」

朱鷺の体からふっと力が抜けた。ゆらりと体が傾《かし》ぐ。それから、「自殺?」と小さく洩《も》らすように言った。

「心筋梗塞《こうそく》です。でも、ひとによっては、あれは緩やかな自殺だった、と」

ぞっと迫るものがあって、思わず「やだ」と声が出た。

「何年にも亘《わた》る不摂生がよくなかったのか、精神的なものからなのか、原因は分かりません。ただ、ある日の朝、叔父はパソコンデスクの前で蹲るようにして絶命してました」

ディスプレイには、『ぎょらん』の検証サイトのページが開かれていた、と言って七瀬さんは口を閉じた。私は自分の体を強く抱く。パソコンの前で死んでいる朱鷺の姿がありありと想像できて、怖くなった。その終わりは、朱鷺にも訪れてしまうものだと思えて仕方ない。

長い時間ののち、朱鷺がゆっくりと頭《かぶり》を振る。

「彼は死んだんじゃないかと、噂《うわさ》はあったんだ。じゃあ、もう、誰にも訊けないんだな……」

「訊きたかったのは、『ぎょらん』の正体、ですね？」

七瀬さんがそう言うと、朱鷺が力なく頷く。俺は、知らなくてはいけないんです、と答える声は弱々しい。

「それならば、答えを知っているひとを、私は知ってます。そのひとのところへ連れて行きましょうか？　連絡取れますよ」

朱鷺の顔に光が差す。「ぜひに」と再び彼女の肩を掴んだ。「できればすぐにお願いできますか？　母に、伝えたいんです。その母が、今……」頷きを返した七瀬さんは、私を見て「華子ちゃん」と優しく呼ぶ。

「華子ちゃんも、行こう？　話を聞くことで、分かることがあるかもしれない」

七瀬さんについて行けば、朱鷺のいう『ぎょらん』のことが分かる。そうしたら、朱鷺は『ぎょらん』から解き放たれるのだろうか。

「……行く。でも、私まで一緒に、いいの？」

こんな時に遠慮しないで、と七瀬さんは言い、それにね、と続ける。

「石井芳年は、本名なの。天幸社納棺部の石井春子《はるこ》の、夫。御舟さんも知ってる人だもの」

世間というのは、想像よりずっとずっと狭いらしい。子どものころ、漫画家なんて遥か遠くの世界の住人だと思っていた。けれど、『ぎょらん』の作者の家は同じ町内にあった。しかも、奥さんは朱鷺の会社の方だという。

「諒子が久しぶりに来てくれたと思えば御舟くんが一緒だなんて、どういうこと。御舟くんは今、お母様のお加減がよくないんでしょう。仕事もお休みしてるはずなのに、こんな所に来ていて大丈夫なの？　妹さんも一緒？　それはどうも、お兄さんにはお世話になっております」

玄関先で出迎えてくれたのは、多分四十代だろう、にこやかな女性だった。仕草ひとつひとつに品があって、柔らかな印象を受ける。失礼だけれど、『ぎょらん』に関わるひとは朱鷺のような容姿に無頓着《むとんちゃく》な漫画オタクだろうと思い込んでいた。こんなひとが本当に、『ぎょらん』について語るのだろうか。短い挨拶をして、ぐるりと周囲を見回す。ご主人は亡くなったと七瀬さんが言っていたけれど、ひとり暮らしなのだろうか。広い家には、ひとの気配がない。

「こんな所でお話もできないし、奥へどうぞ」

客間に通される。広い和室の奥には仏壇があって、位牌《いはい》がふたつ並んでいた。それから何気なく視線を投げてはっとする。鴨居《かもい》には遺影もふたつ並んでいて、そのうちの片方は、あどけない子どもの笑顔だった。隣にいた七瀬さんの顔を見ると、彼女は「後で、叔母から聞いて下さい」と寂しそうに写真を見上げた。

了解を得て朱鷺と並んで仏壇に線香を上げさせてもらう。と、朱鷺が素っ頓狂な声を上げた。

「すごい、『犬井《いぬい》ヨシ』の作品がこんなにも揃《そろ》ってるなんて……。絶版になったデビュー作まである。もしかして、全部揃っているんじゃないんですか」

仏壇横には書架が置かれていて、その中にはたくさんの漫画本が収まっているようだった。漫画を見ると我を失う朱鷺が、こんな時だというのに腰を浮かせて書架を覗きこむ。その背中を軽く叩くと、七瀬さんが「華子ちゃん、いいんだよ」と笑う。

「御舟さん、漫画に詳しいんですね。そっちが叔父のメインのペンネームなんです。元々絵がそんなに得意じゃなくて、原作者として仕事をしていたんですよ。いくつかはアニメ化されたものもあるし、犬井の名前の方が有名ですよね」

「ギャグ漫画の原作者……、そうか、そういうことだったのか。謎《なぞ》だったんですよ、これまで一度も名前が出て来たことがない無名の漫画家がいきなりダンボに掲載されるなんてどういう事情があったのか。著名人が趣味で描いたのか、漫画家の別名義かなど、議論されたものです。でもまさか、あの犬井ヨシが描いていたなんて！」

朱鷺は興奮したように、並ぶ背表紙を眺めた。今にも手に取って撫でまわしそうで、見ていてハラハラする。話を聞く限り、大事な遺品じゃないか。どうか、大人しくしていて欲しい。しかし朱鷺も多少の常識はあるのか、子どものような輝いた眼で見つめるだけに留まっていた。

「自分は、漫画がすごく好きなんです。でもこの展開は予想していなかった。作風があまりにも、違い過ぎるんですよ。ああでも、コマ割りのクセが確かに残っていたかも……」

すごいすごいとうわ言のように言っていて、すると書架の端にある一冊だけ雰囲気の違う背表紙のものを指差して首を傾げた。

「あれ、この本は」

「さてさて、私に用があるって、何かしら。会社ではできない話なんでしょう？」

お構いなく、と言ったものの、石井さんはお茶の支度を整えて戻ってきた。こっちへどうぞ、とテーブルに促される。

「御舟さんね、『ぎょらん』を口にしたんだって」

石井さんの隣、私たち兄妹の正面に座った七瀬さんが前置きもなく言う。石井さんは、「まあ」と驚いたように朱鷺を見る。何を馬鹿なことを、そう言って一笑に付すのではないかと思ったけれど、彼女は朱鷺を見る目をぐんと優しくして、「それは、大変だったでしょう」と労《いたわ》るように微笑んだ。正座をして、ピンと背筋を伸ばした朱鷺は顎《あご》を微かに引いて頷いた。

「友人の亡骸《なきがら》から、見つけました。そして、口にしました」

それから、訥々《とつとつ》といつかの晩に私に話したことと同じ話をした。十年以上前、親友とも思っていた人が首つり自殺をし、自分が第一発見者だったこと。苦しみに歪んだ友人の手の中にぎょらんを見つけ、口にしたこと。そのぎょらんによって、十年以上苦しんでいたこと。

しかし、それから先は、知らない話だった。

「殺したいほど憎い。御舟さえいなければ、死なずにすんだんだ。そんな思いが体の中で膨れ上がって、潰《つぶ》されそうになりました。俺が親友だと思って過ごしていた数年間が、あいつにとっては苦痛でしかなかったんです。あいつではなく、俺こそが死ねばよかったと思いました。今からでも遅くないから命を絶とう、いやそんなことで赦《ゆる》してもらえるのか。あの日から十年以上、動けずにいた次第であります」

石井さんと七瀬さんは、静かに耳を傾けていた。私は、まだ半信半疑だった。自分の意思に関係なく憎しみに支配される。そんなものを、ひとは本当に作り出せるのだろうか。

「秋に、中学時代に友人が残した手紙を見る機会がありました。その手紙には、俺への恨みや憎しみは一切書かれていなかった。自己嫌悪《けんお》、そんなものしかなくて。共通の、友人のことをよく知っている人も、彼は俺を決して憎んでいなかったと、そう言って」

朱鷺の話に、意識を戻す。石井さんは黙って、言葉を選びながら喋《しゃべ》る朱鷺を見守っていた。朱鷺は話し終わると、大きなため息をついた。

「石井さんは『ぎょらん』の正体を知っていると、七瀬さんに教えてもらいました。どうか、俺に教えてください」

膝の上に固く握った拳を置き、深く頭を下げた。

「御存じの通り、母がもう、長くありません。ぎょらんに苦しむ俺に理由を訊かず、ただずっと見守り続けてくれた人です。母に、ちゃんと言いたいんです。俺が苦しんでいたものについて、そしてその正体について」

「そう……、そういうこと。お母さんを、安心させたいのね」

石井さんが目じりに深い皺を刻む。少し前のめりになって、朱鷺の顔を覗き込んだ。

「御舟さん、私の言うことをよく聞いて、本心で答えて下さいね。あなたは、お友達のことが好きだったわね？」

朱鷺が躊躇いもなく頷く。それに石井さんも頷きを返して、質問をする。

「あなたは、お友達が自分に対して劣等感や敗北感、葛藤を抱えていたことをぎょらんを口にする前から知っていたわね？」

朱鷺が目を見開く。膝の上の拳がぶるりと震えた。柔らかに微笑んだままの石井さんが、質問を続ける。

「知っていたあなたは、お友達の死を前に、それをどう思った？　第一発見者だったと言っていたわね、そしたらその衝撃は計り知れなかったはず。お友達のご遺体はどんな状態だった？　お友達の命を失《な》くした姿を前に、あなたはきっととてつもない罪悪感を」

「そんな話までしないといけませんか！」

急に、朱鷺が膝立ちになり声を荒らげた。その勢いに、隣にいた私と向かいの七瀬さんはびくりとする。

「ええ、知っていました。それだけでいいでしょう。死んだときの状況まで語らないといけないものですか⁉ そこまで踏み込まなくてもいいんじゃないですか！」

それは、大学を中退してすぐのころの朱鷺によく似ていた。一体どうしたのだろう、石井さんの質問が余程、刺さったのだろうか。石井さんは、そんな朱鷺に全く動じなかった。目元を益々《ますます》和らげて、「自覚しているのなら、いいのよ」と言う。

「ごめんなさいね、興味本位で訊こうとしたんじゃないの。あなたに状況を思い返してもらいたかっただけ。では、結論にいきましょうね」

激高した自分を恥じたのか、朱鷺が座り直す。すみません、と口の中で呟《つぶや》く朱鷺に頷いてから、石井さんは続けた。

「『ぎょらん』とは、あなた本人が作りだしたものです」

朱鷺の喉奥から、奇妙な音が漏れた。

「あなた本人が、作りだしたもの。お友達ではなく、あなた本人の罪悪感が、あの小さな珠を生み出したの」

両手を目の前に掲げて、朱鷺が「俺の、罪悪感？」と呟く。

「ねえ御舟くん、天幸社に入ってもう一年半ほど過ぎたんだったわね。何度も、ご遺体と接したと思う。彼らに触れた時、厳かな気持ちにならない？ 私はね、なるのよ。覆《くつがえ》しようのない現実を前にすると、『死』というものによって私はこの人のいた世界と確実に断絶したんだな、と思う。そうすると、絶望に近い感情を覚えるわ。誰かが死を迎える度、世界は一度終わっている。私はこの人のいた世界からすっぱりと切り離されてしまった。とても、厳粛な気持ちになる」

否応《いやおう》にも、美袋《みなぎ》さんを思い出す。そう、あのとき確かに私の世界は一度死んだ。あの人のいた世界は、もう永遠に還《かえ》らない。

「泣いても喚いても悔やんでも、もう元には戻らない。触れても話しかけても、もう伝わらない。だってもう世界が違ってしまってるんだもの。そんなどうしようもない『死』を前にして残された人ができるのは、想像することだけ。こうしたら喜んでくれるはず、笑ってくれるはず。これはきっと怒るだろう、悲しむだろう。あの人はきっとこう思っているに違いない、こうしたがっているに違いない」

朱鷺の手のひらが、震えている。強くぎゅっと握り込んでも、その震えは収まらない。

「死を前にしたとき、残された者は無力。きっとこうであってほしい、こうであるに違いない、そういう願いや祈り、思いの結晶が、『ぎょらん』なのよ」

美袋さんの通夜《つや》の晩に私が見た赤い珠。石井さんの言うようにあれを私が作り出していたのだとしたら、口にした時には私が望む彼からの愛の言葉が溢れていたということか。図らずも朱鷺が言ったような、甘い言葉たち。大好きだよ、君を幸せにしたかったよ。ずっと、君といたかった。ああ、それはきっと、あの時ぼろぼろだった私の心を癒《いや》し慰めてくれただろう。

「憎まれていると思う人は、憎しみ。怒っていると思う人は、怒り。愛されていると思う人は、愛のぎょらんをつくる。たった、それだけのことなのよ」

「残された者が、つくる……？　そんな、そんなことありえない」

再び険のある声音に変わる。きっと、石井さんの話が受け入れられないのだろう、乱暴に頭を振った。そんなこと、信じられない。どんな理由からそんなことを考えるんだ。

「私は、息子を亡くしたの」

石井さんの静かな告白に、朱鷺がぴたりと止まる。立ち上がって仏壇のところまで行った石井さんは、脇《わき》にあった漆塗りの文庫を持って戻ってきた。中には遺影のふたりの写真が溢れている。山のような中から、ふたりが頰をくっつけて笑い合っている一葉を取り出す。

「大切な一人息子だった。この子が、私の世界の全てだった。そして、この子はぎょらんをふたつ、作りだしたの」

ふたつなんてそんなの聞いたことがない、と小さく呟いた朱鷺に石井さんは続けた。

「哀しい事故だったの。たまたま、夫が目を離した少しの間に、この子は幼い命を落としてしまった。夫は、真佑《まゆ》を愛していた。自分の不注意で我が子を死なせてしまったことを深く深く嘆き悲しんで、そして真佑の手の中にひとつめのぎょらんを見つけた。

石井さんは満面の笑みをこちらに向ける男の子の顔を愛《いと》おしそうに撫でて、笑いかける。優しくも哀しい笑顔だった。

「夫は、それを口にしたの。そうして溢れたものは、真佑の夫に対する怒りだった。

『パパ、どうしてぼくをころしたの。ぼくは、ぼくをころしたパパがだいきらいだ。パパがしねば、よかったのに』そんな思いに支配されて、夫は狂った」

「あのときの叔父さんは、すごく恐ろしかった」

それまで黙って成り行きを見守っていた七瀬さんが、口を開いた。

「あれは通夜の晩のことだった。真佑くんのぎょらんを口にしたという叔父は、急に泣いて暴れだした。あの子が俺を恨んでいる。目を離した俺を、憎んでいるんだ。そう叫んで燭台《しょくだい》を摑んだの。私の両親や親戚たちが慌てて止めなければ、喉を突いて死にかねない勢いだった」

遺影を見上げて、七瀬さんは続ける。温和で冗談が大好きで、声を荒らげたところなんて一度も見たことがなかった。年を取ってから生まれた真佑くんのことを、そりゃあもう可愛がってたの。あの子の成長を見守れることは神様からのプレゼントだ、なんてことをいつも言っていた。だからこそ、自分の不注意が許せなかったんだと思う。死んで、真佑に詫《わ》びを言いに行くからどうかこのまま死なせてくれ、って何度も叫んでた。

石井さんが、ため息をついて頭をゆるりと振る。

「私は、あの時のことをよく覚えていないの。夫と同じようにショックが大きすぎてまともに頭が機能していなかったのね。真佑の担任の先生に、あんたを一生許さない、だなんて怒鳴りつけたことだけは、記憶してるんだけど」

家族の急な死を前にして、平然としてはいられないだろう。それがまだ幼い子どもとなれば、その衝撃は計り知れない。私だって、父の遺体を前にした時は泣き喚いた。幼心に『取り返しのつかないことになった』と絶望したのを覚えている。

「そんな中、夫が『後を追って逝く』って言っていることだけはちゃんと聞いていたの。ああそうか、あの子のいない世界にいても仕方がない。いる世界に私たちが行けばいいんだ、そう思った瞬間、心が軽くなった。出棺前、お母さんたちもあとで必ず追いかけてあげるから待っててねと頬にキスした時に、あの子の口の中に小さな珠があることに気付いたの。キラキラして、とても愛らしい色をしていた。私はそれを、口にした」

石井さんが目を閉じ、全身で息をつく。僅かに微笑んでいた。

「真佑との思い出がたくさん溢れてきたわ。生まれてから死んだその日までのことが、全部。ママ、なかないで。ぼくはママがだいすきだよ。ずっとずっと、だいすきだよ、あの子は私が哀しんでいるときいつもそう言って、小さな手を差し出してくれた。その手の温《ぬく》もりが、この手に感じられたの。私が死んだって、あの子はきっと喜びはしない。あの子のためにも、後追いなんてしてはいけないって、思えた」

写真に笑いかけてから、その優しい母親の顔のままで石井さんは朱鷺に言う。

「母親には愛を、父親には憎しみを。そんなことをするような子じゃない。じゃあどうしてそんなことになったかというと、自責の念の強かった夫は『怒っているに違いない』と思い、私は『愛されていたに違いない』と思った。だからふたつ存在した。あの『ぎょらん』は、大切な我が子を喪った親の異常な精神状態が作り出した思いの結晶だった」

朱鷺の視線が、ふっと遠くなった。探るように瞳が宙を彷徨《さまよ》う。長い時間、思いを巡らせていた朱鷺だったけれど、ふいにぎゅっと瞼を強く閉じた。

「違う！」

違う違う。そんなものであるわけがない。朱鷺は怒鳴るように繰り返し始める。駄々っ子のような言い方に驚いて、「朱鷺？」と肩に手を掛けるも、すぐさま振り払われた。

「そんなものであるはずがない。だとしたらこの十年は一体何になる？　勝手に作りだした憎しみに振り回されて、周りにすら迷惑をかけ続けたことになる。俺は自分の罪悪感だけで……罪悪感だけで生きてきたっていうのか！」

朱鷺の声は震え、目からは涙が溢れていた。全身で、「信じたくない」と叫んでいるようだった。初めて、朱鷺に気圧《けお》された。どうしていいか分からずに呆然としていると、朱鷺は急に立ち上がり「失礼します」と吐き出すように言って部屋を飛び出した。

「あ……朱鷺！　待って」

慌てて後を追う。しかし、朱鷺の姿はもうどこにもなかった。

「馬鹿じゃん……。感情的になって」

朱鷺の気持ちも分かる。自分の思いこみから出来ただけ、そんな解答は酷《ひど》すぎる。

この十年は長かったし、その果ての今を思えば、簡単に受け入れられるものでもない。

思わずため息を吐く。背後で、私たちを追ってきた七瀬さんと石井さんの気配を感じて、慌てて振り返った。息を切らしたふたりに頭を下げる。

「七瀬さん、せっかくここまで連れて来てもらったのに、ごめんなさい。石井さんも、申し訳ありません」

石井さんがいえいえ、と手を振って笑う。

「いいんですよ。『自分の心が生み出したものだ』と聞いて素直に納得する人の方が、少ないもの。中には逆上する人もいたし」

叔父もその中のひとりだったのよ、と七瀬さんが私の背中を撫でてくれる。

「全然、聞き入れてくれなかったの。でも仕方ないことなのよ。それだけ苦しかったんだもの」

ふたりの優しさが深く滲《し》みる。『ぎょらん』に苦しんだ者を見守った家族同士だからだろうか。

「あの、私はもう少しお話を伺いたいです。いいですか？」

母は、ここにいない。今、朱鷺のことを見守っていられるのは私しかいない。

石井さんは、厭《いと》うことなく頷いてくれた。

「お茶を淹《い》れ直しましょう。中に戻りましょ」

部屋に戻ってからすぐに、「兄みたいな人って多いんですか？」と訊いた。

「漫画を読んだことはありますけど、私にはただの気持ち悪い話としか思えなかった。いくらインパクトのあるお話だったとはいえ、そんなに影響を及ぼすものでしょうか？」

石井さんは湯呑《ゆのみ》を私と七瀬さんに差し出しながら、「『死』に対しての思い入れによるわね」と言った。

石井さんの話によると、ぎょらんを口にしたご主人は、葬儀後は廃人のようになってしまい、寝たきり状態に陥ったのだという。病院にも行きたがらず、起きたかと思えば仏壇の前で泣き咽《むせ》び、時に悲しみに耐えきれないのか暴れ出す。それは、朱鷺のニート生活の始まりのころと全く同じだった。朱鷺もそうだった。無気力にぼうっとしているかと思えば泣いて暴れる。身の内にうねる嵐《あらし》のような感情の制御ができない、そんな様子だった。

「夫の苦しみようは、見ていられないほどだった。自分のしたことが許せなくて、それを真佑の怒りに置き換えて受け入れようとしたんだと思うの。真佑に、罰して欲しかったのね」

そんなご主人があるとき急に、精力的に動き始めた。古い文献や体験談などを調べ回って自身が口にした赤い珠の存在を明らかにしようとしたようだ。ここも、朱鷺と同じだ。

そしてその結果、彼はこれという名前のない、死者がたまに携えている赤い珠は稀《まれ》ではあるけれど昔から存在していたという事実に辿《たど》り着いた。

「昔話、今風にいえば都市伝説って感じかしら。死者から貰《もら》う赤い珠。夫はそれに、『ぎょらん』と名前を付けた。珠は地方によって呼び名が変わるみたいだし、このあたりの葬儀業界では『みやげだま』って呼ばれてる。死者のために心を砕いた施行《せこう》担当者が貰える、お礼の珠なんですって。『死』というものを前に、ひとがどんな結晶を作りだすかは様々なんでしょうね」

しかしそれは石井さんの考えであって、ご主人は違った。

「夫は、『ぎょらん』は死者が遺す呪《のろ》いの珠だという考えを曲げなかった。『ぎょらん』を口にして苦しんだ話、後を追って死んだ話、そんなものばかりを見ていた。そうして調べ続けた結果『ぎょらん』を発表したの。あの漫画は彼が漫画家生命と執念を注ぎ込んだものだからか、予想外の反響があった。中には面白半分の人もいたでしょうけど、『自分もあの珠に苦しんでいる』なんて手紙が届いたりもして」

漫画を発表しただけでは、彼は止《とど》まらなかった。益々『ぎょらん』の研究に没頭したという。いつの間にかできていた『ぎょらん検証サイト』を監視するように見ては、ぶつぶつと独り言を繰り返した。ほら、俺だけじゃなくてみんなが苦しんでいる。みんな、死者の遺した珠に、呪われたんだ。あれは、恐ろしい呪いの珠だ。

「……漫画を発表したこと以外、兄の行動とほとんど同じです。信じられない」

粟立った肌が、一向に収まらない。何度も腕を撫で擦る。こんな薄気味悪い話があるだろうか。そんな私に、石井さんは穏やかに言う。

「真佑のもうひとつの『ぎょらん』を口にした私も、その当時は『ぎょらん』の存在を信じていた。自死を願う私を救ってくれた、愛の詰まった珠。どうして私と夫で、違うものを口にしたんだろう。私たち両親を同じくらい好いてくれていた真佑が、命を落としたといえども父親にだけ呪いを送るわけがないのに。そう思って、夫の集めた資料全てに目を通していたの。そしたらね、夫がこれは違うと破棄したものの中に『幸福になった珠』というものがあったの。喪ったひとの思いが伝わって、生きる糧《かて》になった。哀しいだけの死を、愛の思いを改めて知って乗り越えることができた。それはまさに、私が口にした『ぎょらん』だった」

石井さんとご主人の意見は長く対立した。憎しみ以外でも『ぎょらん』は作られる。

『ぎょらん』は死を恐ろしいものに変えるだけじゃない。哀しくも愛おしいものに変えることだってある。そんな妻の意見を、ご主人は全く聞き入れなかったという。そんなもの、あるわけがない。

「平行線を辿っていたある日のこと、諒子が『ケータイ小説』っていうのが人気があるって教えてくれたの。若い女の子から大人の女性まで、たくさんの読者がいるんだって」

ね、と石井さんに話をふられて七瀬さんが頷く。

「何年前だかに、ケータイ小説がブームになったでしょう？　ドラマ化や漫画化される作品も多くてさ、ケータイ小説から流行りだした文化もあった。『ぎょらん』は薄気味悪い漫画によって広まったから、イメージが最初からよくないんだ、って思ったの。だから、『たまご』とかちょっと可愛い名前に変えて、恋愛小説仕立てで存在を知ってもらったらどうだろう。読者の女性の間で『たまご』が愛のツールになれば、『ぎょらん』のイメージががらっと変わるかもしれない。そんな風に考えたのよね」

石井さんは夢中で書き始めた。小説サイトで連載をはじめると口コミでどんどん人気が出てきて、更新を追いかけるファンも現れだしたという。

石井さんは仏壇横の書架の中から本を一冊と古ぼけた手帳を取り出し、本を私の前に置いた。それは、書架を見ていた朱鷺が不思議そうに指差していたものだった。ポップな字で『きみにたまごを』と大きく書かれた表紙。パステルピンクが基調で、いかにも若い女の子向けといった見た目だ。もしかして、朱鷺はこの存在も知っていたのだろうか。だとしたら、こんなところにまで辿り着く執念に脱帽する。

「私が思っていたよりもずっと人気が出て、すごかったの。連載終了後すぐに書籍化されてね。ワイドショーでも大きく取り上げられたし、ちょっとしたブームを引き起こしたんだ」

七瀬さんが自分のことのように言って、嬉しそうに顔を緩める。

「へえ、知らなかった」

私は朱鷺と違って、あまり本を読まない。映像化された漫画やファッション誌をたまに買うくらいだ。ケータイ小説というのは知識としてしか知らなかった。

「読者の子たちは『たまご』がどれだけ愛おしいものか知ってくれた。もしこれから先、あの珠を見つけることがあっても、きっと苦しむことはない。もし苦しむひとに出会っても、哀しいばかりのものではないと伝えてくれるはず。それだけで、とても満足したの。それでも時々ね、自分の生み出したたまごに苦しみ、私を探し出してやって来る子たちがいるの。私はその子たちを迎えて、いつだって今と同じ話をする」

ぱらぱらと本を捲る。読みやすい簡潔な文章で、これなら私でも読めるかもしれないと思う。

「あれは、実の母の『たまご』を口にして、もっと親孝行しなきゃいけなかったと悔やんでいる子が来た時だった。その子と一緒に来たお友達がずっと納得してない様子でね、どうしたのって訊いたら、『たまご』の存在自体を信じていないっていうの」

そういう人ももちろんいるだろう。存在するはずがないものだ。ただ、その子はこう続けた。『たまご』って都合のいいアイテムにしか思えない。自分の見たいもの、こうであって欲しいものを作り出してるだけっていうか。

言葉を探りながら真剣に伝えようとするその子の意見に、石井さんははっとしたという。

「ああ、そういうことなのかもしれない、ってすとんと胸に落ちて来たのよ。夫は夫の思う、私は私の思うものをみた。罪の意識に後悔、幸せだった思い出。あれは真佑が生み出したものではなくて、残された私たちが信じたい、願いたいものだったのかもしれない、それがたとえ罪の意識や後悔だったとしても、って……」

石井さんは資料を再びひっくり返して全てに目を通した。そして、そうに違いないと思った。すぐにそれを夫に伝えたけれど、理解してもらえず逆上させただけだった。

「ご主人は、亡くなるまで『ぎょらん』に苦しまれたんですか?」

本から顔を上げて訊いた。ここまで朱鷺と同じ道筋を辿ったひとの最期が知りたい。

「彼は、『ぎょらん』が自分の作ったものだと認められないまま、亡くなったんですか?」

石井さんの顔が、出会って初めて陰る。

「私の意見は、結局聞き入れてはくれなかった。可能性のひとつとして考えてくれたけど、信じるまでには至らなかった」

今度は手帳を開いて、見せてくれる。どうやら、ご主人のものらしい。男性らしい角張った文字でびっしりと書き込まれている。『願い』『祈り』『欲』と何度となく書かれ、『春子の考察は都合の良い夢物語にすぎない』『希望の押し付け』といった、突き放したものもあった。好きに見ていいと言われたので、ページを捲っていく。東北の山奥の伝承から、ネットの海の漂流物のような話までが丁寧に書き記されている。その中の最後のページで、鉛筆で書かれた小さな文字が目につく。

『知らない情報を得られた』

前後には繋がる文章や書き込みは一切ない。ぽかんと浮いたその一文がやけに気になった。どういう意味だろう、と首を傾げたのとほぼ同時に石井さんが口を開く。

「もっと時間があればよかった、と思うのよ。口さがないひとは自死のようなものだと言うけれど、私はそれは違うと信じている。あのひとは長い時間をかけて、自分なりの答えを出して打ち克《か》とうとしていて、まだその途中だった」

結局、『ぎょらん』の作者は答えまで辿り着けなかった。彼は『ぎょらん』の謎に苦しんだまま、その生を終えた。

「御舟くん……あなたのお兄さんも、苦しんだ期間が長かった分、納得するまでに時間を要するかもしれない。でも、いつかきっと、分かってくれると思う。だから、信じてあげてね」

石井さんの言葉が、胸に重たくのしかかる。力なく、頭を横に振った。

「そう、したいです。でも、私たちには時間がないんです」

母を安心させたい、納得してもらいたい。朱鷺の気持ちは分かった。『ぎょらん』とはなんなのか、明確な答えさえ分かれば朱鷺はきっと長い苦しみから解放されるだろう。母も、そんな朱鷺の姿を見たら喜び安堵《あんど》するだろうと思う。

でも、それを叶えるにはまだ時間が掛かるのだろう。朱鷺と同じ道を歩んだ彼の一生を思えばずっと先、もしかしたら最後まで同じという可能性だって、ある。

ふたりが、私を心配そうに窺っているのに気付いた。慌てて笑みを作って「今日は、いろいろありがとうございました」と頭を下げた。

「兄とは、もう少し話をしてみます。今日は、お話を聞かせていただいてよかったです。七瀬さんも、貴重な時間を割いてくれてありがとう」

私たちに時間がないように、彼女も時間がない。それなのに、こんなことに付き合わせてしまった。そろそろお暇《いとま》しようと立ち上がった。

「気にしないでちょうだいね。ああ、あの、華子さん」

帰ろうとする私を石井さんが呼びとめる。

「お友達の最期を訊いたときに、御舟くんの顔色がさっと変わったの。彼の罪悪感はそこから来ているんじゃないかしら」

朱鷺の友人の最期。詳しく聞いたことはないなと思う。機会があったら訊いてみますと答えて、今度こそ石井家を後にした。

＊

母の意識が戻ったのは、それから五日後のことだった。休んでばかりもいられなくて出社したその昼過ぎに、病院から連絡が来たのだ。容体は今のところ安定しています、という事務的な言葉でも、涙がでそうなくらい嬉しかった。携帯電話を握りしめて、何度もお礼を言った。それから必死で仕事を終えて、急いで病院へ行った。少しでも早く、母の顔が見たかった。しかし、この病院はいつもエレベーターで待たされる。苛々しながら表示を見上げ、階段の方が早いかもしれないと顔を向けると、ロビーの端に朱鷺の姿があるのに気付いた。会社を出る前に朱鷺の携帯にメールをしておいたのだった(前回のことがあるので、電源は絶対に入れておけときつく言っておいた)。母の様子を見に行くようにと伝えていたけれど、ちゃんと来たのか。

石井さん宅を逃げるように去った朱鷺は再び部屋に籠《こ》もり、今度こそ脅そうが怒鳴りつけようが頑《かたく》なにドアを開けなかった。どころか「放っておいてくれ!」と叫び返すばかり。今日も、もしかしたら来ないのではないかと思っていた。

ほっとしたものの、来たんならさっさと行ってどんな状態なのか確認してよと憤《いきどお》りが湧き、朱鷺に近寄る。朱鷺の横には俯いた女性がいて、よく見ればそれはハンカチで目元を覆った七瀬さんだった。

「え、何、どうしたの。何があったの」

驚いて声がひっくり返る。七瀬さんが顔を上げるより早く、朱鷺が口を開く。

「那須さんの状態がよくない。意識が混濁しているらしい」

ご家族に連絡を、って先生から言われたの。俯いたまま七瀬さんが言う。あと二、三日かもしれないって。

那須さんの身内は、四国の離島に嫁いだ妹と故郷の九州に遠い親戚がいるだけらしい。そのひとたちへの連絡は、七瀬さんの上司が全てすませたという。

「あとは、元奥さんと娘さんだけなのよ」

七瀬さんが、苦しそうに言う。彼女たちに連絡を、しなきゃいけないの。きっとこれが、最後のチャンス。これを逃したら、那須さんの希望は永遠に叶わない。それが分かってるのに、体が動かないの。私が連絡をしないといけないのに、無理なの。

普段の七瀬さんと違う。うわ言のように「無理、無理」と繰り返す。どうしたものかと朱鷺を見れば、相変わらずの高校ジャージ姿の朱鷺は擦り切れた膝の辺りをじっと見ていた。朱鷺も私と同じに考え込んでいるのかと思えば、「七瀬さん」と厳しい声で言う。

「お話を聞いていて、疑問があります」

七瀬さんが、ハンカチから顔を僅かに覗かせる。

「僕は、那須さんもよく存じ上げています。彼の元妻が十数年前に幼い子どもを連れて浮気相手のもとへ出奔したという話も、聞いたことがあります」

　まさか、そんな事情があったのか。目を見開く私をよそに朱鷺は続ける。

「彼はとても、妻子を愛していたそうですね。親の事情に振り回されている我が子を不憫《ふびん》に思い、一方的に送られてきた離婚届にも黙ってサインして提出したとか。顔も見せずに用件だけ求めてくる元妻に従う彼を、ひとが善すぎるんだと部長さんは今も怒っていらっしゃる」

「それが、何ですか」

　朱鷺が、舌で唇を舐《な》める。少しだけ考えるように口を閉じて、「出過ぎたことかもしれませんが」と前置きしてから、朱鷺は続けた。

「あなたはさっきから『連絡をしないといけないけれど無理』だと言っている。行方をくらました元妻の、誰も知るはずのない連絡先を、あなたは知っているんですか？」

　七瀬さんの目が、大きく見開かれた。ハンカチの下で「あ」と声が洩れる。

　そういえば、彼女は以前も言っていた。私なら叶えてあげられるのに、と。それは、そういうことだったのか。

　七瀬さんの目から、大粒の涙が溢れた。ああ、と掠れた声を時折洩らしながら彼女は静かに泣き始めた。朱鷺は膝を見つめたまま、動かない。長い時間の果て、彼女が口を開いた。

「二年ほど前、会社に電話がかかって来たの。出たのは、私だった」

那須明正《あきまさ》はまだそちらに勤務しておりますでしょうか。郵便物が戻ってきて、連絡が取れなくて困っているんです。私はええと、久我森《くがもり》といえば分かると思うんですが。

電話を受けた七瀬さんは、それがすぐに、元妻であると分かった。

「元妻は珍しい苗字《みょうじ》だったし、那須さんの現状も分かってないようだから間違いないと思った。彼はその少し前に引っ越していたから、郵便物が戻って来たのは転居届を出す前だったのかな」

きっとまた、彼に無茶を言って困らせるに違いない。これ以上、彼を苦しめないで欲しい、何より、もう二度と彼に関わらないで欲しい。七瀬さんは反射的に、嘘を吐いた。

「もう退職しました、九州に帰るとかいう話でしたけど。って、自分でも驚くほどなめらかに嘘が口を衝《つ》いて出た。彼女が落胆した風に『そうですか』とため息をついたのを聞いたとき、嬉しかった。これで、彼はもう苦しめられなくて済むって思った。私も、もう汚い嫉妬心《しっとしん》を……抱かなくて済むって」

電話を切った後、七瀬さんは何かあったときにと着信履歴の番号をメモしておいた。

そのメモは今も、手元にある。

「こんなことになるって思わなかった。だから誰にも言えなかった。私が連絡を付けたら、私の犯した罪まで知られてしまう」

七瀬さんのしたことを責めるなんてできない。気持ちが、痛いほどわかる。彼への想いと少しの独占欲でしたこと、それをどうして責めることができるだろう。

「きっと後悔する。このままじゃ、私は絶対に悔やんで生きることになる。分かってるのに、分かってるのに」

七瀬さんの横に座り、膝に手を載せる。ずっと、辛かっただろう。病床の彼の最後の願いと自分のエゴに挟まれて、苦しかっただろう。ああすればいいとか、こうするべきだとか、私は言えない。どんな答えを選んでも彼女を受け入れるだけだ。

しかし朱鷺は違った。やっと視線をあげたかと思えば、「連絡するべきだ」ときっぱりと言った。

「後悔するとわかっているなら、悩むことはない。連絡すべきです。たとえ、自分が辛くても」

「朱鷺！　あんた七瀬さんの気持ちを考えなさいよ！」

「俺は、それで十数年苦しんだんだ」

はっと息を呑む。私を見返した朱鷺の目は、真っ赤だった。

「自分が可愛くて、傷つきたくなくて、目を逸らした。そのせいでずっと苦しんだ」

固まっていると、朱鷺がぐるりとロビーを見回した。診察時間もとうに過ぎ、受付の女性たちがこちらを見ている。場所を替えよう、と言われて三人で家族用談話室に移動した。

涙が止まらない七瀬さんに温かなココアを渡し、隣に座る。私たちの正面に座った朱鷺は、ゆっくりと告白を始めた。それは、初めて聞く話だった。

「友人──蘇芳が自殺したのは、七月の初めだった。まだ梅雨が明けていなくて、でも気温はどんどん夏に変わっていって、サウナの中にいるような蒸し暑い日が続いていた。俺が蘇芳を発見したあの日は梅雨明けを期待させるほどの快晴で、その年初めて入道雲を見たのをはっきりと覚えている」

何度となく、思い返したのだろう。朱鷺は目の前にその青空が広がっているように語る。

「あいつに呼ばれていた俺は、あいつの部屋を訪ねた。呼ばれた理由は分かっていて、それを聞きたくなかったから何だかんだと理由をつけて先延ばしにして、指定された日の一週間後に行ったんだ。あいつの部屋の前に行くと管理人がいて、どうしたのかと訊くと異臭がすると苦情があったと言う」

　男子学生のひとり暮らしともなれば、ごみ処理が甘くて異臭騒ぎに発展することもまれにある。大学の寮の管理人はまたかといった顔で友人だという朱鷺に文句を言ったらしい。

「俺の通っていた大学は蘇芳の部屋から近かったから、合鍵《あいかぎ》を貰っていた。そこで寝泊まりして学校に行く、なんてこともたまにあったんだ。几帳面《きちょうめん》な蘇芳にしては珍しいなと思いながら管理人に謝罪をして、部屋のドアを開けた。そしたら……蘇芳がいた。ロフトの柵《さく》から垂らした紐《ひも》で首を吊《つ》っていた」

　連日の蒸し暑さのせいで遺体は腐敗が進んでおり、嘔吐を誘う悪臭と小蠅《こばえ》が一気に押し寄せてきた。早く降ろさなければと慌てて駆けよって友人の腕を摑んだ朱鷺は、叫ぶ。腐って体内にガスが溜《た》まり始めた体は膨れ上がり、皮膚はねちゃりと嫌な音をたてて剝《は》がれ落ちた。吊るされた足元には汚水のような黒い液体が溜まり、無数の蛆《うじ》が蠢《うごめ》いている。

「こんなの蘇芳じゃない、他の誰かに違いない。そう思って顔を覗き込んだ。でもそれは、間違いなく蘇芳だった。膨れ上がった顔に、溶けて流れ落ちた瞳。でも、唇の左端にあるホクロが存在を主張するように消えてなくて……」

静かに語られる凄惨《せいさん》な状況に、耳を塞《ふさ》いでしまいたかった。ただ、発見したとだけ聞いていた。そんな状況だったなんて、思いもしなかった。

「管理人が呼んだ警察が来て、死後五日だと言われた。俺が約束通りに会いにいっていれば、蘇芳は死なずにすんだ」

テーブルの上で組まれた朱鷺の手が、かたかたと震えている。喋るごとに苦しそうに息をつき、額にはびっしりと脂汗が滲《にじ》んでいた。

朱鷺が長く秘めていたのは、これだったのか。友人を見るも無残な姿に変えた罪。

「会いにいかなかったのは、どうして？」

本当は、聞きたくなかった。でも、問うことが朱鷺のためだと思った。朱鷺は目を閉じて、ため息をついた。消えてなくなってしまうんじゃないかと思うくらい、深く長く。

「……蘇芳は、第一志望の大学に落ちた。俺が通っていた、あの大学だ。親の経済状況が甘くないと知っていた蘇芳は、浪人せずに第二志望の大学に進んだ。納得済みだと蘇芳は言っていたけど、心の深い部分では不本意だったんだろう。俺に対する対抗心や愚痴が増えて、恨みがましい目で見てくるようになった」

最初こそ、申し訳なさを感じた。だから、お前の大学だっていいじゃないか、何を不満に思うことがある、と励ました。お前の大学に通いたくて浪人している奴なんてザラにいる。そう言って、笑い飛ばしてもみた。でも、彼は考えを変えるどころか、酷くなっていく一方だった。

「お前はいいよな。蘇芳は事あるごとに言うようになり、俺はそれがだんだんと重荷になった。俺だって受験勉強を必死にやって、それで受かったんだ。決して、簡単に手に入れたわけじゃない。だから、とうとう蘇芳に言ってしまった。俺を意識して生きて楽しいのか。お前の人生、ずっと俺を羨《うらや》んで終わるのか。それって、何の意味があるんだ」

朱鷺の爪《つめ》が、甲に食い込む。うっすらと血が滲んだ。それでも、朱鷺は告白を止めない。

「あいつは、泣きそうな顔をして笑った。そうだよな、ごめん。そう言ったけど、感情なんて一切籠もってなかった。やばいことを言った、と思った。でも、これで蘇芳が目を覚ませばいいじゃないかという思いの方が強かった」

それから数日後に、メールが届いた。この間はごめんな。お前に、俺の気持ちを聞いて欲しい。嫌かもしれないけど、でもお前に聞いて欲しいんだ。時間を取ってくれないか。

「また、あの話を繰り返すのか。そう思うと返事もしたくなかった。この日が空いている、ってメールが来たときに寮まで会いに行くって返信したけど、俺は行かなかった」

血が、ゆっくりと甲を伝い落ちていく。泣き虫の朱鷺が、こんな辛い告白をしているのに涙を一粒も見せない。赤黒いそれが、朱鷺の涙のように見えた。

「行かなきゃいけないって思ってたんだ。蘇芳の心が不安定だと分かっていたし、傷つけたことも分かってた。ここで蘇芳と話しあわなければ蘇芳という友人を失ってしまうかもしれないということも、分かってた。でも、それ以上に嫌だった。苛立って再び蘇芳を傷つけてしまうだろうし、そのことにきっと後ろめたさを感じてしまう。友達を傷つけるだけの自分は酷い奴だ。そう思いたくなかった。俺は、蘇芳よりも自分が可愛かった」

そんな時、腐敗ガスで膨れた遺体の手の隙間に赤い珠を見つけた。遺体の足元に溜まっていた黒い液体を固めたような赤黒い珠を見ると、「口にしなくては」と思った。昔に夢中になって読んだ『ぎょらん』だ。これを、俺は口にしなくてはいけない。

「結果はこうだ。蘇芳の苦しみに支配され、自身の罪に責め立てられ、俺は動けなくなった」

長い告白が、終わった。朱鷺は、じっと耳を傾けていた七瀬さんに言う。俺とあなたでは、事情が大きく違います。でも、あなたは俺のように、後悔するだろうと分かっている。どうすればいいのか、正解が見えている。なのに、自分が傷つきたくないと動けずにいる。それは、危険です。後からきっと、苦しむ。どうしてあの時、と絶対に苦しむ。仮に彼から『ぎょらん』を見つけることがなかったとしても。

冷え切ったココアの水面を、七瀬さんはじっと見つめたまま動かなかった。長い時間の果て、彼女はかさついた唇をそっと開いた。

彼女がいなくなったあと、残された私たちはぼんやりとしていた。母のところに行かなくては、そう思うのに動けない。朱鷺の告白の衝撃が、私の心を麻痺《まひ》させていた。「あんたさ、何で今になってあんなこと言ったの。ずっと、言えなかったくせに」独りごちるように訊くと、「彼女に憧《あこが》れてた」と返ってくる。前に、彼女の勤めるグループホームの女性が亡くなった。身寄りのないそのひとは直葬で、誰も見送ることのない寂しい終わりになるはずだった。そんなとき、彼女は故人の願いを叶えたいと言っていた。入居者と職員、たったそれだけの関係のはずなのに。そしてその願いを叶えたあとに「ありがとう」と言ったんだ。もう一度繋がってくれて、ありがとうと。

朱鷺の声がぐんと優しくなる。七瀬さんだったら言いそうだな、と思いながら聞く。優しい彼女なら、最後の願いを叶えられる可能性を探ったに違いない。だからこそ、那須さんの願いを叶えられない自分に苦しんでいた。

「俺も彼女のように蘇芳に接することができたらよかったのに。彼女がただただ、眩《まぶ》しかった。だからこそ、彼女が俺みたいな悩みで苦しんでいるのを見たくなかったんだ。でも、言えてよかった。俺の罪が、僅かでも彼女の役に立ったと思える」

小さく、朱鷺が笑った。何年振りだろう。もう、笑顔なんて忘れたのかと思っていた。七瀬さんのためにと必死に告白したことで、朱鷺の中の何かが変わった。そんな風に思う。

「この間の、石井さんの話だけど」

今なら、朱鷺と向き合って話せる。そう思って、切り出す。朱鷺がすっといつもの表情に戻った。

「私は、あの後も話を聞いた。『ぎょらん』なんて信じてない私だけど、でも信じようと思った。あんたは、どうなの。石井さんの説を、信じられないの？」

沈黙のあと、朱鷺はゆっくりと頭を振った。「そうなんだろうな、とは思ってる」

と言う。

「認めたくなかっただけだ。蘇芳は、死ぬまで追い詰めた俺を憎んで死んだ。その憎しみをどう受け止め、どう償って生きていくか。俺はそれだけを自問し続けて生きてきた。でも、それすら『逃げ』だと言われた気がした。そりゃあ、頭に血が上ったよ。簡単に受け入れられるものじゃない。罪悪感の理由すら蘇芳に押し付けて、自分のしたことから顔を背け続けていたなんて、どうして認められる？　俺は苦しんでいたようで、でもどこかで少しでも楽になれる逃げ道を用意していたってことだ。自分がそこまで情けないなんて、思いたくなかった」

　あんたはあんたなりに、苦しんでたと思うけど。そう言うと、朱鷺は緩やかに首を横に振る。いいんだ、自分で、分かってることだ。その声音は、落ち着いていた。

「今まですまなかった、華子。許せないことだろうと思う。俺は、こんな情けない理由でお前や母さんを振り回してた。家族に甘えてのうのうと生きて、何が罪を背負うだ。どんなに謝っても、足りない。好きなだけ罵《ののし》って、殴ってくれ。お前の辛さが少しでも和らぐまで」

　朱鷺が、頭を下げる。何故《なぜ》だか、涙が出た。朱鷺に謝ってほしいと、ずっと思ってきた。謝ったって簡単に許せるものでもないけど、それでも額を地面に擦《こす》り付けて謝ってほしかった。這《は》いつくばった頭にぶつける言葉はいくらだってあった、はずだった。

「私が本気であんたを殴ると、死ぬよ」

なのに、言えたのはそれだけだった。頭を下げたまま、朱鷺が哀しそうな笑い声を洩らす。そうか、それもいいけど、お前の手を汚してしまうな。

「私は、もういい。お母さんのとこ、行こう？」

「……ああ」

朱鷺が立ち上がり、病室へ向かう。その背中を追い掛ける。薄っぺらい貧相な背中が、少しだけ大きくなったようにみえた。

意識が回復したとはいえ、母の思考はまだはっきりとしていなかった。眠りと覚醒《かくせい》の狭間《はざま》にいるように、虚《うつ》ろな瞳をしている。それでも、涙が出るくらい嬉しかった。体に繋がれた管は相変わらず多い。けれど顔を覆い隠すような大きな酸素マスクから経鼻カニューレに変わっていて、状態が僅かでも安定していると知らせているようでほっとする。

「お母さん、おはよう」

そっと声をかけると、瞳だけが動いて私を認める。目を細めて、応えてくれた。

「あのね、朱鷺が来たの」

私の後ろで突っ立っている朱鷺を前に押し出す。瞳が見開かれ、それからまた、柔らかく細められる。母が、唇を動かす。耳を澄まさないと聞き取れないほどの隙間風のような声で、「朱鷺」と呼ぶ。朱鷺の体がびくりと震えた。椅子を持って来て、朱鷺を座らせる。その後ろに立って、ふたりを見守った。

「母さん。聞いて欲しい」

上掛けから出た枯れ木のような手を握り、朱鷺が言う。母は、瞬《まばた》きをひとつすることで、頷いた。

長い朱鷺の告白を、母は時折目を閉じたり瞬きを増やしたりしながら聞いた。声を詰まらせたり、逡巡《しゅんじゅん》しながらも、朱鷺は最後まで話をし、深く頭を下げた。

「謝っても取り返しのつかないことを、しました。申し訳ありません。そして、こんな馬鹿な息子を何年も面倒見てくれて、ありがとうございました」

肩が震えている。堪えているのだろうけれど、呻《うめ》くような泣き声がする。母の手が、動いた。重ねられた朱鷺の手から離れ、宙をゆらりと動く。頼りない手のひらは、朱鷺の頭の上にそっと落ちた。

「やったじゃん」

弱々しくも、はっきりと母は言った。朱鷺が、顔を上げる。母は強張《こわば》った口角をぎこちなく持ち上げて、笑った。

「ありがとう。答えを、聞かせてくれて」

意味が分からなくて、私が「何？」と問う。朱鷺が、「約束だったんだ」と小さな声で言った。

「俺が引きこもりになって、何年目だったか。母さんが俺に言ったんだ。どれだけでも面倒見てやるから、自分なりの乗り越え方を見つけなさい。そしていつか、どんなものに苦しみ、どんなことを考えていたのか教えてちょうだい、って」

知らなかった。母は朱鷺と、そんな約束をしていたのか。

「母さんを納得させられる答えではないと思う。申し訳ありません。申し訳、ありません」

何度も謝る朱鷺の頭を、母の手がゆっくりと撫でる。

「上出来。よくがんばったね」

手が、頭を掻《か》き回すように優しく動く。それは、母の癖だった。高校入試に受かったとき、体育祭で活躍したとき、母は私たちがどんなに恥ずかしがっても押さえつけてまで頭を撫でまわした。もうあんな強さは残っていないけれど、手のひらの優しさは、変わらない。

朱鷺が、ああ、と声を上げて泣いた。母さん、何で、そんなこと。俺は、俺は。

私は、喉奥に込みあげてくるものを堪えて、朱鷺の背中越しに母を見つめた。私は、一生母に敵《かな》わない、と思う。朱鷺の告白を全て受け入れ、赦して、苦しみを一瞬で消し去った。

「これからも、がんばんなさい。ただ、答えをひとつ得たから終わり、じゃ、ない問題でしょ。一生、悩みなさい」

急に、母が噎せ返った。喋りすぎたのかもしれない。慌てて駆けより、浮いた背中に手を回す。ナースコールを押そうとした私を、咳込《せきこ》んだ母が止める。

「だいじょうぶ、よ。ありがとう、華子。朱鷺、強くあろうとしなくていい。弱くていいのよ。どうやっても立ち上がれば、いい」

「それで、いいの？」

「がんばれば、結果はついてくる」

大丈夫大丈夫、と母は言い、ふいに目を閉じる。朱鷺が小さく悲鳴を上げる。

「起きてるわよ。安心、しただけ」

ふふ、と母が笑う。そして続ける。

「あれ、『ぎょらん』って名前だったのね。それを知ってたら、少しだけど教えてあげられたのに」

どういうこと？　朱鷺が、身を乗り出す。

「わたしもそれ、見たことあるのよ。通夜の晩に、お父さんが、持ってた。あんまり綺麗《きれい》だったから、それを握りしめて眠ったんだけど、いつのまにか消えてた」

「握り、しめて？　口にしたんじゃなくて？」

母が頷く。その晩は、奇跡みたいな夢をみたわ。お父さんとたくさん話をした。今までのことや、これからのこと。わたしは、あんたたちを絶対にきちんと育て上げてみせると約束した。

ああ、夢か。父の突然の死に、母も精神的なショックが大きかっただろう。だからこそ、そんなものを手にした夢を見たのだろう。朱鷺や石井さんがあれほど「口にするもの」だと言っていたのだ。手にしていただけで何か伝わるはずはないだろうし、ましてや夢の中といえども会話なんてできるわけもない。朱鷺も、同じ気持ちだったのだろう。「そうか」と短く答えた。

「本当に、不思議だった。夢の中で、お父さんが保険に入っていることを教えてくれたの。へそくりのつもりで、ずっと掛けていた保険がある。本棚の中に証書と通帳が挟まっているから、生活の足しにしてくれって。半信半疑で調べたら、本当にあった」

え。思わず漏らした声は朱鷺のそれと重なった。本当だとしたら、それは奇跡だ。ありえない、そう言いかけてふと気付く。頭の隅にかちりと引っかかるものを感じた。なんだっけ、と思考を巡らせて、思い至る。

「石井芳年の手帳だ」

声を出した私を、朱鷺が振り返る。朱鷺に慌てて説明する。

「彼の手帳を見せてもらったんだ。最後のページに、『知らない情報を得られた』って書き込みがあった。意味が分かんないなって思ったんだけど、まさか、このことを指していたのかな」

朱鷺の顔色が変わる。どういうことだ、と呟く。どういうことも何も、母のように死者しか知り得ない情報をぎょらんによって得られたひとが、他にも存在していたのではないか。彼はその話を考察している過程で、命を落としたのではないか。顔を見合わせていると、母が笑う。

「何を、驚いてるのよ。奇跡とか、力の強いものは色んな顔を持つのよ。神様と一緒。優しい仏様も、厳しい冥途《めいど》の神様も同じもの。わたしは、あの珠に救われた。朱鷺は、一生をかけて解く課題を与えられた。それだけでしょう」

朱鷺が狼狽えるも、今はそんな場合じゃないと思い直したのだろう。母の手を握る。

「実はわたし、うれしかった。あんたが、葬儀社に入ったこと。きっと、同じ苦しみを背負うひとに出会い、救い救われ、生きていける、って。あんたが選んだ道は、間違ってない。大丈夫」

そう言い残して、母は再び意識を手放した。深く沈んだ意識はもう浮き上がることはなく、翌朝、母は私たちの呼びかけに応えることなく静かに逝った。

朱鷺は葬儀の手配のために職場に行き、私は一度家に帰った。母の部屋に置いたままだったアドレス帳を探し、母の友人や面倒を見てくれたひとたちに連絡をする。病で窶《やつ》れた姿を見られたくない、と母は誰にも病のことを伝えていなくて、だから誰もが言葉を失った。まさか嘘でしょう。まだ若いのに、これからなのに。中には電話口で泣き始める人もいて、時折つられ泣きをしながら一通りの連絡を終えた。

終わってから、母の部屋を見回す。元から物を持たない人だったけれど、それにしてもさっぱりと片づけられている。急を要する入院で、一度も家に帰れなかった。もう戻ることができないことを察していたのだろうか。

「覚悟、できすぎでしょう」

整頓された部屋は涙を見せない母そのものだ。女手一つで私たちを育て上げた母だって辛いことや哀しいことがあったはずなのに、欠片《かけら》もそれを見せなかった。私たちの前で、母は少しでも安らげただろうか。肩の荷を降ろして、ひとりの人間として息をつけただろうか。そうじゃなかったとしたら、哀しすぎる。

何か縋りつけるものがないかと室内を見回す。小さな書架に父の遺品である本や手帳がささっているのに気が付いた。何気なく近寄ると、真っ赤な表紙の薄い冊子だけが飛び出ている。引き抜いてみると、金の文字で「エンディングノート」と書いてある。以前、朱鷺が母に渡していたのを思いだした。母は戸惑った顔をしていたし、私は死なんてほど遠い人にバカなものを渡して縁起でもないと叱《しか》りつけた。てっきり捨てたものとばかり思っていたけれど、持っていたのか。

ページを捲って、「うそ」と声が出る。そこには母の字でびっしりと、死後についての指示が書かれていた。その内容は、葬儀の規模に生花の色、法要の有無にまで及んでいた。

「いつ書いてたっていうの」

愛用していたネックレスの譲渡先や趣味で集めていたアンティーク食器の処理方法まで、急に思いついて書き記したとは思えない。震える手でページを捲り、目を走らせていく。

内容は具体的な指示が終わると、思い出や記録にシフトしていった。結婚記念日や、朱鷺や私が生まれた日のことも書かれている。父が死んだ、その日のことまで。

『子どもたちの存在に、何度も救われた。どれだけしんどい時が来ても、子どもたちの笑顔さえあれば頑張れた。笑っていられた。あのひとはいつだって、そう言っていた。いつも、お別れの夢の中でさえ。わたしはその言葉を引き継いで、生きていこうと決めた。あのひとのために、子どもたちのために』

ページが、涙で滲む。ああ、母は本当に、夢で父と最後の会話をしたのだろう。そこで交わした約束を守って、生きてきたのだろう。

最後のページには、私たちへのメッセージが書かれていた。

『時に誰かの救いとなり、時に救われて、笑って生きて下さい。あなたたちは、それができる』

涙が紙の上に落ちる。慌ててそれを拭《ふ》いて、朱鷺に電話をした。数コールで繋がった。

『華子。母さんの葬儀だけど、俺が担当したい。会社にもそれを頼んだ。遺族としてしなくちゃいけないことは、お前に頼みたい』

私が話すより早く、朱鷺が用件を伝えてくる。

「そうしなよ、それがいい。あのね、お母さんがエンディングノートっていうの？　それを書き残してくれてる。葬儀のことまでびっしり書いてる。これがあれば、大丈夫だよ」

電話口の朱鷺が一瞬黙る。それから、持って来てくれと言う。悔いのない葬儀をする。だから、すぐに持って来てくれ。

ノートを胸に抱いて、頷いた。

＊

うららかな、二月半ばのある日。庭先に植わった梅の蕾が膨らみ始めた。あと数日もすれば、綻《ほころ》ぶかもしれない。そんな中、母の四十九日忌法要を天幸社で無事に済ませることができた。

母の遺骨は、エンディングノートに書かれていた通りに父と同じ墓に埋葬することが決まっている。三回忌の法要が済んだときに、菩提寺《ぼだいじ》に永代供養《くよう》を依頼してくれとも書いてあった。それ以降の法要は一切不要とも。何とも、さっぱりとしている。子どもに要らぬ手間をかけさせるなんてごめんなのよ、そんな声が聞こえてきそうだ。

「七瀬さん、わざわざ来てくれてありがとう」

参列してくれた七瀬さんに深く頭を下げる。彼女はとんでもない、と手を振って
「葬儀には来られなかったから、ごめんなさい」と言う。

「仕方ないよ。七瀬さんも、大変だったはずだもの」

母の死から五日後、那須さんもまた短い人生に幕を下ろした。皆に見守られて逝ったという。

「前に、入居者のおじいちゃんが言ってたの。みんなに、さようならって言って人生を閉じられる奴は幸せだ、って。那須さんも、そうだったの。幸せそうだった」

七瀬さんが微笑む。その笑顔は、どこかすっきりしていた。

朱鷺は事務所に顔を出してくると言っていなくなり、他の参列者たちは皆帰って行った。誰もいなくなった部屋で、ふたり向かい合って座る。もてなし用の茶器を使って、ふたり分のお茶を淹れた。ゆっくりと啜る。

「だからなのかな、私今、すごく落ち着いてるの。彼がいなくなったら頭がおかしくなっちゃうんじゃないかって思ってたのに、穏やかなの。きっと、心残りがないからね」

七瀬さんは結局、連絡を取った。彼の命がもう消え失《う》せる寸前で、ふたりに会いたがっていることを伝えた。お願いします、会いに来てください。最後の願いを、叶えてあげたいんです。声を震わせ、頭を下げながら、電話口の向こうにお願いし続けた。「行きます」という言葉を引き出すまで、何度も。

「ふたりが来ても、那須さんの意識は戻らなかった。私が連絡するのを躊躇ったからだ、そう思えて仕方なかった。だけど、死の間際《まぎわ》、少しだけ意識が戻ったの」

七瀬さんが、思い出すように目を細める。

「ちょうど、みんなが彼のために集まっていたの」

誰かが、『目を覚ました!』と叫んで、皆が彼の周りを囲む。ゆっくりと瞼を持ち上げた彼は、ああ、と短く声を出した。多分、自分の置かれた状況が摑めていなかったんだろう。濁った眼で周囲を見回して、自分を覗きこむひとの多さに驚いたように眉を持ち上げた。何度か瞬きをした彼は、一番近くにいたふたりの姿を認めると僅かに目を見開く。なんと声をかけていいのか分からない様子で彼を見つめ返すふたりの姿を、もしかしたらまた幻かと思ったのかもしれない。ひび割れた唇が動く。窓の向こうで吹く木枯らしよりも小さな音だったけれど、真樹、とはっきり聞こえた。彼女はびくりとし、それでも『はい』と返事をした。ああ、彼がもう一度息を吐く。そして、元妻の隣に立つ、十数年ぶりに再会した娘に目を細める。唇が名前を形作る。立ち尽くしていた娘の体が大きく震えた。

誰が呼びに行ったのか、看護師と医師が入って来る。彼らが自分の体に繋がった管や機械を触っている間も、彼はふたりを見つめ続けていた。

『那須、分かるか』

妻子の反対側にいた部長が、彼に声をかける。そこで彼は視線を移し、瞬きをして応える。

『みんな、来てくれてる。ほら、見ろ』

彼は視線を流す。ひとりひとりに会釈《えしゃく》をするように瞬きを繰り返しながら。そして、足元のところに立っていた七瀬さんと目が合った。ゆっくりと瞬きをして、七瀬さんもそれに応えるように、頭を下げる。視線はまた流れていき、再び元妻と娘のところに戻る。三人の視線が絡《から》み合い、元妻は涙を堪えるように目元を赤くしながら、『ごめんなさい、ありがとう』と言う。娘はただただ、記憶に薄いだろう父を見ていた。

目を閉じて、那須さんがため息を吐く。満足だ、そう言っているような穏やかさがあった。それから彼はふと何か思いだしたように、目を開ける。のろりと視線を動かした。

彼の瞳が、七瀬さんを捉えた。

「私から、それから隣にいるふたりを見て、彼ははっと深く息を吐いたの。目を大きく見開いてた。それから、もう一度私を見た。そして、笑ったの。弱々しかったけど、でも口角をぎゅっと持ち上げて、笑ってくれたの。それは、私が大好きな、彼の笑顔だった」

足元から、震えが起きた。今、彼との間に一本の線が繋がった、そんな気がした。

七瀬さんはとても幸せそうに、目を閉じて言う。

「時間がかかってしまったけど、私は那須さんの願いを叶えることができた。彼はそれを受け止めて、笑ってくれた。あの瞬間、彼と言葉の要らない繋がりを感じた。それ以上、何も望むことはない。よかった、と心から思えた。あのとき動けて、本当に良かった」

「七瀬さんが笑えているの、私もすごく嬉しい」

「これも全部、御舟さんのお蔭だよ。彼が私の背中を押してくれなかったら、と思うとぞっとする。後悔や自己嫌悪に塗《まみ》れていたはずだもの。御舟さんがいて、よかった。心から、感謝してる」

母に、聞かせてあげたいと思う。朱鷺はあのとき確かに、七瀬さんの助けになれたのだ。朱鷺の苦しみが、かたちを変えた。

「母の遺言がね、救い救われて生きていけ、なの。だから朱鷺も七瀬さんの言葉に救われると思う。ありがとう」

頭を下げると、七瀬さんが「素敵なお母さまだったのね」としみじみ言う。

「だからふたりは優しいのね。あ、叔母から少し聞いたの。御舟さんが、素晴らしかったって」

自分が施行担当をする。そう言った朱鷺は別人のような働きぶりを見せた。母の遺したエンディングノートに従ったとはいえ、指導係だという上司の女性が「まるで別人じゃないの」と目を瞠《みは》るほどで、細部にまで気を配っていた。そのお蔭で、母らしさを感じる素朴で温かな葬儀は何ひとつ滞ることなく執り行われた。こんな立派な子どもたちがいれば、お母さんも安心でしょう。そう言ってくれた参列者がどれだけいたか。

「やればできるじゃん、って腹が立つくらいだったよ。今まで手を抜いていたんじゃないのって思わず言っちゃったくらい」

思い返して笑う。詰め寄った私に、朱鷺は真面目な顔をして答えた。ノートの書き込みをひとつ叶えるたびに、母さんの存在を感じるんだ。これは七瀬さんの言葉だけれど、『亡くなった人の残した願いを叶えてあげられた瞬間だけは、再び繋がれる。願われて、叶える。そこには必ず、一本の糸が渡ってる』。本当に、そう思うよ。

「叔母が言ってた。彼はいい葬儀屋さんになるわよって」

どうしようもない死を前にした時、ひとは立ちつくして、死者とまた繋がれないかと苦悩する。死者との繋がりや記憶で救われることも、もちろんある。けれど、絶望の沼の中まで寄り添ってくれて、引き揚げて再び立ち上がらせてくれるのはいつだって同じ世界に生きているひとなんだって。彼はいつか、それができる葬儀屋になる。

「そんなこと、本人に言ったら調子に乗っちゃうかも。内緒にしておいてね」

「大丈夫だと、思うけどなあ」

これから仕事だという七瀬さんを見送ろうと、外に出る。暖かな日差しが私たちに優しく降り注ぐ。ふたりで空を仰ぎながら、空ってこんなに綺麗だったっけ、と笑い合った。

「七瀬さん！　せっかく来ていただいたのにお礼を言えなかった。申し訳ない！」

ふいに声がして、振り返ると朱鷺が駆け寄ってくるところだった。

「御舟さん、何だか雰囲気が変わりましたね。しっかりしてきたって感じ」

七瀬さんの言葉に、朱鷺が照れたように頰を掻く。そんな様子を微笑ましく見つめた七瀬さんが続ける。

「あの時はお友達の話をして下さって、ありがとうございました。きっと、一生考えてゆくことだと思います。でももう、『ぎょらん』には惑わされずにすみますね」

「ああ、いいえ。それもまた、一生をかけて考えていく所存であります」

朱鷺がきっぱりと言い、七瀬さんが首を傾げる。どうして？　と不思議そうに呟く。

「まだ、叔母の話が信じられない？」

「いえ、そうではないのです。一説として筋は通っていますし、そういうものでもあるのかもしれません。ただ」

朱鷺は、母が見た、父の持っていた珠の話をした。石井芳年の手帳にも同様の書き込みがあったことも。

「それに、自分たちは見たのです。母の、『ぎょらん』を」

出棺前、これが最後だからと母と三人にしてもらった。湯灌《ゆかん》をし、綺麗に整えてもらった母は生前そのものの、穏やかな寝顔をしていた。

『お母さん、今までありがとう』

胸元で組まれた手に触れる。言うともなく、片手ずつを朱鷺と握った。私が右手、朱鷺が左手。かつて、永遠に繋いでいられると思った手を離す時が来た。躊躇いながら、ゆっくりと離す。その瞬間だった。母の胸元に、赤い珠を見た。あ、まさか。思わず声を上げて朱鷺を見れば、朱鷺もまた同じ個所を見つめていた。同じものを見ている、とすぐに分かった。

『ねえ、これが「ぎょらん」でしょう。ねえ、そうでしょう⁉』

白装束の上に載った小さな一粒の珠。それは間違いなく存在している。幻などではない。

『ねえ、ふたりが同じものを見たら、どうすればいいの。どちらが口にしてもいいの？』

これは、私と朱鷺、どちらの思い残しの結晶なのか。それとも父が遺した珠と同じものなのか。分からない。朱鷺が、震える指先で『ぎょらん』を摘《つま》み上げて目の高さに掲げる。珠は、光を受けて赤く煌《きら》めいた。

『何て、きれい……』

瞳を奪われる。指先の珠は、うつくしい赤をしていた。深いようで、透明で、これ以上澄んだ赤は存在しないんじゃないかとさえ思えた。ふたりで見入っていると、珠の中に母の笑顔を見たような気がした。これから頑張んなさいよね、そんな言葉さえも、聞こえた気がする。

うん、お母さん。安心していいよ。そう胸の中で呟いた瞬間、珠がかき消えた。空気に溶けるように、痕跡《こんせき》ひとつ残さず。

「結局『ぎょらん』とは何なのか分かりません。だから、一生をかけて向き合って行こうと思います。ひととどう関わって生きていくか。それは、死ぬまでの課題であります」

部屋の中で蹲っていた兄はもういない。それが何より嬉しくて、誇らしい。もう大丈夫だ、そう思う。

七瀬さんは朱鷺の言葉を何度も頷いて聞いて、私もそうです、と笑った。繋がりをこれからも求めて、生きていきます。

ではまた。会釈をして、七瀬さんが斎場を後にする。朱鷺は、仕事に戻ると言って駆けて行った。

残された私は、もう一度空を仰ぐ。私も、私なりの答えを探しながら、生きていこう。

遠くに鳥が舞っている。緩やかに弧を描いた鳥を見守っていると、くちばしの先がきらりと赤く輝いた気がした。誰の『ぎょらん』だろう。柔らかな光を咥《くわ》えた鳥は、空に溶けて消えて行った。

赤はこれからも

この章には「新型コロナウイルス」「東日本大震災」による死の描写を含む表現があります。ご自身の判断で読まれますように、お願いいたします。

姉からの電話を何となく無視した四日後、姉の訃報《ふほう》が届いた。

「美弥《みや》ちゃん？　香弥《かや》が、死んだよ」

連絡してきたのは姉の夫である和史《かずし》さんだった。突然のことに呆然《ぼうぜん》としてしまった私に「落ち着いて聞いて」と話を続ける。姉は八ヶ月ほど前から流行し始めた新型コロナウイルス感染症に罹《かか》り、重症化して亡《な》くなったのだという。発熱して病院を受診したのは、四日前のこと。中等症と診断を受け、その場で入院。それから亡くなるまであっという間のことだったと和史さんが声を詰まらせた。

「コロナ……、ですか」

連日、関連ニュースが嫌になるくらい報道されていて、世界は閉鎖的になっている。私の職場であるネイルサロンも、いっとき休業せざるを得なかった。また、営業を再開しようにも、マスクの徹底はもちろんのこと、消毒用アルコールや空気清浄機、プラスティック製のクリアパーテーションなどさまざまな対策が必要で、しかしそれらはどれも品薄状態でままならない。そんな中でようやく再開にこぎつけたけれど、客足は以前通りとはいかなかった。いつもみっしり入っていた予約は連日スカスカで、体調不良による当日キャンセルも増えた。お客様たちはみんなどことなく申し訳なさそうに来店し、施術《せじゅつ》中の会話も以前よりぐんと減った。その中でときどき『兄の勤める会社でコロナが出たみたいで』『親戚《しんせき》の知り合いがコロナで亡くなったって』という近いようで遠い場所の話がそっと囁《ささや》かれた。

しかし、私の周囲で、私の知っているひとはみんな、健やかだった。だからこそ、自粛という言葉に少し辟易《へきえき》していたひとは多かったし、私もまさしくそのひとりだった。誰に言ったわけでもないけれど、鬱屈《うっくつ》していた。楽しみにしていたイベントは中止になったし、好きなアーティストは鬱みたいになって活動を停止した。よく通っていた居酒屋はずっと休業中で、仲の良い友達は夫が在宅ワークになって始終家にいることの愚痴ばかり零《こぼ》してくるようになった。

でも、本気で憂《うれ》えていたわけでもない。私だけに降りかかった災厄ではない。病という嵐《あらし》の中で、みんながじっと息を潜めているのだ。そして、世界のいたるところで医療従事者が闘ってくれている。看護師の友人のSNSを見れば、その激戦ぶりが分かった。たくさんのひとたちがきっと、嵐を追いやってくれる。そうなれば、あのときはちょっとしんどかったね、なんて話す日がやって来るのだ。そんな風に、漠然と信じていた。

「四日前に受診して、陽性だって言われたときはぞっとしたよ。だけど香弥は喋《しゃべ》る元気があって、テレビで報道されているような重症な状態って感じじゃなかったんだ。だから、入院と言われたけど案外軽症ですむんじゃないかっておれは……多分香弥も、信じていた。それでも香弥は『念のために』って君に電話したんだけど」

「あ。そのときちょうど仕事中で、出られなくて……」

チクリと胸が痛む。ほんとうは休みで、昼寝をしていた。姉からの電話はたいていが小言で、そうじゃなけりゃ何のオチもないくだらない話で、だから面倒で出なかった。

「うん、そうだろうなって二人で話したよ。美弥ちゃんも、忙しいよな。ああ、話は戻るけど、入院の翌日もまだメッセージのやり取りができたんだ。おれから美弥ちゃんに連絡しておこうかって言ったんだけど、余計な心配かけるから連絡しないでいいよって」

ほんとうに突然だったんだ、と和史さんが言う。意識が混濁していて危険な状態だって病院からいきなり連絡を受けて、でもおれ自身も濃厚接触者ってことで家から動けないし、行ったってどうせ会わせてもらえない。混乱している間に、亡くなったって電話が……。

これって夢かな、と思った。酷《ひど》く疲れた夜に見る、やけに鮮明でリアリティのある嫌な夢。だから「ほんとうの話ですか？」と訊《き》いた。

「これ、悪夢とかそういうやつですか」

ははは、と和史さんが乾いた声を漏らした。

「だったらどんなにいいだろうね。香弥は術後で体力も抵抗力も落ちていた。万が一罹ったら重症化しやすいって話はしたよね？　だからおれたちも充分気を付けていたんだ。ほんとうに、気を付けて生活していた……つもりだった」

姉は乳がんを患《わずら》っており、二ヶ月前に右乳房を全摘出したばかりだった。術後の経過は良好で、いずれは問題なく日常生活を送ることができるだろう、という話だった。

『おっぱいは片方なくなっちゃったけど、再建手術を考えてるから大丈夫。それより美弥ちゃんも、乳がん検診に行ってちょうだいね』

入院中は、一度もお見舞いに行けなかった。コロナの感染対策とかで、入院病棟への出入りが禁止されていたのだ。退院後も、感染予防のためとかで、会えないとのことだった。なので姉の退院後にビデオ通話をしたが、姉は少しだけやつれた顔で、でもしっかりと意思のある強い目で言った。早期発見が大事なのよ。あたしはまだ三十一だし大丈夫って勝手に油断して検診に行かなかったのが、よくなかったの。先生がおっしゃるにはね、親族の誰かに乳がんに罹ったひとがいると、がんのリスクが高まるんですって。だから、検診大事よ、検診。

『行く行く。大丈夫。それよりさ、何か食べたいものとかないの。会えないなら、何か送るよ。お義兄《にい》さんが受け取ってくれればいいでしょ？　退院祝いも兼ねてさ、何かこう、贅沢《ぜいたく》なものリクエストしていいよ』

『それより検診行きなさい』

『検診は、分かった分かった。それで何がいいの？　そろそろ柿《かき》とか、ブドウも時期なんだっけ？　お姉ちゃん果物好きでしょう』

『駅前にある倉田医院がいいわ。いい先生がいるの。ああ、検診の予約、お姉ちゃん取ってあげようか』

『ああもう、検診検診って、壊れたアレクサかよ』

自分が病気になったからって心配しすぎなんだよ、と私は辟易して、早々に通話を終えた。検診は行っていないままだ。

「えっと、とりあえずそちらに行きます、ね」

シュシュシュシュと音がして、のろりと目を向ければキッチンで湯気が上がっている。カップラーメンを食べようと湯を沸かしていたんだった。今日は休みで、何の予定もなくて、だから昼過ぎまでベッドでだらだらとスマホを触っていて、お腹《なか》が空《す》いたけど料理なんてしたくなくて賞味期限を十日過ぎたカップラーメンを発掘した。味噌《みそ》ラーメンより豚骨ラーメンがよかったけど仕方ない、と思ったのはほんの数分前のことなのに、遥《はる》か昔の出来事だった気がする。だらしなく蓋《ふた》が開いたカップラーメンを横目に、コンロの火を止めた。

「来ないで。おれは濃厚接触者なんだ。いまのところ自覚症状はないけど、万が一ってことあるから」

和史さんがきっぱりと言う。

「え。あ、そうか。えっとそれじゃ、お通夜《つや》とかお葬式とかそういうの、お義兄さんの自宅待機が終わるのを待ってからってことになりますよね。あの、何か私がすることありますか？　私、無知なんですけど」

私たち姉妹は父子家庭で育ち、父は私が高校一年生のときにくも膜下出血で亡くなった。どういう事情があったのかは知らないが、私たちの生母の行方は分からず、また親戚づきあいも皆無だったため、父の通夜葬儀諸々《もろもろ》は当時すでに社会人だった姉がひとりで行った。私は父の突然の死に驚き嘆くばかりで、姉や葬儀社のひとたちの指示にとりあえず従っていた覚えがある。

「ああでも、葬儀社のひとが教えてくれますかね。とりあえず姉をお迎えに行かないといけないんですよね。お義兄さんが濃厚接触者だから自宅は無理だし、葬儀社の斎場を使えばいいのかな」

他にもっと言うべきことがあるはずだと分かっているけれど、何をどう言えばいいのかが分からない。ぐちゃぐちゃになった引き出しの中から、必要なものを取り出せなくて手当たり次第に手に取っている気分だ。動揺してしまっているのだ、ということだけは理解できる。

電話口の向こうで、和史さんが「それが……」と口ごもり、珍しいなと思う。高校で体育教師をしている彼は、いつも明朗な口調で話すのだ。彼は私と十三歳の差があるから三十七歳になる。それだけの年齢差があるから、私を前にすると生徒と接するように気を張ってしまう、と言われたこともある。

いや、突然の妻の死を前にすれば、動揺もしてしまうか。

「香弥は、火葬場に直接送られることになるんだ。遺骨で戻ってくる」

何もおかしくないのに、ふわっと笑いがこみあげた。何それ。質《たち》の悪い冗談？

「どういうことですか」

「コロナで亡くなったひとは、感染防止のため厳重に柩《ひつぎ》に納められて火葬場に直接送られるんだそうだ。火葬後は葬儀社のひとが遺骨を自宅まで届けてくれるらしい。ほら、春先に芸能人が亡くなったの覚えてる？　自宅の前で、親族が骨壺《こつつぼ》を受け取っていた姿が映されてた」

和史さんが声を震わせ、私も思い出す。そういえば、病院で亡くなってから遺骨になるまで一度も対面できなかったという報道があった。両腕にすっぽり収まる箱を抱えて声を震わせていた親族の姿は、あまりに衝撃だった。父が亡くなったとき、私はその骸《むくろ》に抱きついて泣きわめき、通夜の晩は姉と三人で同じ部屋で眠った。出棺前には頬を撫《な》で、何度もありがとうと伝えた。そんな当たり前の別れができないなんて、なんて残酷な病気なのだと、今更になって思った。

そんな恐ろしい別れがいま、私と姉にも突き付けられているというの？

「それって、お姉ちゃんに、会えないってことですか？」

口にするも、信じられはしない。そんなことあっていいはずがない。しかし和史さんは「そうだ」と低く告げた。

「香弥が向かう火葬場は、遺族の立ち合いを受け入れていないそうだ。だから明後日《あさって》の朝十時に、香弥はひとりで……火葬場にいく。午後には帰って来るそうだよ」キン、と頭の奥が痛んだ。痛みはキンキンと強くなっていく。足がぶるりと震えて、私はその場にへたり込んだ。

「だから、通夜や葬儀といった儀式はできない。お別れの会をとも考えたけど、このご時世だ、集まれる状況ではないだろう？　香弥は、ひとに気を使わせてしまうようなことは嫌いだったし」

和史さんが洟《はな》を啜《すす》る気配がした。

「ともかく明後日、家で香弥が帰って来るのを待つよ。おれの自宅待機期間が終わったら来てくれるかな。香弥の友達の茜《あかね》さんにも連絡をするつもりだから」

「……分かりました」

時間のやり取りだけして、電話を切った。

座り込んだフローリングが温《ぬる》い。隅に埃《ほこり》が溜《た》まっているのが見えた。いつかに食べたスナック菓子の袋の切れ端も落ちている。

綺麗《きれい》好きで掃除が趣味の姉と違って私は雑でずぼらだから、油断するとすぐに部屋が薄汚れてしまう。姉がこの部屋に来たのはいつが最後だっただろう。ああそうだ、四月の、お釈迦《しゃか》様の誕生日だ。小学生のとき、私が世界で一番美味《おい》しいと言った洋菓子タカギの生チョコタルトを手土産にやって来た。

『生チョコタルト、甘ったるいって何度も言ったじゃん』

かつては濃厚な甘さとタルトのさくっとした食感にうっとりしたものだけれど、お酒を飲むようになってから甘さがくどく感じられるようになった。しかもタカギのケーキはちょっとダサい。昭和でセンスが止まっている感じ。艶々《つやつや》のチョコクリームにたっぷり散らされたアラザンは、当時はおしゃれだと言われたのかもしれないけど、食感を悪くしてるだけだということにそろそろ気付いてほしいと思う。

なのに、姉は馬鹿《ばか》の一つ覚えみたいに生チョコタルトしか買ってこない。しかも必ずホール。生チョコタルトは5号サイズしかないので、ふたりで食べるにはあまりに大きい。

『あら。美弥ちゃんは、大人になったらぜーんぶひとりで食べるんだって言ってたじゃない』

『小学生のころの話でしょ。この年になるとただただ重いんだってば』

『またそんなことを言う』

私の部屋のキッチンなのに、我が家のような立ち居振る舞いで、姉はタルトとコーヒーの支度をする。四分の一ずつ切り分けられたタルトとブラックコーヒーが、ダイニングテーブルに座っている私の前に置かれた。向かい側の姉の席は、同じサイズのタルトとカフェオレ。姉は甘党なのだ。このタルトだって、姉が食べたいだけかもしれない。

『でかいんだけど』

『そんなことないでしょ』

姉は大きな口でタルトを食べ、カフェオレで飲み下す。五口くらいでタルトが消える。湯気を立てていたカフェオレも、あっという間になくなった。私はそれを見て『相変わらずクジラ……』と小さく独り言《ひとりご》ちた。

姉の食事はいつもせわしない。いつだって、クジラのように大きな口であっという間に完食してしまう。

小学校のころ、姉があんまりにも早食いであることに呆《あき》れてしまい、ちゃんと味わっているのかというようなことを訊《たず》ねたことがある。私がじっくり味わっていた唐揚げもハンバーグも、姉は何の余韻もなくただ吸い込んでいるように見えたのだ。姉は、ちゃんと味わってるけど……？　と不思議そうに返してきた。もしかして、今日の味噌汁辛かった？　あたし、ちゃんと味見したんだけどなぁ。

そういう意味じゃない。呆れ果てて口を噤《つぐ》んだ私に、父は『お姉ちゃんは味わってるさ』と笑った。美味しいから、早く食べたいんだもんな。

『だってクジラの食事みたいじゃん、お姉ちゃん、お姉ちゃんのは』

数日前にNHKの特集で見て、お姉ちゃんだと思った。がばーっと口を開けて、とりあえず口の中に入ってくるものを飲んでいるような感じが、似ていると思った。父は『酷いな』と笑い姉は『クジラだってグルメのはずだもん!』と腹を立てたけど、私はそれ以来ときどき、姉を『クジラ』と呼ぶ。

『何? 何か言った、美弥ちゃん』

小さな声を聞きつけた姉が軽く睨《にら》んできて、『いや別に』と答える。

『相変わらず食べるの早いなって感心しただけ』

『ふん。あなたはぞんぶんにゆーっくり味わいなさい』

それから、姉は勝手に部屋中の掃除を始めた。これも、いつものことだ。

タルトの上のアラザンをつつく私を尻目《しりめ》に、姉はくるくる動く。窓を拭《ふ》き、床を磨く。それでいて、『もっとこまめに冷蔵庫の中の整理をしないと』とか『洗濯機の裏から靴下が三足分も出てきた』とか文句を言ってくる。『こんなことじゃいつまで経《た》っても結婚できないよ』とも。姉はとてもおしゃべりでもある。喋るルンバと呼んで、こってり怒られたのは和史さんだったか。

しかしこのルンバはいつまでも機嫌がよいわけではない。たいてい、私のだらしなさに堪忍袋《かんにんぶくろ》の緒が切れ、怒り始める。この日もいきなり『いい加減まともになりなさいよ！』と怒鳴られた。手にしなびた人参《にんじん》を数本持っていたから、それがスイッチだったのだと思う。

『こんなにだらしないんじゃ、結婚も子育てもできないよ。情けない！』

『しないからいいもん』

私は結婚するつもりがない。誰かと共に生きていく、ということを苦痛に感じてしまうのだ。何度か恋人を作ったし、同棲《どうせい》に近いこともやってみたけれど、恋愛で得られる幸福よりひとりで過ごす穏やかさの方が、私には不可欠だった。腕枕《うでまくら》より、四万円のオーダー枕の方がよっぽど心地いい睡眠が取れる。

それに、社会生活はきちんとこなしているから充分じゃないか。勤務態度は自分でも真面目《まじめ》だと思っているし、私のオリジナルデザインが好きだと通ってくれるお客様もたくさんいる。ネイル画像を定期的にアップしているインスタのフォロワーだって多い。いまは高給とは言えないけれど、ひとりで生活していくには充分な収入があって、いずれは自分のネイルサロンを経営したいから貯金だってしている。部屋だってそうだ。姉は汚いというが俗に言う汚部屋《おべや》レベルではなく、異臭も発してなければゴミが溢《あふ》れかえっているわけでもない。誰に迷惑をかけているわけでもない。

『私は現状に満足してるよ。それに、誰かと暮らす便利より、ひとりでいる不便を楽しめばいいって思ってる』

へっへ、と笑うと、姉が『馬鹿！』と怒鳴った。

『あとで後悔しても、遅いんだよ！』

手にしていた雑巾《ぞうきん》を床に叩《たた》きつけ『結婚しないってことは、子どもも産む気がないんでしょ？　そんなんじゃいつか絶対、寂しくなる。不幸になるんだよ！』と言い切る姉に、うんざりする。姉は、女のしあわせは結婚して子どもを産み、家庭を守って生きることだと思っている。父子家庭で育ったからこそ憧《あこが》れが強いのだと、私は思う。でも私はそうじゃないし、誰かと婚姻関係を結んで一緒に生きたことで不幸になった、ってひとはこの世の中にごまんといることを知っている。これは私の思い込みじゃない。離婚率をみてみろ。そして私たちの父は『結婚なんて二度としなくていい』と言っていたじゃないか。いや、ほんとは『お前たちが生まれてきてくれただけで、結婚はもう十分だ』と続くから、下手に引き合いに出すと墓穴を掘りかねないので口にはしない。

『お姉ちゃん、もう帰りなよ。そういうとこウザいんだよ。ウザ女王だよ。私さあ、もう二十四だよ？　いつまで私の親気取りでいるわけ？　私のことに構わず、もう自分の家庭だけ守ってなよ。何ならお姉ちゃんこそ子どもを産んでさ。その子の世話を好きなだけやるといいよ。そうすれば、私のことなんてどうでもよくなるんじゃない？　早くそうなってよ、まじでウザいから』

これも、いつものやり取りだ。姉がキレて、次に私が逆ギレする。

母親のいない家庭だったから、姉は私の母親代わりとして頑張っていたのだと思う。父が何でもこなせる万能なひとだったこともあるけれど、父子家庭ゆえの不便はさほど感じたことがない。他の母親たちより断然若い姉が誇らしかった時期すらある。けれど、姉は姉に過ぎず、母親ではない。いつしか、親でもないくせにと姉を疎《うと》ましく思うようになっていった。そもそも、姉は過干渉すぎた。父が亡くなってからそれは酷くなり、私は高校を卒業するまで門限が十九時だった。門限を過ぎれば姉からの着信とメッセージが止まらず、帰宅すれば小一時間説教され、泣かれた。高校卒業を機に家を出れば、週に何度もやってきては世話を焼かれた。彼氏ができれば必ず紹介しなくてはいけなかったし、同棲は姉の許可を得ないといけなかったから同棲もどきだった。成長すればするほど、姉にうんざりする気持ちも膨らんだ。

姉が、大袈裟《おおげさ》に眉《まゆ》を下げる。

『そんな悲しいこと言わないで。もし仮に子どもを産んだって、美弥ちゃんに対する感情は変わんないよ』

『嘘《うそ》だね。自分の子どもの方が絶対大事になるよ。私は、その方が助かる』

タルトをぱくりと食べて、甘さに顔を顰《しか》める。ブラックコーヒーで無理やり飲み下して、『私はいまの生き方がいいんだよ』と言った。

『後悔したっていいよ。その覚悟で、いまの状況を選んでるんだから。ほら、ウザ女王はもう帰って。あ、タルトの残り持って帰ってね』

ああ、そうか。生きている姉と触れ合ったのは、あの日が最後なんだ。喧嘩《けんか》別れしてからずっと会わずにいて、そしたら姉が入院や手術をし、お見舞いにも行けなかった。

「後悔、かあ」

無意識に、言葉が口から零れ落ちた。こんな後悔は、覚悟していない。姉と気まずいまま永遠の別れが訪れるなんて、どうして想像できるだろう。

どれくらいそうしていたのか、スマホが震えて我に返った。見れば茜ちゃんからの着信で、取ればすでに泣きじゃくっていた。

「美弥ちゃん、香弥が!」

「うん、聞いた」

彼女は姉が中学生のころからの親友だ。父が亡くなったときは真っ先に駆けつけてくれたし、姉の結婚式では誰よりも泣いて祝福してくれた。姉に乳がんが見つかったとき、茜ちゃんはコロナ禍の中、乳がん封じのお守りがある神社まで詣《もう》でたという。しょっちゅう我が家に遊びに来てくれて、私は茜ちゃんをいまも『もうひとりのお姉ちゃん』と思って慕っているし、ひとりっ子の茜ちゃんも私を妹だと言ってくれた。

「会えないって、どうして? あたし、コロナに罹ってもいいから香弥に会いたい。抱きしめたい!」

あああ、と泣き声が響く。

彼女の悲痛な声を、私はどこか遠く——テレビの向こうの哀しみのように感じていた。心のどこかが麻痺《まひ》しているんだと思う。父が亡くなったときもそうだった。眠る父が精巧な人形みたいに見えて、『死』をなかなか実感できなかった。そんな私が『死』を受け入れられたのは姉のお陰で、姉のとめどない涙が呼び水となって私の涙を溢《あふ》れさせてくれたのだった。でも、その姉がいなくなってしまった。

「信じられないよ。信じたくもない。お別れの挨拶《あいさつ》もできないまま、香弥をたったひとりで旅立たせるの？　たくさんのひとに囲まれて、これまでのことを惜しまれて見送られるべきじゃない。それができないなんて、おかしいよ」

おかしいと、私も思う。姉の体はこの世にまだあって、コロナというものが関わっていなければきちんと見送られるはずで、なのにどうしてひとりでいなくならなくてはいけない？　いまこのときも、どうしてひとりでいなくちゃいけない？

でも、私たちにはどうすることもできない。

泣き続ける茜ちゃんとどうしようもない話だけを繰り返して電話を切った。やかんのお湯はすっかり冷め切っていた。

＊

翌日、普段通りにサロンに出勤した自分が信じられなかった。

でも、休んだって私ができることは何もない。姉の死に関わる作業は和史さんと葬儀社がやるとのことだし、姉の傍についていることも叶わない。家でぼうっとしているくらいなら、仕事をしている方がよほどましだ。

いや、ほんとうは、日常生活を営んでいれば姉は死んでいない気がした。姉の死に気付かないふりをしていれば、姉の死がなくなる、そんな風にさえ思った。そんなはず、ないのに。それでも。

ありがたいことに、予約は珍しく朝からいっぱいだった。在宅ワークになってメイクをしなくなったので指先だけでも綺麗にしていたいという会社員や、学校にもバイトにも行けなくなったのでテンションをあげたいという大学生。どのお客様も、せめて爪《つめ》だけでも綺麗にしていたいと言った。家に籠《こも》っていると、爪先《つまさき》からくすんでいく気がする、とも。

彼女たちの言うことは、よく分かる。爪は、己の体の中で一番目に付く場所だ。キーボードを叩くとき、野菜を刻むとき。クッキーを摘《つ》まむときやカップを持ち上げるとき、真っ先に視界に入る。だからうつくしい爪でいるというだけで豊かな気持ちになれる。ネイルは、自分の気持ちを奮い立たせるためのお守り、と私は思っている。

私にネイルを教えてくれたのは、姉だった。中学一年生の時、部活の先輩たちからしごきという名のいじめに遭って塞《ふさ》ぎ込んでいた私に、姉が真っ赤なポリッシュを両足に塗ってくれた。

『これねえ、シャネルなの。だからすごく高いんだけど、綺麗でしょう?』

私は赤の鮮やかさとブランド名にぎょっとしたのだが、姉は『これからどんなに酷いことを言われても、あたしの足はシャネル様なんだぞって思いなさい』とおまじないをかけるように言った。『あんたたちの足と違って、シャネルで飾ってんだぞって。そうするとね、相手が全然怖くなくなるよ』

バカじゃないのと思ったけれど、翌日先輩たちを前にしたときに背筋が伸びた自分がいた。姉が丁寧に塗ってくれた爪は靴と靴下の下できっときらきらしている。この場の誰よりも綺麗な足をしているのだと思うと、笑みさえ湧《わ》いてきた。いつもは萎縮《いしゅく》して満足に喋ることもできなかった私が胸を張っていることを訝《いぶか》しんだ先輩たちは、いろいろ乱暴な言葉を重ねてきたけれど、私は平然と受け止められた。だって私の足、あんたたちと違ってシャネル様なんだぞ。

あの日から、ネイルは私のお守りになった。

「おしゃべりしていい？」

三人目のお客様にそっと顔を覗《のぞ》かれたとき、「へ？」と間の抜けた声が出た。それからはっとする。姉のことを忘れようとしているのに、思い出してしまっていた。

「も、申し訳ありません。奥田様。手元に集中して聞き取れませんでした。何か？」

「ほら、いまは無駄におしゃべりしちゃダメな雰囲気あるじゃない？　このお店は、してもいいのかしら」

彼女は、新規のお客様だった。町の情報誌に載った広告を見て予約をしてくれた、と店長から聞いている。年は四十前後といったところだろうか。しかしどことなく若い雰囲気で、マスク越しでも華やかな顔立ちであるのが分かった。

「ええ、いまは他にお客様もおられませんし、大丈夫ですよ」

私が勤めているサロンは店長を含む三人のネイリストがいるのだが、いま、二人は次の予約待ちで事務所に戻っている。店内は私たちだけだし、問題ない。

奥田さんは「そう、よかった」と満足げに頷《うなず》いたのち、「実はね、あたし、すごい体験をしたのよ」とクリアパーテーション越しに囁くように言った。

「はあ、すごい体験」

「ネイリストさん……ええと野沢さんは、スピリチュアルな話は好きな方？」

「全然そういう体験をしたことがないので、信じていません」

占いが当たったとか、霊体験をしたとか、そういう類《たぐい》か。ときどき、そんなお客様がいる。働き始めのころ、どれだけ相槌《あいづち》を打てばいいのか加減が分からなくて、それ気付けばパワーストーンのブレスレットを買わされそうになったことがあるので、それ以来、はっきりと「興味がない」と言うようにしている。そして、その方が意外とトラブルが起きない。

そんな私に奥田さんは「分かる。こないだまであたしもそうだった」と深く頷いた。

「いや実際さ、そういうのって信じらんないわよね。でもあたし、見ちゃったのよ。ぎょらんを」

「魚卵？」

イクラの話？　鮭《しゃけ》の幽霊でも見たというのか。手を止めた私に、奥田さんは「いまイクラを想像してるでしょう？」と笑った。

「まあでも半分アタリ。あれ、イクラみたいだったもん。とは言え、食べるのはちょっとあり得なかったな。お腹壊しそうっていうか、食べ物って感じじゃなかったしな」

うんうん、と勝手に納得しているけれど、私はまったく話の道筋が見えない。

「どういうお話でしょう？」

「ぎょらんはね、亡くなったひとの最後の願いを教えてくれるのよ」

ぐっと体を寄せて、奥田さんが言った。目尻《めじり》のしわが、くっきりと見える。

「最後の、願い？」

「ひとってさ、死ぬ前に、ああしたかったこうしたかったって振り返るものじゃない？　その死の間際《まぎわ》の願いがね、赤い珠《たま》になるのよ。イクラみたいな、これっくらいの大きさの赤い珠に。それをぎょらんって呼ぶの」

空いている方の手を使って、奥田さんが説明する。遺体のどこかにあるの。手の中とか、口の中とか。それで、もしぎょらんを見つけたら、必ず手にするの。食べるのが一番いいらしいんだけど、そしたら、そのひとの最後の願いが手に取るように分かるってわけ。

爪に載せようとしていた赤いビジューがぽろりと落ちた。

「そんなの……聞いたことないですけど」

「だよね、あたしもそうだった。あたしもそうだったの」

奥田さんが何度も頷いて、「でもあたし、それ見つけちゃったの」と厳かに言った。

「どなたの、ですか……」

「母よ。あたしたち、すごく仲が良かったの。あたしの最大の理解者は、母だった。娘が生まれたときもずっと傍にいてくれて、子育ても手伝ってくれて……。娘なんか、母のことをおばあちゃんじゃなくて大ママって呼ぶのよ。もうひとりのママだ、って」

ふっと遠い目をした奥田さんの声がやわらかくなった。

「娘だって、大事よ。娘がいなかったら、母を追って自殺してたくらい。それくらい、かけがえのないひとだったんだよね。その母の耳のとこにね、あったの。赤い珠」

奥田さんは、それが何なのか最初は分からなかったのだという。ただ、何かとても大切なものだということだけは感じた。

「納棺師さんが湯灌《ゆかん》してくれて、丁寧に納棺もしてくれた。だからそんなもの、出てくるわけないのよ。なのに、母がこっそり忍ばせていたみたいに、耳のこの窪《くぼ》みのとこに収まってた。何なんだろう、これをどうしたらいいんだろうって思っていたら、娘がママどうしたのって来たのよ。あ、娘はまだ四歳なんだけど」

慌《あわ》てて珠を摘まんで隠そうとしたけれど、しかし見てしまった娘さんが「それ欲しい」とせがみ始めた。甘えん坊でワガママな娘さんは、言い出したらきかないのだという。

「年取ってやっとできた子どもだから、あたしも母も、夫もとにかく周りみーんなが甘やかしちゃってね。だからちょっと、横暴なお姫様なの。これは大事な物だからダメよ、って言っても全然聞かなくて、泣き喚《わめ》いて大変でさ。それで、まあこの子にあげるんだったら母も嫌な顔しないかと思って……不思議だよね。普段だったらそんな得体のしれないもの絶対渡さないのにさ、渡しちゃったの。そしたら、娘の手のひらに載せたとたん、それがふわっと消えたの」

空気に溶けるように珠が消えたと同時に、娘さんが火がついたように泣き始めた。大変なものを渡してしまったのかもしれないと真っ青になった奥田さんに、娘さんは泣きながら言った。

「家族みんなで仲良くしてね。ママは寂しがり屋だから、これからはあなたが大ママの代わりにずっと傍にいてあげてね。大ママがそう言ったって泣くのよ。娘は〝死〟ってことをいまいち理解しきれていなくて、母はただ寝てるだけだと思ってた節があるのね。あたしが泣き喚いていてもきょとんとしてたもん。だからそんな風に泣き出すはずがないの。あの赤い珠は、母の心の欠片《かけら》だったってことよ。娘はきっと、母の心を受け取ったの」

「そんな……そんなこと、あるんですか……？」

胸が複雑にざわめいた。

そんな話、信じられない。遺志を知ることができるなんて、そんな話聞いたことがない。そう言うと、「そうよね、分かる」と奥田さんは同意する。

「でもね、実際に起こったことなの。それに、調べてみたら同じような体験をしたひとが他にもいるって分かったの。検証サイトまであって、その中で〝ぎょらん〟って名称で呼ばれてたってわけ」

奥田さんは片手で器用にスマホを操作して「ほらこれ」と画面を見せてきた。いつの時代に作られたのか、やけにシンプルな画面に『ぎょらん検証掲示板』と大きくタイトルが付けられていた。

「はあ、掲示板……。まだこういうのあるんですね」

とっくに廃《すた》れたと思っていた。

「あ。呆れてるわね？　でもね、いまだに機能してるのよ、この掲示板。あたしが書き込んだらすぐにレスポンスがあったし、いま現在も調べてるひとがいるの」

奥田さんが自信ありげに言うが、そんなファンタジーみたいな代物《しろもの》が存在するはずがない。娘さんはたまたま死を理解するのが遅かっただけで、奥田さんは気付きの瞬間に立ち会ったに過ぎなかったんじゃないのか。赤い珠なんて、近しいひとが亡くなって不安定になった心が生み出した幻だ。

そう思うのに、もしかしてと心が動いたのは、姉の死があったからだろう。

突然、何の覚悟もできていなかったであろうに死んでしまった姉。心残りはたくさんあったはずだ。姉はぎょらんを残しているだろうか。私や和史さん、茜ちゃんに向けての心の欠片をいまも体のどこかに携えているだろうか。いや、まさか。

「あの、そのサイト、面白そうですね」

何気ない風を装《よそお》うと、奥田さんは「でしょう？　面白いの、これが。読み応《ごた》えがあるのよう」とずいと画面を突き出してきた。

「あたしだって、馬鹿な話してるって思ってるわよ。友達がこんなこと言い出したら、やばいなって距離置いちゃう。でも、事実なの。きっと大昔からぎょらんを見つけたひとはいた。でもあれは目の当たりにしないと信じられないだろうから、噂《うわさ》の域を出ないんだわ。あたしだって、娘の変わりようを見なかったら絶対に信じてない。娘はいま、あたしにべったりよ。ほんとうに、母の気持ちが伝わってるんだわ」

目は弧を描いていても、瞳の奥に異様な輝きがあった。声も、全然笑いを含んでいない。ああ、このひとは誰かに話したかったのだなと思った。話すことで、事実だと認めたいのかもしれない。でも、本人が言うように知り合いにはなかなか告白できない内容だ。だからこそ、当たり障《さわ》りのなさそうな初めてのネイルサロンにやって来た。

「えっと、メモらせてください」

エプロンのポケットに入れているメモ帳とペンを出し、URLを写し取る。「野沢さん、話分かるう」と満足げな奥田さんに愛想笑いしながら、ペン先は震えていた。

家に帰ってすぐ、教えてもらったサイトを見た。

「うわ、すご……」

　思わず呟《つぶや》く。膨大な量の書き込みがある。奥田さんの言う通りいまだに熱心に考察をしているひとがいて、さかのぼれば奥田さんのものらしき書き込みもあった。驚くことに数人のひとたちが意見を交換し合っているようだ。

「トキってハンドルネーム、多いな」

　名前は基本的に『飛び入り』と表示されるようだが、何人かは固定の名前を付けている。その中で『トキ』という名前が一番目に付いた。なんと二日前にも『中国の一部区域で〝祝寿珠〟と呼ばれる死者からもたらされる宝玉の伝承情報を得た。中国文化に詳しい人いないか。こちらも引き続き検証を続ける』という書き込みがあった。

　昨日結局食べずに放置していたカップラーメンに湯を注ぎ、過去ログを辿《たど》っていく。とにかく、膨大な量がある。あまりに多いので、飛ばし読みしていく。途中、三分をとっくに過ぎていたことに気付いてラーメンをすする。

　重要そうだと感じたものだけを、ざっと拾う。ぎょらんは基本、口にすること。指先で潰《つぶ》すと遺志をきちんとくみ取れないことがある。が、握っているだけでありありと伝わってきたというひともいる。地域によってさまざまな呼ばれ方をしており、ぎょらんをテーマにした漫画が雑誌に掲載されたこともある。作者はぎょらんを実際に口にしたことがあり、その体験から描いている――。読めば読むほど、ありえないと思う。そんなに簡単に思いが伝わるわけがない。これがもし事実だとするなら、アメリカあたりでとっくに研究されていておかしくない。そうじゃなくても、故人の気持ちを知ることができるワザ、なんてことを取り上げるYouTuberくらいはいてもいいんじゃないのか……と思い立って検索をかけてみる。イクラの醤油《しょうゆ》漬けの作り方、くらいしかヒットしなくて、掲示板に戻った。

「え……？」

美味しいと感じていたわけではないけれど、惰性で啜っていた伸びきったラーメンが、突如味を失った。口に泥でも含んだような錯覚を覚える。

『強い憎しみを抱いて亡くなったひとのぎょらんを口にすると、そのひとの苦しみや負の感情に支配されてしまうことがある』

それは、トキの書き込みだった。

『私は友が残した憎しみのぎょらんを口にした。友がどれだけ私を憎み恨んで死んでいったか、手に取るように理解できて、死にたいと思ったんです。友を苦しませ、死を選ばせた原因である自分こそが死ぬべきだったのです』

日付を見ればもう何年も前だ。しかし一体誰が、こんな不確かな存在について語っているだけのログを残しているのだろう。ここまで一度も、管理人のコメントはないが、しかし確かに運営されている。そこに執着のようなものを感じて、ぞっとしてしまう。この固執こそが、ぎょらんというものの存在の証左であるような気すらする。

それからトキの書き込みだけを拾うようにして読み返していく。トキは長い間、自分が口にしたぎょらんから得た憎しみに苦しんできたらしい。トキの次に書き込みの多いカルマというひとは『呪《のろ》い』と呼んでいるようだった。トキとカルマ――ときどき他のひとたちも混じって――彼らは真剣に、呪いについて語り合っていた。ほんとうかどうかわからないけれど、恨みのぎょらんを食べてしまい、罪悪感に耐えきれそうにないので自死しますという書き込みも見つけてしまった。みんなが必死に止めていたけれど、そのハンドルネームは二度と現れない。

だんだんぞっとしてきて、私はスマホをベッドに放り投げた。床にごろりと寝転がり、天井を見上げる。

姉は、私を恨んでいるだろうか。

恨んでいる、かもしれない。

たった一度だけ、姉に殴られたことがある。

固く握った拳《こぶし》を、全身の力で頭に打ちつけられた。姉から手を上げられたことなど一度もなかった私は完全に油断しきっていて、だからその力に叩きつけられるように地面に激しく倒れ込んだ。何が起きたのか分からず、ただ、激しく痛む頭と冷えきったコンクリートの感触を感じていた。

姉が何年も恋して、ようやく交際までこぎつけた初めての恋人を、私は『こんなひと嫌だ』と認めなかった。それどころか、破局まで持ち込んだのだった。

そのひとはとにかく、ダサかった。紺のネルシャツと穿《は》き古したデニムパンツを、制服のように着ていた。髪形も無頓着《むとんちゃく》で、だらだらと伸ばしているかと思えば、うっとうしくなったと突然坊主《ぼうず》にしてしまう。いつも支離滅裂で、小難しい話をしていたのに最近の流行についてどう思うか、なんて突然舵《かじ》を切ってくる。意味が分からないなりに、古代メソポタミアに飛ばされた女子高生が活躍する漫画が面白くてハマっていると言ったら、次に会ったときに『シュメール文化の興《おこ》り』『バビロニア大戦略』といった分厚い本たちをプレゼントされた。どこだかの大学院でなんだかの研究をしていて、大変期待されているとかいう話で、姉は『とても賢いひとなの』と誇らしそうに言っていたが、私は彼が理解できなくて薄気味悪かった。

あのころ私は馬鹿で無知な、世界の中心で生きている気がしていた中学二年生で、だから自分の理解不能な男性は世界のバグとしか思えなかった。そんなバグに姉が夢中になっていることは、許せなかった。絶望に近い感情だった。私の姉なら、私が誇らしくなるような男と付き合っていてほしかった。

いや、いま思えば、私はどんな相手だとしても欠点をあげつらって反対しただろう。私はただ、母代わりである姉に〝女〟を感じたくなかっただけだ。件《くだん》の恋人を紹介してきた姉は、顔を上気させて、艶《つや》っぽく笑んでいた。それが、許せなかった。中学に上がってからの私は姉の過干渉に辟易し始めていたくせに、姉に聖母であることを求めていたのだ。あまりにも、エゴイスト。

己の身勝手さに微塵《みじん》も気付かなかった私は、姉の恋人に暴力を振るわれでもすれば被害者になって騒げると思いついた。こんな酷いことをするひとなんてやめなよ！と言える。それは正しい理由になるし、姉だってきっと目が覚める。ふたりきりのタイミングを待って――ときどき恋人は我が家に遊びに来ることがあった――いやらしく縋《すが》ってみた。一瞬でも私に心を動かしたら、それを引導にすればいい。大学院生に襲われたと泣きわめけば、勝ち目は頼りない中学生の私にある。

結果、私が負けた。あのひとは私を路上のゴミを見るような目で見て、『気持ち悪い子だね』と言った。それから姉に『悪いけど、こういう子を育てた君に失望する』

と告げて出て行った。四人分の料理を作っていた姉はエプロン姿のまま恋人を追いかけて、しかし彼はにべもなく姉の手を振りほどいた。泣きぬれる姉に、『あいつ最低だよ』と追いかけた私は憤慨してみせた。

『私のこと、口説こうとしたんだよ。おっぱい触ってこようとしてさ、断ったもんだから、怒ったんだ。別れて正解だよ』

その瞬間、殴られたのだ。倒れ込み、地面に這《は》いつくばった私に、姉は言った。

『あのひとは、あなたと同い年の妹を病気で亡くしてるんだよ』

心臓を握りつぶされたかと思った。動けないでいると、声が降って来る。美弥ちゃんが生き生きしてると妹と重なって見えて、幻でも嬉《うれ》しいって、そう言ってたの。

のろりと姉が帰って行く。起き上がった私はその背中を追ったけれど、何と言っていいのか分からなくて、ただ歩いた。頭が痛い。地面で擦った頬が痛い。謝りたかったけど、安易な謝罪で済む問題じゃない気がして、どんな言葉も思いつかなくて、だから口を噤んだ。

結局、私はあのときの謝罪をしていない。一ヶ月ほどぎくしゃくした日々を送り、ある日ふっと姉から歩み寄ってくれた。私の好物のチキンドリアとエビフライを作ってくれて、それで私が『ありがと』と言って、それで何となく普段通りに戻った。

しかしそれから姉は、なかなか恋人を作ろうとしなかった。姉に思いを寄せる男性はいたし、茜ちゃんをはじめとした友人たちは次の恋を勧めたけれど姉はのらりくらりと躱《かわ》し続けた。もしかしたら水面下では誰かいたのかもしれないが、私は知らない。

この人と付き合っているの、と紹介されたのは、私が高校を卒業した年。卒業を機にひとり暮らしを始めることにした私が、アパートに荷物を運びこんでいるときだった。姉はとても凪いだ顔をしていて、体育教師をしていると自己紹介してきた男性はがっしりした体軀《たいく》で潑剌《はつらつ》として見えた。ちらりと掠《かす》めた人物に気付かないふりをして、私は心から『おめでとう』と言った。

恋人だけではない。姉は私のせいでたくさんのことを諦《あきら》め、手放してきた。とても勉強ができ、そこで学びたいと願う大学を見つけていたのに、私がいるからと自宅から通える大学に進学した。東京に本社を置く大手企業を希望していたのに、私が心配だからとやっぱり自宅から通える小さな会社に就職した。父亡きあとは、私をひとりにできないからと泊まりがけで出かけることをしなくなった。姉は、非道なことをして恋人と残酷なかたちで別れさせた妹に、いつだって献身的だった。

なのに私は、そんな姉を重荷に感じていた。鬱陶しがって、面倒くさがって、なのに必要だと思えば頼った。最後の電話すら、取らなかった。

最後の最後、死を傍らに感じた瞬間、姉は私を恨んだかもしれない。私がいなかったら手に入れられていたすべてを思い返して、あの子さえいなかったらと悔やんだかもしれない。

ならば私は、ぎょらんを口にすべきなのだろう。もしそういうものがこの世にあるとしたら、姉が生み出したとしたら、その憎しみを受け止めなくてはいけない。

しかし姉は明日、誰にも、私にも会うことなく荼毘《だび》に付されてしまう。何もかも、焼けて消えてしまう。

体を起こして、布団《ふとん》に沈んだスマホを取った。さっきまで眺めていた掲示板を見つめる。

『ぎょらんが遺骨にくっついていることはありますか?』

長い間悩んでから、書き込んだ。リロードすると、私のコメントがアップされる。

「ばかみたい」

くつりと笑って、頭を振った。私はあまりに、迷走しすぎている。

しかし翌朝、諦めの気持ちで掲示板を見るとレスポンスがあった。トキからだった。

『いまのところ、遺骨から発見されたという事例は見つかっていません。肉体消滅と同時にぎょらんも消えるというのが通説です。ここからは私の考察ですが、肉体というかたちを失うことで、意思（魂と言い換えてもいいです）もまた目に見えないかたちに昇華するのではないでしょうか。我々の肉体と意思は生を受けた瞬間から密接な繋《つな》がりがある。ふたつが連動しているとすれば、片方が消滅するともう片方も形を失うと考えるのが自然です。しかしこれは、遺骨や遺品からぎょらんが発見されたという事例がない故《ゆえ》のことです。そういう例があれば、ぜひお教えください』

「わ」

思わず声が出る。こんなに丁寧な返事が返ってくるか。

体を起こして、ベッドから這い出てカーテンを開ける。今日は快晴らしい。私の住むマンションのアプローチは、近隣の子どもたちの集団登校の待ち合わせ場所になっていて、見下ろせばすでに数人の子どもがいた。ランドセルを背負った彼らはみな、顔の半分を覆《おお》い隠すほどのマスクをしている。小学校一年生の子どもがクラスメイトの顔を覚えられないでいる、と話してくれたお客様を思い出した。何だか悲しいわよね、とため息を吐《つ》くのを見て、彼らも大変だな、と思った。一体いつまで続くんだろうな。でも、命を守るためだもんな。誰にも会えないままこの世から消えていかなくちゃいけない病気から逃れるためだもんな。彼らが並んで登校していく背中を見送った。

コーヒーを淹《い》れて、ソファに座る。ふたくちほど飲んで、足元にマグカップを置いた。それから、スマホをタップして文章を作る。

『どうしても、ぎょらんを残しているか知りたいひとがいます。もしあるのなら、口にしなくてはいけないと思っています。遺志を受け取りたいんです。でもそのひとはコロナで亡くなってしまったため、会えません。今日、遺骨になって帰って来るんです。遺骨には、ぎょらんはないでしょうか。どうしたらいいんでしょうか』

すぐに返事が来るとは思っていなかった。でもじっと画面を見つめてしまう。マグカップの中身をほとんど飲み干したころ、コメントがついた。カルマだった。

『諦めな。そもそも見つけるだけでも奇跡のようなものなんだ』

反射的に、返信する。

『その奇跡が欲しいんです。私はあのひとに迷惑ばっかりかけてきました。だからきっと私を恨んで死んだと思うんです。だから、手に入れたいんです。知りたいんです』

『恨んで、ねえ。知ったからどうするわけ？　泣いて悔やむ？　墓前に詫《わ》びる？　それならいまこの瞬間だって、いつだってできるはずだ。恨まれていたと思うのなら、あんたにも思い当たることがあるんだろ？　それを懺悔《ざんげ》すればいいだけの話じゃないか』

『どう恨んでいたか、知りたいんです。そうじゃないと謝れないじゃないですか』

『あんた馬鹿？　ときどきあんたみたいな人がいるけどさ、謝る理由を、傷つけた相手から引き出そうとすんなよ。それで教えられて謝ったとしても、それは相手の望む謝罪じゃねえよ。謝らせてもらってるだけで、相手の心は一ミリも浮かばれねえ。せっかくだからおれが断言してやるよ、お前にぎょらんなんて残してねえわ』

『そんなの、分かんないでしょ。私たちの関係だって知らないくせに』

『分かる。あんたは、被害者に対して自分の罪悪感まで拭《ぬぐ》って逝《い》ってくれっつってんだろ？　そんな根性の腐った奴《やつ》に、誰が気持ちを残すかよ』

悔しくて、唇を嚙《か》んだ。どうしてこんな風に喧嘩腰で言われなければいけないのだ。

『おふたりとも、落ち着いて。私の見解ですが、ぎょらんは残された側が強く願っている場合に生み出されやすいです。だから飛び入りさんも、いま故人に接することができれば、ぎょらんを手にできるかもしれません』

次のコメントを書きあぐねていると、トキが現れた。

『しかしそれは、故人が生んだものではなく、残された側が勝手に作り出した幻の可能性が高いです。都合のいい、こうであってほしいという願望が生み出す偽物《にせもの》というわけです。それは、故人のほんとうの思いを歪《ゆが》めますし、故人への冒瀆《ぼうとく》です。飛び入りさんは、故人に憎まれていたいと願っていませんか？　そうすることで己の中の罪悪感や受け入れがたい死を扱いやすいかたちにしようとしていませんか？』

ぐっとスマホを握りしめた。ゆっくりと『そんなことない、と思います』と文章を作り、送信する。

『私は、大事なひとの死を自分に都合のいいように飾りたいわけじゃないと思います』

『それならいいのです。しかし老婆心《ろうばしん》ながら言わせていただきます。カルマさんのおっしゃる通り、ほんもののぎょらんは奇跡です。そしてここが大事ですが、ほんものであれ偽物であれ、そこから幸福な結果を得られるのは稀《まれ》です。たいていは思い惑ってしまう。苦しんでしまう。最初こそ幸福を覚えたとて、いつか重荷になることだってあるんですよ』

『重荷とはどういうことでしょう？　知りたいものを手に入れられたなら、満足するんじゃないんですか』

『奇跡のように得た、大事なひとの遺志です。待ちわびていたものです。それを簡単に捨てられますか？　遺志を守るために、遺志に振り回されることも、あるのです。

カルマさんの言葉を借りれば〝呪い〟です。奇跡の裏には呪いが潜んでいるのです』

ふっと思い出したのは、奥田さんだった。大ママの代わりにママの傍にずっといてあげて、という話を聞いたとき、薄気味悪さとは別に、胸がざわりとした。ほんの小さな違和感。あのとき私は、四歳の娘さんにとって、奥田さんにとって、それはやわらかな縛りになりやしないかと感じたのだ。いつか身動きが取れなくなる、やわらかなロープに搦《から》め取られてしまったのではないか、と。

奥田さんの見つけたぎょらんは偽物？　ほんもの？　そして、彼女たちが遺志をどう判断してどう生きていくのかは分からない。でも。

『結局、ぎょらんが現れるのを望まない方がいいということですか？』

コメントを送信して、リロードする。

『私は、憎まれていいと思っているのに』

噛み締めていた唇が、ぶちんと音を立てた。鉄の味がする。

憎まれていたっていい。構わない。面倒くさがって拒否した姉が、姉の姿がこの世からあと少しでなくなってしまうというのに、私はもう何にもできない。姉を哀《かな》しませたり苦しませた思い出しか浮かばない。ほんとうはたくさん謝らなくちゃいけなかったはずなのに、もう叶わない。

だから、呪いだって構わないから、奇跡がほしい。そうすれば確かに、私の罪悪感は形を変える。お姉ちゃんの苦しみをちゃんと受け取ったし、それを悔やんでいくって、言える。お姉ちゃんとまだ、繋がれる。

ううん、そんなこと、どうでもいい。いま、どうすればいいの？　どうやって、この拷問《ごうもん》のような時間を過ごせばいいの。お姉ちゃんはもうすぐ、いなくなる。

ああ、今日も仕事に行けばよかった。さすがに今日は平静でいられない気がして休みをもらったけれど、仕事していればこんな風に悶々《もんもん》と過ごさなくてよかったはずだ。

『おれの嫁は、多分この世にいない』

カルマだった。

『いなくなってもう十年になる。くだらない夫婦喧嘩をして、おれが追い出した。おれは、そういう最低なことができた男だ。嫁は気の強い女で、いい機会だからしばらく旅行してくるっつって憎まれ口叩いて出て行った。嫁がいなくなってから三日後に、震災が起きた』

画面に浮かぶ文字が、くっきりと浮き出すように見えた。素早かったトキのコメントが止まった。私も。

『三ヶ月経ったころ、免許証の入った泥だらけの財布が見つかったと警察から連絡が来た。いたんだ、あのとき、あの場に。でも、いまも嫁は見つかってない。二度とそのツラ見せるなっておれが追い出したあの日が、おれが見た最後の嫁の姿だ』

窓の向こうで、子どもの泣き声がした。「お母さん、待って」涙でぬれた声の後、「いるわよう」と優しく強い声がした。ほら、早くおいで。手を繋ごう。

『たまたまこの掲示板に辿り着いて、それからずっと、おれなりに考察を繰り返した。トキの言う通り、手にしない方がいいものだ。それは賛成だ。でもトキとおれの考えで、違うところがひとつある。おれは、ぎょらんなんてのは大事な奴を看取《みと》れた奴だけが手に入れられる贅沢だと思ってる。贅沢な奴らが振り回されてるのを見て、馬鹿だなって笑ってんのがおれだ。貧乏人が金持ちを僻《ひが》んで唾《つば》吐いてんのと一緒さ。馬鹿だって笑ってんのに、おれもやっぱ、欲しいと思ってる。いまでも毎晩、くたびれた財布持って寝てるんだ。いつかぎょらんが生まれるんじゃないかって。そして、お前のせいでって責めてくれるんじゃないかって』

カルマのコメントを繰り返し読む。最初はなんて乱暴な物言いだと思ったけれど、きっとこれは彼が自分自身にも向けた言葉なのだろう。

『でも、ほんとうは分かってるんだ。この掲示板じゃ使い古された言葉だけど、おれだって毎度偉そうに言ってきたけど、罪のぎょらんを求める奴は全員、相手が生きてる間に謝らなきゃいけなかったんだよ。それができなかったことを、悔やんで生きるしかねえんだ。取り返しのつかないことをしてしまった自分と折り合いをつけて生きていくしかねえんだよ。遅すぎたんだよ』

「遅すぎた……」

カルマの言葉を、声に出して読んでいた。

いろんなひとが、いろんな事情で、大事なひとを喪《うしな》った哀しみに耐えている。罪悪感に押しつぶされそうになりながら、どうにかして思いを伝えられないかともがいている。

『ごめんなさい。私が、甘えていました』

ぽつぽつと、コメントを送った。これまで姉に甘えきって生きてきて、横暴だったこと。いつまでも姉が傍にいるとどこかで胡坐《あぐら》をかいていたこと。突然別れがやって来て、会うことも叶わなくて、そしてただただ、ただただ、怖くて寂しいこと。

父が亡くなったとき、姉がずっと傍にいてくれた。三人で眠った最後の夜、姉は泣きじゃくる私を自分の布団に招き入れて手をぎゅっと握ってくれた。大丈夫、お姉ちゃんがいるから、大丈夫。お父さんだってきっと安心してくれてるよ。あたしたち二人なら絶対大丈夫だって、思ってくれてるよ。

あのとき、姉がいたら大丈夫なのだと信じることができた。繋いだ手の熱さを、いまも覚えている。

ああ。私は、姉の死とどうにもならない現実に動揺して、ひとりでもがいていただけだった。

『しあわせだった記憶を、思い返すといいですよ』

トキだ。ひとはどうしてだか、負い目があると悲しい記憶や辛《つら》い記憶、罪の意識なんかを思い出します。でも、幸福だった記憶を思い出してください。楽しく笑いあったこととか、くだらないことで盛り上がったこと。あとは、そのひとの好きだったところ。笑い方が独特だったなとか、お酒を飲むと饒舌《じょうぜつ》になったなとか。こちらが本気で怒っているのに、軽くいなされて腹が立ったことなんかでもいい。そういう些細《ささい》な出来事を思い描いてください。頭の中で、大事なひとが笑ってくれるまで、何度も思い描いてください。

ふっと時計を見上げると、十時になろうとしていた。姉はいまごろ、火葬場に搬送されているだろうか。それとももう、到着しているのか。

『ルーズじゃダメよ。五分前行動が常識だからね』

ふっと、姉の言葉が思い出される。ああ、姉は生真面目だった。五分前と言いながら、実際はいつも十分前には約束の場所にいた。対して私は五分後に到着するタイプで、だから姉は十五分待たされた結果になってしまい、『どれだけ待たせるの!』と怒ったものだった。私はそれを、身勝手だと怒り返した。

右乳房全摘手術を受けるために入院するときは、前日から万全の支度を整えていたと和史さんから聞いた。まるで旅行に行くみたいにてきぱきやってて、張り切ってるねと思わず言ったら叱《しか》られちゃったんだよね。いくら嫌なことでも、ちゃんとしていないと誰かに迷惑をかけるでしょう! って。彼女は高校生よりパワフルだよ。そう言って笑っていたっけ。

今日は、どうだろうか。姉はひとに迷惑をかけたくないから早めの行動をするのだ。遅れたら絶対やきもきするはずだから、早く火葬場に着いてくれたらいいなと思う。

スマホを置き、目を閉じた。

この部屋でくるくる動き回っていた姉を思い描く。ねえちょっと美弥ちゃん、この埃何⁉ これじゃ病気になっちゃうわよ。ねえ、ちょっと美弥ちゃん、このマグカップ買ったの? 無駄遣いしちゃダメよ。美弥ちゃん、ここに洗剤買い置きしてるからね。美弥ちゃん、聞いてんの?

和史さんから「香弥が帰って来たよ」と連絡を貰《もら》うまで、私はただただ、姉を思い返し続けた。たくさんの姉が私の中を通り過ぎて行ったけれど、でも、姉は一度も笑わなかった。

*

和史さんの自宅待機期間が終わるのを待って、私は茜ちゃんと一緒に姉夫婦の家を訪ねた。ふたりは父の遺《のこ》してくれた一軒家に住んでいたから、実家でもある。

「ここに来ても、もう香弥はいないんだね」

玄関先に立った茜ちゃんが、正視できないといったように俯《うつむ》いた。待ち合わせ場所についたときから、彼女は泣き腫《は》らした顔をしていた。勤務先のフラワーショップで自ら作ってきたという花束を片手に抱いている。姉の好きな百合《ゆり》が豊かに香っているのが、隣にいる私にもわかる。

中に入ると、父の遺影が見守る和室に簡易祭壇が設《しつら》えられていた。去年のお正月に撮った写真が、姉の遺影に使われていた。

「あ。これあたしが撮ったやつ」

茜ちゃんが言う。切り取られてしまっているが、満面の笑みを浮かべている姉の両《りょう》脇《わき》には、和史さんと愛想笑いしている私がいる。私はすっぴんで、だから写りたくないと言ったのに、姉が『こういうときくらい、いいじゃない！』とごねたのだ。

『お年玉あげるから、一緒に写ってよ、お願い』

両手を合わせてお願いされて、そこまですることじゃないでしょう、と渋々頷いた。今度から、私がちゃんと化粧してるときにしてよね。

あのときはまだ世の中が大きな変化を迎えるなんて想像もつかなかったな、と思う。姉がいなくなってしまう、なんてことは、なおのこと。

線香の匂《にお》いが鼻を擽《くすぐ》る。祭壇周りを見回せば、様々なものが供えられていた。華やかな花籠《はなかご》に、ぬいぐるみ。結婚式のときの写真もあれば、茜ちゃんとのツーショット写真もある。和史さんが精一杯、姉の周りを華やかにしようと試みたことが伝わってくる。

仏飯の横には、アラザンが散った生チョコタルトもあった。大きく切り分けられたタルトは、今朝にでも供えられたのだろうか。表面がまだ艶々している。

「こんな風にしても、全然現実味がないんだよね」

声がして、振り返る。お盆にガラス製の茶器を載せた和史さんが立っていた。

「言い方は悪いけど、ままごとでもしてる気分だ。ああ、ふたりとも、こっちへどうぞ。お茶でも」

続き間の下の間を示されて、移動する。父が気に入っていた黒檀《こくたん》のテーブルに、私たちと和史さんは向かい合わせに座った。和史さんの背中越しに、姉が見える。茜ちゃんがティッシュを取り出して洟をかんだ。

「まあどうぞ」

大きな体軀のひとが、一回りも二回りも小さく頼りなくみえる。私たちの前に、冷茶と生チョコタルトが一切れずつ供された。

「ままごとの気分で、迷子になった気分でもある。香弥はほんとうはどこかにいて、おれがはぐれてしまったのかなって。おれの方がおかしいのかな、ってさ」

「分かる。あたしも、香弥がふらりと遊びに来そうな気がしてならないの。そんなはず、ないのにね」

ふたりがしみじみと言い、私も頷く。

いまにも、玄関の引き戸ががらりと開く音がして「ただいまあ」なんて声がするのではないだろうか。あら美弥ちゃんたち来てたの？　お夕飯食べて帰りなさい。何なら泊まっていく？　美弥ちゃんと茜、同じ部屋でいいよね。なんてことを言って入って来て、この祭壇を見て「趣味が悪い悪戯《いたずら》ね！」と顔を顰めるのだ。

「こないだ、美弥ちゃんがこれは夢ですか？　っておれに訊いただろ。あれ、よく分かるよ。夜中に目が覚めて、いますごく怖い夢を見たんだよ、香弥が死んだなんてあんまりに酷い夢って隣に声をかけて、ぞっとするんだ。ああ、夢じゃなかったんだって」

ばかだよな、と力なく笑う和史さんに「そうなんですよね」と相槌を打つ。

「LINEの通知が来ると、姉かなって思うんです。この間は街中で、姉を見かけた気がして追いかけちゃいました。もちろん、違うんですけど」

はっきりとした別れを経ていないから、現実についていけない。世界から切り離されたのは、ほんとうは私なんじゃないかと思う。

「まあ、食べなさい」

和史さんが、姉のような口ぶりでタルトを示す。

「これ、祭壇にも供えられていましたね」

姉がいなくなった後もこのタルトを食べるのか。小さく笑ってフォークで切り分ける。口に運ぶと、相変わらずの甘さが広がった。

「これ、お気に入りだったからね。おれも、ずいぶんご相伴にあずかったもんさ」

「うちに来るといっつもこれを持ってきて、でも美弥ちゃんが好きだからって言い訳してました」

やっぱり、姉の好物だったのだ。小さく笑うと、茜ちゃんが「え？　違うよ」と言った。

「これ、美弥ちゃんが初めて香弥にプレゼントしたタルトじゃん」

茜ちゃんの言葉に、二口目を頰張っていた私は「ふお？」と声を漏らした。首を傾《かし》げると「覚えてないの？」と呆れた顔を向けられる。

「美弥ちゃんが小学校六年生で、香弥が十九のとき。美弥ちゃんが、誕生日プレゼントに買ってきてくれたやつじゃん。世界で一番美味しいタルト、独り占めしていいよって言われたって、香弥大喜びしてさ。あたし、そのときの写真、なんべんも見せられたよ」

思い出した。姉が大人になる前に世界で一番美味しいタルトを独り占めさせてあげたくて、私はお小遣いを貯《た》めて生チョコタルトを買おうとした。でも六百円くらい足りなくて、そしたら父がこっそりお金をカンパしてくれた。年の数だけろうそくを付けてもらって、大事に抱えて帰った。夕飯のあと、父と協力して歌を歌いながらタルトを出した。驚いてほしいなとは思ったけれど、姉は大げさだと呆れてしまうくらいわんわん泣いた。火をつけたろうそくが溶け切ってしまうんじゃないかというくらい、泣いた。それから浮腫《むく》んだ目をしょぼしょぼさせて、ホールのタルトを食べる姉に、私は何度も『美味しい？』と訊いた。姉は確か、『すごく美味しい』と答えた。あたしも、世界で一番美味しいタルトだと思うよ、美弥ちゃん。その顔がとてもやさしくて、可愛《かわい》くて、だから私はニコニコと笑った。

ああ、そうか。そういうことだったか。

私がすっかり忘れていたことを、姉は大事に抱え続けてくれていたのか。

初めて、涙が出た。

いままで滲《にじ》みもしなかった涙が、ぼろぼろと溢れた。

何で忘れていたんだろう。何で、話さなかったんだろう。お姉ちゃんの方が、生チョコタルト好きなんじゃん。私が好きだからとか言って、ほんとうは自分が食べたいだけじゃん？　たったそれだけのことを言っていれば、何か変わっていたはずなのに。こんな風に知ることは、なかったのに。

「香弥は、美弥ちゃんが大好きだったからなあ」

和史さんが言えば、茜ちゃんが「ほんとうに」と返す。お父さんが亡くなって絶望していたとき、美弥がぎゅっと縋りついてきてくれたから頑張れたって言ってた。美弥がいるから頑張れるって。あたし、きょうだいがいないからそれがすごく羨《うらや》ましかった。喧嘩しあっててもしあわせそうなふたりを見るのが、大好きだった……。

両手で顔を覆って、溢れるままに涙を流す。お姉ちゃん、お姉ちゃん。たったひとりの私のお姉ちゃん。大好きだったのに。傍にいるのが当たり前で、言わなくったって大丈夫だって思ってた。でも、違ったね。ごめんね、ごめんなさい。

泣きながら、生チョコタルトを食べる。アラザンが、しゃりしゃり鳴る。濃くて甘ったるい。でも、特別な味がした。

食べ終えて、私の涙が落ち着いたころ、和史さんが「骨壺、開けてみない？」と言った。

「それで、香弥がいなくなった実感がわくかどうかは分からないけど、でも確認したいんだ。できれば美弥ちゃんと茜さんと一緒に、と思ってた」

茜ちゃんが、体をこわばらせた。逡巡《しゅんじゅん》するように私を見る。

「……見ます」

父を見送ったとき、出棺前には身がちぎれそうに苦しくて、でも収骨のときには不思議と心が穏やかになっていた。ああ、父はこの世にもういないのだなと全身で察した。姉の骨を見れば、穏やかに受け入れることができるだろうか。

真白の袋を開けると、薄桃色に梅の模様が散った綺麗な骨壺が収められている。

「可愛らしいものが好きな香弥にぴったり」

茜ちゃんの言葉に、頷く。袋からそっと骨壺を取り出した和史さんが、私との間に置く。

「開けるよ」

「はい」

私と茜ちゃんは、無意識に両手を合わせて拝んでいた。かたり、と小さな音がして、蓋が取られる。

骨、というしかない、からりとしたものが収められていた。

「香弥が、こんな小さな壺に収まっちゃうんだなあ」

ひとつ、骨を摘まみ上げた和史さんが声を震わせる。茜ちゃんが、顔を覆った。

「あったかくも、つめたくもない。やっぱ、信じられないよなあ」

私は、壺の中を見つめていた。和史さんが取った骨の下に、やわらかく弧を描いた骨があった。

「あか、い……？」

その骨は、ほんのりと赤く色づいていた。

「え？ ああ、ほんとうだ、ピンク、かな？ 遺骨に色がついていることって、ときどきあるらしいよ。おれの祖母なんか、骨の一部が緑色でさ。びっくりしたけど、薬を服用していたり、副葬品同士で化学反応がでたりとかそういうことで色がつくんだってさ」

取り上げて、眺める。和史さんはピンクだと言ったけれど、私は赤だと思った。

「ぎょらん」

小さく呟いた。

違うということは、分かっている。だって、こうしていても何かが伝わってくるわけではない。遺志、というものが激しく流れ込んでくる奇跡も起きない。でもこれはきっと、姉が私に残したぎょらんなのだ。姉は私へのぎょらんを抱えて、旅立った。そして、それにはとてもやさしい遺志が籠められていたに違いない。だって、こうして触れる赤は、とてもやわらかな色をしている。こんな赤に、憎しみなどあるはずがない。

自分勝手な想像だと分かっている。でも、それでいい。姉からの最後の贈り物だと、私が思えば、それでいいのだ。

「私、お姉ちゃんのこと大好きだったよ。私の、大好きなお姉ちゃん」

手に赤を包んで呟くと、茜ちゃんが耐えきれずに声をあげて泣いた。顔を何度も拭いながら「そんなの、香弥が一番分かってるよ」と言った。和史さんは「香弥も同じさ」と笑う。

遺影の中で、私の中で、姉が笑っている。

*

『先日の飛び入りです。カルマさん、トキさん、お世話になりました。

あれから、姉の遺骨と会うことができました。結果として、ぎょらんは骨壺の中にはありませんでした。ただ、姉のことをよく知るひとたちと話し、私の知らない姉のことを知りました。姉から深く愛されていたのだと知ることができ、ほっとしてます』

『気になっておりました。よかったですね。これからも、お姉さまとの思い出を大事にしてください』

『トキさん、ありがとうございます。

カルマさんへ

私に奇跡はなかったけど、姉を知るひとを伝って、姉の思いが伝わってきました。

大事なひとはいなくなっても、そのひとを知っているひと、そのひとの記憶を繋いでいるひとがいるんです。遠回りになるかもしれないけど、巡り巡ってゆけば亡くなったひとに辿り着けるものなのだ、と私は思います。偉そうに言ってすみません。自分がうまくいったからって調子に乗ってると思われるかもしれません。でも、やっぱり伝えたい。絶対にカルマさんの奥様の思いはどこかに残ってる。カルマさんに伝わる日を待ってる。私はそれを信じます』

コメントを送って、掲示板を閉じた。

数年後、私は無事目標金額を貯めて独立した。オープン当日は、手足の爪をシャネルで飾った。

開店まであと少し。気合を入れて、店内を見回す。お祝いにとたくさんのひとが花を贈ってくれたが、五本立ての胡蝶蘭《こちょうらん》の鉢を一番目立つところに飾った。送り主の名は、姉になっている。和史さんと茜ちゃんの、粋な計らいだ。

「がんばるからね」

花に向かって言い、これまでのことを思い返す。遠回りも足踏みもした気がするけれど、ちゃんとここまで来れた。辿り着けた。そんなことを考えて、ふっと思い出したのはあの掲示板だった。お礼を送った後は、アクセスすることがなかった。

まだ存在しているのかと検索をしてみれば、あった。あのときにも増して過疎《かそ》化しているようだ。トキ以外のハンドルネームが見当たらず、トキがほぼひとりで検証を繰り返している。

「えー、カルマさんもういないのかな」

スクロールしていた指が、止まる。

『あのときの飛び入り、ありがとう。救われた』

一年前の日付だ。それは、カルマさんの最後の書き込みだった。

ああ、よかった。温かな気持ちになって、私はスマホをタップして画面を閉じた。

私の指先で、赤が輝いている。

解説

壇蜜

漫画家の清野とおるさんがまだ私の配偶者になるまえに、二人で三軒茶屋に買い物に出掛けている最中、こんな話題になった。前後の会話がどう展開したかは覚えていないが、話題は「イクラ」についてだった。

「イクラってさ、魚卵の中でもビジュアル、付加価値、美味《おい》しさ三拍子そろっているじゃない。魚卵のなかでも妖精《ようせい》とか精霊っぽいミステリアスポジションを感じずにはいられないんだよね」と私。「あー、確かに。あのルビー的なキラキラ光る感じは他の魚卵では出しにくいかもね。トビッコやタラコだとそれぞれ粒多すぎ!ってなるわ。個体認識できない」と清野さん。「魚卵界の妖精が喋《しゃべ》ったら縦書きでちょっと崩した筆字みたいな感じかな」「わかる」「草書だっけ? イクラってロシア語だけどさ」「『はれのそら明朝《みんちょう》』ってのもアリかな」「なめらかな明朝でキレイさもあるね」。……さすがは漫画家、本当にフォントにお詳しいなと内心尊敬。そしてくっだらない洒落《しゃれ》を考えた私、猛省。これでも学生時代からレタリングの魅力は理解していて、よく文化祭や模造紙を使うような発表会の題字を担当していた……と言い訳はしておこう。

本書のタイトルである「ぎょらん」は耳にしただけでまさにルビーやイクラをイメージさせる。私は単行本版を読んでいたのだが、表紙のフォントを眺めていると、「ょ」のポジションがちょいズレなのが愛らしくて個人的には「んもぅ、ょってばぁ、ちょっと空気読んでよぅ、それがまたカワイイんだけどぉ」と変態みたいな謎《なぞ》のいちゃつきをふっかけたくなる。文庫の表紙はどんなフォントがいるのだろう。楽しみでならない。本にはちゃんと読みやすい均一な字で情景、セリフ、回想に心理描写が書かれているが、ＰＤＦで読んでいた私はいちいち登場人物のセリフのフォントを変えたり大きさを変化させたりした。魚卵の妖精という謎の縁が私とこの本を結びつけたようで、せっかくならばゆっくり読みすすめたかったからである。元ニート青年・朱《と》鷺《き》のセリフは細くとも理路整然としたゴシックに変えてみたり、「冬越しのさくら」に登場する心優しくとも仕事には厳しい女性社員・相原は、私なら少し伸び伸びしたニューテゴミンで会話させたいな……と一人一人フォントを概説する携帯電話のアプリを片手に似合うフォント探しなんてするもんだからページが進まないったらなかった。それだけキャラクターの存在感や個性が一人一人際立《きわだ》っていた、と言えるだろう。

私は秋田生まれで、実家近くに本家的なモノがあるが、そこに住む三十代の青年が少し朱鷺と似ているなと思っていた。彼も内気で大人しい男ではあるが洞察力にすぐれ、小さい頃から聡明《そうめい》だった。一人っ子の私には弟のように感じられ、今でも親戚《しんせき》の中で大好きな存在。彼もゴシック喋りをしているなとちょっとした被《かぶ》りにくすりとした。時にはこんな本の読み方だってしてもいいとは思うのだが、お陰で担当編集の方を「あのぉ、原稿まだですか？……」とヤキモキさせて申し訳ない。

本作に登場するぎょらんも広い意味では都市伝説だろう。都市伝説というものはどこからともなくあらわれて、噂《うわさ》の段階からリアルな描写や体験話がどんどん尾ひれ背びれ胸びれまでついてあちこちにひろまるパターンが多い。しばらくすると「真相」が判明するパターンもある。しかし大体は「私はみんなが話してる時代にこう聞いた」「俺は知人の知人が経験した話を信じてる」等しばらく経過して答え合わせが始まり、結局は「真相はそれぞれの育ってきた背景や都市伝説に対する個人の印象、恐怖や興味への耐性」が落としどころになる。物語のぎょらんの存在も、朱鷺のように生活をかけるレベルで体温高く探求する者、「卵だが色んな種類がある、口にした時の感情も様々」「そもそも見える人と見えない人がいる。ただ、大切なものとして見ている人が多い」……等々、それぞれの人生の向き合い方によって異なっており、探偵アニメの決め台詞《ぜりふ》みたいに真実はいつも一つ！……なんかじゃなくていい世界が『ぎょらん』の世界だった。

ちなみに私には元恋人がくるくる寿司《ずし》屋にてイクラを喉《のど》に詰まらせて激しく咳《せ》き込み、吐き出して「ああ、死ぬかと……」という現場に居合わせたレアケースなぎょらん経験がある。あんな噛《か》んだらプチッと破裂するような脆《もろ》そうな一粒が大人を殺しかけた場面にぞっとした。起きている事案を把握するのに大分時間がかかった。死の波が近くにザザザと押し寄せて足にまとわりつくような感触を覚えた。

災害、予期せぬ事故、事件に死……自分が対象でもそうでなくても波のように足に近づいてはひいていくものだと私は思う。いつかは死に足を取られる。しかし、今足を取られないようにするにはどうしたらいいか。いつも考える。想像をすること……今出せる最善の答えだと私は思う。もしもの時の災害対策アイテムを使いこなせるようにする、危ないなと思う道は把握する、スマホを眺めるより非常口をさがす、「こうなったらどうする？」と自問自答し「そんなに滅多にあるもんじゃない」という正常性バイアスとちょっと距離を取る。大げさと笑われても無知は罪と心得る。やることは山積みだ。そして、いま目の前にいる人は何処《どこ》かのタイミングで誰かを失っているかもしれない、もしくは失いそうかも知れない、と架空の波間を想像すると、きっともっと「誰か」に優しくなれるような気がする。ある程度大人になった者が何も失わずヒトのアラばかりを探して生きている世の中になってはほしくない。

それにしても、私は遺体衛生保全士の資格を持っているのだが、本作中に登場した冠婚葬祭お決まり飾り付け「シャンデリア」は字面《じづら》を見ただけでノックアウトされた。私も葬儀学校時代に試験を受けた。なんと懐《なつ》かしい。試験前には皆で練習をする。白い布が赤く染まる程。なんと難儀だったか。シャンデリアの描写には共感とあの時のちくちくした痛みが蘇《よみがえ》る。何度も何度も指を画鋲《がびょう》で刺した。血糖値計測ばりに。ギリギリ合格したっけなあ。

そんな風に読んでいて個人的な記憶が蘇る。記憶と実感がないまぜになる。思い出が溢《あふ》れてくる。『ぎょらん』はそういう手触りのある物語だった。

（令和五年四月、タレント）

この作品は平成三十年十月新潮社より刊行された。
なお、文庫化に際し、「赤はこれからも」を書き下ろした。

町田そのこ著
夜空に泳ぐチョコレートグラミー
R-18文学賞大賞受賞
大胆な仕掛けに満ちた「カメルーンの青い魚」他、どんな場所でも生きると決めた人々の強さをしなやかに描く五編の連作短編集。

町田そのこ著
コンビニ兄弟
―テンダネス門司港こがね村店―
魔性のフェロモンを持つ名物コンビニ店長（と兄）の元には、今日も悩みを抱えた人たちがやってくる。心温まるお仕事小説登場。

町田そのこ著
コンビニ兄弟2
―テンダネス門司港こがね村店―
地味な祖母に起きた大変化。平穏を崩す美少女の存在。親友と決別した少女の第一歩。北九州の小さなコンビニで恋物語が巻き起こる。

町田そのこ著
コンビニ兄弟3
―テンダネス門司港こがね村店―
〝推し〟の悩み、大人の友達の作り方、忘れられない痛い恋。門司港を舞台に大人たちの物語が幕を上げる。人気シリーズ第三弾。

朱野帰子著
わたし、定時で帰ります。
絶対に定時で帰ると心に決めた会社員が、部下を潰すブラック上司に反旗を翻す！　働き方に悩むすべての人に捧げる痛快お仕事小説。

益田ミリ著
マリコ、うまくいくよ
社会人二年目、十二年目、二十年目。同じ職場で働く「マリコ」の名を持つ三人の女性達の葛藤と希望。人気お仕事漫画待望の文庫化。

彩瀬まる著

あのひとは
蜘蛛を潰せない

28歳。恋をし、実家を出た。母の〝正しさ〟からも、離れたい。「かわいそう」を抱えて生きる人々の、狡さも弱さも余さず描く物語。

彩瀬まる著

朝が来るまで
そばにいる

「ごめんなさい。また生まれてきます」――生も死も、夢も現も飛び越えて、すべての傷みを光で包み、こころを救う物語。

彩瀬まる著

草原のサーカス

データ捏造に加担した製薬会社勤務の姉、仕事仲間に激しく依存するアクセサリー作家の妹。世間を揺るがした姉妹の、転落後の人生。

一條次郎著

レプリカたちの夜

新潮ミステリー大賞受賞

動物レプリカ工場に勤める往本は深夜、シロクマと遭遇した。混沌と不条理の息づく世界を卓越したユーモアと圧倒的筆力で描く傑作。

一條次郎著

動物たちのまーまー

混沌と不条理の中に、世界の裏側への扉が開く。『レプリカたちの夜』で大ブレイクした唯一無二の異才による、七つの奇妙な物語。

一條次郎著

ざんねんなスパイ

私は73歳の新人スパイ、コードネーム・ルーキー。市長を暗殺するはずが、友達になってしまった。鬼才によるユーモア・スパイ小説。

小川糸著　あつあつを召し上がれ

恋人との最後の食事、今は亡き母にならったみそ汁のつくり方……。ほろ苦くて温かな、忘れられない食卓をめぐる七つの物語。

小川糸著　サーカスの夜に

ひとりぼっちの少年はサーカス団に飛び込んだ。誇り高き流れ者たちと美味しい残り物料理に支えられ、少年は人生の意味を探し出す。

加納朋子著　カーテンコール！

閉校する私立女子大で落ちこぼれたちを救済するべく特別合宿が始まった！　不器用な女の子たちの成長に励まされる青春連作短編集。

窪美澄著　ふがいない僕は空を見た
山本周五郎賞受賞・R-18文学賞大賞受賞

秘密のセックスに耽る主婦と高校生。暴かれた二人の関係は周囲の人々を揺さぶり――。生きることの痛みを丸ごと包み込む傑作小説。

窪美澄著　よるのふくらみ

幼なじみの兄弟に愛される一人の女、もどかしい三角関係の行方は。熱を孕んだ身体と断ち切れない想いが溶け合う究極の恋愛小説。

窪美澄著　トリニティ
織田作之助賞受賞

ライターの登紀子、イラストレーターの妙子、専業主婦の鈴子。三者三様の女たちの愛と苦悩、そして受けつがれる希望を描く長編小説。

津村記久子著
とにかくうちに帰ります
うちに帰りたい。切ないぐらいに、恋をするように。豪雨による帰宅困難者の心模様を描く表題作ほか、日々の共感にあふれた全六編。

津村記久子著
この世にたやすい仕事はない
芸術選奨新人賞受賞
前職で燃え尽きたわたしが見た、心震わすニッチでマニアックな仕事たち。すべての働く人の今を励ます、笑えて泣けるお仕事小説。

津村記久子著
サキの忘れ物
病院併設の喫茶店で、常連の女性が置き忘れた本を手にしたアルバイトの千春。その日から人生が動き始め……。心に染み入る九編。

西加奈子著
窓の魚
私たちは堕ちていった。裸の体で、秘密の心を抱えて――男女4人が過ごす温泉宿での一夜と、ひとりの死。恋愛小説の新たな臨界点。

西加奈子著
白いしるし
好きすぎて、怖いくらいの恋に落ちた。でも彼は私だけのものにはならなくて……ひりつく記憶を引きずり出す、超全身恋愛小説。

西加奈子著
夜が明ける
親友同士の俺とアキ。夢を持った俺たちは希望に満ち溢れていたはずだった。苛烈な今を生きる男二人の友情と再生を描く渾身の長編。

ブレイディみかこ著

THIS IS JAPAN
—英国保育士が見た日本—

労働、保育、貧困の現場を訪ね歩き、草の根の活動家たちと言葉を交わす。中流意識が覆う祖国を、地べたから描くルポルタージュ。

ブレイディみかこ著

ぼくはイエローでホワイトで、ちょっとブルー
Yahoo!ニュース|本屋大賞
ノンフィクション本大賞受賞

現代社会の縮図のようなぼくのスクールライフは、毎日が事件の連続。笑って、考えて、最後はホロリ。社会現象となった大ヒット作。

三浦しをん著

格闘する者に◯《まる》

漫画編集者になりたい——就職戦線で知る、世間の荒波と仰天の実態。妄想力全開で描く格闘の日々。才気あふれる小説デビュー作。

三浦しをん著

風が強く吹いている

目指せ、箱根駅伝。風を感じながら、たすき繋いで、走り抜け!「速く」ではなく「強く」——純度100パーセントの疾走青春小説。

三浦しをん著

きみはポラリス

すべての恋愛は、普通じゃない——誰かを強く大切に思うとき放たれる、宇宙にただひとつの特別な光。最強の恋愛小説短編集。

三浦しをん著

ビロウな話で恐縮です日記

山積みの仕事は捗《はかど》らずとも山盛りの趣味は無限に順調だ。妄想のプロにかかれば日常が一大スペクタクルへ! 爆笑日記エッセイ誕生。

ぎょらん

新潮文庫　ま－60－22

令和五年七月一日発行
令和六年十一月十五日十刷

著者　町田《まちだ》そのこ

発行者　佐藤隆信

発行所　株式会社新潮社

郵便番号　一六二―八七一一
東京都新宿区矢来町七一
電話　編集部（〇三）三二六六―五四四〇
　　　読者係（〇三）三二六六―五一一一
https://www.shinchosha.co.jp

価格はカバーに表示してあります。

乱丁・落丁本は、ご面倒ですが小社読者係宛ご送付ください。送料小社負担にてお取替えいたします。

印刷・錦明印刷株式会社　製本・錦明印刷株式会社

ISBN978-4-10-102742-5 C0193